테미스의 검

THEMIS NO TSURUGI by NAKAYAMA Shichiri

법의 선고

나카야마 시치리 ◎ 장편소설

블루홀6

테미스의 검

초판 1쇄 인쇄 2018년 6월 21일 | **초판 1쇄 발행** 2018년 6월 28일

자은이 나카야마 시치리 | **옮긴이** 이연승
책임편집 민현주 | **북디자인** 이혜경디자인 | **제작** 송승욱 | **발행인** 송호준

발행처 블루홀식스 | **출판등록** 2016년 4월 5일 제 2016-000100호
주소 경기도 파주시 회동길 483-1 | **전화번호** 031.955.9777 | **팩스** 031.955.9779
이메일 blueholesix@naver.com

ISBN 979.11.961234.5.1 03830
정가 15,800원

손에 닿지 않는 빛을 끝내 움켜쥔 어느 형사의 기록

일러두기

본문의 원죄冤罪는 '억울하게 뒤집어쓴 죄'를 뜻합니다.

冤獄

———

1

쇼와 59년(1984년—옮긴이주) 11월 2일 오후 11시 30분, 사이
타마현 우라와시市.

사흘 만에 목욕을 하고 부부가 함께 이불 속으로 들어가려
는 순간 전화기가 울렸다. 전화기를 들자마자 낮은 목소리가
들렸다.

—살인. 지금 갈 테니 준비해 둬.

상대는 대답도 듣지 않고 전화를 끊었다. 와타세는 탄식을
한 번 내쉬고 료코를 돌아봤다.

"사건이 발생한 모양이야. 다녀올게."

"또?"

료코는 이맛살을 찌푸렸다.

"온 지 얼마나 됐다고."

"일이니 어쩔 수 없지."

료코는 입술을 쭉 내밀고 이불 밖으로 나갔다. 집에 오는 건 일주일에 사흘. 하물며 호출은 밤낮을 가리지 않는다. 일이니 어쩔 수 없다고 해도 신혼 1년 차 아내로서는 당연한 반응일 것이다.

관사와 우라와 경찰서는 엎어지면 코 닿을 거리에 있다. 아니나 다를까 옷을 갈아입자마자 초인종이 울렸다.

"다녀올게."

료코는 대답하지 않았다. 혀를 차고 싶은 마음을 꾹 누르고 문을 여니 반갑지 않은 얼굴이 눈앞에 있었다.

"막 씻고 나왔나?"

나루미는 코를 벌름거리며 말했다. 1미터 이상 떨어져 있는데도 머리 냄새를 맡은 모양이다.

"부부가 오붓한 시간을 보내려 했나 보군. 항상 붙어 있어도 모자란 게 신혼부부인데 오죽하겠어."

나루미가 입술 끝을 올리며 히죽 웃었다. 와타세는 못 들은 체하고 냉큼 손을 뒤로 돌려 문을 닫았다. 나루미의 천박함에는 이미 익숙하지만 그가 집 안을 힐끔거리게 내버려 두고 싶지는 않았다.

관사를 나서는 순간 장대비가 쏟아졌다. 하늘에서 은빛 창

테미스의 검

이 떨어져 내리는 듯하다. 한기가 피부를 파고들었다. 18호 태풍 접근으로 저녁부터 호우가 퍼붓고 있지만, 목욕을 막 마친 몸에는 계절 특유의 차가운 비가 더욱 싸늘하게 느껴졌다. 만약 감기라도 걸리는 날에는 나루미가 "마누라랑 매일 알몸으로 부둥켜안고 잤나 보지?"라는 둥 조롱할 게 뻔해서 와타세는 일부러 코트 깃을 여몄다.

관사 근처에 세워진 비노출 경찰차에 급히 올라탔다. 현장까지 가는 길에 운전대를 잡는 건 어린 와타세의 몫이다.

"현장이 어딥니까?"

"우라와 인터체인지 부근 호텔가에 있는 부동산. 호텔 사이에 홀로 덩그러니 있으니 금세 알 수 있을 거야."

나루미는 대답을 마치자마자 조수석에서 담배를 피우기 시작했다. 감은 지 얼마 안 된 머리카락에 담배 냄새가 뱰 것 같았지만 와타세는 내색하지 않았다.

와타세가 파출소에서 근무할 무렵 우연히 불심 검문을 한 상대가 연쇄 강도 사건 용의자였다. 행운은 그 후로도 계속되어 다음에는 수배 중이던 방화범을 체포했다.

와타세는 공을 인정받아 간절히 바라던 형사로 우라와 경찰서에 배속됐다. 거기까지는 모든 일이 잘 풀렸는데 교육 담당 겸 파트너로 나루미가 배정된 게 문제였다.

나루미 겐지, 55세. 15밀리미터로 짧게 깎은 반백 스포츠머리에 체격과 키는 보통이다. 외모는 평범하지만 눈이 여우처럼 옆으로 죽 찢어져 음험한 기운을 띤다. 지금껏 범죄 수사만을 맡아 온 베테랑 형사이며 검거율은 경찰서 안에서 1, 2위를 다툰다. 신입 교육에는 누구나 고개를 끄덕일 법할 최고 인선이지만 인격까지 반드시 뒤따라 준다고는 할 수 없었다.

차는 잠시 후 우라와 인터체인지 부근에 도착했다. 자정이 이미 훌쩍 지났는데 일대는 칙칙한 네온사인 불빛으로 으스름하게 빛나고 있다. 땅값이 싸고 규제가 느슨해서 이런 곳에는 대체로 러브호텔이 난립해 있다. 발길을 향하는 현장은 호텔 밀집지 속에 우두커니 있었다.

'구루마 부동산'이라는 간판이 달린 2층 높이 주택. 그 주변을 경찰차 몇 대와 경찰이 에워싸고 있었다.

와타세는 문을 힐끗 확인했다. 유리문 손잡이 윗부분이 둥글게 깎여 있다.

감식반원이 물건을 손에 들고 나가자 교대하듯 나루미가 안에 들어갔다. 감식반 작업이 끝났으니 이제는 강력계가 이곳을 맡는다.

현관 앞에는 먼저 도착한 강력계 형사 도지마와 검시관 스에나가가 대화를 나누고 있었다.

순간 와타세는 피와 소변 냄새를 감지했다.

아니, 냄새만이 아니다.

밖에서 아스팔트를 때리는 세찬 빗소리가 들리지만 현장에서는 소리가 전혀 신경 쓰이지 않는다. 죽음의 기운이 이곳을 지배하고 있어서다. 춥지도 않은데 귀 뒤쪽에서부터 서서히 소름이 돋았다.

"아아, 나루미 경부보님. 지금 오신 겁니까."

"어떤 상황인지 알려 줘."

나루미가 앞에 나서자 와타세의 눈에도 현장이 한눈에 들어왔다.

사무실 마룻바닥 위에 손님용 테이블과 의자, 그 뒤로 사무용 책상이 두 개 놓여 있다. 통유리 현관문과 동쪽 벽에는 매물 정보가 적힌 종이가 안쪽에 붙어 있다.

시신은 사무실 깊숙한 곳에 엎드린 채 누워 있었다. 와타세는 우선 손바닥을 모으고 고개를 숙였다. 살펴보니 옆구리와 등을 비롯해 잠옷 곳곳이 피로 물들어 있다.

"피해자는 이곳 집주인인 구루마 효에와 아내 구루마 사키에 씨입니다. 동거하는 다른 가족은 없습니다. 사키에 씨도 이 뒤로 이어지는 복도에서 똑같이 칼에 찔려 살해당했습니다."

나루미는 도지마의 설명을 들으며 시신을 지그시 내려다봤다. 와타세도 한 발짝 앞으로 나갔지만 바닥에 피와 오줌 섞인 웅덩이가 펼쳐져 있어 그 이상 움직일 수 없었다. 감식반이 쳐 둔 통행선 근처까지 다리를 옮기는 게 고작이었다.

"자절창(찔리고 베인 상처—옮긴이주)이 총 일곱 군데. 모두 등과 옆구리에 집중됐네." 스에나가가 계속 설명했다. "왼쪽 옆구리에 생긴 상처가 치명상이고 흉기가 심장까지 닿았어. 사법해부 결과를 기다려야겠지만 보다시피 출혈량이 이 정도이니 사인은 과다 출혈인 게 분명해 보이는군."

시신 앞쪽에 상처가 없는 것은 피해자가 범인에게서 도망쳤음을 암시한다.

"아내는 계단 바로 밑에서 가슴을 한 차례 찔렸네. 상처 입구 모양을 보건대 같은 흉기일 가능성이 커. 가슴을 파고든 흉기가 갈비뼈를 지나 역시 심장을 찔렀네. 계단을 내려오다가 아래에서 찔렸다고 가정하면 시신 상태와도 일치하지. 내려오는 중이었다면 재빨리 등을 돌릴 수도 없었을 테니."

"흉기는 어떤 종류로 추측하십니까?"

"상처 깊이와 끝부분 형태를 보자면 끝이 날카로운 단날 칼. 시중에 나와 있는 큰 나이프 같은 게 아닐까 싶네."

"사망 추정 시각은?"

"둘 다 오후 9시에서 11시 사이. 빨리 발견되었으니 오차도 적을 걸세."

"발견자는?" 나루미는 도지마를 돌아보고 물었다.

"최초 발견자는 맞은편 러브호텔 직원입니다. 일단 대기시켜 뒀습니다."

"이런 한밤중에 러브호텔 직원이 맞은편 집에서 일어난 일을 어떻게 알아챘지? 왠지 부자연스러운데."

"비 때문입니다, 비." 도지마는 하늘을 가리켰다.

"저곳이 지하 주차장인데 전에도 한 번 호우 때문에 침수된 적이 있다고 합니다. 오늘도 비가 많이 내려서 걱정되는 마음에 밖에 나와 봤는데, 맞은편 부동산 불이 꺼져 있는데 문이 활짝 열려 있었다더군요. 이상하다 싶어 부동산 앞에 왔을 때 사무실 안에 사람이 쓰러져 있는 게 보였다고 합니다."

"사무실 불이 꺼져 있는데도 쓰러진 사람이 보였다고?"

"안 그래도 조금 전 시험해 봤습니다. 보다시피 이 사무실은 벽이 통유리입니다. 불을 꺼도 주변 네온사인 때문에 안쪽이 잘 보이더군요."

와타세는 확인하기 위해 나루미 옆을 지나 유리문으로 다가갔다. 매물 정보가 인쇄된 종이가 여러 장 붙어 있지만 틈새가 있어 바깥 불빛이 들어왔다.

"소스라치게 놀라 쓰러진 사람에게 다가가니 피를 흘리는 게 보였다고 합니다. 그래서 허겁지겁 호텔에 돌아가 110(우리나라의 112―옮긴이주)에 신고한 겁니다."

나중에 본인에게 직접 확인해 보겠지만 도지마의 설명에 일단 모순은 없다. 나루미는 흥미가 떨어진 표정으로 시신 주변을 둘러봤다. 그러자 사무용 책상 뒤 투명 캐비닛 그늘에

가려진 높이 30센티미터 남짓의 내화 금고가 시야에 들어왔다. 금고 문이 무참히 뜯겨 안에는 아무것도 남아 있지 않았다. 감식반에 확인하니 금고에는 구루마 부부가 아닌 제삼자의 지문도 남아 있다고 했다.

유리칼로 현관 유리문을 연 수법과 뜯긴 금고. 처음에는 그저 절도하려고 침입했다가 범행을 목격당해 강도로 돌변했다. 경험이 부족한 와타세의 눈에도 상황은 일목요연했다. 문제가 있다면 범행을 저지른 뒤 도주한 경로인데 차를 타고 도망쳤든 도보로 도망쳤든 흔적은 이미 호우에 휩쓸려 사라졌을 것이다.

흉기 문제도 있다. 우라와 인터체인지 동쪽에는 사이타마 현경 고속도로 교통 경찰대 방향으로 작은 하천이 흐르는데 호우 때문에 물이 불었다. 만약 범인이 흉기를 하천에 던졌다면 불어난 물 때문에 찾기 어려울 것이다.

와타세가 떠올릴 정도의 생각이라면 당연히 나루미도 했을 것이다. 나루미는 감정이 실리지 않은 목소리로 도지마에게 물었다.

"긴급 수배는 내렸나? 인터체인지 부근이니 멀리 내뺄 가능성이 있어."

"이미 서장님이 현경 본부에 요청한 상황입니다. 지금쯤 인터체인지 근처 관할 경찰서가 움직이고 있을 겁니다."

"빠르군."

그렇게 답하고 나루미는 사무실 안쪽 계단으로 이어지는 복도로 향했다. 와타세도 서둘러 그 뒤를 따랐다.

"경부보님, 어디 가시는 겁니까?"

대답이 없다. 하필 나루미는 계단 밑에 있는 사키에의 시신 위를 지나 계단을 올랐다. 나루미가 피해자 시신에 경의를 품지 않는 건 한두 번이 아니지만 그 모습에는 역시 화가 치밀었다.

"와타세. 이번 일을 절도범의 소행으로 보나?" 느닷없이 나루미가 물었다.

"겉보기에는 그런 것 같습니다."

"만약 내가 절도범이라면 이런 집을 노리지 않을 거야."

"그렇습니까? 부동산이라 돈을 쌓아 두고 있다고 생각할 법도 한데요."

"아무리 부동산이라도 이런 변두리에 사무실을 내는 업자에게 과연 돈이 있다고 생각할까? 보아하니 범인은 유리칼로 모자라 쇠지레 같은 도구까지 준비했어. 계획 범행인 셈이지. 그런데 주변을 한번 봐. 이 일대는 러브호텔이 우후죽순 늘어선 곳이야. 또 저녁부터 호우가 퍼붓는 상황이고. 주변을 오가는 커플이나 고속도로를 달리는 놈들이 비를 피하려고 이 시간에도 호텔에 족족 모여들고 있지. 그놈들한테 언제 목격될지 모르는데 굳이 이런 날에 범행을 저지른다고?"

듣고 보니 맞는 말이다. 실제 부동산 양옆에 있는 호텔은 전부 만실 간판을 내걸고 있었다.

"돌변한 절도범이 한 짓으로 보기에는 남편 쪽 자상도 너무 많지. 무려 일곱 군데를 찔렸어. 보통 금품을 빼앗으려는 목적이었다면 그렇게 마구 찌르지는 않아. 아내를 한 방에 끝낸 것과 비교하면 확연하지."

와타세는 일단 고개를 끄덕였지만 나루미의 가설이 정교한 것 같지는 않았다. 그는 여러 번 칼에 찔렸다는 것을 원한으로 인한 살해의 증거라고 주장하고 싶겠지만, 금고를 여는 도중 범행을 목격당했다면 범인은 소스라치게 놀라 순간 어찌할 바를 몰랐을 것이다. 어찌할 바를 모를 정도로 당황하면 공격당할 수 있다는 두려움 때문에 닥치는 대로 흉기를 휘둘렀을 가능성이 있었을 것이다.

그러나 와타세는 말없이 나루미의 뒤를 따랐다.

2층은 부부의 주거 공간이었다. 널찍한 거실과 침실, 그리고 서재. 세간은 언뜻 봐도 값나가 보이는 것들투성이다. 계단 밑에 있는 소박한 사무실과 비교하면 분위기가 사뭇 달랐다. 감식반이 한 차례 뒤집고 간 뒤지만 이곳에 범인이 침입한 흔적은 보이지 않았다.

나루미는 모든 방을 한 번씩 둘러보고 먼저 서재로 뛰어들었다.

책장에 꽂힌 책을 끝에서부터 한 권씩 꺼내 펼쳐 보고 곧장 바닥에 집어 던진다. 그리고 또 다음 책을 꺼내 펼쳐 보고 집어 던진다.

그는 책을 꺼내서 펼쳐 보고 내팽개치는 작업을 계속했다. 순식간에 서재 바닥은 내던진 책들로 차곡차곡 채워져 갔다.

"경부보님. 뭐 하시는 겁니까?"

"이런 변두리 부동산에 돈이 있을 것 같으냐고 했지?"

"네."

그 의견에는 와타세도 내심 동의하고 있었다.

조금 전 유리문에 붙어 있던 매물 정보를 보고 깨달았다. 매물은 하나같이 평 단가가 저렴해 가격이 높지 않다. 임대 매물도 마찬가지였다. 부동산 수익은 뭐니 뭐니 해도 중개 수수료인데 부동산 중개업법은 이를 거래 금액의 몇 할 이내로 제한한다. 따라서 매물 정보에 적힌 매물을 중개해 봐야 고액의 수익은 발생하지 않을 것이다.

"그런데도 이곳에 놓인 가구는 하나같이 고가품들이지. 앞뒤가 맞지 않아. 이런 상황에서 추정해 볼 수 있는 건 남편이 따로 부업 같은 걸 하지 않았겠냐는 거야."

"그 부업의 증거가 이곳에 있다는 말씀입니까?"

"사무실에 있던 서류는 감식반이 이미 쓸어 갔고, 그걸 떠나 그런 부업에 관한 서류는 보통 눈에 띄는 곳에 두지 않지. 가까운 곳에 몰래 숨겨 두는 법이야."

거친 논리지만 이 역시 수긍할 만하다. 나루미의 특기는 빈약한 근거를 무리한 수사로 보완하는 것이다. 와타세는 슬슬 위험을 느꼈지만 말해 봤자 높은 검거율이라는 실적 앞에서 아마추어의 앓는 소리로밖에 들리지 않을 것이다.

서재에 있는 책장을 대강 조사한 후 나루미는 침실로 이동했다. 서재에는 마치 태풍이 휩쓸고 간 듯한 흔적이 남았다. 절도범도 이렇게까지 난잡하게 어지럽히지는 않을 것이다.

침실에는 침대 두 개와 가운데에 작은 보조 테이블이 놓여 있었다. 나루미는 서랍에 손을 집어넣어 연이어 내용물을 꺼냈다.

그러다가 문득 움직임을 멈췄다.

그는 오른손에 노트를 한 권 들고 있었다. 나루미는 노트를 홀홀 펼쳐 구멍이 뚫릴 만큼 뚫어지게 쳐다보고는 와타세에게 넘겼다.

"그게 뭘 것 같나?"

펼친 페이지에는 숫자가 나열돼 있었다. 세로줄에는 사람 이름, 가로줄에는 왼쪽부터 금액, 날짜, 일수, 금액, 그리고 또 금액이 적혀 있다.

"이건…… 대부금 입출금 장부군요."

"계산이 빠르다고 했지. 금리가 얼마지?"

"대부업법 상한 금리를 훌쩍 뛰어넘었습니다."

"좋아. 확실해졌군. 피해자는 부동산업을 하면서 뒤로는 불법 고리대금업을 했다."

와타세는 무심코 장부에 적힌 이름을 다시 훑어봤다.

불법 고금리와 가혹한 징수. 바로 지난달에도 그런 이유로 손님에게 원한을 산 금융업자가 살해된 사건이 있었다.

즉 이 장부에 적힌 모든 손님에게 살해 동기가 존재하는 셈이다.

다음 날 아침 우라와 경찰서에서 첫 번째 수사 회의가 열렸다. 그러나 나루미를 비롯한 관할 형사는 멀찌감치 뒤로 밀려났고 앞줄에는 현경 수사1과 인원이 진을 치고 있다. 어제부터 퍼붓는 비도 한몫해 우라와 경찰서 형사들은 하나같이 찌무룩한 표정이었다.

강도 살인. 흉악 사건인 데다 피의자가 지금껏 밝혀지지 않은 채 도주 중이라면 주도권은 현경 쪽에 있다. 사건을 가로채이는 기분에 와타세는 분통이 터졌다. 범죄 수사에 무슨 주도권 다툼이냐고 생각할 수도 있겠지만, 애초에 범죄자를 검거하려고 형사를 지망한 마당에 이렇듯 후방 지원으로 밀리면 분함이 앞섰다.

자신도 이 정도이니 나루미와 그 윗선은 오죽할까. 고개를 돌려 그들의 표정을 살폈지만 뜻밖에도 나루미는 무표정한 얼굴로 단상을 보고 있었다. 경찰로서의 자제심이라면 대단하다고 할 수밖에 없다.

회의는 시신 검안서 보고부터 시작했다. 스에나가 검시관의 견해대로 구루마 효에와 사키에의 직접 사인은 모두 과다 출혈에 따른 쇼크사. 사망 추정 시각은 오후 9시부터 11시 사이. 살해 당시 상황은 구루마 효에는 1층에서 범인을 피해 도망치다가 등 뒤에서 칼에 찔려 사망. 사키에 역시 계단에서 범인을 마주치고 퇴로를 차단당한 상태로 아래에서부터 흉기에 찔렸다. 두 피해자와 범인의 당시 움직임은 현장에 남은 발자국으로 추측했다. 시신 손바닥과 손가락에서 범인 것으로 추정되는 피부 및 옷 섬유가 나오지 않은 것도 피해자가 저항할 새도 없이 도망쳤다는 상황의 증거가 됐다.

"범인의 유류품은 나왔나?"

하마다 관리관의 물음에 우라와 경찰서 형사가 일어섰다.

"범행 현장인 1층 사무실에서는 피해자 부부의 발자국 외에도 여러 명의 발자국이 나왔습니다. 마찬가지로 사무실 책상과 벽, 테이블, 의자 및 금고에서도 지문이 여러 개 나와 현재 조사를 서두르고 있습니다. 머리카락도 여러 가닥 수집됐습니다."

1층은 부동산 점포로 쓰였다. 매일매일 청소하지 않는 한 당연히 손님의 지문과 머리카락이 남아 있을 것이다.

"강도짓을 하러 들어간 이상 범인의 발자국도 남아 있겠지. 설마 범인이 예의 바르게 신발을 벗고 슬리퍼로 갈아 신은 건 아니겠지?"

"그 설마가 사실로 보입니다."

수사원은 겸연쩍어하면서 시선을 내리깔았다.

"감식반 보고에 따르면 범인은 양말을 신은 상태로 마룻바닥을 이동했습니다."

"흠. 그럼 아마 불필요한 소음을 내지 않고 유류품도 최대한 남기고 싶지 않아서겠지. 다만 어젯밤의 강우량을 고려하면 평범한 신발은 그 속에 빗물이 스며들어 양말이 흠뻑 젖었을 거야. 범인의 발자국이 젖어 있지 않다면 그가 어제 신고 있었던 신발은 장화 또는 굽이 꽤 높은 신발일 것. 현관 앞에서 발자국이 여러 개 나왔다고 해도 그 사실로 범위를 제법 좁힐 수 있지 않겠나?"

하마다는 단언하듯 말했지만 와타세는 미심쩍었다. 9월에 접어들어 계속해서 태풍이 몰려 왔고 사이타마현에서도 많은 집이 침수 피해를 입었다. 호우에 대비해 장화나 굽이 높은 신발이 다수 팔린 상황이라 만약 현관에서 그런 발자국이 나왔다고 해도 유통 경로를 거슬러 마지막 구매자를 좁히기는 상당히 어려울 것이다.

"다음으로 도난품 리스트."

그러자 이번에는 현경 형사가 일어섰다.

"피해자 집은 2층 건물입니다만 주거 공간인 2층에는 피해자 부부의 지문만 남아 있었습니다. 또 최초 신고를 받아 우라와 경찰서 형사가 들이닥칠 때는 집 안이 어지럽혀진 흔적도 없었습니다. 범인은 아무래도 1층 사무실 부분만 뒤진 듯합니다. 금품이 목적이었다면 사무실 안에 뜯긴 금고가 있습니다만, 그 안에 얼마나 많은 현금이 들어 있었고 또 현금 외에 다른 무언가가 들어 있었는지는……. 부동산은 부부가 함께 경영했고 직원을 따로 두지 않아 자세한 것은 아직 불분명합니다만, 전에 고객의 부동산 거래에 동석했던 법무사는 금고 안에 상당히 많은 지폐 다발이 들어 있는 걸 봤다고 증언했습니다."

그 설명에 하마다를 비롯해 아무도 의문을 제기하지 않아 와타세는 내심 초조해졌다. 부동산 거래에는 당연히 거금이 오간다. 그러나 현금 결제는 거의 없고 주택 담보 대출을 해주는 금융 기관에서도 안전상 이유로 계좌 이체로 돈을 건네는 것이 일반적이다. 다시 말해 은행이 대출할 때 판매인과 중개업자, 그리고 등기 수속에 관여하는 법무사에게 각자 돈을 보내는 절차를 밟는다. 따라서 부동산 업자이기 때문에 금고에 거금을 보관할 거라고 생각하는 건 오히려 부자연스럽다.

테미스의 검 ——

와타세는 어젯밤 나루미와 나눈 대화를 떠올렸다. 불법 고리대금업. 고객이 변제일마다 찾아왔다면 거금의 정체도 대략 가늠할 수 있다. 불법적인 부업으로 거머쥔 돈이므로 은행에 맡기지 않고 금고에 보관해 뒀다는 추측도 할 수 있다.

"통장과 카드는 나왔나?"

"둘 다 2층에 있는 거실 서랍에 있었습니다. 범인은 2층으로 올라가려다가 부인을 살해하는 바람에 황급히 도망친 게 아닐까요."

"그렇다고 해도 굳이 부부가 잠들 때를 노려 침입한 건 이해가 잘 안 되는군. 금품이 목적이라면 보통 집이 빌 때를 노리지 않나."

하마다의 의문에 이번에도 주변 탐문 수사를 맡은 현경 수사원이 답했다.

"원래라면 어젯밤 그 집은 빌 예정이었습니다."

"예정?"

"현장에 여행사 일정표가 남아 있어서 밝혀졌습니다. 피해자 부부는 어제 오후 나리타공항으로 가 3박으로 하와이 여행을 떠날 예정이었습니다. 이웃 증언으로는 당일 사무실 문에 임시 휴업을 알리는 종이가 붙어 있었다고 합니다."

"그럼 여행을 취소한 건가?"

"태풍 때문에 비행편이 결항됐다고 합니다. 부부는 공항에서 결항 소식을 듣고 저녁쯤 집에 다시 돌아와 문에 붙인 종이를 떼었다고 합니다."

그렇다면 부부가 집을 비운 몇 시간 동안 집 앞을 지나던 사람은 그날 하루 집이 빌 것을 알고 있었을 것이다. 범인은 범행 도구를 마련해 모든 준비를 마치고 어두워진 다음 집에 침입했지만 2층에서 피해자들이 잠들어 있을 줄은 꿈에도 생각지 못했다. 그리고 쇠지레로 금고 문을 뜯었을 때 소음을 듣고 내려온 구루마 효에와 맞닥뜨렸다.

수사원들의 보고로 사건 당일 상황이 서서히 드러났다. 그러나 여기에는 중요한 퍼즐 조각이 하나 빠져 있다. 와타세와 나루미가 발견한, 고리대금업 때문에 발생한 복수라는 가능성이다. 이 퍼즐 조각을 끼워 넣으면 퍼즐의 완성도가 대폭 변한다.

그러나 나루미는 입을 열 기색이 없어 보인다.

설마 나에게 공을 넘기려는 걸까.

와타세는 조심스레 나루미의 안색을 살피다가 그와 눈이 마주쳤다.

놀랍게도 나루미는 잔뜩 찌푸린 얼굴로 고개를 가로저었다. 입 다물고 있으라는 신호다.

"다음으로 흉기."

"흉기는 상처 입구 모양으로 판단하건대 시판 나이프 종류로 추측합니다. 다만 범행 현장 근처의 지면 상태가 여전히 고르지 않고 하천도 불어서 흉기를 수색하는 데 난항을 겪고 있습니다."

"주변 탐문은?"

"현장 일대는 원래 호텔 밀집지이고 민가와 상점은 손꼽을 정도입니다. 또 어제 퍼부은 호우 탓에 밖을 돌아다닌 사람도 거의 없어서 유력한 목격 정보는 아직 얻지 못했습니다."

"뭐 하나 건진 게 없군."

"다음으로 인간관계. 원한, 금전 문제 쪽은 어떻지?"

와타세는 깜짝 놀라 자세를 가다듬었다. 나루미는 여전히 와타세를 노려보고 있다.

"구루마 효에의 형제는 이미 세상을 떴고, 사키에 씨의 자매는 도호쿠 지역에서 살고 있습니다. 나미라는 외동딸이 있습니다만 그녀 역시 현재 남편과 홋카이도에 살고 있어 본가를 거의 찾지 않는다고 합니다."

조금 전 법무사의 증언을 보고한 형사가 또다시 몸을 일으켰다.

"부동산 거래에서 별다른 트러블은 없었던 것 같습니다. 부부 둘이 부동산을 경영해 직원이 없었고, 또 부동산은 호텔 밀집지 한가운데에 있어서 이웃과도 꼭 필요할 때만 교류했다고 합니다. 따라서 깊은 인간관계를 맺을 인물은 없었던 것으로 추측합니다."

"그렇다면 역시 강도 쪽이 가장 가능성이 크겠군. 본부 형사들은 근처에서 발생한 비슷한 사건과의 관련성을 포함해 절도 상습범들을 추적할 것. 관할 형사들은 계속 흉기를 수색하고 유류품 추적 조사를 이어 가도록. 이상. 질문 있나?"

나란히 늘어선 형사들 사이에서 손이 올라오지 않자 서장이 해산을 고했다.

잠깐만 기다려 주십시오. 와타세가 그렇게 외치려는 순간 뒤에서 누군가가 와타세의 어깨를 강하게 붙들었다.

나루미였다.

"돌아가지."

"경부보님. 어제 그 장부 건은······."

"이런 데서 쓸데없는 소리 하지 마."

나루미는 목소리를 낮춰 와타세를 제지했다.

"하지만 어차피 그 고객들을 조사할 거면 정보를 공유하는 게 낫지 않겠습니까? 그리고 본부에 비밀로 한 게 나중에 밝혀지면······."

"비밀로 하는 게 아니야. 우리 과장한테는 보고했으니."

"과장님께 말입니까?"

"피해자에게는 아직 겉에 드러나지 않은 인간관계가 있을지 몰라. 다만 아직 확실하지 않으니 회의에서 발표할 단계가 아니지. 조금 더 정보를 비축해 두고 싶다고 하니 흔쾌히 승낙하더군."

거짓말이 아니다. 그러나 정직하지도 않다.

"장부에 기재된 고객이 총 몇 명이었지?"

"······예순다섯 명입니다."

"예순다섯이면 둘이서도 충분해. 빌려 간 금액과 원한 유무, 알리바이 정도만 훑으면 되니."

"둘이서 해도 한 달은 족히 걸릴 겁니다. 수사본부와 함께하면 하루 안에 끝낼 수 있습니다."

"와타세. 맛있는 초밥이 왜 맛있는지 아나?"

"네?"

"실력이 뛰어난 초밥 장인이 고급 재료로 만들었기 때문이지. 재료가 아무리 좋아도 만드는 이의 실력이 받쳐주지 않으면 맛있는 초밥은 못 만들어."

"수사본부 형사들의 실력이 뛰어나지 않다는 뜻입니까?"

그러자 와타세의 어깨를 붙들고 있던 손이 옷깃 쪽으로 향했다.

"그렇다고 널 훌륭하게 평가한다고 착각하지는 마. 너 역시 실력은 형편없어. 그저 재료가 뭔지 아니까 데리고 다니는 거라고."

와타세는 나루미의 험악한 눈빛을 바라보며 최고의 검거율을 자랑하는 역전의 용사가 왜 경부보 계급에 만족하는지 언뜻 이해했다.

이 남자는 형사로서는 두말할 나위 없이 우수하다. 내가 아무리 노력해도 결코 따라잡지 못할 것이다.

그러나 다른 사람 위에 설 만한 그릇은 아니다.

스기에 반장은 나루미와 와타세에게 범인의 유류품, 그중 특히 발자국 추적 조사를 지시했다. 신발 밑 패턴은 제조사와 타입별로 다르므로 어떤 제품인지 밝혀낼 수 있다. 다음으로 제조사에서 도매상, 도매상에서 소매점으로 판매 경로를 훑은 후 마지막으로 소매점에서 구매자 리스트를 작성한다. 그러나 카드로 물건을 구매한 사람이면 몰라도 현금으로 구매한 손님, 그것도 해당 소매점에 처음 방문한 손님이면 누군지 알아낼 길은 요원하다. 게다가 추적하는 상품이 대량생산품일 경우 수사 범위가 터무니없이 넓어져 마지막 구매자를 특정하는 것은 사실상 불가능해진다.

그러나 나루미는 사전에 스기에와 임무를 분배할 것을 합의했다. 나루미의 능력과 실적을 잘 아는 스기에는 두 사람의 단독 수사를 묵인해 줄 것이다. 생각해 보면 나루미의 실적은 그대로 반장의 실적, 나아가서는 우라와 경찰서의 실적이 된다. 만약 계획이 어긋나도 처음부터 몰랐다고 잡아떼면 스기에의 실책이 되지 않는다. 다시 말해 나루미는 스기에의 생각까지 전부 계산하고 교섭을 진행한 것이다.

장부에 적힌 손님 예순다섯 명 중 우라와시 시민은 쉰다섯 명. 나머지 열 명은 사이타마현의 다른 시에 살거나 도쿄에 거주하는 사람이다. 흥미롭게도 예순다섯 명 중 구루마에게 부동산 거래 중개를 의뢰한 사람이 절반을 넘었다.

"즉 이런 거군. 부동산 거래를 무사히 마치고 새집으로 이사한 것까지는 좋았지만, 제반 사정으로 매달 월세와 대출금을 내기가 어려워져 구루마에게 상담하러 갔다."

"구루마는 부동산 계약을 마치면 늘 친절하게 말했다고 합니다. 이것도 인연이니 혹시 돈 문제로 곤란한 일이 생기거나 하면 자신한테 연락해 달라고요."

와타세가 참고인 조사를 마친 세 사람에게 이미 같은 증언을 얻었다. 구루마는 본업을 하면서 부업 고객까지 부지런히 개척한 것이다.

새로 살 집을 얻은 이들에게 주거 공간은 가장 큰 재산이 된다. 절대 놓치고 싶지 않을 것이다. 월세와 대출금이 밀려 집에서 쫓겨나거나 집이 경매로 넘어가는 상황을 피하려면 약간의 고금리를 감안하고 어떻게든 돈을 마련하려고 한다. 직업 특성상 구루마는 주택 구입자들의 그런 심리를 꿰뚫고 있었던 것이다.

"그들에게 대출금이 얼마나 남아 있는지는 신경 쓰지 마. 돈을 많이 빌렸다면 범행 동기가 될 수는 있겠지. 하지만 갚을 돈이 얼마 안 남은 녀석들도 마찬가지야. 뻔질나게 사무실을 드나드는 동안 금고 안을 보고 범행을 떠올렸을 가능성도 있으니. 가장 중요한 건 알리바이가 있느냐 없느냐다."

그나마 다행인 것은 사건 당일 기록적인 폭우가 내렸다는 사실이다. 폭우는 간토 지역 전체에 쏟아졌고 그 때문에 모든 교통망이 마비됐다. 전철, 버스 등을 타고 통근하는 이들 중에는 발이 묶여 어쩔 수 없이 회사에서 하룻밤 자고 가거나 근처 호텔에 묵은 이들이 많았다. 늦은 밤에 발생한 사건임에도 그런 사정으로 절반 이상의 후보자에게 알리바이가 성립했다.

용의자는 총 스무 명으로 좁혀졌다. 물론 그들 모두 범행을 부인했다.

역에서 열차가 운행을 재개하기를 기다리다가 그대로 밤을 지새운 사람.

갑작스러운 폭우에 발이 묶여 이름도 모르는 술집을 전전했다고 한 사람.

도로가 침수되어 높은 지대로 피신해 하룻밤을 보낸 사람.

집에서 가족과 함께 있었던 사람 또는 혼자 있었던 사람.

와타세와 나루미는 끈기 있게 그들을 조사했다. 스무 명의 사진을 들고 역무원과 식당 직원들을 캐묻고 다녔다.

일본 자동차 연맹 문의 기록, 이웃 주민들의 증언. 어느덧 조사한 사람이 백 명을 넘어섰다. 도중에 와타세는 나루미에게 몇 번이나 지원을 요청했지만 나루미는 들은 척도 하지 않았다.

"일에 욕심을 좀 내 봐라. 이 반푼아. 네 손으로 직접 범인을 검거하고 싶지 않냐?"

나루미에게 면박과 질책을 듣는 동안 용의자는 한 명씩 목록에서 사라졌다.

그에 반해 현경과 관할 경찰서 수사는 암초에 부딪힌 상태였다. 절도 상습범 중에는 지금은 소식이 끊긴 자가 많고 흉기도 아직 발견되지 않았다. 현장에 남은 여러 지문과 머리카락 중에서도 그 주인을 발견한 것은 70퍼센트 남짓에 불과했다. 경찰이 보관하고 있는 지문 자료와 일치하는 것은 하나도 없었다.

초동 수사에서 소기의 성과를 내지 못하는 사건은 장기화되는 경향이 있다. 수사 회의에서 하마다의 안색은 조바심과 초조함으로 물들어 갔다. 어째선지 분노의 칼날은 관할 경찰서 수사원에게 향했고 회의에서 "다 관할이 굼떠서 그래"라는 말이 나올 때가 많아졌다. 그때마다 옆에 앉은 서장의 미간에 깊은 주름이 새겨졌고 스기에가 나루미를 쳐다보는 눈빛도 험악해졌다. 수사본부는 합동 회의 체제이지만 현경을 지휘하는 하마다는 여차하면 늦은 초동 수사의 책임을 전부 우라와 경찰서에 전가할 인물이었다.

어떻게 좀 해 봐라.

와타세의 눈에는 스기에가 그렇게 호소하는 것 같았다.

그리고 사건이 발생하고 나서 20일이 지났을 때 나루미와 와타세는 마침내 용의자를 한 명으로 압축했다.

구스노키 아키히로라는 남자였다.

2

구스노키 아키히로, 25세. 주소는 우라와시 쓰지 O-O.

20일 동안 진행된 수사에서 유일하게 알리바이가 입증되지 않은 인물이다. 그는 사건 당일 아침부터 줄곧 빌라의 자기 집 안에 틀어박혀 있었다고 증언했다. 옆집은 계속 공실 상태여서 목격 증언을 얻지 못했다. 집을 한 번 방문해 조사한 나루미에게 그가 어떤 인물인지 전해 들었다.

쓰지쿠마노 신사 뒤편에 있는, 무성한 나무 탓에 온종일 빛이 들지 않는 목조 빌라. 구스노키 아키히로는 그곳 2층에서 살고 있었다. 와타세는 도로 갓길에 비노출 경찰차를 세우고 나루미를 따라 차 밖으로 나갔다.

테미스의 검 ——

끝부분이 벌겋게 녹슨 계단은 걸을 때마다 쿵쿵 소리를 울렸다. 벽에 무수히 금이 가 있지만 보수 공사를 한 흔적은 전혀 없다. 이토록 낡고 녹슬 때까지 그대로 내버려 둔 것을 보면 건물주는 건물을 보수할 의지가 없어 보인다. 구루마가 중개한 매물 중에서도 유독 월세가 저렴한 건물인데 실제로 보니 그 가격이 이해가 됐다.

2층 안쪽에 있는 205호. 나루미는 위에 달린 전기 미터기가 느리게 회전하는 것을 확인하고 세차게 문을 두드렸다.

"구스노키 씨. 구스노키 씨."

다섯 번이나 노크를 하자 그제서야 문이 열렸다. 위아래 모두 구지레한 추리닝을 걸친 초췌한 남자가 모습을 드러냈다.

"뭐야. 또 당신인가. 오늘은 또 무슨 일이야?"

"지난번 조사의 연장선. 살해당한 구루마 씨 부부 건으로 왔어."

"이봐." 아키히로는 성가셔하며 머리를 긁적였다. "저번에도 말한 것 같은데, 구루마 씨한테 돈을 빌린 건 맞지만 2일에는 거기 안 갔다고. 변제일이 매월 말이라 그렇게 어중간하게는 갈 일이 없어."

"그 얘기는 이미 들었지. 오늘은 새로운 진전이 있어서 그러는데 그나저나 오늘 일정은?"

"그딴 거 없어."

"마침 잘 됐군. 지금 같이 좀 가 주겠나?"

말하기가 무섭게 나루미는 아키히로를 집에서 끌어냈다.

"뭐, 뭐 하는 거야."

"경찰서에서 잠깐 이야기를 들으려는 것뿐이야. 걱정 마. 의문만 풀리면 곧바로 돌려보내 줄 테니."

"자, 잠깐만. 어이."

아키히로는 몸을 배배 꼬며 저항했지만 나루미가 등 뒤에서 양어깨를 꽉 붙들자 그대로 떠밀려 갔다.

"열쇠가 현관에 있댔나?"

지난번 방문했을 때 기억해 뒀을 것이다. 와타세가 현관 쪽을 확인하자 신발장 위에 열쇠가 놓여 있었다.

"와타세, 가서 잠그고 와."

와타세는 집 문을 잠그고 나루미와 함께 아키히로의 양팔을 붙잡고 연행했다. 어깨를 붙들 때 잠깐 망설여졌지만 나루미의 기세에 휩쓸려 와타세도 함께 발걸음을 뗐다.

"어이. 계단에서는 얌전히. 철판이 미끄러워서 잘못하면 크게 다친다."

위협 섞인 말에 아키히로의 몸은 뻣뻣해졌다.

"옳지, 옳지. 그렇게 얌전히 굴어야지. 험하게 안 다룰게."

계단을 다 내려가자 나루미는 아키히로의 몸을 차 안에 집어넣었다.

"잘 들어. 넌 아무런 강제 없이 제 발로 따라온 거야. 이건 어디까지나 임의 동행이니."

"강제가 아니라니……."

"강제는 체포해서 수갑을 채우는 걸 뜻하지. 혹시 수갑을 차고 싶나?"

"아니……."

"그럼 잠자코 따라와. 아까 말했다시피 이야기 좀 들으려는 것뿐이니."

나루미가 노려보며 말하자 아키히로는 기어드는 목소리로 "알았어" 하고 몸을 움츠렸다.

나루미의 위협에는 의미가 있다. 나중에 진술 조서를 작성할 때를 대비해 강제 연행되지 않았음을 상대의 머릿속에 새기는 것이다. 느닷없이 경찰서에 끌려온 사람은 대체로 몹시 당황하기 마련이다. 당황하면 머리도 잘 굴러가지 않아 기억이 흐리멍덩해지기 쉽다.

와타세는 지금껏 비슷한 장면을 여러 번 봐 왔다. 증오해야 마땅할 범죄자를 몰아세워 자백을 받아 내기 위한 첫 번째 순서. 신사적이지 않은 것은 이미 잘 알고 있다. 그러나 범죄자에게 신사적인 태도를 취할 필요는 없다. 우선 양쪽의 힘의 관계를 상대의 머릿속에 집어넣어야 한다.

이 녀석은 피의자다.

숨 쉬는 것처럼 거짓말을 해 대는 생명체인 것이다.

와타세는 속으로 연신 그렇게 되뇌었다.

우라와 경찰서에 도착하자마자 와타세는 소식을 전했다. 피의자 구스노키 아키히로의 신병을 확보했다고 스기에에게 알린 것이다.

수사본부에서 초조한 표정으로 있던 스기에는 소식을 듣자마자 단숨에 표정이 밝아졌다.

"뭐! 피의자라고!"

와타세는 구스노키 아키히로가 용의자로 떠오른 이유를 스기에에게 설명했다. 피해자가 부업으로 고리대금업을 하고 있었다는 점. 그 고객 명단에 아키히로가 있었다는 점. 그리고 이번 사건과 아키히로를 연결하는 새로운 사실이 발각됐다는 점. 설명이 이어질수록 스기에의 표정은 환희에서 놀라움, 놀라움에서 곤혹, 곤혹에서 안도로 변했다.

"정말 너무하는군. 이번에도 이런 비장의 카드를 숨겨 두고 있었다니."

투덜거리면서도 얼굴은 칭찬하고 있다. 수사가 암초에 부딪힌 지금 피의자 확보는 기사회생의 한 수였다.

스기에는 냉정을 되찾고 손목시계를 확인했다.

"오전 10시 40분……. 조서를 받을 수 있을 것 같나?"

나루미는 임의 동행으로 아키히로를 데려왔다. 임의 동행으로 구속할 수 있는 시간은 단 하루뿐이다. 본격적인 조사에 돌입하려면 날짜가 바뀌기 전 본인의 진술 조서를 작성해 정식으로 체포해야 한다. 체포하면 48시간이 더 주어진다. 그 안에 검찰에 송치하면 된다.

"취조 담당이 나루미 경부보님이니까요."

와타세는 기대와 불안을 담아 대답했다. 베테랑인 나루미라면 자백을 받아 내리라는 기대. 그리고 지금 손에 든 패가 언제까지 유효할까 하는 불안.

스기에는 와타세에게서 오로지 기대만을 읽어 낸 듯했다.

"그럼 부탁 좀 하지. 와타세. 나루미 경부보를 확실히 보조해 주도록 해."

옆에서 이야기를 듣는 다른 수사원들도 기대하는 표정으로 와타세에게 고개를 끄덕여 보였다. 와타세는 보이지 않는 압박감에 떠밀리듯 취조실로 향했다.

취조실에 들어가자 이미 나루미가 아키히로와 마주 보고 앉아 있었다. 취조실 구석에는 기록 담당 데라우치가 워드프로세서를 앞에 두고 진술을 옮길 준비를 하고 있다.

아키히로는 영문을 모르겠다는 표정으로 주위를 두리번거렸다. 그러나 스산한 취조실 안에는 지그시 관찰할 것은 아무것도 없고 결국 눈앞의 나루미에게 시선을 돌릴 수밖에 없다.

나루미는 사무용 의자에 앉았지만 아키히로는 파이프 의자에 앉았다. 사소한 요소에도 일부러 차이를 두어 피의자가 경찰과의 상하관계를 느끼게 꾸며져 있다. 그리고 파이프 의자는 착석감이 좋지 않아 오랜 시간 심문받다 보면 힘들어진다. 그런 불안정함도 피의자의 마음을 흐트러뜨린다.

"자, 그럼 시작해 볼까."

나루미는 정면에서 아키히로를 응시했다. 가만히 있어도 험악한 얼굴인데 상대를 노려보자 더욱 흉악해진다.

"구스노키 아키히로. 구루마에게서 돈을 빌린 게 언제지?"

"자, 작년쯤이었나."

"얼마나 빌렸지?"

"처음에는 3만 엔이었어."

"이었어가 아니야! 이었습니다, 라고 해야지!"

느닷없이 나루미가 책상을 쾅 내려치자 아키히로는 몸을 움찔했다.

"존댓말이란 걸 모르나?"

"죄, 죄송합니다."

말끝마다 꼬투리를 잡아서 위협한다. 이 역시 나루미가 즐겨 쓰는 수법이다.

"아무튼 그래서, 그 3만 엔이 다가 아닐 텐데."

"매월 조금씩 생활비가 부족해져서…… 구루마 씨를 찾아가면 돈을 빌려줬어요."

"생활비가 왜 부족해졌지?"

압수한 장부를 보면 한눈에 알 수 있다. 매월 빌려가는 돈이 많아지는 이유도 아키히로의 직장을 찾아가 물어서 알고 있다. 그러나 일부러 본인 입으로 말하게 한다.

"전에 다니던 회사에서 잘렸는데…… 일이 다시 잘 안 구해져서요."

"전에는 어디서 일했지?"

"구마자와 합금이라는 곳입니다."

"왜 잘렸지?" 대답이 끊겼다. 나루미는 또다시 책상을 내려쳤다. "대답해!"

"네, 네. 저, 불경기 때문에 인원을 감축한다고……."

아키히로는 시선을 떨구고 말했다. 퇴직 이유 역시 구마자와 합금 사장을 만나 조사를 마쳤다. 그러나 사실대로 진술하면 자신을 향한 의혹이 더욱 짙어진다는 것을 안다. 그러니 솔직하게 털어놓지 못한다.

"인원 감축 때문에 잘렸다고? 흐음. 구체적으로 어떤 이유로 잘렸지?"

"……업무 숙련도 부족…… 그리고 나이 같은 이유로……."

"야 이 새끼야! 경찰이 우습게 보이냐!" 나루미가 버럭 소리쳤다.

경찰서에 전부 울려 퍼질 만큼 쩌렁쩌렁한 목소리에 압도돼 아키히로는 몸을 뒤로 홱 젖혔다. 나루미는 아키히로의 머리를 냅다 낚아채 책상 위로 눌렀다.

"뭔 놈의 인원 감축이야! 지금 경찰을 속일 작정이냐? 미리 말해 두는데 네놈의 그 멍청한 머리로 떠올린 거짓말 따위 안 먹힌다. 경찰은 네가 지금 무슨 생각을 하는지 다 안다고!"

속셈을 겉으로 드러내지 않는 건 자존심 때문이다. 와타세는 그렇게 생각했다.

자신도 아키히로와 비슷한 나이대라 대략 감이 왔다. 변변한 직업도 없이 낡은 빌라에서 홀로 사는 삶. 모아 둔 돈도 없고 애인도 없다. 자랑할 거라곤 아무것도 없지만 그래도 근거 없는 자신감과 우월감은 있다. 콧대가 높아 남에게 무시당하는 것을 참지 못한다. 따라서 자신에게 명예롭지 못한 일은 저도 모르게 숨기려고 한다. 아무리 경찰서 취조실 안에 있다고 해도.

부풀어 오른 자아를 파괴하면 진술을 받기도 쉬워진다. 와타세가 보기에 나루미의 심문법은 그쪽을 바탕으로 했다.

"너 인마, 회사에서 구루마한테 빚 독촉 당했지? 이번 달 월급을 이자로 내라고 밤낮으로 회사에 전화가 걸려 오지 않았나? 그런 상황이 이어지다가 결국 사장이 참지 못하고 널 자른 거야. 아닌가?"

"네, 마, 맞습니다."

"이자는 8만 3천 엔. 고작 그 돈을 못 내서 해고당했다?"

"네······."

"대체 전부 합쳐 얼마나 빌렸지?"

"······50만 엔 정도······."

"머저리 같은 놈." 나루미는 농락하듯 아키히로의 뺨을 툭툭 쳤다.

"아무리 고금리라도 원금 50만 엔에 한 달 이자가 8만 3천 엔이라고? 너란 놈은 입만 열면 거짓말인가? 잘 들어. 구루마가 설정한 금리는 연 50퍼센트. 거꾸로 계산하면 네놈이 빌린 돈은 200만 엔이야. 아닌가?"

"네······."

"네 같은 소리 하네!"

나루미는 노성을 지르고 아키히로의 몸을 퍽 밀었다.

그러자 아키히로는 의자와 함께 뒤로 벌렁 나자빠졌다.

"정말로 계속 거짓말만 할 거냐?"

보다 못한 와타세가 그를 부축하려고 했지만 나루미가 눈짓으로 신호를 보냈다.

아직은 끼어들지 말라는 신호다.

나루미는 바닥에 드러누운 아키히로에게 다가가 멱살을 움켜 들었다.

"난 지금껏 네놈 같은 인간쓰레기를 수도 없이 봐 왔어. 그러니 아주 잘 알지. 세상에는 자신보다 남의 힘을 빌려야 본심을 잘 드러내는 녀석이 있다는 걸. 네놈도 그런 놈들 중 한 명이야. 알겠나? 너도 그런 놈이라고."

나루미가 멱살을 쥔 손에 힘을 집어넣었다. 순식간에 아키히로의 얼굴이 고통으로 일그러졌다.

"수, 숨이……."

"경부보님. 숨을 못 쉬는 것 같습니다."

와타세가 중간에 끼어들려고 했다. 그러나 이것은 사전에 합을 맞춘 행동이다. 나루미가 위협하고 와타세가 달랜다. 그렇게 역함을 분담해 뒀다. 인간은 원래 나약한 동물이다. 도망칠 곳을 만들면 그쪽으로 향한다. 자백도 마찬가지다. 달래는 역할을 만들어 두면 그쪽에 의지하게 된다. 우스울 만큼 서툰 연극이지만 극한 상태에 놓인 인간은 관찰력이 마비돼 감지하지 못한다.

나루미는 손을 확 뗐다. 그러자 아키히로의 몸이 실이 끊긴 꼭두각시 인형처럼 바닥에 떨어졌다.

"일어서."

그러나 아키히로는 애벌레처럼 웅크리고 있기만 했다.

"일어서! 일어서라고!"

나루미는 아키히로의 머리카락을 움켜쥐고 억지로 일으켜

테미스의 검 ——

세웠다. 투툭 하는 소리가 들린 것을 보니 머리카락이 몇 가닥 뽑힌 듯했다.

아키히로는 힘없이 의자를 다시 들고 앉았다. 표정이 공포와 불안으로 물들어 있다.

"그럼 다시 묻겠다. 네가 회사에서 잘린 건 구루마에게서 끊임없이 독촉 전화가 걸려와서다. 맞나?"

"네······."

"사장은 짜증 났겠지. 그럴 만도 해. 일하는 시간에 사적인 전화가 연거푸 걸려 오니. 그것도 그냥 전화도 아닌 빚 독촉 전화가. 옆에서 듣기 좋을 이야기는 아니야."

"네······ 사장님도······ 그렇게 말했습니다."

"하지만 제일 힘들었던 건 당사자인 너 아닌가?"

그 말을 듣자마자 대번에 아키히로의 표정이 바뀌었다. 처음으로 눈앞에 있는 사람과 마음이 통했다는 듯한 표정이다.

"마, 맞아요. 맞습니다. 저는 늘 정해진 시간에 집에 있으니 그쪽으로 연락을 해달라고 해도 항상 회사로 전화를 했어요. 며칠에 돈을 줄 거냐, 몇 시에 마련되냐, 언제 올 거냐며 끈질 기게 따지고 들었죠. 처음에는 말없이 전화를 바꿔 주던 사장 님도 나중에는 전화가 올 때마다 저한테 뭐라고 하셨어요."

"힘들었겠군."

"그래서 결국 잘린 거예요. 쥐꼬리만 한 퇴직금으로는 일부

변제도 못 했죠. 그 뒤로는 좀처럼 일이 안 구해졌고, 그래도 생활비랑 월세는 계속 내야 하니 구루마 씨한테 또 돈을 빌리고…….”

“눈물 없이는 못 들을 이야기군. 구루마 때문에 네 인생이 꼬인 거나 마찬가지네.”

“정말로 그렇습니다.”

“구루마가 오죽 미웠겠나.”

아키히로는 고개를 한 번 끄덕이고서 급히 안색을 바꿨다.

자신이 함정에 빠진 것을 깨달은 표정이었다.

“나를 직장에서 잘리게 한 장본인. 하물며 갚을 돈은 계속 줄지도 않는 상황. 그러니 죽였다. 맞나?”

아키히로는 세차게 고개를 흔들었지만 나루미는 미소를 지으며 말을 이었다.

“금고 안에 있던 현금은 그냥 수고비 같은 거였다. 결과적으로는 그를 증오하고 돈을 갚기 싫어서 죽였다.”

“아니야! 난 살인 따위 저지르지 않았어!”

“아니, 죽인 건 너야. 그날 넌 구루마 부동산에 갔을 때 밖에 붙은 종이를 보고 오후부터 부동산이 빌 것을 알았어. 돈에 쪼들리던 너는 구루마의 평소 사치스러운 생활을 보고 빈집털이를 떠올렸지. 그래서 밤까지 기다렸다가 1층 사무실에 침입했어.”

"말도 안 돼! 빈집털이라니!"

"그러다가 쇠지레로 금고 문을 뜯은 순간, 원래는 여행을 떠났어야 할 구루마가 나타났어. 범행 현장을 들킨 너는 순간적으로 들고 있던 흉기로 구루마를 찔렀지. 그리고 소리를 듣고 2층에서 내려온 그의 아내 사키에도 계단에서 찔렀어. 그 후 금고 안에 있던 현금을 갈취해 도주했다."

"아니야!"

"오, 아니라고? 그럼 넌 그날 사무실에 몰래 들어가지 않았고, 금고도 열지 않았고, 구루마 부부도 죽이지 않고, 현금도 훔치지 않았다는 건가?"

"마, 맞아요. 사건이 일어난 날 저는 하루 종일 집에 있었다고요."

"또 개똥 같은 헛소리를 하는군. 거짓말을 할 거면 조금 더 그럴싸하게 하라고."

"거짓말이 아니에요!"

"좋아. 그럼 다시 한번 묻겠다. 그날 넌 부동산에 몰래 들어가지 않았고 금고에 있는 돈도 훔치지 않았다고 했지?"

"네."

"이 새끼야! 그럼 금고에 왜 네 지문이 묻어 있냐?"

아키히로는 혼비백산하며 눈을 휘둥그레 떴다. 나루미의 표정은 그대로였지만 와타세는 그가 입맛을 다시는 소리가 들리는 것 같았다.

바로 이것이 아키히로와 사건을 연결하는 새로운 물증이다.

나루미는 지난번에 아키히로의 집을 방문하고 돌아가면서 자신의 명함을 건넸다. 평소 습관 때문이었지만 아키히로는 "어차피 집에 전화가 없어서"라며 명함을 되돌려 주었다.

그 명함에 묻은 아키히로의 지문이 금고에 남은 지문 중 하나와 일치한 것이다.

"야, 인마."

나루미는 아키히로의 머리카락을 움켜쥐고 사정없이 좌우로 흔들었다.

"금고 근처에 가지도 않은 녀석의 지문이 왜 거기에 남아 있냐고. 이 사기꾼 새끼야!"

그는 그대로 머리카락을 붙든 채 아키히로의 머리를 여러 번 책상에 내리꽂았다.

"아야, 아파요, 아파요."

"닥쳐, 도둑놈. 살인자 새끼."

나루미는 아키히로의 이마를 책상에 비비면서 위에서 소리쳤다.

"사람을 둘이나 죽이고 돈을 훔쳐 내뺐겠다. 네놈은 사형 확정이다."

순간 아키히로의 몸이 움찔했다. 나루미가 다시 머리를 들

테미스의 검

어 올리자 그의 눈이 허공을 맴돌았다.

"그게 무슨…… 사형이라니……."

"사람을 둘이나 죽이고 돈을 훔쳤으니 당연히 사형이지. 그런 것도 모르냐?"

"아니야. 내가 아니라고. 난 살인 따위……."

그러자 나루미는 머리카락을 붙잡고 또다시 그의 머리를 책상에 내리꽂았다.

"또 그런다! 그럼 대체 금고에 왜 네놈 지문이 묻어 있냐는 말이다!"

나루미는 아키히로의 머리를 내쳤다. 아키히로는 또다시 의자째로 벌렁 뒤로 넘어졌다.

"자, 이제 솔직히 불어. 네가 두 사람을 죽였다. 맞나?"

나루미는 바닥 위에 웅크린 아키히로에게 다가가 배를 냅다 걷어찼다.

한 대.

그리고 또 한 대.

세 번째 발길질이 들어가기 직전 와타세가 뛰어들었다.

"그만하십쇼, 경부보님!"

이 역시 대본에 있는 행동이다. 그러나 이미 연기하는 느낌은 사라지고 없었다. 와타세는 아키히로에게 얼굴을 갖다 대고 귓속말을 했다.

"모르겠지만 이 형사님은 범죄자들한테 유독 엄하셔. 이제 넌 경찰에서 검찰로 송치돼 재판을 받을 텐데 재판 때는 경찰에서 네가 어떤 태도를 보였는지도 참작 사항이야. 자꾸 거짓말하면 반성하지 않는다고 죄가 더 무거워질 수 있어."

친근하게 말했지만 아키히로는 아무 반응이 없었다. 꺽꺽 울면서 몸을 허우적거릴 뿐이었다.

여기서 일단 전략을 바꿔야 한다. 와타세가 나루미를 올려다보자 그는 슬슬 피곤한지 어깻숨을 내쉬며 고개를 끄덕였다.

벽에 설치된 매직미러를 쳐다본다. 얼마 뒤 신입 형사 두 명이 취조실로 들어왔다.

선수 교대. 와타세와 나루미는 교대하듯 취조실을 나갔다. 지금부터 시작될 것은 완급의 '완' 부분이다. 일방적으로 몰아붙여 봐야 용의자는 모든 것을 털어놓지 않는다. 이내 진술을 이어 갈 마음도 사라진다. 중요한 것은 역시 퇴로를 확보해 주는 일이다.

다만 자백이라는 이름의 퇴로를.

"저 새끼가 진범이야."

나루미가 툭 내뱉었다.

"금고 이야기를 꺼내자마자 안색이 바뀌더군. 증거가 없다 믿고 기어오른 거지."

아키히로의 안색이 변하는 건 와타세도 옆에서 봤다. 그러나 와타세는 그런 반응만으로 그를 범인으로 단정지을 경험과 식견을 갖추지 못해 말없이 있을 수밖에 없었다.

"그건 그렇고, 경부보님. 조금 심했던 거 아닐까요?"

"멍청하기는. 사람을 죽인 놈들은 하나같이 정신 상태가 썩어 문드러졌어. 그렇게라도 하지 않으면 절대 진실을 털어놓지 않는다고."

아키히로를 용의자로 보는 데는 물증 외에 이유가 하나 더 있다. 사전에 탐문 수사로 얻은 그에 대한 평가다.

구루마가 자주 독촉 전화를 하는 바람에 아키히로가 직장에서 해고된 것은 사실이었다. 그러나 그게 전부는 아니다. 그의 직장에서 들은 이야기로는 아키히로의 근무 태도는 절대 칭찬할 만하지 않았다. 무단결근과 태업도 눈에 띄었다. 사장 눈에는 타고난 게으름뱅이처럼 보인 듯했다.

회사를 그만두고 일당제로 일했지만 그쪽에서도 평판은 그다지 좋지 않았다. 일을 시작하면 얼마 지나지 않아 힘들다고 일을 내팽개쳤다. 그러면서 일의 내용과 조건에 대해서는 늘 불평불만이 가득했다. 또 허풍쟁이 기질이 있어 동료들에게 자신은 장래에 록 가수가 될 거라든지, 곧 한밑천을 잡아 부자가 될 거라며 떠벌리고 다녔다고 한다. 다시 말해 근면한 생활을 싫어하고 머릿속으로 망상만을 부풀리는 나태한 인간이었던 것이다. 그런 인간이 돈이 부족해졌을 때 취하는 수단은 대체로 충동적이다.

불현듯 범행 현장이 뇌리를 스쳤다.

피 웅덩이 안에 쓰러져 있던 구루마와 계단 밑에 누워 있던 그의 아내. 두 사람의 얼굴은 결코 평온하게 죽은 자의 얼굴이 아니었다. 죽을 때 감정이 표정으로 굳는다고 단언할 수 없지만 그래도 목숨을 빼앗기는 부조리함에 분노하고 당혹해 하는 표정이었다.

생전에 타인을 울린 적이 있었을지 모른다. 타인의 인생을 짓밟았을 수도 있다. 그러나 그것이 살해당할 이유는 되지 않는다. 인간이 스물네 시간 내내 악인이기는 어렵고, 어떨 때는 그들도 착한 사람이었을 것이다.

와타세는 구루마 부부의 원통함을 떠올렸다. 평소 습관이다. 피해자의 원한을 되새기는 것으로 범죄자를 향한 증오를 더욱 쉽게 환기할 수 있다. 정의의 사도인 척할 생각은 없지만, 경찰이라면 모름지기 잔악무도하게 목숨을 빼앗긴 사람을 애도해야 한다고 생각한다.

형사실로 돌아가자 스기에가 두 사람을 기다리고 있었다.

"어떻게 됐지?"

"녀석이 범인 맞습니다. 금고 이야기를 꺼내니 엄청나게 동요하더군요."

"오늘 안에 조서를 받겠나?"

스기에의 질문에 나루미는 이맛살을 찌푸렸다.

"혹시 다른 건으로 영장을 받을 수는 없을까요?"

"지문이 묻어 있는 것만으로는 주거 침입죄도 성립하기 어려워. 게다가 금고는 누구나 드나드는 사무실 안에 있었으니."

스기에는 안절부절못한 모습으로 관자놀이에 손을 갖다 댔다. 아무래도 뭔가 안 좋은 일이 있었던 모양이다.

"하마다 관리관의 기분이 영 좋지 않아."

가볍게 웃으려는 듯 보이지만 생각대로 되지 않는 듯하다.

"구루마가 고리대금업을 했다는 사실을 우리끼리만 알고 짜고 치는 고스톱을 했다며 서장한테 항의했다는군."

그러자 나루미는 조용히 킥킥거렸다.

"오늘 안에 조서를 받지 못하면 현경에 넘기겠다고 했어."

즉, 금고에 묻은 지문과 장부에 이름이 적혀 있다는 사실로 현경도 아키히로를 용의자로 인정했다는 뜻이다. 그와 동시에 실적을 가로채려고 한다.

유치한 이야기라고 생각했지만 퍼뜩 깨달았다. 실적을 가로채려 했던 건 우리도 마찬가지다.

"날짜가 바뀌려면 아직 열두 시간이나 남았습니다."

나루미는 고개를 좌우로 돌리며 긴장을 풀었다.

"저희는 이제 좀 쉬려고 하는데, 그동안 체포장이나 준비해 주십쇼."

자신감 있는 말투에 스기에가 힘차게 고개를 끄덕였다.

나루미는 인간적으로 문제가 많지만 와타세도 이것만큼은 보고 배워야 한다고 생각했다.

한번 내뱉은 말은 반드시 실천하는 집념. 적어도 같은 팀으로 일하게 된 후로 나루미가 자백을 받아 내겠다고 공언한 용의자가 자백하지 않은 적은 한 번도 없다. 그 실적이야말로 나루미의 존재 의의나 마찬가지이고, 스기에가 독자적 수사를 용납하는 이유다.

나루미가 휴게실로 발걸음을 떼자 앞에 선 수사원들이 길을 터 줬다. 마치 홍해를 가르는 모세 같다.

남은 시간 동안 수사원은 3교대로 심문을 맡는다. 그래도 열두 시간이나 걸리는 대장정이다. 늦은 점심을 먹을 겸 기력을 보충하기 위해 와타세도 휴게실로 향했다.

나루미와 와타세가 다시 취조실에 들어간 건 오후 7시가 조금 지날 무렵이었다. 앞으로 다섯 시간. 그전까지 적어도 아키히로에게 구루마를 살해했다는 언질을 받아 내야 한다. 교대 시간을 고려하면 휴식이 한 번 더 돌아올 수 있지만 나루미는 쉴 마음이 눈곱만큼도 없어 보였다.

아키히로는 눈에 띄게 초췌해져 있었다.

여덟 시간 동안 계속되는 취조. 수사원은 연이어 교대하지만 아키히로는 혼자 대응하고 있다. 그동안 소변을 보러 딱 한 번 자리를 일어났을 뿐 밥은커녕 물 한 잔 마시지 못했다. 피폐해질 수밖에 없다. 그에게 쏟아지는 말은 욕설, 질타, 회유, 동정 그리고 또 욕설. 계속해서 흔들어 대는 통에 정신적 피로도 극에 달했을 것이다.

아키히로의 절반쯤 감긴 눈이 나루미를 보자마자 번쩍 뜨였다.

"야 이 새끼야, 지금 잠이 오냐?"

즉시 나루미의 손바닥이 날아갔다.

"경부보님."

곧바로 와타세가 끼어들자 아키히로는 안도하는 듯한 표정을 지었다. 지옥에서 부처님을 만나면 이런 얼굴일까.

"죄, 죄송합니다. 죄송합니다……."

"어때. 이제 좀 솔직히 털어놓고 싶어졌나?"

"저…… 조금만 쉬었으면…… 배도 고프고……."

"네가 어떻게 나오느냐에 달렸어."

아키히로는 애원하는 눈빛으로 와타세를 봤다.

"자, 말해. 사무실 금고에 왜 네 지문이 묻어 있지?"

조금 전 교대한 수사원도 수없이 반복한 질문이다. 아키히로는 줄곧 대답을 거부했다고 하지만 현 상태를 보건대 슬슬 한계에 가까워진 듯했다.

"⋯⋯돈을⋯⋯ 돈을 훔치려고 했습니다."

와타세는 무심코 나루미와 눈을 마주쳤다.

드디어 넘어왔나.

"계속해."

"지난달 말 변제일에 구루마 씨 사무실에 갔어요⋯⋯. 이자를 내려는데 구루마 씨가 장부를 안 가져왔다며 안에 들어갔죠⋯⋯. 그래서 사무실 안에는 저 혼자 남았습니다. 그때 그 금고가 눈에 들어와서⋯⋯."

"어. 그래서?"

"추, 충동적으로 그만⋯⋯."

"좋아. 계속해."

"금고 앞에 가서 문을 열려고 하는데 자물쇠가 잠겨 있어서⋯⋯ 몇 번인가 시도해 보다가 구루마 씨가 돌아오는 바람에 곧장 금고에서 떨어졌습니다. 지문은 아마도 그때⋯⋯."

말을 끝마치기도 전에 나루미의 주먹이 아키히로의 얼굴에 꽂혔다.

"이 새끼야! 여기까지 와서 또 발뺌이냐!"

나루미는 얼굴이 붉으락푸르락해져서 화를 냈다. 실은 이것도 연기다. 숨을 멈추고 배에 힘을 주면 누구든 이렇게 된다. 그러나 나루미의 주먹 한 방, 발길질 한 대에 겁을 먹은 자의 눈에는 그의 얼굴이 시뻘건 도깨비처럼 비칠 것이다.

다만 와타세도 아키히로의 볼썽사나운 변명에는 화가 치밀었다. 이토록 증거가 있는데도 그는 자신의 잘못을 인정하려고 하지 않는다. 비겁하고 야비한 데다 속이 좁고 교활하다. 남아 있던 일말의 동정심도 이 순간만큼은 사라졌다.

"너 같은 인간쓰레기한테는 이렇게 해 줘야 해!"

나루미는 아키히로의 뒤로 돌아가 목에 팔을 감았다. 몸을 뒤로 젖히면서 팔에 힘을 집어넣자 이내 아키히로의 얼굴에 피가 몰리기 시작했다.

"경부보님!"

적당한 타이밍을 재다가 나루미를 말린다. 아키히로는 목을 부여잡고 컥컥거렸다. 눈물이 맺혀 충혈된 눈이 공포로 물들어 있다.

지금이다.

와타세는 사전에 외워 둔 대사를 입에 담았다.

"구스노키 아키히로. 지금은 네가 잘못했어. 사실을 말한다고 해도 타이밍이 너무 안 좋았거든. 여태껏 숨기고 있다가 뒤늦게 털어놓으니 경부보님도 당연히 화가 나지 않겠어?"

와타세는 바로 목소리를 낮췄다. 귓속말을 해 나루미에게는 들리지 않는다고 아키히로가 생각하도록 하는 것이 중요하다.

"실제로는 안 죽였잖아."

그러자 아키히로는 필사적인 얼굴로 고개를 끄덕였다.

"경부보님이 조금 진정되면 천천히 이야기를 다시 들어 줄게. 그러니 지금은 일단 순순히 인정해 버려. 본격적인 조사에서 제대로 다시 설명하면 되니까. 괜찮아. 이 형님이 어떻게든 해 줄게."

"하지만……."

"이게 다 네가 동생 같아서 하는 말이야. 형님을 믿어."

아키히로는 몽롱한 눈동자를 이리저리 움직였지만 그래도 말은 가슴속에 전달된 듯했다.

이제 한 발짝 남았다.

"들어 봐. 경찰의 임무는 용의자를 체포하는 것뿐이야. 무죄인지 아닌지는 법원이 정할 일이지. 그러니 여기서 죄를 인정해도 재판에서 다시 부인하면 돼. 판사는 공정한 입장에서 너를 다시 봐 줄 거야. 네가 만약 무죄라면 반드시 풀려나게 돼 있어."

물론 무죄라면, 이라는 말을 내심 반복한다.

"내가 간단한 조서를 하나 쓸게. 그러면 밥을 먹을 수 있어. 유치장에서 편하게 눈도 좀 붙일 수 있고."

아키히로의 눈이 어둠 속으로 가라앉았다.

"……그렇게 해 주세요."

말끝이 떨렸다.

"이제는 좀 쉬고 싶습니다."

그 말이 신호였다.

와타세는 사건의 개요를 아키히로 대신 낭독하기 시작했다. 아키히로는 낭독을 들으며 이따금 고개를 끄덕였다.

내용은 기록 담당이 동시에 워드프로세서로 입력했고 잠시 후 종이에 출력됐다.

———————

진술 조서

본적 : 도코로자와시 가미시마초 5번지 ○-○

주소 : 우라와시 쓰지 ○-○ 하이츠 요메이 205호

직업 : 무직

이름 : 구스노키 아키히로

쇼와 34년 6월 7일생 (25세)

상기 살인 및 절도 사건으로 쇼와 59년 11월 22일 우라와 경찰서에서 본관이 피의자에게 사전에 자기 의사에 반해 진술할 필요가 없음을 고지하고 조사한 결과 피의자는 임의로 다음과 같이 진술했다.

저는 쇼와 59년 11월 2일 밤 구루마 부동산에 들어가 금고에 있는 돈을 훔치려 했고 그때 마주친 구루마 부부를 살해했습니다. 자세한 이야기는 나중에 진술하겠습니다만 위의 사실에는 틀림이 없습니다.

'상기'로 시작하는 글은 정해진 문구여서 일부러 낭독하지 않았다.

"자, 여기에 이름을 적도록."

아키히로는 건네받은 볼펜으로 서명했다. 중간에 끊기거나 삐침이 없는 힘없는 글자였다.

이상과 같이 녹취해 읽어 준 결과 허위가 없음을 확인하고 서명 지장을 받았음.

조서 끝에 와타세가 서명하자 옆에서 대기하던 기록 담당이 아키히로의 왼손 검지를 스탬프 패드에 꾹 누르고 서명 아래에 찍었다. 이로써 진술 조서 완성이다.

기록 담당이 막 완성된 조서를 들고 취조실을 나갔다. 그와 교대로 다른 수사원이 우르르 취조실 안에 들어왔다.

아키히로의 눈앞에 종이 한 장이 놓였다. 체포장이다.

"구스노키 아키히로. 구루마 효에와 구루마 사키에 살해 혐의로 체포한다."

아키히로가 양손을 앞으로 내밀자 수갑이 채워진다.

오후 8시 12분. 구스노키 아키히로를 체포하는 순간이었다.

나루미와 와타세가 형사실로 돌아가자 스기에를 비롯한 수사원이 마치 개선장군을 맞이하는 것처럼 그들을 맞아 줬다.

"좋아. 잘했어. 역시 나루미 경부보야."

임의 출두 당일 체포장을 따냈다. 이로써 우라와 경찰서가 수사를 주도할 수 있다. 뒤늦게 들이닥친 현경 본부는 체면을 구긴 꼴이 되지만 수사원들의 얼굴 가득 핀 웃음꽃 속에는 그들을 향한 복수심도 포함돼 있다. 관할이라는 이유만으로 수사 회의에서 뒷줄로 밀려나 해당 지역에서 발생한 사건인데도 후방 지원밖에 못 한다. 이번에야말로 그런 억울함을 불식할 수 있기 때문이다.

그러나 실제로는 내일부터가 본 게임이다. 48시간 내에 아키히로를 검찰에 송치하기 위해 빈틈없는 진술 조서와 물증을 갖춰야 한다.

다음 날 오전 7시 곧바로 취조가 재개됐다. 전날 유치장에서 밥을 먹고 잠도 푹 잤을 아키히로는 어젯밤과 마찬가지로 잔뜩 긴장해 있었다. 듣자 하니 가슴이 메어 밥을 절반 이상 남겼고 정신이 말똥말똥해 잠도 자지 못했다고 한다.

그럴 만도 하다. 상습범이 아닌 사람이 느닷없이 유치장에 들어가 평정심을 유지할 리 없다.

"자, 말 나온 김에 빨리 조서를 써 버리자. 그러면 안심하고 밥을 먹고 잠도 푹 잘 수 있을 거야."

하룻밤 사이에 기운을 되찾은 나루미는 목청 높여 말하며 아키히로와 마주 봤다. 취조에 들어가기 전부터 양쪽의 우열 관계는 명확했다.

"우선 사건 당일 아침 이야기부터 시작해 볼까. 그날 아침만 해도 비가 내리지 않았어. 그렇지?"

"네."

"넌 10월 말에 구루마에게 돈을 갚았지만 곧 생활비가 부족해져서 또다시 돈을 빌리게 됐지. 그리고 구루마의 사무실을 찾았을 때 유리문에 임시 휴업이라고 붙은 종이를 보고 그날 구루마가 사무실을 비울 걸 알았어. 그게 몇 시쯤이었지?"

아키히로는 입을 뻐끔거리기만 하고 대답할 기색이 없다.

"구루마 부부가 공항에 간 게 오후 3시쯤. 종이는 그 직전에 붙였을 테니 시간상 그 무렵이겠지. 맞나?"

"네. 그 무렵일 겁니다."

"좋아. 4시경. 아직 호우가 내리기 전이군."

"네."

"사무실에 어떻게 갔지?"

또다시 침묵.

"돈을 갚으러 갈 때는 보통 어떻게 갔나?"

"자전거를 타고 갔습니다."

"그럼 당일에도 자전거를 타고 간 거 아니야?"

"네."

"좋아. 넌 구루마 부동산이 비는 걸 알고 사무실 금고에서 돈을 훔치려고 마음먹었어. 금고가 있는 곳은 전에 사무실에 갔을 때 봐서 알고 있었고, 화재에 견디는 튼튼한 금고란 것도 알고 있었지. 맞나?"

"네."

"그리고 일단 집에 다시 돌아가 유리칼과 쇠지레를 준비했어. 공구는 일당을 받고 일하던 공사 현장에서 훔쳤으니 굳이 살 필요도 없었지."

이 역시 사실이다. 체포 직후 아키히로의 집을 수색한 별동 대가 집 안 구석에서 이런저런 공구를 발견한 것이다. 그 안에 서 쇠지레와 유리칼은 나오지 않았지만 수사진은 아키히로가 범행 후 그것들을 처분했기 때문이라고 추측하고 있다.

"저녁 전 내리기 시작한 비가 이윽고 장대비로 변했어. 밤 이 되어 완전히 인적이 끊길 타이밍에 너는 그 사무실에 침입 했어. 그게 몇 시였지?"

아키히로는 또다시 침묵에 잠겼다. 나루미는 안달난 것처 럼 손가락으로 책상을 툭툭 두드렸다.

"그 근처에는 러브호텔이 많지?"

"네……."

"평소라면 자정 무렵에 숙박객의 출입이 끊기지. 그날은 비가 퍼부었으니 10시쯤 모든 호텔이 만실이 됐어. 그렇다면…… 몇 시지? 거리에 왕래가 끊길 시간이."

"……10시입니다."

"그럼 너도 10시에 사무실에 침입했겠군."

"네."

"유리칼 사용법은 예전 직장에서 배워서 알고 있겠지?"

"네."

"쇠지레도 써 본 적 있고."

"그건…… 단순한 공구라 누구든 다룰 수……."

"좋아. 계속 그렇게 가는 거야. 사무실에 들어가 보니…… 안에는 사람이 없었다. 맞나?"

"네."

"그래서 즉시 쇠지레를 꺼내 금고 문을 뜯었다. 안에는 돈이 얼마나 들어 있었지?"

아키히로는 또다시 입을 다물었다. 와타세가 보니 중요한 부분에서는 진술을 머뭇거린다.

이처럼 깔끔하게 체념하지 못하는 피의자는 드물지 않다. 손목에 수갑을 차고 물증이 갖춰졌는데도 자백만 하지 않으면 죄에서 벗어날 수 있다고 믿는 것이다.

역시나 나루미가 흥분하기 시작했다.

"야, 이 새끼야."

나루미는 한마디 하고 책상 밑으로 다리를 뻗어 아키히로의 배를 걷어찼다. 무방비 상태이던 아키히로는 참지 못하고 의자째 뒤로 벌렁 넘어졌다.

나루미는 또다시 아키히로를 내려다보며 배를 발로 찼다.

"입 다물고 있으면 죄가 안 될 거라 생각하는 거냐? 이 정신 썩어 빠진 새끼."

세 번째 발길질이 꽂히자 아키히로는 입에서 노란 고형물을 토해냈다. 아무래도 어젯밤 먹은 밥인 듯하다.

더는 곤란하다. 그렇게 판단한 와타세는 등 뒤에서 나루미를 붙잡았다.

"경부보님. 이제 2반과 교대하시죠."

나루미는 와타세의 팔을 뿌리치고 못마땅한 얼굴로 등을 돌렸다. 동시에 옆방에서 대기하던 2반 수사원이 취조실에 들어왔다.

앞으로 하루 하고 열세 시간. 스기에는 취조에 인원을 아홉 명이나 투입해 조서를 완성하려고 한다. 물론 수사원은 두 시간 단위로 교대하지만 피의자에게 그런 여유를 줄 생각은 없다.

와타세는 내심 쉽지 않으리라 예상했다.

아키히로라는 이 남자는 의외로 고집이 셀지 모른다. 다른 전과가 없고 처음 겪는 취조라 나루미의 심문에 겁을 집어먹은 듯하지만 범행 시각과 훔친 돈의 액수 등 핵심 부분이 나오면 대번에 입을 다문다.

"기한이 이틀인 걸 아는 걸까요."

문득 떠오른 생각을 입에 담자 나루미는 흥 하고 코웃음을 쳤다.

"요새는 형사 드라마 같은 걸 보고 쓸데없는 걸 배우는 놈들이 많아졌으니. 하지만 오기가 통하는 건 어디까지나 물증이 없을 때야."

"그런데 금고에 지문이 묻어 있는 것만으로는 조금 약하지 않을까요? 절도 건으로 입증할 수 있을지는 몰라도 살인과 직결되는 증거도 아니고요."

"만약 놈이 그렇게 생각한다면 더 좋은 일이지."

"네?"

"경찰 쪽에 살인과 직결되는 유력한 증거가 없다. 그러니 기한까지만 조금만 더 버티면 된다……. 훗, 만약 그런 속셈이라면 우리도 한번 끝까지 가 보지 뭐."

나루미는 득의양양하게 미소 지었다. 승리를 확신하는 사람의 얼굴이다.

"비장의 무기라도 있는 겁니까?"

"눈치 빠르군. 실은 어젯밤 가택 수색에서 보물이 하나 나왔어."

아무리 3교대라고 해도 취조의 주체는 어디까지나 나루미이고 다른 여덟 명은 보조일 뿐이다. 따라서 나루미가 품속에 지닌 폭탄을 더욱 효과적으로 터뜨리기 위해 다른 두 개 반은 아키히로의 몸과 마음을 철저히 소모하는 전략을 취하기로 했다.

인간은 밀폐된 곳에 오래 있기만 해도 불안을 느끼고 시간 감각을 잃는다. 취조실 벽에 시계가 없는 이유도 그래서다. 일 방적으로 심문받고 문책당하고 고래고래 욕을 먹다 보면 시간 감각을 잃는 동시에 서서히 자아가 붕괴된다. 아무리 냉혹하고 강철 심장을 지닌 피의자라도 정신의 근간이 무너지면 버틸 도리가 없다. 거기에 취조관이 완급을 조절하며 계속해서 흔들다 보면 피의자는 대부분 백기를 든다.

아홉 명의 수사원은 아키히로에게 육체적, 정신적으로 휴식을 허락하지 않았다. 온종일 욕하고 몰아붙이는 게 아니라 한 시간을 욕하면 10분을 달래는 수법이다. 이렇게 하면 정신력이 끊어지지는 않지만 실처럼 가늘어진다.

취조 중에는 취침과 취식이 금지되고 오로지 화장실 사용만 허용된다. 수분과 배 속 내용물이 사라지고 몸에서 인내력이 조금씩 깎여 나간다. 그래도 아키히로는 가장 중요한 살인에 대해서는 좀처럼 입을 열려고 하지 않았다. 지금까지 한 취조에서 주거 침입죄와 절도죄에 대한 진술은 서장에 불과한 것을 그도 아는 것이다.

첫날 취조는 오후 11시까지 이어졌다. 열여섯 시간 동안 지속된 진술을 마친 아키히로는 피로에 찌든 모습으로 유치장에 끌려갔다.

형사실에서 다음 날 작전에 대해 궁리하고 있자 스기에가 언짢아 보이는 얼굴로 나타났다.

"내일 구스노키의 부모가 온다는군."

나루미와 와타세가 아키히로를 취조할 때 별동대는 도코로자와에 있는 그의 본가를 찾아가 아키히로의 소지품으로 추정되는 물건들을 압수했다. 그때 부모에게 아들의 혐의 내용을 알리지는 않았지만 TV 뉴스에서 아들의 이름이 요란하게 거론되는 것을 보고 부랴부랴 경찰에 연락한 모양이었다.

"변호사도 대동하는 겁니까?"

"아니, 그런 얘기는 못 들었어."

스기에가 못마땅해하는 것은 취조 중 부모와 면회하면 그가 기운을 되찾을 가능성이 있기 때문이다. 변호사가 따라온다면 일이 더욱 성가셔진다. 아키히로가 정신적으로 피폐해지기를 노리는 경찰 입장에서는 매우 방해가 되는 존재다.

법원이 구속 결정을 하지 않은 현 단계에 접견을 금지할 수는 없어서 부모가 만나겠다고 하면 거절할 법적 근거가 없다.

변호사가 따라오면 더 강력하게 접견을 요구할 것이다.

"어쨌든 내일 이른 단계에 매듭을 지을 필요가 있겠어."

스기에는 혼잣말처럼 중얼거렸지만 누구에게 하는 말인지 자리에 있는 모두가 알고 있다.

"어떻게든 해 보겠습니다."

나루미가 나직이 내뱉었다. 그러자 스기에는 고개를 한 번 깊숙이 끄덕였다.

어떻게든 해 보겠다. 실제로 이 남자는 그렇게 말하고 지금 껏 수많은 난국을 어떻게든 해 왔다.

2일 차 취조는 오전 6시부터 시작됐다. 유치장을 살피고 온 수사원은 아키히로가 실제 잠든 시간은 세 시간 뿐이라며 스 기에에게 보고했다.

먹지도 마시지도 못하는 연속 열여섯 시간 동안의 심문. 바 로 그 후 주어지는 세 시간의 어정쩡한 수면으로는 피로가 풀 리기는커녕 오히려 정신이 더 피폐해진다. 사고력은 전날보다 떨어지고 자기방어 본능도 희미해진다.

수사원 사이에 끼여 취조실에 들어온 아키히로는 얼굴이 거 무칙칙했다. 와타세는 전에 선배 경찰에게 들은 말을 떠올렸 다. 육체는 둘째 치고 정신이 현저히 소모된 인간은 얼굴이 검 게 변한다고 한다.

취조 담당 나루미의 차례는 세 번째에 돌아왔다. 우라와 경찰서 에이스가 등판하기 전 아키히로의 기력을 최대한 깎아두는 전략이다. 첫 번째와 두 번째 수사원은 적당히 화를 내고 지근거리며 정신과 육체가 닳기 일보 직전까지 그를 몰아붙였다.

정오가 지나 나루미의 차례가 돌아왔다.

나루미와 와타세가 취조실에 들어갔을 때 아키히로는 책상 위에 엎드려 있었다. 그 모습을 잠자코 보고 넘어갈 나루미가 아니었다.

"야 인마! 일어나!"

나루미는 그의 머리카락을 움켜쥐고 강제로 머리를 들어 올렸다.

"조금만 쉬게……."

"이 새끼가. 실컷 자빠져 잔 주제에. 자, 어제에 이어 시작한다. 그날 넌 금고에서 돈을 얼마나 훔쳤지?"

그러나 아키히로는 죽은 사람 같은 눈빛을 하고 반응하지 않았다. 나루미는 혀를 쯧쯧 차고 그의 머리를 내팽개쳤다.

금고 내용물에 대해서는 구루마에게 돈을 빌린 사람들의 증언과 금융기관 조사로 대략 밝혀졌다. 구루마는 금고에 현금이 쌓이면 고액의 무기명 채권을 사들여 은행의 대여 금고에 보관했다. 무기명 채권은 배서가 필요 없고 은행 창구에서 구입하면 기록도 남지 않는다. 자산을 숨기기에 안성맞춤인 유가 증권인데, 구루마는 지난달 말에도 대여 금고를 찾았다. 따라서 수사본부는 그날 금고 안에 현금은 거의 남아 있지 않았으리라 보고 있다.

"경찰은 구루마의 출납 기록을 깡그리 조사했어. 아무리 계산해도 그날 금고에는 현금 205만 엔이 있었던 게 되더군. 그러니 네가 훔친 금액도 205만 엔이다. 맞나?"

나루미는 아키히로를 노려봤다. 아키히로는 궁지에 몰린 작은 동물 같은 눈빛을 하고 있었다.

"맞나?"

"네……."

"좋아. 다음. 넌 금고 안에 있는 205만 엔을 훔치려 했지만 그때 2층에서 구루마가 내려왔지. 구루마는 네 모습을 보고 당연히 도망쳤을 거야. 넌 금고를 뜯은 현장을 목격당했다는 위기감과 지금까지 쌓인 원한이 겹쳐져 들고 온 흉기로 등 뒤에서 구루마를 찔렀어."

이번에도 역시 대답이 없다.

최후의 저지선만은 지킬 생각인가.

남몰래 이를 가는 와타세의 눈에 언뜻 나루미의 옆얼굴이 들어왔다.

나루미는 입술 끝을 올리며 웃고 있었다.

"너 인마, 대체 몇 살이냐? 그렇게 입 다물고 있으면 도망칠 수 있다는 건 초등학생이나 할 법한 발상이라고. 증거도 죄다 나온 마당에."

그러자 아키히로의 눈이 대번에 크게 떠졌다.

"오, 반응하는군. 그래, 나왔지. 네 방에서 혈흔이 묻은 점퍼가 발견됐거든. 그 피는 구루마 효에의 혈액형과 정확히 일치했고."

아키히로의 입이 반쯤 벌어졌다.

경찰이 압수한 혈흔이 묻은 점퍼. 그것이 바로 나루미가 언급한 '보물'이었다.

"……난 모르는 일이야."

폐부에서 쥐어짜 낸 듯한 목소리였다.

"그런 점퍼, 난 몰라."

"감식반에 점퍼를 보내니 네 것으로 단언할 만한 분비액이 검출됐다더군. 뭐 땀 같은 거겠지. 내가 말했지? 입 다물고 있으면 피할 수 있다는 건 초등학생이나 할 생각이라고. 법원과 과학 수사는 물증이 있는데 피의자를 풀어 주는 얼빠진 짓을 하지 않아. 심지어 넌 결정적 증거가 제시될 때까지 사건의 진상에 대해 한 마디도 하지 않았어. 살해된 구루마 부부를 향한 원망만 늘어놓고 사죄의 말도 끝까지 하지 않았지. 잘 들어. 네가 이곳에서 한 말은 전부 기록되기 때문에 나중에 다시 들춰 보면 알 수 있어. 이런 걸 판결문에서는 뭐라고 적는지 아나?"

나루미는 아키히로의 목에 양손을 갖다 댔다.

마치 교수형의 밧줄처럼.

"피고인에게는 반성의 기미를 찾아볼 수 없다. 따라서 갱생 가능성이 없는 것으로 판단한다. 그러니 넌 사형!"

아키히로의 눈이 휘둥그레졌다.

"아아…… 아아아……."

경험이 부족한 와타세도 그의 눈이 공포로 충혈됐음을 알 수 있었다. 이런 인간쓰레기도 사형은 두려운 것이다.

"그런데 말이지. 판사 중에는 온정 판결을 내리는 사람도 많아. 지금이라도 범행을 솔직히 인정하고 반성의 기미를 보이면 무기징역 정도로는 감형해 줄걸?"

감형.

무기징역.

사람을 둘이나 죽이고 현금을 빼앗아 도망친 죄인에게는 더 없이 달콤한 유혹이다.

"자, 이제 순순히 털어놔라. 네가 죽였지? 그 두 사람을."

나루미가 아키히로의 표정을 살폈다. 그러나 아키히로는 기어코 입을 열지 않았다.

"이 새끼가!"

나루미는 아키히로의 목에 갖다 댄 손에 힘을 넣었다.

"그렇게 감형이 싫으면 지금 여기서 죽여 줄까? 응?"

양손으로 목을 움켜쥔 채 일어선다.

와타세가 나설 차례다.

와타세는 나루미의 손목을 붙잡아 제지했다.

"나루미 경부보님. 이러시면 안 됩니다. 침착하십시오."

나루미가 못마땅하게 목에서 손을 뗀 틈을 타 와타세는 옆에서 아키히로를 부축했다.

그리고 귓가에 속삭인다.

"지금 너희 부모님이 이곳에 와 있다."

효과는 즉각 나타났다. 멍한 아키히로의 눈에 순간 감정의 빛이 깃들었다.

"부모님이요?"

"뉴스를 보고 아셨겠지. 만나고 싶나?"

아키히로는 고개를 끄덕이거나 대답하지 않았지만 몸을 부들부들 떨며 와타세의 손을 꾹 쥐었다.

인간은 도망칠 곳이 있으면 더 겁을 먹고 당황한다.

"안타깝지만 취조 중에는 아무도 못 만나."

거짓말이다. 그러나 선의의 거짓말이라는 건 이럴 때 쓰는 말일 것이다.

"전에도 말했다시피 난 널 돕고 싶어. 부모님과도 만나게

해 주고 싶고. 그런데 네가 진술을 거부하고 있으니 영 방법
이 없네."

아키히로의 눈동자가 흔들린다.

"일단 진술해. 구루마 부부를 살해했다고 인정하는 거야.
할 말이 많겠지만 그건 법정에서 하면 돼. 걱정 마. 일본은 법
치국가야. 죄 없는 사람에게 죄를 덮어씌울 수는 없어. 검사님
과 판사님들도 정의를 위해 밤낮으로 일하고 있어. 너도 이 나
라의 국민이니 그런 위치에 있는 사람들을 조금은 신뢰해 봐."

말을 마치고 표정을 살피자 그의 두 눈에서 눈물이 흘렀다.

이제는 끝이다.

"부모님을 만나고 싶지? 진술만 하면 지금 당장 만나게 해
줄게."

순간 아키히로는 고개를 축 늘어뜨렸다.

마지막 무기는 혈흔이 묻은 점퍼가 아닌, 어머니였다. 모든
남자의 공통된 약점. 부모님이 찾아왔다는 말을 듣고 어머니
를 이용해 아키히로를 무너뜨리자고 제안한 사람은 나루미였
다. 지금은 그 간사한 지혜에 혀를 내두를 수밖에 없다.

취조하면서 들은 이야기와 본가 탐문 수사를 통해 아키히
로가 어머니에게 상당히 의존한다는 것은 알고 있었다. 어머
니도 외아들인 아키히로를 끔찍이 아꼈고, 아버지가 출장 때
문에 집을 비우는 날이 많은 만큼 모자의 연은 더욱 끈끈한

듯했다.

그로부터 세 시간 뒤 구루마 효에, 사키에 살해 사건의 피의자 구스노키 아키히로의 진술 조서가 완성됐다.

1. 오늘은 구루마 부부를 살해했을 때의 상황을 말씀드리겠습니다. 11월 2일 오후 10시경 금고 문을 쇠지레로 뜯었을 때 2층에서 구루마 씨가 내려왔습니다. 전 소스라치게 놀랐습니다. 왜냐하면 구루마 씨는 점심쯤 여행을 떠났고 집에 아무도 없다고 생각했기 때문입니다.

2. 구루마 씨는 제 모습을 보자마자 도망치려고 했습니다. 저는 그 순간 가만히 있으면 안 된다고 생각했습니다. 구루미 씨는 저를 압니다. 지금 도망치고 나서 당연히 신고하리라는 걸 알고 있었습니다. 저는 구루마 씨를 쫓아가 들고 있던 칼로 등 뒤에서 구루마 씨의 오른쪽 옆구리를 찔렀습니다. 칼은 전에 근무하던 구마자와 합금이라는 회사 비품을 몰래 가져온 것입니다. 오른쪽 옆구리를 찔린 구루마 씨는 그 자리에 쓰러졌습니다. 하지만 한 번에 숨을 거두지는 않았고 비명을 지르며 바닥을 기었습니다.

3. 그 모습을 보며 저는 구루마 씨에게 평소 느낀 원한을 떠올렸습니다. 저는 그에게 돈을 빌렸고, 매월 변제가 늦어질 때 그가 제가 근무하는 곳에 수없이 독촉 전화를 걸어 온 탓에 저는 회사에서 해고됐습

테미스의 검 ────

니다. 원한은 그뿐만이 아닙니다. 금리가 원체 높아 좀처럼 원금이 줄지 않았고 일정한 직장도 못 구해서 소액씩 돈을 계속 빌렸습니다만, 그때마다 구루마 씨는 저를 멸시했습니다. 직접 말을 한 건 아니지만, 돈을 건넬 때마다 마치 길을 잃은 개한테 뼈다귀를 던져 주는 듯한 눈빛으로 저를 쳐다봤습니다. 정신이 드니 저는 이미 구루마 씨를 여러 번 칼로 찌르고 있었습니다. 그래도 여전히 구루마 씨가 몸을 꿈틀거려서 저는 두 손으로 칼을 들고 왼쪽 옆구리에 깊숙이 칼을 찔러 넣었습니다. 그러자 구루마 씨는 비로소 움직임을 멈췄습니다. 칼 표면에 피가 잔뜩 묻어서 저는 순간 점퍼에 칼을 닦았습니다.

4. 그러나 그 직후 계단을 내려오는 사람 소리가 들렸습니다. 황급히 복도 안쪽으로 가니 구루마 씨의 아내가 있었습니다. 그녀는 제 모습을 보고 질겁하며 계단에 주저앉았습니다. 이렇게 된 이상 이 여자의 입도 막아야 한다고 생각해 저는 칼을 들어 그녀의 가슴을 아래에서 위로 찔렀습니다. 급소를 찔러서인지 그녀는 일격으로 움직임을 멈췄습니다.

5. 두 사람을 살해하고 저는 금고에서 현금을 꺼내 사무실을 나갔습니다. 그때 도망친 경로는 별지에 적힌 대로입니다. 도망치다가 도중에 다리 위에 다다랐습니다. 하천은 저녁부터 퍼부은 비 때문에 탁류가 흐르고 있었습니다. 거센 물살은 모든 것을 쓸어 갈 기세였습니다. 저

는 증거가 될 수 있는 유리칼과 쇠지레, 그리고 살해에 쓴 칼을 하천에 던지고 그대로 집에 돌아갔습니다.

6. 집에서 돈을 세어 보니 총 205만 엔이었습니다. 처음 예상했던 것보다 액수가 적어서 저는 적잖이 실망했습니다. 그래서 돈을 불려 보고자 경마에 돈을 쏟아부었지만 결국 3주 만에 가진 돈을 모두 잃고 말았습니다.

7. 이상이 11월 2일에 제가 한 모든 행동임이 틀림없습니다.

구스노키 아키히로 (서명) 날인

이상과 같이 녹취해 읽어 준 결과 허위가 없음을 확인하고 서명 지장을 받았음.

우라와 경찰서
사법 경찰관
경부보 나루미 겐지 날인

　　진술 조서 작성을 마치고 형사실에 돌아가자 스기에가 두 사람을 칭찬했다.
　　"그나저나 미안하지만 하나만 더 처리해 줄 수 있나?"
　　스기에는 와타세를 쳐다보았다. 나루미가 조서를 작성했으니 잔업은 와타세가 처리하는 것은 당연하다.

"방금 피의자의 부모가 도착했어. 가서 상대해 줘."

듣자마자 대번에 진이 빠졌다. 가장 힘들고 짜증스러운 일 아닌가.

처음부터 진지하게 응대할 마음이 없었는지 구스노키의 부모는 1층에 방치돼 있었다. 와타세는 역시 마음에 걸려서 두 사람을 별실로 들였다.

"이게 대체 무슨 일인가요!"

먼저 입을 연 쪽은 모친 이쿠코였다. 아마 밤잠을 못 이뤘을 것이다. 화장은 했지만 퉁퉁 부은 눈이 훤히 보였다.

"착한 아들이에요. 돈 관리에 칠칠치 못한 면이 있긴 해도 강도짓 따위 저지를 애가 아니라고요!"

매번 귀에 못이 박이도록 듣는 '우리 아이만은' 타령이다. 어머니들은 왜 자기 자식을 좋게만 보는 걸까. 부모의 편파적 이고 맹목적인 시선이다.

"하지만 어머님. 증거가 다 나왔고 방금 전 본인도 범행을 자백했습니다."

"거짓말! 뭔가 잘못된 게 분명해요!"

좁은 별실 안에서 이쿠코는 절규했다. 옆에 앉은 부친 다쓰야는 그 모습을 힐끗 쳐다보고 와타세에게 시선을 돌렸다.

"그놈 자식한테…… 다른 사람을 해칠 배짱은 없을 텐

데……."

"정말로 착한 아이랍니다. 어린 시절에는 길가에 버려진 고양이를 자주 주워 왔죠. 제가 집에서는 못 기른다고 혼내도 이런저런 구실을 대 가며 하루라도 더 보살펴 주려고 했어요. 곤충 채집을 할 때도 힘들여 잡은 나비를 다시 놓아주는 아이였다고요."

세상에는 개를 사랑하는 살인자도 존재한다고 하려다가 참았다. 부친은 몰라도 모친은 지금 감정에 복받친 상태다. 어떤 이유를 들며 설명해도 통하지 않을 것이다. 이럴 때는 사무적으로 대화를 이어 가는 것이 현명하다.

"반에서도 다른 남자애들에게 늘 당하기만 하고 그 아이가 먼저 손을 뻗은 적은 한 번도 없답니다. 그런 아이가 사람을 죽일 리 없잖아요."

"아무튼 아키히로 씨는 곧 우라와 구치소로 이동할 겁니다. 전달할 물건 같은 게 있으면 지금 전해 주십시오."

"잠깐만, 형사 양반."

이야기를 마치고 일어서려는 순간 팔을 붙들렸다. 돌아보니 다쓰야가 위압하는 눈빛으로 노려보고 있었다.

"지금껏 나는 일 때문에 집에 있을 시간이 없어서 아이에 대한 일은 집사람한테 일임했네. 하지만 그래도 그 애를 돈이 필요해 사람을 죽이는 인간으로 키운 기억은 없어. 형사 양반.

자꾸 똑같은 이야기를 반복해서 미안하지만 정말로 뭔가 잘못된 게 아닌가?"

와타세를 바라보는 눈빛에 흔들림이 없다. 이것이 바로 부모의 신념이란 걸까.

그러나 와타세에게도 형사로서의 신념이 있다.

"우리만 모를 뿐이지 분명 아키히로 씨는 마음씨 착한 사람일지도 모릅니다. 그러나 착한 사람도 궁지에 몰리면 절도도 살인도 저지릅니다. 그리고 흉악범의 부모 중 자기 자식은 못된 인간이었다고 잘라 말하는 사람은 거의 없습니다."

"부모보다 경찰의 사람 보는 눈이 정확하다는 건가?"

"범죄 수사에 한해서는 그렇습니다."

"그렇다면 당신들은 지금껏 틀린 적이 한 번도 없나?"

다쓰야의 목소리가 조금 높아졌다.

"나는 지금껏 건축 쪽 일을 20년 가까이 이어 오고 있네. 젊은 사람들한테는 베테랑 대접을 받고 있지. 그래도 일 년에 한두 번은 꼭 실수를 저지르네. 못 보고 넘어가면 결함 있는 건물을 짓게 될 엄청난 실수를 말이야. 건물들은 대체로 덩치가 크지만 설계도 단계부터 건물의 수명 주기나 내진성 등 세세한 사양이 정해지지. 단적으로 말하면 철근 하나가 처음 사양과 달라지면 나중에 서서히 영향이 나타나는 섬세한 물건인 셈이야. 다행히 늘 큰일로 이어지기 전에 발견해서 수정하고 있으니 지금껏 별일 없이 일을 계속할 수 있었네. 백 명, 이백 명이 모인 현장에서도 그래. 그런데도 당신들은 정말로 단 한 번도 틀리지 않는다고 단언하는 건가?"

건축과 범죄 수사를 똑같이 취급하지 마십시오. 즉시 그렇게 되받아치려 했지만 둘 사이의 근본적 차이가 뭐냐고 물으면 할 말이 없다는 것을 깨달았다.

"우리가 틀렸는지 아닌지를 판단하는 건 법원이 할 일입니다. 조만간 법정에서 밝혀지겠죠."

"……변호사를 선임하겠네."

"네. 그러시는 게 좋을 겁니다. 당연한 권리니까요. 변호사회라는 곳에 가서 상담하면 국선이라 해도 우수한 변호사를 소개해 줄 겁니다."

국선 변호인을 선임하도록 제안한 것은 와타세가 보인 최소한의 호의였다. 부부의 행색으로 보아 구스노키의 집안 사정이 그리 넉넉지 않음을 알 수 있다. 사선 변호인을 쓸 여유는 없어 보였다.

이야기를 마치고 와타세가 자리를 뜨려 할 때였다.

불현듯 이쿠코가 와타세의 두 손을 붙잡았다.

"그 아이를 도와주세요. 제발 그 아이를 도와주세요……."

작고 부드러운 손이었다.

와타세는 조심스럽게 이쿠코의 손을 뿌리치고 부부를 출구로 안내했다.

다쓰야는 이쿠코를 부축하며 우라와 경찰서를 나갔다.

와타세는 부부의 뒷모습을 바라보면서 무의식적으로 이쿠코가 붙잡은 곳에 손을 갖다 댔다. 부드러운 감촉은 그 뒤로도 얼마간 통증처럼 남았다.

3

쇼와 61년(1986년─옮긴이주) 2월 1일. 도쿄도 지요다구 가스미가세키 1-1-4 도쿄 고등 재판소.

고엔지 시즈카는 이틀 뒤 다가온 항소심을 준비하느라 여념이 없었다. 1월에 일을 시작하고 안건이 산더미처럼 쌓여 최근 한 달간 줄곧 과로에 시달리고 있다. 캐비닛에 쑤셔 넣은 미결제 서류 더미는 줄어들 기색이 없어 언제쯤 한숨 돌릴 수 있을지도 가늠되지 않는다.

그런데도 시즈카는 재판 기록을 꼼꼼히 살폈다. 퇴임까지 이제 햇수가 얼마 남지 않았지만 그렇다고 다른 판사들에게 동정과 연민의 눈빛을 받기는 싫었다. 일본에서 스무 번째 여성 재판관이라는 직함이 명색뿐이 아님을 재판 심리의 질과 양으로 증명하고 싶었다.

다만 퇴임이라는 두 글자를 떠올리면 역시 가족 구성원으로서의 자신의 얼굴이 어렴풋이 보였다. 남편은 먼저 세상을 떴고 딸 미사코도 시집을 갔다. 딸 부부는 하루빨리 아이를 낳고 싶어 하니 손자 얼굴을 보는 것도 그리 오래 걸리지는 않을 것이다. 퇴임하면 세상을 뜬 남편 몫까지 더해 손자에게 애정을 듬뿍 주고 싶다. 나는 과연 어떤 할머니가 될까.

상상을 부풀리고 있자 문을 두드리는 소리가 들렸다. 시즈카가 응답하자 고검 검사 스미자키 세이지가 들어왔다.

"판사님. 지금 업무 중이십니까?"

"새삼스럽게. 재판관실 안에서 일 말고 또 뭘 하겠어요. 다 알고 오신 거 아닌가요?"

"면목 없습니다."

스미자키는 그렇게 말하며 권하지도 않았는데 가운데 자리에 앉았다. 몇 번인가 얼굴을 마주친 적이 있지만 은근히 무례한 태도는 여전했다.

"고엔지 판사님과 아직 신년 인사도 못 나눴네요."

"벌써 2월이랍니다."

"판사님께서 맡으신 나흘 뒤 항소심. 제가 담당 검사이기도 해서 인사 겸 찾아뵈었습니다."

역시 예상대로다. 시즈카는 탄식을 참고 스미자키를 봤다. 스미자키가 찾아온 목적은 법정 외 변론이다. 변호인을 포함하지 않은 판사와 검사의 일대일 변론. 불법은 아니지만 법원과 검찰이 한 패인 증거라는 말을 듣기도 한다. 물론 시즈카는 그와 한 패라고는 조금도 생각하지 않으니 이런 식으로 찾아오는 건 민폐 그 자체다.

"재작년 11월 일어난 우라와 강도 살인 사건입니다. 1심 판결이 나오고 변호인이 즉시 항소했죠."

무표정하게 듣고 있지만 해당 사건은 며칠 전 재판 기록을 읽어서 알고 있다. 피고인은 구스노키라는 무직의 젊은 남성으로 피해자와 금전 문제로 마찰이 있었다.

"그야말로 악랄한 피고인입니다. 자신이 직장에서 잘린 게 피해자의 빚 독촉 때문이라고 억울해하며 피해자와 그의 부인까지 살해했죠. 실제로는 당사자의 근무 태도가 불량해서 해고된 건데도 말이죠. 금고에서 훔친 돈을 불과 몇 주 만에 몽땅 날려 버린 탓에 정상 참작 여지도 없습니다. 1심 판결은 지당한 사법 판단이었습니다."

서류를 훑으며 시즈카는 스미자키의 의도를 가늠했다. 1심이 검찰 측의 일방적 승리라면 항소에서 판결이 뒤집힐 가능성은 제로에 가깝다. 굳이 법정 외 변론을 펼칠 이유가 없다. 그러나 이 검사는 피고인에게 악랄한 인상을 심으려 한다. 거기에 어떤 의도가 있는 걸까.

"정상 참작 여지가 없는 이유는 하나 더 있습니다. 1심 공판과 달리 피고인이 다짜고짜 무죄를 주장하고 나섰기 때문입니다. 제출된 물증과 자백 조서 모두 경찰이 날조한 거라는 주장에는 입이 다물어지지 않더군요. 뭐 피고인의 말도 안 되는 일방적 주장이라는 건 누가 봐도 명백합니다만."

"스미자키 검사님."

시즈카는 감정을 배제한 목소리로 입을 뗐다.

"그 사건을 담당하신다는 건 잘 알겠습니다. 사안은 저도 기록을 꼼꼼히 살필 거니 검사님의 소중한 시간을 굳이 이곳에서 허비하지 않으셔도 됩니다."

"아아, 네. 이거 실례했습니다. 쓸데없는 잡담으로 판사님의 귀중한 시간을 빼앗을 뻔했군요."

스미자키는 당장에라도 혀를 쯧쯧 찰 것 같은 표정을 지었지만 그것도 잠깐이었다. 나가 줬으면 한다는 시즈카의 마음이 전해졌는지 그는 곧장 자리에서 일어섰다. 그러고는 정중하게 인사하고 발길을 돌렸다.

"판사님. 그럼 법정에서 뵙겠습니다."

문이 닫히는 순간 시즈카는 탈취제를 뿌리고 싶은 충동에 휩싸였지만 공교롭게도 재판관실에 그런 사치스러운 물건은 두지 않았다.

이쪽이 나가 달라고 하니 즉시 따른다. 상담하려는 내용이 공공연하게 거론할 수 없는 내용이어서일 것이다. 판사에게 뒤가 켕길 만한 이야기를 태연하게 늘어놓을 만큼 스미자키라는 검사는 대답하지 않다. 그리고 시즈카의 기억에 그가 맡은 안건은 그밖에도 많다. 그런데도 콕 집어 우라와 사건만을 언급한 이유가 뭘까.

도출된 결론은 하나. 우라와 안건에 검찰 측에 불리한 뭔가가 있기 때문이다.

궁금해지면 그 즉시 확인한다. 습관처럼 된 교훈이 떠올라 무의식적으로 몸을 움직였다. 시즈카는 벽 옆 서류 캐비닛에서 해당 안건의 파일을 꺼냈다.

우라와 부동산 업자 강도 살인 사건은 당시 언론이 떠들썩하게 다루기도 해서 법조 관계자가 아닌 이들도 여전히 기억할 것이다. 시즈카는 파일에 담긴 공판 조서에 시선을 고정했다. 공판 조서는 서기관이 공판 흐름을 기록한 것으로 조서를 읽으면 법정에서 어떤 말이 오가고 무슨 일이 일어났는지 손쉽게 파악할 수 있다.

피고인 구스노키 아키히로는 공소 사실 인부 단계에 자신의 무죄를 주장했다. 살인과 강도를 저지른 적이 없고 증거와 자백 조서 모두 관할인 우라와 경찰서 형사가 날조한 것이라고 했다.

당연히 조서를 작성한 나루미 겐지라는 형사가 증언대에 섰다. 하지만 그는 취조가 적법하게 이뤄졌고 폭력적인 말과 행동은 전혀 없었다고 증언했다. 실제로 피고인이 외상을 입은 진료 기록이나 영상이 존재하지 않아 변호인은 피고인의 주장을 입증하지 못했다. 아니, 변론 요지가 보이지 않는 것을 보니 변호인은 입증할 마음 없이 그저 구두로 주장하기만 한 듯하다.

물적 증거는 피고인에게 더욱 불리하게 작용했다. 흉기는 발견되지 않았지만 현장에 남은 지문, 구체적으로 말해 사무실 금고에 묻은 지문은 틀림없이 피고인의 지문이었다. 비교적 생긴 지 얼마 안 된 현관에 남은 발자국도 피고인의 신발 바닥 패턴과 동일했다. 결정적인 것은 자택에서 압수한 점퍼에 피해자의 혈액형과 같은 혈액이 묻어 있었다는 점이다. 뭔가 다른 물건에서 피를 닦아낸 흔적이 있는 것도 진술 조서 내용과 일치했다. 현장에서 피고인의 머리카락도 수집됐다.

시즈카는 변호인이 국선인 것을 보고 재판 기록에서 의욕이 느껴지지 않는 이유를 이해했다. 국선 변호는 변호사회의 의뢰를 받아서 한다. 우수하고 사선 경험이 많은 변호사에게는 성가시기만 하고 보상이 적은 안건이다. 또 피고인이 공소 사실을 부인한다고 해도 물증이 이렇게나 갖춰져 있으면 변호인의 의욕도 떨어진다. 애초에 제출된 증거를 뒤집을 만한 노력과 비용이 이해타산에 전혀 맞지 않는다.

공판 조서를 읽어 보니 아니나 다를까 변호인은 제출된 증거에 이렇다 할 반증을 들지 않았고 최종 변론도 "부디 관대한 판결을 부탁하고 싶습니다"라고 마무리 지었다. 같은 국선이라도 이른바 인권 변호사라고 불리는 이를 만났다면 재판 흐름이 다소 바뀌었을까. 그러나 시즈카는 아니라고 판단했다. 변호는 열정이 아닌 논리로 하는 것이다. 아무리 경찰과 검찰을 증오하는 좌익 변호사가 침을 튀기며 변호하려 해도 이런 물증 앞에서는 손가락이나 물고 있을 수밖에 없다.

이렇게 되면 스미자키가 방문한 이유가 모호해진다. 검찰에 압도적으로 유리한 재판인데 그는 대체 뭘 염려하는 걸까. 검찰 측 증인 나루미 겐지에게 뭔가 문제라도 있는 걸까.

나루미라는 이름은 예전에 언뜻 들어 본 적이 있다. 우라와 경찰서의 베테랑으로 검찰의 신임이 두텁다고 한다. 진술 조서에도 별다른 하자는 눈에 띄지 않는다. 개미 새끼 한 마리 못 기어갈 만큼 빈틈없이 완벽한 자백 조서다. 그렇다면 스미자키는 공판에서 피고인이 느닷없이 증언을 뒤집은 게 피고인의 평소 성격 탓이고 경찰과 검찰이 날조한 사실은 없다고 강조하고 싶은 게 분명하다. 평소 은근히 건방진 성격에 소심한 인상은 아니지만 원래 시합에 익숙한 자일수록 세세한 구멍에 신경을 쓴다.

무거운 판결을 내릴 경우 판결문 낭독은 피고인을 배려해 주문을 마지막에 할 때가 많다. 판결문 선고는 피고인에게 내용을 이해시키기 위해서 한다. 이번 사안도 역시 주문이 마지막에 낭독됐다.

주문, 피고인을 사형에 처한다.

아마 자신도 그렇게 판단했을 것이다. 시즈카는 그렇게 생각하면서 마지막에 기재된 재판관 이름을 보고 순간 가슴이 철렁했다.

재판장 구로사와 가쓰히코.

시즈카의 뇌리에 그리운 얼굴이 떠올랐다. 구로사와는 시즈카가 아직 파릇파릇한 새내기 법률가일 때 시즈카에게 이런저런 것을 가르쳐 준 한 기수 위 선배다. 온화한 성격대로 온정 판결을 하는 것으로 유명한 판사이지만 그런 구로사와의 판단을 거쳐도 결국 사형 판결이 떨어진 것이다.

판사는 한 명 한 명이 독립된 사법 기관이라 하급심 판단, 더욱이 사사로운 정에 절대 좌우되면 안 된다.

그러나 한편으로 재판관 역시 한 명의 인간이라 지식과 윤리관에 있어서 선배 혹은 계몽 서적 등의 영향을 받기 마련이다.

시즈카는 고개를 세차게 흔들었다. 존경하는 사람의 이름이 얇은 막이 되어 눈을 흐리고 있다. 지금은 일단 주문 이후 글을 머릿속에서 지우고 다시 한번 자세한 공판 기록을 채워 넣어야 할 때다.

그런 다음 법정의 피고인을 직시한다. 자신이 피고인을 직접 보면 어떤 판단을 내려도 책임질 수 있다. 또 책임지지 못할 일이면 안일하게 판단을 내려서는 안 된다.

2월 5일 항소심 제1공판.

법복을 입은 시즈카가 재판관 두 명과 함께 입정하자 법정에 모인 이들이 일제히 자리에서 일어섰다.

공기가 팽팽하게 얼어붙는다.

이 순간 시즈카는 법정의 지배자가 자신임을 인식한다. 우쭐거리는 게 아니다. 재판관석의 높이만큼 검찰과 변호인보다 높은 시야에서 사건의 전체상을 파악해야 한다.

정면 왼쪽 피고인석에는 구스노키 아키히로가 서 있다. 기록을 보면 20대 중반일 텐데 움푹 팬 눈과 윤기 없는 머리카락 탓에 서른이 넘어 보였다.

변호인석에 앉은 사람은 1심과 같은 가지우라 국선 변호사. 시즈카도 한두 번 법정에서 얼굴을 마주친 적이 있다. 자신의 일을 묵묵히 해내는 타입이고 검찰을 증오해 국선을 자처할 변호사는 아니다.

오른편에 앉은 스미자키 검사는 여전했다. 시침 뗀 표정 아래에 치밀한 계산과 전략을 숨긴 채 아키히로의 얼굴을 살피고 있다.

방청인석은 절반쯤 차 있었다. 한때 언론을 들썩이게 한 사건도 역시 항소심에 이르면 세간의 관심이 절반으로 준다는 뜻일까.

　방청인석 구석에는 나이 든 부부가 나란히 앉아 있었다. 침통한 얼굴로 피고인석을 향하는 시선으로 보아 아키히로의 부모임을 알 수 있다. 모친은 특히 동요가 심해 당장에라도 소리치고 싶은 심정을 필사적으로 억누르고 있는 모양새다. 판사가 사적 감정에 휘둘리는 것은 엄중히 금해야 하지만 그 모습을 보고 있으니 역시 가슴이 저릿했다. 시즈카는 두 사람에게서 시선을 돌렸다.

　"지금부터 쇼와 61년 네 제22호 항소심 사건의 심리를 시작합니다."

　서기관이 개정을 선언하고 우선 변호인의 요청으로 증인 신문이 시작됐다.

　아키히로의 진술서와 함께 제출된 항소 취지서에 취조 관계자의 신문 내용이 포함돼 있어 이번에도 나루미가 소환됐다. 나루미는 1심에서 이미 증언을 마쳤지만 변호 측이 반증하려면 그의 증언을 반드시 뒤집어야 한다.

　법정 집행관의 뒤를 따라 반백 머리 남자가 증언대에 섰다. 이 남자가 소문으로만 듣던 우라와 경찰서의 역전의 용사 나루미 겐지인가.

　시즈카는 인정 신문 사이에 나루미를 관찰했다. 법정에 서는 게 익숙한지 긴장감은 조금도 찾아볼 수 없다. 그러나 시즈카는 나루미가 아키히로를 힐끗하는 것을 보고 그의 비정함을 감지했다. 그야말로 불손한 표정 속에 포악함이 감춰진 것처럼 보이기도 했다. 경찰관이라기보다는 이름난 사냥꾼 같은 인상이다.

"나루미 겐지. 우라와 경찰서 소속. 계급은 경부보입니다."

가지우라가 질문하러 일어섰다.

"증인은 피고인의 취조를 담당한 게 맞습니까?"

"네."

"취조 담당이라면 취조의 전반 사항을 파악하고 있다고 봐도 되겠습니까? 물론 모든 취조에 동석하지는 않았겠지만."

"네. 취조 내용은 그때그때 담당이 보고받는 형태니까요."

"취조는 총 몇 사람이 어떻게 팀을 나눠서 합니까?"

"총 아홉 명의 수사원이 세 팀으로 나눠서 합니다."

"피고인이 임의 동행으로 경찰서에 출두한 날이 11월 22일. 같은 날 체포돼 다음 날부터 본격적인 취조가 시작됐습니다만 정확한 개시 시각과 종료 시각을 알려 주십시오."

"임의 동행으로 진술을 시작한 게 오전 10시 40분, 자백한 시간이 오후 8시 12분. 다음 날은 오전 7시부터 오후 11시까지. 셋째 날은 오전 6시부터 오후 4시까지 했습니다."

"대략 계산하면 첫째 날은 아홉 시간 반, 둘째 날은 열여섯 시간, 셋째 날은 열 시간이 소요된 셈입니다만, 연속해서 한 겁니까?"

"아뇨. 저희가 교대할 때 비는 시간이 있었고 피의자에게는 적절할 때 화장실에 보내는 등 휴식 시간을 줬습니다."

"그렇다고 해도 너무 길지 않습니까?"

"아뇨. 취조를 맡은 담당자는 항상 피의자의 건강 상태를 유념하고 피의자와 상담하면서 조사를 이어 갑니다."

시즈카는 증언을 들으며 머릿속으로 쇼와 59년 2월 내려진 불법 취조에 대한 최고 재판소 판례를 떠올렸다.

'임의 수사 일환으로 하는 피의자 취조는 (중략) 사안의 성질, 피의자의 혐의 정도, 피의자의 태도 등 제반 사정을 고려해 사회 통념상 타당하다고 인정되는 방법과 양태, 한도 안에서 허용되는 것으로 해석해야 한다.'

언뜻 읽으면 엄격한 판례로 보이지 않는 측면도 있지만 전반부의 '제반 사정'이라는 단서가 확대 해석을 가능하게 한다. 경찰 내부에서는 한 번의 취조 시간에 제한을 둔다고 하지만 이는 어디까지나 자율 규제이다. 다시 말해 도둑이 훔칠 금액의 상한을 정하는 것이나 마찬가지다. 따라서 현 단계에서는 구스노키 아키히로의 취조가 반드시 위법이라고 단정지을수 없다.

"그러나 피고인은 취조 중 식사를 거의 하지 못했고, 잠깐 눈을 붙이는 것도 허용되지 않았다고 주장하고 있습니다."

"식사는 저희도 권했지만 식욕이 없다면서 거절하더군요. 취조 중 졸거나 하면 주의를 줬지만 취조를 마치면 곧바로 유치장에 보내 잠은 충분히 잘 수 있게 했습니다."

나루미의 대답에는 역시 막힘이 없다. 법정에 익숙해서일까. 아니면 태생이 철면피여서일까. 아마 양쪽 다일 거라고 시즈카는 짐작했다.

"피고인은 취조 중 형사들에게 여러 차례 폭행을 당했다고 주장합니다만, 사실입니까?"

가지우라의 질문에 방청인석이 살짝 술렁였다.

"그런 사실은 없습니다."

"피고인은 폭력을 통해 자백을 강요당했다고 주장합니다. 자신은 아무것도 훔치지 않았고 피해자 부부를 살해하지도 않았는데 억지로 범행을 진술하도록 강요당했다고 합니다."

"그런 사실은 없습니다. 수사는 적법하게 진행되었고 피의자 진술은 경찰이 발견한 물증을 제시하면서 자발적으로 이뤄졌습니다."

여전히 대답하는 데 주저하는 기색이라고는 없다. 그러나 이는 나루미의 배짱보다 가지우라의 서툰 질문이 원인이다. 아키히로가 취조 중 외상을 입었다는 진료 기록이나 영상이 남아 있는 것은 아니다. 물증이 없는 상태에서 당사자에게 진위를 확인해 봐야 부인하면 헛수고에 그친다. 이럴 때는 허점을 찔러 증인의 입을 통해 폭력이 행사된 사실을 실토하게 하는 게 원칙이지만 시즈카가 보기에 가지우라에게 그런 실력이 있을 것 같지는 않았다. 옆에 앉은 피고인의 심정을 얌전히 대변하고 있을 뿐이다.

"피고인은 그 물증도 부인하고 있습니다. 실제로 살해하지도 않았는데 증거가 나온 건 날조됐기 때문이라고 합니다. 사실입니까?"

"터무니없는 변명입니다. 금고에 묻은 지문, 피해자와 같은 혈액형의 피가 묻은 점퍼가 모두 피의자 본인의 것이라는 건 과학 수사 연구소가 이미 증명했습니다."

"질문을 마칩니다."

가지우라는 아무 미련 없이 의자에 앉았다. 시즈카는 스미자키에게 시선을 돌렸다.

"검사. 반론 있습니까?"

"없습니다."

스미자키는 태연하게 대답했다. 고검 검사는 원래 법정에서 말이 별로 없다. 고등 재판소가 대부분 1심 판결을 지지하므로 검사는 그저 법정에 앉아 있으면 된다. 그러나 오늘 스미자키에게는 또 다른 이유가 있다. 변호인의 질문이 너무 형식적이라 반론할 가치를 못 느끼는 것이다.

테미스의 검

"재판장님, 다음 증인을."

"네."

나루미와 교대로 증언대에 선 사람은 같은 우라와 경찰서 담당 형사인 와타세라는 남자였다. 나이는 피고인과 동년배로 보이지만 이쪽은 아직 불량소년 같은 면모가 얼굴에 남아 있다. 인정 신문으로 성과 이름을 들었을 때 시즈카는 하마터면 웃음을 터뜨릴 뻔했다. 와타세라는 성에 비해 이름이 너무 귀여워서 실제 인상과 괴리가 너무 심했다. 험악하고 무뚝뚝한 얼굴, 토라진 듯한 눈과 굳게 다문 입술. 다른 사회에서는 좀처럼 다가가기 힘든 생김새겠지만 경찰 조직 안에서는 나름대로 효과가 있을 것이다. 시즈카는 속으로 그의 증오가 오직 범죄에만 향해 있기를 바랐다.

"증인은 나루미 경부보와 함께 피고인의 취조를 담당했습니까?"

"네."

"계속 같은 팀으로 움직였습니까?"

"수사든 취조든 늘 함께 행동했습니다."

"그렇다면 취조실 안에서 나루미 경부보와 피고인이 어떤 대화를 주고받았는지 전부 목격했겠군요."

"네."

"취조 중 피고인이 호소하는 폭력 행위가 있었습니까?"

"······아니요."

"필요 이상으로 위력을 가하거나 한 적도 없습니까?"

"심문을 맡은 사람이 지나치게 행동하지 않도록 취조는 반드시 여러 명이 함께하게 정해져 있습니다. 질문자 말고 기록 담당이 상주하는 것도 그런 이유입니다."

와타세는 벌레라도 씹는 듯한 얼굴로 증언했다. 시즈카는 이런 표정이 그의 버릇이라면 이 젊은이가 첫인상에서 손해 보는 게 많겠다고 생각했다.

아니면 혹시 자신의 뜻과 어긋나는 증언을 해서일까.

"그럼 질문을 마칩니다."

이번에도 가지우라는 간략히 질문을 마쳤다.

"검찰 쪽에서는 반론 있습니까?"

"없습니다."

항소 취지서에서 직접 취조 관계자의 신문을 요구했으면서도 반론이 없다는 말에 시즈카는 머쓱해졌다. 지금 변호인은 피고인의 말을 믿어서 증인에게 따져 묻는 게 아니다. 그냥 피고인의 요구에 따르고 있다는 자세를 취하는 것뿐이다. 국선 중에도 다양한 변호사가 있는데 하필이면 가지우라 같은 변호사를 만나다니. 시즈카는 적어도 그 점에서만큼은 아키히로와 그의 부모가 가엾게 느껴졌다.

취조 관계자 신문이 끝나고 다음으로 피고인 본인 신문 차례였다.

사전에 알고 있었을 것이다. 아키히로는 증언대 앞에 서는 순간 방청인석을 돌아봤다.

시선 끝에는 그의 모친이 있었다.

"그럼 피고인에게 묻겠습니다. 피고인이 진술서에 적은 내용은 사실입니까?"

"사실입니다……. 전 205만 엔을 훔치지 않았고 구루마 부부를 죽이지도 않았습니다."

오랜만에 입을 연 것처럼 목소리가 잔뜩 잠겨 있다. 아키히로는 두어 번 헛기침을 하고 말을 이었다.

"전 사건 이틀 전 대출금 이자를 갚으러 사무실에 갔을 뿐입니다."

"하지만 진술 조서에는 구루마 부부를 칼로 찔러 살해한 후 금고에서 현금을 훔쳐 달아났다고 적혀 있습니다. 이 진술은 거짓이었던 건가요?"

"저, 저, 저 형사가……."

아키히로는 방청인석으로 돌아간 나루미를 가리켰다.

"주먹으로 때리고 발로 찼어요. 그래서 하지도 않은 일을 억지로 자백한 거예요."

목소리가 떨리고 뒤로 갈수록 감정이 흘러넘친다.

"자, 잠도 제대로 못 자게 했어요. 제가 졸거나 하면 즉시 때려서 깨웠어요. 저, 전 무죄라고요!"

아키히로는 재판관석을 향해 부르짖었다. 감정이 격해졌는지 두 눈에 눈물까지 맺혀 있다. 필사적인 표정이 가슴 아팠지만 법정 질서를 수호하는 재판관으로서 지금은 아키히로를 제지해야 한다.

"피고인. 정숙하기 바랍니다."

시즈카의 한 마디 말에 아키히로는 입을 다물었다. 가지우라 변호사에게 재판장의 지시는 순순히 따르라고 들었을 것이다.

"피고인. 이제 됐습니다."

가지우라는 시즈카를 비롯한 재판관을 배려하는지 아키히로의 증언을 강제로 끝마치려 했다. 아키히로는 아직 할 말이 더 남은 듯했지만 가지우라의 귓속말을 듣고 순식간에 불이 사그라진 것처럼 몸을 움츠렸다.

"검찰관, 반대 신문 있습니까?"

"아뇨. 없습니다."

스미자키는 천연덕스럽게 피고인석을 바라본다. 시즈카는 스미자키가 지금 어떤 생각을 하는지 훤히 보였다. 진술 조서의 정당성을 흔드는 증언이니 즉시 반론하는 것은 서투른 방책이다. 현재 아키히로의 증언을 뒷받침할 증거는 아무것도 없다. 반대로 아키히로의 범행을 나타내는 증거는 완벽히 갖쳐져 있다. 이런 국면에서 쓸데없이 취조의 정당성을 부르짖는 것보다 침묵을 지키는 편이 훨씬 유리하다.

가지우라가 항소 취지서에서 요구한 것은 이게 전부였다. 시즈카는 다음 개정일을 정하고 폐정을 고했다.

그 후 두 번에 걸쳐 항소심이 열렸지만 변호인 측에서 새로운 증거가 나오지 않아 심리는 줄곧 기존 증거를 검증하는 작업에만 몰두했다. 8월 5일 예정된 결심일에서 시즈카는 판결을 선고할 수밖에 없었다.

1심 공판 기록을 읽고 세 번의 항소심을 직접 지켜봐 온 입장에서 말하면 이번에는 1심 판결을 지지할 수밖에 없다. 검찰 측 증거, 구체적으로 현장에 남은 발자국, 머리카락, 금고에 묻은 지문, 점퍼에 묻은 피해자의 혈액은 모두 이번 사건의 범인이 구스노키 아키히로임을 나타내고 있다. 아키히로는 부업으로 고리대금업을 하던 피해자의 경제 사정을 알고 있었고 그와 동시에 피해자에게 원한도 품고 있었다. 살인 동기로서 충분히 수긍할 만하다.

1심 판결에 나온 대로 이토록 증거가 갖춰진 상황에서 아키히로는 범행 자체를 부인하고 있다. 구로사와가 '반성의 기미가 없고 갱생 가능성도 없다'고 판단한 것도 당연하다. 단 하나 마음에 걸리는 것은 진술 조서가 날조라고 주장하는 아키히로의 증언이지만 이에 대한 증거는 없다. 또 유죄 판결을 피하고픈 생각에 공판에서 태도를 바꿔 무죄를 주장하는 피고인은 드물지 않다. 법정에서 아키히로가 아무리 울부짖어도 1심 판결은 꿈쩍도 하지 않을 것이다.

하지만 그런데도 시즈카는 망설여졌다. 법률가가 아닌 한 명의 어머니인 시즈카가 고민하고 있다. 본인을 신문할 때 아키히로가 무죄를 외친 것이 지금도 귓가에 남아 있다. 그 목소리를 무시하면 안 된다고 가슴속에서 또 다른 자신이 경고한다. 법적 증거나 논리가 아니다. 원초적 감정과 오랫동안 쌓아온 안목이라는, 그야말로 허술한 판단 기준이고, 재판관에게는 그저 불순물에 불과한 것이다.

법정은 감정이 아닌 논리가 지배한다. 판결에 감정이 개입하면 법정은 사적 형벌의 장이 될 수밖에 없기 때문이다. 따라서 재판관이 판결 구성 요건으로 삼아도 괜찮은 감정은 오로지 '시민 감정' 같은 것에 한해서다.

시즈카는 사적 감정과 싸우며 판결문을 쓰기 시작했다. 벌써 30년 이상 법복을 입어 왔지만 지금도 판결문을 쓸 때는 신음하고 번민한다. 자신이 쓴 문장으로 사건과 관련된 사람들의 인생이 바뀌는 것을 생각하면 정신이 아득해진다. 사형 판결을 내릴 때는 더욱 그렇다. 자신의 가치 판단이 과연 옳은 걸까. 피고인의 인생을 송두리째 빼앗는 것이 정말로 법의 정

테미스의 검 ——

의라고 할 수 있을까. 법률가로서 사형 폐지론이 머리를 스치지 않는 날이 없다. 사법은 국가가 정한 법률에 따르기만 하면 그만이라고 하는 동료도 있지만, 시즈카는 그렇게까지 딱 잘라 결론 내리지 못했다.

한 문장을 쓰고 생각하고, 또 한 문장을 쓰고 고민한다.

결국 시즈카가 판결문을 완성했을 때는 새벽 4시가 지날 무렵이었다.

4

8월 5일, 시즈카는 평소 기상 시간에 눈을 뜨고 항상 나오는 시간에 집을 나왔다. 아직 8시 전인데 벌써 햇볕이 뜨거워 시즈카의 피부를 가차 없이 달궜다. 바람도 불지 않아 아침 뉴스에서는 올여름 가장 더운 날씨를 기록할 거라고 한다. 실제로 아스팔트 위로 아지랑이가 피어오르고 있었다.

선고일이라고 해도 평소와 다름없이 담담히 일을 마칠 것이다. 적어도 그렇게 보이도록 시즈카는 신경을 기울였다.

마음속까지 맑고 고요하지는 않다. 판결문을 완성한 시점에 이미 갈등은 멈췄지만 그래도 빛이 닿지 않는 한구석에 술렁임이 남아 있다. 참으로 끈질긴 앙금이다. 몇 번이나 논리를 대 가며 털어 내려고 해도 좀처럼 떨어지지 않았다.

이번 판결문은 시즈카가 썼지만 물론 재판관 두 명과도 사전에 의견을 조율했다. 우배심 다지마 판사는 올해로 임관 10년째다. 논리정연하게 법 이론을 조합하고 각 판례와도 정확히 대비한다. 좌배심 사무라 판사는 작년에 막 법복을 입은 판사보로 다른 신임 판사들처럼 분투하지는 않지만 그렇다고 주눅 든 기색도 없다. 젊은 나이에 비해 침착하면서도 논리적으로 법 해석을 내리는 재판관이다.

항소심은 애초에 피고인의 죄를 다시 묻는 것이 아닌 하급심 판단을 심리하는 곳이다. 이번 사안은 시즈카를 비롯한 재판관이 1심 구로사와 판사의 판단을 심리한다. 시즈카가 구로사와에게 배웠다는 사실을 다지마와 사무라에게 알리지 않아서 두 사람이 구로사와의 입장을 고려할 필요는 전혀 없다.

두 재판관의 판단은 1심 지지였다. 검찰이 지금껏 확보한 수많은 증거 앞에서 피고인이 부르짖는 비통한 외침은 공허하게 울려 퍼졌다.

두 재판관은 쇼와 59년 2월 판단, 즉 불법 취조에 관한 최고재판소 판례에 대해서는 한 마디도 언급하지 않았다. 아키히로의 자백 조서가 무리한 취조 끝에 날조됐을 가능성은 완전히 묵살됐다.

앞선 최고 재판소 판례는 바꿔 말하면 취조 규정을 엄격히 정하지 않고 각 사안에 맞는 유연성을 인정한 것이다. 이번 사안의 취조를 추궁하는 것은 그 판단에 의문을 제기하는 것과 마찬가지다. 두 재판관은 그런 상황을 의도적으로 피했다. 이유는 굳이 말할 것도 없다. 두 재판관 모두 최고 재판소의 판례에 반기를 들 생각이 털끝만큼도 없기 때문이다.

그러나 그런 경향이 비단 이번 일에 한하거나 새로운 것은 아니다. 재판관이라고 불리는 이들은 대체로 최고 재판소를 거스르려 하지 않는다. 최고 재판소의 판단과 대립하면서까지 자신의 주장을 관철할 생각은 없다. 재판관이라고 해도 다 같은 공무원이고 그 처우를 결정하는 것이 바로 최고 재판소이기 때문이다.

1호봉부터 8호봉까지 나뉜 급여 체계는 그대로 재판관 사이의 카스트 제도를 구현한다. 8호봉부터 시작해 임관 20년째까지는 모두 순서대로 4호봉에 도달한다. 하지만 그 뒤로는 3호봉 이상 승격하는 자와 4호봉에 머무르는 자로 갈린다. 격차는 엄연히 존재하고 수입만 놓고 봐도 퇴임까지 억 단위의 차이가 생긴다. 처우 기준은 최고 재판소 내부에서 결정하므로 재판관의 의심과 불안감을 부채질해 최고 재판소를 맹종하도록 유도한다. 간단한 이야기다. 모두가 전전긍긍하며 최고 재판소의 판례를 신성불가침 영역으로 생각하는 것이다. 바꿔 말해 퇴임을 앞둔 시즈카 같은 입장이라면 최고 재판소 판례에 따르지 않아도 별 지장이 없다.

이런 상황에서 시즈카가 1심 판결을 지지해도 두 재판관이 이의를 제기할 리 없고 심리에는 아무런 풍파도 일지 않는다. 보충 설명과 참고 의견이 필요하지 않은 매우 명쾌한 판결이 될 것이다.

그러나 시즈카는 그 명쾌함이 오히려 으스스했다.

1심 판결과 다지마, 사무라 두 재판관의 판단에는 한 치의 어긋남이 없다. 그러나 아키히로의 소리 없는 외침을 들은 시즈카는 판단이 조금씩 흔들리고 있다. 시즈카가 동요하는 이유는 정확히 그런 차이에 있었다.

자신의 모성 때문에 흔들리는 거라고 스스로 분석할 수는 있어도 그것을 완전히 무시할 수 있는지는 다른 문제다. 법정을 지배하는 것은 논리임은 누구나 알지만 판결의 장소에서 모든 감정을 없애는 게 과연 옳은 일일까.

법정 안에서가 아니라 재판관 한 명의 가슴속에서 감정과 논리가 뒤섞인다. 이것이 자신의 미숙함 탓인지 궁금해 구로사와에게 상담한 적이 있다. 시즈카는 그때 들은 대답을 지금도 잊지 못한다.

그건 자네가 미숙해서가 아니라 인간이라는 존재 자체가 미숙하기 때문일세. 구로사와는 그렇게 답했다. 인간이 저지른 죄를 동족 인간이 판단하는 행위 자체가 불손하고 오만하네. 인간을 판단하는 일은 원래 신이 할 일 아닐까.

구로사와는 세례를 받지도 않았는데 그렇게 말했다. 그토록 경험이 풍부한 베테랑 판사가 인간을 판단하는 일에 회의를 품고 있다. 시즈카는 적잖은 충격을 받았다.

그러나 구로사와가 직접 경고해 준 거라고도 생각했다.

인간이 신과 눈높이를 맞추는 것은 결코 불가능하다. 그런데도 재판관은 다른 사람을 판단해야 한다. 따라서 재판관은 끊임없이 자기 자신을 다그치고, 많은 사람이 규범으로 삼는 지식과 식견을 지녀야 한다. 만족과 방심은 금물이며 태만과 안도에 휩쓸리는 자신을 계속해서 나무라야 한다. 그렇게 해서 신이 될 수는 없어도 신의 눈높이에 다가서는 것은 허용된다.

시즈카는 재판소 현관을 지나 1층 홀 천장에 매달린 화려한 샹들리에를 바라보았다. 원래는 옛 최고 재판소 청사 현관홀에 있던 것을 가져온 것인데 위용이 범상치 않다.

불현듯 시즈카는 최고 재판소 1층 대강당에 있는 테미스 상을 떠올렸다. 오른손에는 검을, 왼손에는 천칭을 든 법의 여신 테미스.

검은 힘을 뜻하고 천칭은 선악을 판단하는 정의를 뜻한다. 힘없는 정의는 무력하고, 정의 없는 힘은 폭력이라는 뜻일까. 그러나 테미스 상에는 검을 치켜든 것과 천칭을 치켜든 것 두 종류가 존재한다. 최고 재판소의 테미스 상이 오른손에 쥔 검을 높이 치켜든 것은 정의보다 힘을 과시하는 자세에 대한 통렬한 자기비판 아닐까.

법의 집행자 중 한 명인 시즈카는 검의 비정함을 알고 있다. 테미스가 휘두른 검에는 한 치의 동정과 망설임이 없다. 냉엄한 검으로 죄인을 베고 그 시신을 모든 사람 앞에 전시할 뿐이다.

시즈카는 재판관실에 들어가 법복을 입고 심호흡을 한 번 했다. 지금부터 나는 테미스의 대행자가 된다. 테미스의 힘을 대행하는 이상 검에 베일 자의 분노와 울분을 오롯이 받아 내야 한다.

다른 사람을 판단하는 것은 동시에 나 자신을 판단하는 일이다.

"전원, 기립."

법정 집행관 목소리에 법정 안에 모인 이들이 일제히 일어나 재판관을 주목했다.

"경례."

모두가 자리에 앉아도 아키히로만은 피고인석에 우두커니 서 있었다.

시즈카는 방청인석을 힐끗 봤다. 구스노키 부부의 얼굴은 금세 알아볼 수 있었다. 조금 떨어진 곳에는 와타세라는 형사도 함께 와 있다. 그러나 나루미의 모습은 찾아볼 수 없었다. 압도적으로 승리할 것이라고 확신한 장교는 가장 먼저 전장을 이탈

하는 걸까. 그렇다고 해도 와타세의 표정은 왠지 편치 않아 보인다. 공판 중 그랬던 것처럼 없는 돈을 털어서 산 마권馬券을 몽땅 날린 것 같은 표정이지만 눈빛만은 두려움에 떨고 있다. 이 젊은 형사는 판결이 뒤집힐 것을 걱정하는 걸까.

아니면 반대로 지금까지의 흐름대로 판결이 나올 상황을 두려워하는 걸까.

시즈카는 한마디 한마디 단락을 나누듯 또렷한 목소리로 선고의 운을 뗐다.

"지금부터 쇼와 61년 네 제22호 항소 사건에 대한 판결을 선고하겠습니다."

판결문으로 시선을 떨군다. 이제는 낭독만 남았다.

"주문. 본건의 항소를 기각한다."

법정에서는 헛기침 한 번 일지 않았다.

"이유

1. 본건 항소의 취지는 변호인 가지우라 마사요시 명의로 작성된 항소 취지서에 기재되어 있으므로 이를 인용한다.

2. (1) 논지는 요약하자면 다음과 같다. 원판결은 피고인이 금품 갈취를 계획하고 쇼와 59년 11월 2일 밤 사이타마현 우라와시 다이몬 5-O-O 소재 구루마 부동산에 침입해 1층 사무실에서 갈취품을 물색하던 중 구루마 효에게 발견되자 흉

기로 그를 찔러 살해. 뒤이어 소리를 듣고 내려온 아내 사키에도 살해했다. 또한 금고에 보관되어 있던 현금 205만 엔을 갈취한 취지 사실을 인정 판시했다. 그러나 피고인은 금품 갈취는 물론 피해자 부부의 살해에도 관여하지 않았으며 증거로 인정된 진술 조서는 검찰 측 날조에 의한 것이므로 원판결은 부당하다고 주장하고 있다.

원심 기록과 증거를 검토하고 본심의 사실 조사 결과를 종합해 검토했을 때 소론이 지적하는 대로 피고인은 피해자 부부에게 확정적 살의를 품어 살해했다는 원판결의 사실 인정은 정당하다고 판단할 수 있다. 이하 설명을 덧붙인다.

(2) 먼저 원판결에서 제시한 관계 증거에 따르면 원판결이 피고인이 피해자 부부 자택에 침입하기까지의 경위로 '사실 인정의 보충 설명' 제1항에서 판시한 사실이 대부분 인정된다. 개요를 서술하면 다음과 같다. 피고인은 쇼와 58년 6월경부터 구루마 효에에게 돈을 빌렸다. 이후 제대로 갚지 못해 회사에 잦은 독촉 전화가 걸려온 것을 원인으로 퇴직하게 되어 구루마 효에에게 원한을 품고 있었다. 그리고 쇼와 59년 11월 2일 오후 4시경 피해자 부부의 자택을 찾아갔을 때 자택 밖에 붙은 종이를 보고 오후부터 집이 빌 것을 알고 금품을 물색해 갈취하려고 계획했다. 금고의 위치는 이전에 피해자 부부 자택에 돈을 변제하러 갈 때 보고 기억했다. 따라서 피고인은 일

단 집에 돌아가 유리칼과 쇠지레 같은 공구류를 챙겨 피해자 부부 자택으로 향했다.

(3) 다음으로 변호인이 신뢰성에 의문을 제기하고 원판결은 그 신뢰성을 인정한 살해 상황 등에 관한 피고인의 수색 단계 자백을 제외한 관계 증거에 따르면 범행 상황 등에 대해 다음과 같은 사실이 인정된다.

가. 피고인은 금품 갈취를 계획하고 침입 도구를 준비해 쇼와 59년 11월 2일 오후 10시경 피해자 부부 자택에 침입했다.

나. 1층 사무실에 설치된 금고를 쇠지레로 부수고 안에 있던 현금을 갈취하려고 했을 때 2층에서 내려온 구루마 효에와 마주치고 미리 준비해 온 흉기로 도망치는 구루마 효에의 옆구리를 뒤에서 찔렀다. 구루마 효에는 비명을 지르며 바닥을 기었는데 피고인은 흉기로 그를 여섯 번 더 찌르고 칼에 묻은 피를 입고 있던 점퍼에 닦았다.

다. 다음으로 2층에서 소리를 듣고 내려온 부인 사키에의 가슴을 흉기로 찔렀다.

라. 피고인은 두 사람을 살해하고 금고에서 현금 205만 엔을 갈취한 뒤 피해자 부부 자택에서 도주했다. 도주 중 도착한 다리 위에서 살해 시 사용한 칼과 자택 침입 시 사용한 도구를 하천에 던지고 자택에 돌아갔다.

(4) 오리모토 신타 의사가 작성한 감정서에 따르면 피해자

부부의 시신 소견과 사인은 다음과 같다.

가. 구루마 효에의 우측 옆구리와 좌측 옆구리에는 길이 약 4센티미터의 자창, 등에는 1센티미터에서 3센티미터의 자창이 존재한다. 이중 좌측 옆구리 자창은 심장까지 닿았고, 우측 옆구리 자창은 심층부 근육에 닿아 근육 내 출혈이 있었다.

나. 구루마 사키에의 좌측 가슴 자창의 길이는 약 4센티미터이며 심장까지 닿았다.

(5) 이상을 전제로 피고인 진술과 앞서 기술한 의사의 시신 소견 견해를 종합해 신뢰도를 검토하면 진술의 신뢰도를 인정하는 것이 타당하다.

(6) 금고에는 피해자 부부 외에 피고인의 지문이 묻어 있었다. 현장에서는 피고인의 머리카락, 현관에서는 피고인이 소유한 신발과 같은 모양의 발자국이 나왔다. 또한 피고인의 자택에서 피 묻은 점퍼가 압수됐는데 검정 결과 혈액의 혈액형은 구루마 효에의 혈액형과 같은 것임이 인정된다.

(7) 피고인은 자택 침입과 금고를 여는 데 쓰는 도구 외에도 칼을 준비했다. 만약 금품 갈취만이 목적이라면 흉기인 칼을 준비할 필요가 없으므로 주도면밀한 계획성이 엿보인다. 또한 피고인이 수차례에 걸쳐 구루마 효에에게 폭력을 가한 사실로부터 확정적 살의 발생은 충분히 수긍할 수밖에 없다. 또한 피고인은 구루마 효에가 움직이지 않는 것을 확인하고 구루마

사키에에게 폭력을 가했다. 흉기인 칼에 살상 능력이 있음을 확신한 상태인 것을 고려하면 피고인에게 미필적 살의가 있었다는 것도 수긍할 수밖에 없다.

(8) 한편 피고인은 금품 갈취와 피해자 부부 살해에 관여하지 않았고 시신 소견과 대조한 진술 조서가 검찰 측 날조라는 취지로 주장한다. 하지만 금고에서 채취된 지문, 구루마 효에와 같은 혈액형의 혈액이 묻은 점퍼 등 진술 조서를 제외한 관계 증거는 모두 신뢰도가 높은 것이며 따라서 피고인의 범행을 증명하기에 충분하다.

(9) 또한 피고인은 진술 조서가 검찰 측에 의해 날조되었으며 작성 시 폭력과 불면에 따른 의식 혼탁이 원인이라고 주장한다. 하지만 진술 조서 내용은 절도의 범의에 그치지 않고 강도 살인 범의까지 이른 이유 등을 포함해 상세 내용을 진술한 것이고 직접 경험한 자가 아니면 쉽게 진술하기 어려운 현장감이 엿보인다. 취조실에서도 폭력 행위가 발생한 흔적이 없고 취조에 소요된 시간도 즉각 위법으로 인정하기는 어려워 피고인의 주장을 수긍할 수 없다.

3. 항소 기각

이상에 따라 원심의 판단은 타당한 이유가 있고 원 판시의 각 사실과 병합해 원판결이 부당하다고 하기 어렵다.

4. (1) 이상에 더해 피고인은 흉악 사범인 강도 살인을 범했

으면서도 원심 공판에서 범행을 부인하고 피해자 부부에게 사죄의 말 등을 표명하지 않았으며 자신의 책임을 회피하는 태도로 일관하기에 진지하게 반성하고 있다고 보기에는 어려움이 있다.

(2) 이상에 따르면 본건의 정황은 매우 악랄하고 피고인의 형사 책임은 극히 중대하다고 해야 한다. 본건 강도 살인이 사회에 미친 악영향의 정도, 피고인의 반사회성, 범죄성 등을 고려하면 피고인이 져야 할 죄책은 너무도 크고, 죄형 균형의 견지와 일반 예방의 견지에서도 원판결대로 극형을 선고하지 않을 수 없다.

따라서 주문대로 판결한다.

쇼와 61년 8월 5일
도쿄 고등 재판소 제1부

재판장 재판관 고엔지 시즈카
재판관 다지마 슌사쿠
재판관 사무라 다케시"

전문을 읽어 내린 직후 법정에서 소리 없는 탄식이 새어 나왔다.

순간 아키히로의 몸이 휘청했다. 교도관이 옆에 없었다면 바닥에 쓰러졌을 것이다.

그럴 마음은 없었지만 반사적으로 방청인석에 있는 그의 부모에게 시선이 향했다. 이쿠코는 나직이 비명을 지르고 얼굴을 부들부들 떨었다. 옆에서 다쓰야가 달래듯 그녀를 감쌌다.

아키히로를 쳐다봤을 때 시즈카는 숨을 삼켰다.

회한은 아니다.

절망도 아니다.

그런 뜨거운 감정과는 거리가 멀다. 지금까지의 노력이 모두 헛수고로 끝나 제로가 됐다. 영혼의 불길이 소멸하고, 나 자신이 생물이라는 사실도 포기한다.

아키히로는 그런 눈빛을 하고 있었다.

실의나 두려움 같은 것도 느껴지지 않는다. 모든 생기를 잃고 그저 텅 빈 껍데기만 남아 있다.

시즈카는 황급히 시선을 돌렸다.

과거 수백 명의 피고인을 재판해 왔지만 이런 눈빛을 보기는 처음이다. 저 공허함을 바라보고 있으면 이쪽의 영혼까지 빨려들 것 같은 느낌이었다.

"판사님."

우배심 다지마의 말에 시즈카는 간신히 마지막 순서를 떠올렸다.

"폐정."

그 한마디로 법정의 통제가 풀리고 방청인석의 인파가 우르르 쏠렸다. 구스노키 부부와 와타세는 그 파도에 휩쓸려 이내 시야에서 사라졌다.

시즈카는 재판관실에 들어가자마자 법복을 벗었다. 오는 길에 터무니없이 무겁게 느껴진 법복을 벗었는데도 어깨를 누르는 압력은 조금도 줄지 않는다.

시즈카는 불현듯 한기를 느끼고 팔로 양어깨를 감쌌다. 그래도 오한은 잦아들지 않는다. 이럴 수가. 아직 에어컨도 켜지 않아서 실내는 무더울 텐데.

바깥 기온과 관련 없이 한기를 느끼는 것도 당연하다. 오한은 몸 표면이 아닌 가장 깊숙한 곳에서부터 전해지고 있다.

시즈카는 스르르 의자에 주저앉았다. 지금 느껴지는 한기를 어떻게 표현해야 할까. 마치 자신의 손으로 힘없는 동물의 목을 졸라 버린 것 같은 감각이다.

혹시 나는 잘못된 판단을 내리지 않았을까. 갑작스럽게 고개를 든 의심이 가슴속에서 응어리로 변한다. 그러나 어디까지나 감각의 문제이고 법률가의 이성은 시즈카의 판단을 긍정한다.

이런 사안이라면 다른 어떤 재판관도 1심을 지지할 수밖에 없다.

테미스의 검 ——

시즈카는 연신 스스로 되뇐 후 가슴앓이를 꾹 참고 다음 출
정을 준비했다.

*

그 후 변호인은 상고에 나섰지만 최고 재판소가 기각해서
아키히로의 사형 판결이 확정됐다.

와타세는 우라와 경찰서에서 소식을 접한 순간 가슴이 두근
거렸다. 그러나 두근거리는 이유는 알아채지 못한 채 나루미
를 찾았다. 나루미의 반응에 따라 불안의 원인을 알 수 있을
것 같았다.

하지만 사형 판결 확정 소식을 알려도 나루미의 표정에는
조금도 변화가 없었다.

"그렇군."

그는 관심 없다는 듯 답하고 다시 경찰서에 배치된 조간신
문으로 시선을 돌렸다.

"끝난 사건에 언제까지 집착할 거지? 생각을 전환해."

퉁명스러운 반응 탓에 말을 붙이기 어렵다. 와타세는 늘 사
건을 세 건씩 맡고 있으니 나루미의 말은 하나도 틀릴 게 없
었다.

그런데도 와타세는 마음이 왠지 석연치 않았다. 머리로는

이해해도 가슴이 납득하지 못했다.

　나루미의 주도로 자백 조서를 작성했고 자신이 보조를 맡았다. 하지만 이와는 상관없이 사건의 실상은 조서 내용 그대로일 것이다. 아키히로의 심증은 그보다 더 나쁠 것이 없고 만인이 인정하는 물증이 산더미만큼 있다. 동기, 기회, 수법 등 아키히로 범행을 뒷받침하는 요건은 전부 갖춰져 있다.

　견고한 안건을 흔들 만한 것. 그것은 그날 아키히로의 부모가 던졌다.

　다쓰야는 이렇게 말했다.

　정말 당신들은 단 한 번도 틀리지 않는다고 단언하느냐고.

　그리고 이쿠코는 와타세의 손을 붙잡았다. 이쿠코의 손은 작고 부드러웠다.

　다쓰야의 말과 이쿠코의 손에서 느껴진 감촉. 둘 다 잊히지 않은 채 지금도 마치 어제 일처럼 남아 있다. 기억은 아키히로의 공허한 눈빛과 연결되어 와타세의 평온한 일상을 위협하고 있다.

　"구스노키의 부모도 판결 확정 소식을 들었겠죠."

　"그게 뭐?"

　나루미는 더는 와타세의 얼굴을 쳐다보지도 않았다.

　"흉악범에게 사형 판결이 떨어질 때마다 부모에게 일일이 위로의 말이라도 건네야 한다는 건가?"

"아뇨."

"부모에게도 그런 인간쓰레기를 키운 책임이 있어. 사형 판결이라는 건 말이지, 부모의 양육 방식이 잘못됐다는 판정이기도 해. 쌤통이라고까지는 하지 않겠지만 아무튼 자업자득이야."

"그렇습니까."

"적어도 자신의 부모 형제나 자식을 살해당한 피해자 가족은 다들 그렇게 생각해. 그리고 할 수 있다면 자기 손으로 범인을 죽이고 싶다고 염원하지. 하지만 일본 법률은 사적 복수를 금지하고 있어. 그러니 우리가 그들 대신 범인의 목에 밧줄을 걸어 주는 거야. 그러면서 우리는 월급을 받는거고. 아닌가?"

와타세는 속으로 젠장 하고 욕지거리를 내뱉었다.

왜 이 사건만 이토록 계속 마음에 걸리는 걸까. 아키히로를 법의 이름으로 심판하는 일이 왜 이리 망설여지는 걸까. 나 자신이 법의 집행자는 아니다. 나는 그저 범인을 체포하고 증거를 갖춰 검찰에 송치할 뿐이다. 그것이 나의 임무이고 죄를 판단하고 벌하는 것은 판사들이 할 일 아닌가.

그러나 그렇게 딱 잘라 결론지으려고 해도 계속해서 구스노키 부부의 얼굴이 머릿속에 떠올랐다. 고등 재판소 법정에서 마지막으로 본 그 두 사람은 지금 뭘 하고 있을까. 모친은 울면서 몸부림치고 있을까. 아니면 의기소침해져 있을까. 부친은 그런 모친을 어떻게 달래고 있을까.

"탐문 다녀오겠습니다."

와타세는 코트를 집어 들고 형사실을 나섰다. 지금 맡은 사건에 집중하지 않으면 머리가 어떻게 돼 버릴 것 같았다. 나루미의 말도 그 점만큼은 정곡을 찌르고 있다.

경찰청사를 나서자 잿빛 하늘에서 가랑눈이 흩날렸다.

와타세가 구스노키 아키히로의 이름을 오랜만에 다시 들은 것은 이듬해인 쇼와 63년 7월 15일이었다.

우라와 시내에서 발생한 절도 사건을 쫓던 와타세가 경찰서에 돌아가자마자 형사실에 있는 도지마가 이렇게 전했다.

"구스노키가 죽었다는군."

순간 귀를 의심했다. 아키히로는 사형 판결이 확정되고 도쿄 구치소에 수감돼 있을 터이다. 와타세가 놀란 건 아키히로 앞에 사형수가 아직 153명이나 있어서 그가 훨씬 나중에야 형장의 이슬로 사라질 거라고 예상했기 때문이다.

"집행이 많이 앞당겨졌나 보군요."

"아니. 감방 안에서 자살했어."

말문이 막혔다.

"어젯밤 순찰이 끝나고 감방 문에 손수건을 걸고 목을 맸다는군."

"……유서 같은 건?"

"없었다고 해. 자네도 알겠지만 그 안에서는 간수한테 따로 부탁해야 종이나 필기구 같은 걸 얻을 수 있으니. 충동적으로 한 선택이라면 유서를 쓸 새도 없었겠지."

"하지만 왜 하필 지금……."

말하다가 퍼뜩 깨달았다.

이틀 전 법무대신 지시로 사형수 두 명의 사형이 집행됐다. 한 건은 4년 전 형이 확정된 방화 살인, 또 한 건은 소녀 유괴 살인. 그중 소녀 유괴 살인범은 도쿄 구치소에 수감돼 있었다고 들었다.

물론 구치소 측에서 사형 집행을 알렸을 리는 없지만 그런 소식은 순식간에 퍼진다. 같은 구치소 안에 있는 아키히로의 귀에도 닿았다고 보는 게 타당하다. 어쩌면 그가 지내는 방이 이번에 집행된 사형수의 방과 가까웠을 수도 있다.

사형 확정과 집행은 순서에 구애받지 않는다. 오래된 사안부터 차례대로 집행하는 게 아니어서 확정수는 매일매일 불안에 떨면서 지낼 수밖에 없다.

목을 매는 게 오늘일 수 있다. 오늘이 지나도 내일의 운명에 또 겁을 집어먹는다. 영원히 이어지는 반복. 하루하루가 러시안룰렛 같은 것이다.

아키히로는 대담한 성격이 아니다. 구치소 생활을 하다가 정신 건강이 악화됐다고 봐도 이상하지 않다.

"옆방 사형수가 아침이 되니 사라지고 없는 상황. 같은 처지에 놓인 인간이라면 득도라도 하지 않는 한 돌아 버릴 지경이겠지. 구스노키가 자살을 선택한 것도 무리는 아니야."

"새끼, 내빼다니."

도지마 뒤에서 나루미가 천장을 노려보며 말했다.

"악당이면 악당답게 교수대에서 최후를 맞이해야지. 자살이라고? 젠장. 네놈들한테 그럴 권리가 있어?"

나루미의 말에 도지마를 비롯한 수사원들까지 이맛살을 찌푸렸지만 그는 조금도 아랑곳하지 않았다.

"스스로 책임질 작정이었다면 구실은 그럴싸하지만 결국 13계단이 무서워서 도망쳤을 뿐이야. 네놈이 그런 편안한 최후를 맞으라고 구치소에 보낸 게 아니라고."

"됐습니다, 나루미 형사님. 그래도 죽었으니 이제 고인 아닙니까."

"이런 결말이면 살해된 피해자가 편히 눈을 못 감잖아."

도지마가 타일러도 나루미는 코웃음만 쳤다.

"사람을 죽인 녀석은 죽으면 지옥행이야. 그렇게 정해져 있어. 아무리 후회하고 참회한다고 살해된 사람이 되돌아오는 건 아니니. 죽을 때 원통함을 생각하면 그리 쉽게 용서할 수 있겠나? 살인범 같은 종자들은 감옥에서 생고생 좀 하고 매일 매일 두려움에 떨다가 몸과 마음이 너덜너덜해진 상태로 교수 대에서 목을 매는 게 제일이야. 그러지 않으면 우리가 공들여 체포한 보람이 없어."

의기양양하게 말하는 나루미를 더는 아무도 말리지 않는 다. 나루미는 내년 3월 정년 퇴임할 예정이다. 이제 와서 주변 의 눈치를 볼 필요가 없고 태생이 워낙 안하무인이기도 하다. 이 정도 말은 오히려 당연하다는 표정이었다.

범인을 향한 나루미의 증오가 검거율로 이어지는 것은 분명 하다. 그 압도적 숫자 앞에서 어설픈 윤리나 감정론 같은 것은 소용없다. 모두 그것을 잘 아니 나루미에게 반론하지 않는다.

이 자리에 있으면 나루미가 내뱉는 독에 물들어 버릴 것 같 았다. 와타세는 도망치듯 형사실을 뛰쳐나갔다.

그대로 걷다가 복도 끝에서 뜻밖의 인물과 맞닥뜨렸다.

"……온다 검사님."

"아아, 와타세 형사. 오랜만이군."

온다 쓰구히코 검사는 사람 좋은 미소를 지으며 와타세에게 다가왔다. 그 얼굴을 보자 와타세는 문득 몸에서 독소가 빠지 는 느낌을 받았다.

"검사님이 왜 이곳에."

"아, 고검에서 심리 중인 안건 때문에 급하게 증거품을 확인해야 해서."

"그런 건 관계 부서에 알리면 저희 쪽에서 직접 가져다드릴 텐데요."

"이런 건 원래 현재 담당하는 사람이 움직이는 게 좋아. 그래야 실수도 없이 끝나고."

도쿄 고검 검사가 현경 관할 경찰서를 방문하는 일이 거의 없다고 하지만 이 온다라는 검사만은 예외다. 심리 중인 안건에서 조금이라도 이해가 되지 않는 부분이 있으면 다른 사람한테 맡기지 않고 반드시 자신의 눈과 귀로 확인하려고 한다. 일 처리를 대충하는 부하에게는 눈엣가시 같은 존재이지만 기소를 맡기는 관할 형사로서는 이토록 신뢰 가는 검사도 없다.

온다를 알게 된 것은 작년 고등 재판소에 항소된 다른 사건으로 취조 경과를 조사받으면서였다.

취조 과정에 위법성은 없었는가.

자백 조서 내용은 피의자가 자발적으로 진술한 것인가.

자존심을 건드릴 만한 질문에 순순히 대답한 것은 전적으로 온다의 인품 덕이었다. 상대가 일개 경찰관이더라도 절대 거드름 피우지 않고 항상 경의를 표하는 자세가 호감이었다. 그날 이후 기회는 많지 않지만 얼굴을 마주할 때마다 잡담을 주고받는 사이가 됐다. 서로의 입장을 넘어 친밀하게 말을 걸어 주는 그가 반가웠다.

"흠. 표정이 뭔가 언짢아 보이는데. 무슨 일이라도 있나?"

온다의 물음에 와타세는 대충 얼버무리려다가 이내 마음을 바꿨다.

온다는 사람 보는 눈이 예리하다. 지금 숨겨 봐야 결국 납득할 때까지 캐물어 올 게 뻔했다.

"어제 구스노키 아키히로가 구치소에서 자살했습니다."

거기까지만 듣고도 온다는 감을 잡은 듯했다.

"아아, 자네와 나루미 경부보가 맡은 사건이었지? 그래서 표정이 그랬나."

와타세는 갑자기 부끄러워졌다. 담당하던 범인이 옥사한 것 정도로 이렇게 동요하다니. 동료의 비웃음보다 온다가 우습게 생각할 것이 더 신경 쓰였다.

그러나 온다는 예상외의 말을 했다.

"그 마음을 소중히 간직하게나."

"네?"

"확정수가 구치소에서 병사하거나 자살하는 경우가 그리 드물지 않지. 그리고 안타깝게도 우리는 그 한 명 한 명을 모두 애도할 여유가 없네. 하지만 구스노키의 죽음을 안타깝게 느끼는 건 자네가 그만큼 그와 진지하게 마주했고 그에 대해 알려고 했으니 더 그런 거야. 그 마음을 소중히 간직하다 보면 자네는 반드시 우수한 형사가 될 걸세. 우수한 형사가 되기 위한 조건은 높은 검거율이 아니야. 관계자의 내면을 수용하는 깊은 사려와 인간에 대한 넓은 식견이라고 나는 생각하네."

"뜻밖입니다. 저는 비웃으실 거라고만……."

"진지한 마음을 누가 비웃을 수 있겠나. 우리 검찰과 자네들 경찰은 권력을 손에 쥐고 있네. 권력을 쥔 사람이 진지하지 않으면 정의는 언젠가 파탄 나기 마련이지."

온다는 와타세의 어깨를 꼭 붙잡았다.

"안심하게나. 자네는 분명 선량하고 사려 깊은 형사가 될 테니."

2
설
원

雪冤
———

1

쇼와 64년은 고작 이레 만에 끝나고 세상은 '헤이세이' 라는 익숙하지 않은 연호에 당황하고 있었다. 그래도 바뀐 연호는 사람들에게 새 시대의 시작을 알리는 듯한 희미한 기대를 품게 했다.

그러나 연호가 바뀌었다고 와타세의 일상에 변화가 생기는 것은 아니다. 와타세는 여전히 우라와 경찰서 강력계 소속으로 흉악 범죄를 쫓고 있다. 범인들의 범죄 양상도 바뀌지 않았다. 만약 바뀐다면 그것은 세상의 변화와 발맞춘 것일 테고, 전조는 아직 나타나지 않았다.

아니, 바뀐 게 하나는 있다. 오랜 세월 와타세의 스승 역할을 맡은 나루미가 퇴직하고 도지마가 새 파트너가 됐다는 점이다. 와타세보다 세 살 많은 도지마는 태도나 말씨가 온화해 나루미와는 좋은 대비가 되었다. 애초에 나루미보다 험한 사람은 세상에 별로 없을 것이다.

"역시 나로선 부족한가."

비노출 경찰차에 함께 올라타 있을 때 느닷없이 도지마가 중얼거렸다.

"뭐가 말입니까?"

"전임이 나루미 경부보였잖나. 파트너로서는 그쪽이 더 낫지 않나?"

"글쎄요. 그분은 만만한 분이 아니어서요."

"하하하. 그 사람이 워낙 압도적이기는 했지. 마치 수갑을 입에 물고 태어난 것 같은 사람이었으니. 나루미 경부보가 퇴임하고 스기에 반장이 불안해한다는 건 자네도 알지?"

와타세는 말없이 고개를 끄덕였다. 뛰어난 검거율을 자랑하던 베테랑의 은퇴. 그 영향은 벌써 먹구름처럼 강력계 위에 드리워져 있다. 검거율은 둘째 치고 현장 분위기가 전보다 느슨해졌다.

개성 강한 수사원이 모인 강력계 안에서도 나루미는 유난히 돋보이는 존재였다. 비단 검거율뿐만 아니라 피의자의 자백을 받아 내는 집념과 기술도 타의 추종을 불허해 그의 존재감은 스기에조차 압도했다.

테미스의 검 ——

조직에서 그런 사람은 이질적인 동시에 위협적이다. 끊임없이 조직에 긴장감을 불어넣어 일종의 견인 역할을 한다. 그리고 견인 역할이 사라진 조직은 이내 개개인의 움직임이 확산되고 천천히 무너지기 시작한다. 지금 강력계가 그 좋은 사례다.

"내 예상으로 검거율은 분명히 떨어질 거야."

도지마는 남의 일처럼 말했다.

"좋든 싫든 나루미 경부보는 강력계의 긴장감 그 자체였어. 개인이 아닌 팀으로 움직이는 조직이 긴장감을 잃으면 효율이 떨어지기 마련이지."

"왠지 분하네요."

"어쩔 수 있겠나. 새삼스러운 이야기지만 나루미 경부보는 특별했어. 과학 수사가 이뤄지고 있지만 그래도 범인을 뒤쫓는 최후의 카드는 형사의 집념이니. 그 남자의 집념은 꼭 맹견 같았지. 나도 한 번 같은 팀이었던 적이 있는데 마치 여우를 사냥하는 것처럼 즐기듯이 범인을 체포하더군. 일이라기보다 꼭 살아가는 의미처럼 보였다고 할까. 자, 그럼 귀신이라고 불린 그런 사람의 집념을 뛰어넘으려면 우리처럼 평범한 사람들은 어떡해야 할까?"

"착실한 탐문 수사와 꼼꼼한 현장 조사가 필요하겠죠."

"정답. 그럼 곧장 실행해 보도록 하지."

와타세는 알겠습니다, 하고 대답하고 교차로에서 핸들을 왼쪽으로 꺾었다. 두 사람이 탄 차는 35호선 도로를 따라 북쪽을 향해 갔다.

지금 두 사람은 작년 말 오하라에서 발생한 절도 사건을 쫓고 있다.

12월 24일 우라와시 오하라 3-5-0. 크리스마스 여행으로 비어 있던 가부라기 고노스케의 집에 도둑이 들었다. 범인은 저택 뒷문 자물쇠를 풀고 집 안에 들어가 200만 엔이 넘는 현금과 부인의 귀중품 열네 점, 그리고 현금 통장과 인감을 훔쳤다. 집주인인 가부라기 고노스케는 4인 가정의 가장으로 병원을 운영한다. 평소 눈코 뜰 새 없이 바쁜 탓에 가족에 대한 작은 성의로 이번 여행을 계획해 떠났다가 변고를 당했다.

사건 발생 후 가부라기는 즉시 은행에 신고해 자신의 계좌를 동결했다. 불행 중 다행으로 현금 카드를 직접 들고 있어서 즉시 현금이 인출되지는 않았지만 범인이 직접 은행 창구에 가서 출금할 가능성은 작다. 절도 수법이 능숙하고 침입 후 절도품을 물색하는 방식, 피해자의 부재 확인 등을 고려하면 상습범일 가능성이 컸다.

그러나 현장에 다른 사람의 지문이 없고 목격자도 없는 상황에서 상습범을 지목하지 못해 초동 수사는 성과가 미미했다. 현 단계에서 수사원이 할 수 있는 일은 아직 이웃 주민의 기억이 선명할 동안 최대한 많은 정보를 얻어 내는 것이다.

피해자 가부라기의 집은 주택가 한가운데에 있기는 하지만 주위가 밭에 둘러싸여 이웃집과 가까이 있지 않았다. 평소 소음 등에 따른 갈등이 없다면 자연히 옆집에 대한 관심도 적어진다. 직접 기른 국화 등의 초목이 시야를 가리기도 했다. 주택가라고 해도 실상은 논밭 가운데에 있는 단독주택이었다.

"어쨌든 목격 정보가 너무 적군. 범행은 24일 오후 8시에서 다음 날 새벽 4시 사이에 일어났어. 분명 많은 사람이 밖을 돌아다닐 시간대가 아니지만 그렇다고 수상한 사람이 집에 드나드는 걸 한 명도 못 봤다는 건 너무 심하지. 그곳 주변은 전부터 주택지면서도 녹음이 우거진 곳이었어. 그러다가 요새는 신축 아파트 등이 들어서 택지가 조성된 덕에 외지인이 많이 늘었지."

"네. 우라와시 전체를 베드타운으로 만들려고 땅을 마구 사들이고 있죠."

그뿐만이 아니다. 얼마 전 스기에게 들은 이야기로는 조만간 우라와가 구로 통합되고 시 단위에서는 사라질 수 있다고 한다. 그러면 도쿄도가 주도하는 수도권 구상에서 각 지자체는 역할에 맞는 도시 계획을 세울 필요가 생긴다. 오하라 지구의 베드타운화에 더욱 박차가 가해지는 건 시간문제다.

와타세는 나무가 울창한 정도와 범죄 발생률은 반비례 관계에 있다고 생각한다. 수사원의 증원을 기대할 수 없는 상황에서 범죄 건수가 늘면 1인당 업무량도 확실히 증가해 결과적으로 당연히 검거율이 떨어진다. 조금이라도 눈치가 있는 형사들은 일찍이 그런 사실을 깨닫고 남몰래 한숨을 내쉬고 있다. 와타세도 그중 한 명이었다.

희미한 초조감을 느끼며 생각에 잠겨 있자 조수석에서 무선이 울렸다.

"네. 도지마입니다."

상대 목소리를 듣던 도지마가 대뜸 미간을 찌푸렸다.

"네. 지금 바로 현장으로 출발하겠습니다."

도지마는 통화를 마치고 휴 하고 짧게 탄식했다.

"목적지를 가미키자키로 변경."

"무슨 일이죠?"

"이번에는 강도 사건이 발생했다는군."

"우리는 지금 오하라 사건을 맡고 있잖습니까."

"다른 반도 전부 마찬가지라 여유가 없는 모양이야."

걱정한 지 얼마나 됐다고 이 모양인가. 와타세는 푸념하고 싶은 마음을 꾹 참고 핸들을 꺾었다.

우라와시 가미키자키 3번지 159호선 도로 옆.

JR 동일본이 세운 아파트와 병원 등 중층 건물이 늘어선 일대에 단독주택 한 채가 골짜기처럼 세워져 있었다. 노란 테이프와 제복 경찰이 에워싸고 있어 피해자 자택임을 즉시 깨달았다.

테이프 앞에 장승처럼 선 경찰은 표정을 숨기고 있지만 긴장감이 느껴지는 걸 보아 이번 일이 단순한 강도 사건이 아님을 알 수 있다.

자택은 투박한 빌딩 사이에서 멋진 외관으로 존재감을 발산했다. 사람 키만 한 문기둥에는 '다카시마'라고 적힌 진주 문패가 박혀 있다. 서양식 2층 건물. 주택지에 있으면서도 건폐율에 욕심내지 않아 문에서 현관까지 이어지는 통로가 제법 길다. 통로 양옆에는 데이지와 팬지, 제비꽃이 형형색색 빛깔을 뽐냈다.

그러나 화려한 분위기는 집 안에 들어서자마자 단숨에 사라졌다. 강력계 형사라면 익숙한 죽음의 냄새가 충만해 있다. 피와 부패 냄새, 그리고 배설물 냄새가 섞인 자극적인 냄새. 탈취제를 아무리 뿌려도 절대 지워지지 않는 죽음의 냄새.

감식반은 이미 작업을 마치고 철수하는 중이었다. 와타세와 도지마가 먼저 거실에 발을 들이자마자 바닥 위로 잠옷 차림을 한 여성의 시신이 눈에 들어왔다. 엎드린 몸 아래에 적갈색 피 웅덩이가 있다. 피는 마룻바닥에 스며들지 않고 수평 방향으로 퍼져 있다.

"피해자는 주부인 다카시마 쓰야코 씨와 아들 요시키 군, 두 사람입니다."

가장 먼저 달려온 경찰은 흥분이 채 가라앉지 않은 모습으로 와타세에게 보고했다. 아무래도 살인 사건을 처음 접한 듯하다.

"요시키 군을 만나러 온 유치원 친구가 이상한 냄새를 맡고 부모에게 알렸고, 무슨 일인지 확인하러 온 유치원 선생이 시신을 발견했습니다."

"어머니와 아들이라…… 남편은?"

"남편이자 세대주인 다카시마 교지 씨는 무역 회사를 경영해서 현재 프랑스에 출장 가 있는 상황입니다. 회사 직원이 연락해 급히 귀국 중이라고 합니다."

와타세는 현장을 한 번 둘러봤다. 범인이 절도품을 찾은 흔적이 거실 이곳저곳에 남아 있다. 활짝 열린 서랍, 내용물을 모조리 꺼낸 텅 빈 책장, 바닥에 어지럽게 널린 잡동사니 등. 마치 폭풍우가 한 번 휘몰아치고 간 것 같다. 쓰야코의 시신은 정확히 그 가운데에 있었다. 감식반이 증거품을 수집했는지 피 웅덩이 군데군데에 뭔가가 놓여 있던 흔적이 있다. 이는 바닥에 물건이 널려 있는 상태에서 쓰야코가 살해된 것을 암시한다.

"아들은 어디서 살해됐지?"

"계단 아래입니다."

직업 관계상 시신을 이미 많이 봐 와서 익숙하다고 하지만 아이의 시신은 그렇지 않다. 저도 모르게 다리가 무거워진다.

거실을 나가 계단으로 향하자 자그마한 시신이 눈에 들어왔다. 와타세가 잘 아는 스에나가 검시관이 시신을 내려다보고 있다. 스에나가의 표정도 평소보다 굳어 있었다.

"여어" 하고 이쪽을 돌아보는 얼굴도 뭔가 할 말이 있어 보인다.

아이 역시 잠옷 차림이었다. 등에서 흐르는 피가 바닥에 떨어지고 있다. 엎드려 있어 얼굴이 보이지 않아서 와타세는 바닥에 배를 깔고 엎드렸다.

"응? 왜 굳이 죽은 사람 얼굴을 보려고 하지?"

아이는 어떤 심정으로 죽어 갔을까. 그것을 잊고 싶지 않았다. 눈을 감은 아이의 얼굴은 완전히 생기를 잃었지만 그래도 영리해 보이는 인상이다.

"두 사람 다 칼에 찔렸어. 모친은 옆구리를 파고들어 심장을 관통. 아마 저항할 새도 없었겠지. 아이 역시 마찬가지야. 옆구리에서 일직선으로 들어간 칼 끝부분이 심장에 닿았어. 잠시도 못 버텼을 거야. 두 사람 다 한 번에 끝났어. 몸싸움을 벌인 흔적도 안 보이고."

"수법이 익숙한 걸까요?"

"범인의 예상보다 칼이 더 깊숙이 파고들었을지 몰라. 자창의 양옆이 예리한 것을 보니 흉기는 좌우가 대칭인 양날 나이프겠지. 아주 잘 드는 칼이었을 거야. 사인은 두 사람 다 심장까지 닿은 자창으로 인한 과다 출혈이 확실해."

스에나가는 말을 마치자마자 얼굴을 찌푸렸다.

"솜씨가 아주 탁월한 놈이야. 이번에 처음 사람을 죽인 게 아니야. 아직 학교에 갈 나이도 안 된 아이에게 칼을 들이댄 걸 보니 제정신이 박힌 놈이라고도 할 수 없지."

스에나가는 와타세 옆을 지나며 와타세의 어깨에 손을 얹었다. 울퉁불퉁한 손의 감촉에서 분노와 기대가 전해졌다.

"이 악독한 놈을 반드시 붙잡아 줘."

굳이 대답할 것도 없었다.

그날 다카시마 교지가 귀국해 두 사람의 시신을 확인하고 피해 상황을 신고했다. 부엌 바닥 아래 수납고에 있던 소형 금고 내용물 현금 124만 엔과 증권 종류. 거실과 침실에 방치돼 있던 귀중품 아홉 점.

참고인 조사에서 다카시마 교지는 "고작 그걸 훔치려고 사람을 둘이나 죽이다니" 하고 그 자리에 쓰러져 울부짖었다고 한다.

증언에 따르면 교지는 전날 4월 15일 오후 6시에 쓰야코와 전화 통화를 했다고 한다. 요시키의 친구가 집을 찾은 시간이 다음 날 아침 8시 30분이니 범행은 그사이에 발생한 셈이다. 스에나가가 추정한 두 사람의 사망 시각인 16일 새벽 0시에서 2시 사이와도 일치한다.

감식반은 현장에서 가족이 아닌 다른 사람의 머리카락이 한 종류 수집됐다고 보고했다. 바닥 아래 수납고 근처에서 발견되어 수사본부는 가장 중요한 물증으로 봤지만 특정인으로 물망을 좁히는 수준에는 이르지 못했다. 또 감식반은 쓰야코의 출혈량으로 보건대 범인이 사건 당시 피를 뒤집어썼을 거라 추측했다.

다카시마 집 현관문은 이중으로 잠겨 있었지만 범인은 뒷문으로 침입했다. 범인은 현관에 비해 허술한 실린더 자물쇠를 피크 같은 도구를 이용해서 땄다. 다카시마 집 뒤쪽에는 높다란 잡초가 시야를 가려 침입자를 목격하기도 어려웠다.

그러나 만약 전망이 좋았어도 목격자가 나왔을지는 의문이었다. 탐문 수사를 이어 가도 수상쩍은 인물을 봤다는 사람은 나오지 않았고 애초에 평소 다카시마 집에 관심을 쏟은 사람도 전무했다.

이웃이라고 해 봐야 중층 아파트에 사는 주민이 대다수다. 그들은 자신의 양 옆집에도 그다지 관심이 없고 오히려 이웃과 엮이는 것을 피하려는 경향이 있다. 와타세가 막연히 품고 있던 예측이 들어맞은 셈이지만 이 정도 시가지에 있으면서 목격자가 없다는 사실은 수사원 모두를 낙담시키기에 충분했다.

수사원이 총출동해 현장 근처에 있는 모래밭과 하천을 샅샅이 뒤지다가 범행 도구로 추정되는 피크와 대거 나이프를 발견했다. 수사본부는 흉기가 발견되었다는 소식에 반짝 달아올랐지만 대거 나이프는 작년에만 전국에서 3,457자루가 판매됐다. 아마 누계로는 1만 자루 이상이 팔렸을 것이다. 특수한 제품이 아니어서 제조 회사로 마지막 주인을 찾기는 하늘의 별 따기였다. 한편 피크는 봉 모양 금속을 가공한 자작품으로 이 역시 추적하기란 거의 불가능했다.

그러나 성과 없는 보고가 이어지는 와중에도 와타세와 도지마는 한 가지를 쥐고 있었다.

"그래서 자네들은 대체 뭘 숨기고 있는 거지?"

수사 회의가 끝나자 스기에가 두 사람을 불러 세웠다.

"회의석상에서 한 번도 입을 열지 않더군. 아직 말하기는 꺼려지지만 절대 무시 못 할 단서라도 있는 거 아닌가?"

"단서라기보다 그저 감입니다만."

도지마가 시치미를 떼면서 반응했다. 스기에는 외골수인 와타세보다 도지마가 상대해야 마찰이 적다.

"닮은 구석이 있습니다. 저희가 쫓는 오하라 사건과."

"오하라 사건? 그건 그냥 빈집털이 아니었나?"

"수법에 공통점이 있더군요."

와타세가 먼저 눈치챈 것이었다. 우선 두 사건 다 피해를 입은 집이 주택가 한가운데에 있으면서도 주변에서 목격하기 어려운 조건이었다. 또 피해자가 부유층이고 사건 당일 두 경우전부 남편이 집을 비웠다. 범행도 비슷한 시간대에 이뤄졌다.

"하지만 경험 있는 빈집털이범이면 그런 집을 노리는 게 당연하지 않나?"

"그뿐만이 아니라 흉기를 처리한 방식도 같습니다. 오하라사건에서도 범인은 도주하다가 자물쇠를 딸 때 쓴 도구를 강에 버렸습니다. 실내에 지문과 발자국을 남기지 않은 주도면밀함도 똑같고요."

어떤 일이든 익숙해지면 사용하는 도구에도 애착이 생긴다. 일이 잘 풀리면 그 도구는 자주 쓰는 애용품이 된다. 범죄도 마찬가지라 상습범은 집에 침입할 때나 자물쇠를 딸 때 쓰는 도구를 웬만해서는 바꾸지 않는다. 그러나 그건 범행 현장에 자신의 이름을 서명하고 가는 것이나 마찬가지다. 또 도구를 가까운 곳에 뒀다가 자신의 목을 조르는 결과를 초래할 수도 있다.

"오하라 사건에서 사망자가 나오지 않은 건 단지 일가족 모두가 외출했기 때문이 아니었을까요?"

"그렇게까지 말하는 걸 보니 뭔가 있나 보군."

"네. 오하라 현장에서 가족이 아닌 다른 사람의 머리카락이 다수 나왔습니다. 이번 사건에서 나온 머리카락과 대조 중입니다."

"일치하면 동일범의 소행이라는 건가."

동일범이라면 두 사건 현장에서 범인의 행동 범위를 좁힐 수 있다. 유류품을 재검토해 새로운 단서를 얻을 가능성도 생긴다.

"좋은 보고를 기대하겠네."

스기에는 그렇게 말하고 두 사람을 풀어 줬다.

"좋은 보고라. 감식 결과가 어떻게 나오느냐에 달렸지."

도지마는 또 남의 일처럼 말했지만 그래도 뭔가 성과가 나올 거라 예상하는지 목소리가 들떠 있다. 단서 하나에서부터 종종 사건이 해결되기도 한다. 들뜬 목소리는 그런 기대감을 나타내는 것일 테다.

그러나 와타세의 내면에는 기대감 외에 공포에 가까운 감정이 싹트고 있었다. 어둠 속에서 뻗은 손이 터무니없이 불길한 것을 움켜쥘 수도 있다는 공포였다.

도지마에게는 아직 털어놓지 않았지만 와타세는 가미키자키 사건에서 또 다른 사건과 유사한 점을 떠올렸다.

잊으려야 잊을 수 없는 5년 전 부동산 살인 사건. 범인이 붙잡히고 형이 확정돼 사건은 종결됐다. 사형수 구스노키 아키히로가 스스로 목숨을 끊었으므로 재심 청구도 불가능하다. 그러나 이번 사건은 틀림없이 그 불길한 기억을 다시금 되새기게 했다.

주도면밀한 사전 조사. 범행을 목격한 피해자를 칼로 찌르고 현장에 흉기를 남기지 않았다. 게다가 두 번째 희생자는 계단에서 내려온 직후 칼에 찔렸다. 이번 사건과 판박이다.

원래 강도 살인은 양상이 비슷하다는 말이 있지만 와타세의 의구심은 머릿속에 들러붙어 떨어지지 않았다. 사건은 이미 종결됐다는 사실이 불안감을 더욱 부채질했다.

지나친 생각이야. 그럴 리 없어.

와타세는 억지로 그렇게 납득하고 형사실을 나섰다.

2

감식반의 보고는 예상보다 일찍 나왔다.

결과는 일치. 다카시마 집에 남아 있던 머리카락이 가부라기 집에서 발견한 머리카락 한 가닥과 같다고 나온 것이다.

오하라와 가미키자키. 서로 거리가 떨어져 있고 두 집안에 별다른 접점도 없다. 따라서 두 집에 동일인이 존재했다는 흔적은 그대로 두 사건이 동일범의 소행이라는 추측으로 이어진다. 솔직히 말해 빈집털이 건만으로 수사원이 움직이는 일은 별로 없다. 빈집털이 건보다 흉악하고 중대한 사건이 산적해 있으므로 그런 건 뒤로 밀리기 마련이다. 오하라 사건 수사가 느슨해진 것도 그런 이유다. 그러나 동일범이 연달아 저지른 사건이라면 이야기가 달라진다. 다른 수사원을 투입해 철저히 수사할 수 있다.

와타세는 하천에 버려진 피크와 대거 나이프에 주목했다.

"하지만 피크는 직접 만들었고 칼은 대량생산품이잖아."

와타세는 고개를 갸웃거리는 도지마에게 증거품인 대거 나이프를 가리켰다.

"범인은 손재주가 좋아 보입니다. 기성품인데도 칼을 간 흔적이 있습니다. 게다가 한 방향으로 정교하게 갈았습니다. 아주 말끔하게요."

칼을 간 흔적은 감식반 보고에서도 나왔다. 같은 제품의 다른 칼과 비교해도 날이 훨씬 예리하다고 한다.

"이 칼의 재질은 스테인리스강입니다. 스테인리스강은 일반 숫돌로는 갈 수 없는 데다 갈았을 때 거스러미가 잘 생기죠. 익숙하지 않으면 칼끝이 부러질 때도 있어서 연마에 숙련된 솜씨가 필요하다고 합니다. 그리고 피크. 이건 금속 막대 끝이 기역 자 모양으로 꺾였을 뿐이라 쉽게 만들 수 있는 것처럼 보이지만, 열쇠 구멍에 집어넣는 폭과 강도가 균형 잡히지 않으면 금세 끝부분이 휘거나 부러집니다. 이 역시 가공하는 데 일정 이상의 기술이 필요합니다."

"다시 말해 범인은 특수한 숫돌을 가지고 있고, 그것을 능숙하게 다루는 기술자라는 말인가."

피킹은 원래 열쇠 기사가 하는 일이다. 열쇠 기사는 민간 자격으로 될 수 있지만 일정 기간 연수를 받아야 수료할 수 있다. 수료하지 못하면 열쇠업자로 인정받지 못한다.

"일을 한 번 마칠 때마다 미련 없이 도구를 버린 것도 다 자기 손으로 만들 수 있다는 자신감이 있어서겠죠."

"그렇다면 용의자는 열쇠 기사 또는 전에 열쇠업에 종사한 적이 있는 자라는 말이 되는군. 하지만 민간 자격이잖나. 종업원을 포함해 자격을 취득한 사람이 수두룩할 텐데."

"오하라와 가미키자키 모두 사전 조사를 꼼꼼히 했습니다. 수입, 남편의 부재 상황, 주변 환경. 도주 경로와 도구를 버릴 곳도 미리 알아 둘 필요가 있습니다."

"아아, 그렇군. 그럼 사전에 여러 번 그곳들을 답사했겠군. 길눈도 어느 정도 밝아야겠고."

"네. 그러니 수사 범위는 우라와시와 그 주변으로 한정해도 좋다고 생각합니다."

와타세가 단언하듯 말하자 도지마는 조금 기가 찬 듯했다.

"어디를 눈여겨봐야 할지는 알겠는데, 그나저나 와타세, 그런 지식은 대체 어디서 얻었나?"

"열쇠업을 하는 조부님께 전수받았습니다."

"……자네, 나루미 형사를 점점 닮아 가는군."

"네?"

"그 사람은 박학다식하지는 않았지만 끈질긴 면이 있었지. 그런 부분을 쏙 빼닮았어."

칭찬하는 의미로 하는 말일 테지만 이상하게도 기쁘지는 않았다.

두 사람은 일본 열쇠기사협회에서 자격 취득자 명부를 입수해 그 안에서 우라와시에 살거나 그 주변에 사는 사람을 추렸다. 124명. 전속 수사원이 어느 정도 확충됐지만 현 상황에서는 124명의 알리바이를 여섯 명이 수사해야 한다. 물론 124명 전원에게 혐의가 없을 수도 있지만 그래도 하나하나 확인하는 것이 경찰의 임무다.

나루미 옆에서 보고 배운 것은 분명 많았다. 한편으로 나에게는 맞지 않는다고 생각한 것도 있다. 그중 하나가 성급함이었다. 나루미는 감이 뛰어나고 맹견이라는 별명답게 냄새도 잘 맡지만 모든 일을 너무 성급하게 결론지으려는 경향이 있었다. 그 성급함이 결과적으로 거친 일 처리로 이어졌다. 예리한 감은 존경할 만해도 거친 면모는 배우고 싶지는 않았다. 만약 나에게 거친 면이 있다면 그것은 불합리한 규정이나 제 기능을 하지 못하는 시스템에 대해서일 것이다.

열쇠업자 탐문 수사는 보통 때보다 어려웠다. 열쇠업자가 여러 곳에 흩어져 있는 탓이기도 했지만 빈집털이를 수사하면서 열쇠업자부터 먼저 의심하고 보는 경찰의 태도가 빈축을 샀다. 조금만 생각해 봐도 그럴 것이, 자부심을 느끼는 자신의 일을 도둑 양성소처럼 취급하는 데 기분이 좋을 리 없다.

"뭐야. 우리 중에 빈집털이범이 있다고 보는 거야?"

"최신식 자물쇠가 달린 문이면 모를까 평범한 문이면 아마 추어들도 열 수 있다고. 우리 열쇠업자들을 조사하기 전에 절도 경험이 있는 꼬맹이 녀석들부터 조사해야 하지 않나?"

"지금 바빠요. 영업시간 끝나고 다시 오세요."

"경찰도 힘들겠군. 우리 같은 사람들까지 의심해야 하니."

"알리바이인지 뭔지 하는 거지? 대답해 줄 수는 있는데 난 독신이라 증언을 뒷받침해 줄 사람이 없어."

처음부터 살인 사건 수사라는 생각을 심으면 경계를 산다. 그래서 수사원들은 작년 크리스마스이브에 일어난 오하라 사건에 대해서만 묻기로 방침을 정했다. 크리스마스이브라는 특별한 날이면 넉 달 전 알리바이도 기억하리라 예상한 것이다. 수사에 비협조적인 열쇠업자들도 거리가 화려하게 빛나던 그 날 밤은 대부분 기억했다.

124명 명단은 매일 'X' 표시로 검게 물들었다. 시간이 갈수록 열쇠업에서 손을 뗀 사람, 행방이 묘연해진 사람이 남았다. 대상자가 줄어드는 와중에 와타세는 다른 수사원이 하지 않는 질문을 되풀이했다.

"평소에 수상하다고 느낀 녀석이 있냐고?"

와타세에게 질문받은 열쇠업자는 의아한 얼굴로 고개를 들었다.

"나더러 동료를 경찰에 팔라는 건가?"

"아닙니다."

시비조로 말하는 상대에게 와타세는 능청스럽게 대답했다.

"아무리 범인이 피크를 이용해 자물쇠를 땄다고 해도 열쇠업자라고 단언할 수는 없겠죠. 자신의 직업 때문에 의심받는 상황이 기분 좋을 사람은 없을 거고, 그 정도는 저희도 압니다. 하지만 어떤 직업에 종사하든 못된 놈은 어딜가나 있습니다. 신부나 스님 같은 성직자도 예외는 아니고요. 아, 변호사나 경찰도 마찬가지입니다."

와타세가 경찰을 예로 들자 열쇠업자의 반응이 바뀌었다.

"당신도 경찰이잖나."

"분명 못된 놈들을 붙잡는 게 저희 일이지만 그래도 저희 역시 모두 선한 건 아닙니다. 극악무도한 인간이 악인을 붙잡는 상황이 꼭 불가능한 건 아니에요."

"오, 경찰에도 극악무도한 인간이 있다는 말인가?"

"그렇습니다. 그저 붙잡히지 않았거나 법에 저촉되지 않았을 뿐이죠."

순간적으로 머릿속에 나루미의 얼굴이 떠올랐다.

"그런 일부 악인 때문에 평범한 사람들이 큰 피해를 봅니다. 다들 성실하고 묵묵히 자기 일을 해내고 있는데, 그런 놈들 때문에 왜 내가 피해를 봐야 하느냐며 분개하죠."

"그건 그래."

열쇠업자는 마지못해 고개를 끄덕였다.

"가끔 뉴스에서 보긴 해. 빈집털이범으로 붙잡힌 녀석이 왠지 낯익은 거야. 그놈도 이런저런 사정이 있어서 결국 도둑질로 내몰렸을 테지만 동정보다 분노가 먼저 느껴지는 게 사실이지. 성실하게 일하는 동료들까지 피해 보는 것 같아서."

"열쇠기사 자격을 취득하는 건 역시 까다롭습니까?"

"아니. 국가고시가 아니니 경쟁률이 몇 배라거나 하는 수준은 아니지만, 그래도 시험 치는 입장에서는 반드시 따야 한다는 부담감 같은 건 있어. 자격증을 따야 비로소 어엿한 기사 대접을 받고, 또 응시자들은 대체로 자기 실력에 어느 정도 자신 있는 녀석이 많으니까."

열쇠업자는 살짝 쑥스러워하는 눈빛으로 자신의 손가락을 내려다봤다.

"이 업계도 첨단화가 진행되어서 지금은 자동 연마기 같은 것도 나왔지만, 그래도 결국 장인의 기술로 손님을 확보하는 직업이야. 다들 나름의 자부심이 있고, 자기보다 실력이 뛰어난 기사는 일단 존경하고 봐."

"그런 기술을 악용하는 녀석이 있다면 용납하실 수 있겠습니까?"

"……당신, 상대를 쥐락펴락하는 기술이 보통이 아니군. 아까 말한 경찰에서 극악무도하다는 녀석이 혹시 그쪽인가?"

열쇠업자는 감탄한 듯이 말했다.

"그래. 용납해서는 안 되겠지."

"이미 그만둔 사람이어도 상관없습니다. 좋지 않은 소문이 돌았던 동업자 중 짚이는 사람 없으십니까?"

열쇠업자는 잠시 생각에 잠겼다. 그런 사람을 떠올리고 있다기보다 내면에서 동료 의식과 평소의 윤리관이 대립하는 듯 보였다.

"그러고 보니 우라와 경마장에 붙어사는 녀석이 있다는 얘기를 들은 적이 있어. 한 경기에 몇만 엔씩 쏟아붓고 계속 잃었다고 하니 총알이 엄청났나 봐. 근데 그 녀석, 열쇠 일을 그만두고 어디 취직한 것도 아닐 텐데 대체 어디서 그런 큰돈을 손에 넣었을까 하고 동료들 사이에서 이야기가 돌았어."

"그게 누구죠?"

"사코미즈 지로라는 녀석이야. 실력은 괜찮았어. 피킹 도구를 직접 만들어서 썼을 정도니까."

　사코미즈 지로, 32세, 독신. 사는 곳은 기타우라와 17호선 나카야마 도로 옆에 지어진 빌라다. 와타세와 도지마는 멀찌감치 차를 세우고 조금 전부터 빌라를 주시하고 있다.
　사코미즈가 우라와 역 앞 열쇠 가게에서 일하다가 그만둔 지 벌써 2년이 지났다. 일하는 시간에 비해 급여가 적어서 그만뒀다고 하지만 같은 직종 안에서 급여는 엇비슷한 수준이고 지금도 재취업은 하지 못한 상태라고 한다.
　그러나 조사해 보니 그는 취업지원센터에 다니지 않았고 재취업을 위해 열심히 뛰는 것 같지 않았다. 그런데도 월세는 한 번도 밀리지 않았고, 열쇠업자 증언대로 사흘이 멀다 하고 경마장에 드나들고 있다.
　와타세는 차츰 그를 향한 심증을 굳혔다.
　"나온다."
　1층 모퉁이 집에서 남자가 모습을 드러냈다. 보통 키, 보통 체격에 스포츠머리. 외모에서는 이국적인 분위기가 풍기지만 허리를 구부정하게 숙이고 걷는 모습이 궁색해 보인다. 와타세와 도지마는 차에서 내려 최대한 자연스럽게 사코미즈에게 접근했다. 험상궂은 와타세보다 도지마가 그에게 처음 말을 걸기로 사전에 정했다.

"사코미즈 지로 씨시죠?"

도지마가 등 뒤에서 말을 걸자 사코미즈가 돌아봤다. 그 틈을 타 와타세가 그의 앞에 섰다. 이로써 퇴로를 차단했다.

"우라와 경찰서에서 나왔습니다. 잠깐 이야기 좀 들을 수 있을까요?"

얼굴에 경계하는 기색이 떠오른 것도 잠깐이었다.

사코미즈는 급히 도지마를 휙 밀치고 도망치기 시작했다.

눈에 뻔히 보이는 반응이다. 지금껏 불심 검문도 받아 보지 않았을 것이다.

와타세는 기가 차서 뒤를 쫓았다. 아마도 이쪽의 허를 찔러 줄 속셈이겠지만 와타세는 그가 도주할 것을 예상하고 있었다. 출발이 조금 뒤처진 것 정도로 거리가 크게 벌어질 리 없다. 체력에 자신도 있었다.

사코미즈는 간선도로에서 직선 승부를 할 생각은 없어 보였다. 그는 왼쪽으로 꺾어 좁은 골목으로 들어갔다. 으슥한 뒷골목으로 들어가면 지리를 잘 아는 자가 유리해진다.

와타세는 벽돌담에 소매가 쓸리는 것도 신경 쓰지 않고 골목을 뛰어갔다. 설마 여기까지 쫓아올 줄은 몰랐는지 사코미즈는 몇 번이나 뒤를 돌아봤다.

그것이 원흉이었다.

고개를 돌릴 때 앞에 있던 자전거에 옷자락이 걸려 사코미즈는 자전거와 함께 길 위에 너부러졌다.

무단 방치된 자전거도 쓸모 있을 때가 있다.

와타세는 쓰러진 사코미즈 위에 올라타 손목에 수갑을 채웠다.

"뭐, 뭐 하는 거야. 내가 무슨 짓을 했다고 그래!"

"찔리는 게 없으면 왜 도망치지?"

"경찰이 그렇게 쫓아오는데 안 도망칠 사람이 어딨어!"

"누가 쫓아간다고 했나? 이야기만 좀 듣고 싶다고 했는데."

"그럼 이 수갑은 뭐야!"

"아까 넌 형사 한 명을 힘껏 밀쳤어. 형법 제95조 1항, 직무를 집행하는 공무원에게 폭행 또는 협박을 가한 자는 3년 이하 징역이나 금고 또는 50만 엔 이하 벌금형에 처한다. 네가 한 짓은 어엿한 공무 집행 방해야. 자, 일어서."

사코미즈가 밀치는 바람에 도지마의 손등에 찰과상이 생겼지만 덕분에 그를 공무 집행 방해로 입건할 수 있게 됐다. 사코미즈는 피의자가 되어 곧장 가택 수사 영장이 나왔다.

사코미즈의 집에서는 머리카락 등 다양하고 유익한 단서가 나왔다. 보고를 받은 스기에는 지금 당장 강도 살인 사건으로 전환할 것을 제안했지만 취조를 맡게 된 와타세는 에둘러 거절했다.

"뭐야? 상대는 초범이고 지금 상태로는 뭘 어떻게 취조할지도 모르는 상황이잖나. 이 정도 물증이면 금방 털어놓을 거라고."

털어놓을 거다 수준으로는 안 된다.

"취조가 처음이기는 해도 성격이 아주 신중한 녀석입니다. 오하라, 가미키자키 사건만 놓고 봐도 흔적이라고 할 만한 걸 거의 남기지 않았죠. 그 신중함으로 이쪽 속셈을 간파하기라도 하면 모든 게 물거품입니다."

신중한 인간은 반드시 퇴로 한두 개를 준비해 둔다. 사전 준비 없이 그런 상대를 덮쳐 봐야 내뺄 뿐이다. 우선 퇴로를 하나씩 차단해 상대를 좁은 골목으로 몰아넣는 것이 중요하다.

"나루미 경부보 밑에 있지 않았나? 그의 그…… 수법을 보고 배운 게 없어 보이는군."

스기에는 마치 어금니에 음식물이라도 낀 것처럼 떨떠름하게 말했다. 안건이 쌓여 있으니 반장으로서 하루빨리 사건을 종결짓고 싶겠지만 와타세도 따로 생각이 있었다.

"아무리 위력적인 무기도 사용하는 사람 나름입니다. 나루미 경부보님이 쓰던 수법은 나루미 경부보님만 할 수 있는 거죠. 옆에서 계속 지켜봐 온 제가 단언하는데, 나루미 경부보님이 아닌 다른 사람이 그런 수법을 시도하다가는 건질 것도 못 건집니다. 부탁드립니다. 이번에는 제 방식대로 하게 해 주십시오."

스기에는 불만스러워 보였지만 정작 열쇠 기사들에게 주목하고 사코미즈의 존재를 끌어낸 사람은 와타세다. 명령권은 스기에에게 있지만, 주도권은 와타세에게 있다. 결국 당분간 와타세에게 사건을 일임할 수밖에 없었다.

와타세와 도지마가 취조실에 들어가자 사코미즈는 고개를 돌리지 않고 눈으로만 두 사람의 움직임을 좇았다. 예상한 바다. 처음 받는 취조라 겁먹어 있지만 그 이상 이쪽을 경계하며 어떻게 나올지를 유심히 지켜본다.

순간 와타세는 확신했다. 이 녀석은 절대 절도만 저지르지 않았다.

"당신에 대한 소문은 예전 동료들에게서 들었어. 열쇠 기사로서는 실력이 아주 뛰어나다지?"

"……뭐 그렇지."

"집에서 흥미로운 도구들도 발견됐더군. 평범한 사람들은 못 구하는 숫돌이나 공구 따위. 꽤 오랫동안 써 온 숫돌 같던데 열쇠 가게에서 쓰는 도구도 직접 만든 건가? 대단해. 그렇게 솜씨가 훌륭한데 왜 열쇠로 먹고살지 않는 거지?"

"훌륭한 솜씨니까 싸구려로 팔고 싶지 않거든."

과연. 그래서 자신하는 실력을 최대한 발휘할 수 있는 일로 전직한 셈인가.

"취조를 왜 받는지 대충 알겠지?"

사코미즈는 대답하지 않았다. 쓸데없이 트집 잡히지 않도록 주의한다. 역시 신중하다.

"작년 크리스마스이브에 오하라에 있는 단독주택에 도둑이 들었어."

"난 모르는 일이야."

"범인은 뒷문을 따고 들어가 현금과 귀중품을 훔쳤는데 자물쇠를 푼 수법이 실로 절묘했지. 원래 피킹한 자물쇠는 구멍이 너덜너덜해지는데 그 자물쇠는 상태가 아주 깨끗했거든. 마치 원래 열쇠로 연 것처럼. 감식반 사람들도 어설픈 실력으로는 절대 불가능할 거라며 감탄했어."

"그게 내 짓이라는 건가? 말도 안 돼. 난 몰라."

"오하라 3-5-0, 가부라기라는 사람의 집이야."

"모른다니까."

"일이나 사적인 이유로 그 집에 방문한 적 없나? 집에 들어가 보지 않았나?"

"거 참 끈질기네. 그런 집은 듣도 보도 못했다고."

"빈집털이 사건이 발생한 시간은 24일 밤부터 다음 날 아침 4시 사이였어. 그 시간대에 넌 어디서 뭐 했지?"

"경마장 근처 술집에서 한잔하는 중이었어. 만취해서 가게 이름까지는 기억 안 나고."

"기가 막히는군. 그걸 지금 알리바이라고 드는 건가?"

"이래 봬도 기억력이 꽤 좋은 편이라고. 취했으니 어쩔 수 없잖아."

"정말로 듣도 보도 못한 집인가?"

"그렇다고 했잖아! 몇 번이나 말해!"

느닷없이 사코미즈의 목소리가 커졌다. 신중함을 잊은 목소리다.

"그럼 왜 그 집에 네 머리카락이 남아 있지?"

그 한마디에 사코미즈의 몸이 굳었다. 다른 형사라면 여기서 공세를 이어 가겠지만 와타세는 그렇게 하지 않았다.

"아무리 시치미를 떼 봐야 물증이 나오면 게임 끝이야. 부정하면 할수록 심증만 더 나빠질 뿐이지. 그런데 말이야."

와타세는 목소리를 살짝 낮췄다.

"빈집털이에는 절도죄, 주거침입, 기물파손 세 가지가 해당되고 최대 10년 이하 징역 또는 50만 엔 이하의 벌금. 하물며 초범이고 피해자에게 사죄하고 변상하면 합의로 끝날 여지도 있어. 일이 어떻게 되느냐에 따라 불기소가 나올 수도 있고."

와타세가 얼굴을 바짝 들이대자 사코미즈는 몸을 움찔했다. 표정에 공포와 기대가 뒤섞여 있다.

"자, 빵에서 10년 살고 나오면 몇 살이지? 마흔 넘은 전과자에게 재취업 기회가 있을까? 지금은 경기가 좋지만 그것도 어디까지나 성실한 사람들에게나 해당하는 말이야. 전과자가 먹을 밥은 늘 찬밥으로 정해져 있지."

사코미즈는 망설인다. 신중함은 그가 가진 최대 무기다. 그 무기를 빼앗긴 지금, 그는 필사적으로 와타세의 말이 진실인지 아닌지를 가늠한다.

"아무리 솜씨가 탁월해도 담장 안에 갇혀 있으면 아무것도 못 해. 말 그대로 빛 좋은 개살구가 되는 거지. 그렇게 생각하지 않나?"

이쪽은 카드를 한 장 꺼냈을 뿐이다. 사코미즈가 이 카드를 조커로 생각한다면 분명히 이쪽 의도대로 움직일 것이다.

사코미즈는 아직 망설이고 있다. 와타세는 그를 주시하며 말없이 있었다. 상대의 안색을 끝까지 살피고서 어떤 카드를 꺼낼지 정할 것이다.

바라던 바다. 뻔뻔하게 거짓말로 일관할 자신은 없지만 사실을 숨길 수는 있다. 취조가 시작되고 나서 와타세는 지금껏 한 번도 거짓말을 하지 않았다. 표정을 연출할 필요도 없다. 이제는 사코미즈가 다리를 건너오기만을 기다리면 된다. 그러면 퇴로는 차단된다. 와타세는 사코미즈의 눈을 직시하고 단어를 하나씩 구분 지어 또박또박하게 말했다.

"난, 거짓말은, 안 해."

확고한 말투가 결정타가 되었다.

"……털어놓으면 내 편의를 봐 주는 건가?"

편의를 봐 준다. 꽤나 호들갑스러운 표현이다. 자신이 거물이라도 된다고 생각하는 걸까.

"최대한 그러도록 하지. 합의할 거면 우수한 변호사를 소개해 줄 수도 있어."

이 역시 절대 거짓말이 아니다. 만약 사코미즈가 저지른 범죄가 빈집털이에 그친다면 최선을 다해 갱생의 길로 인도할 것이다.

잠시 후 사코미즈는 무겁게 입을 열어 오하라 사건에 대해 조심스레 털어놓기 시작했다. 취조실 구석에 있는 도지마는 사코미즈의 진술에 귀를 기울이며 기록 담당이 입력하는 문장을 하나하나 확인했다.

전날까지 사전 답사를 해 가부라기 집이 하룻밤 빌 것을 알았다는 이야기. 느긋하게 집 뒤로 돌아가 뒷문에 달린 자물쇠가 평범한 자물쇠임을 확인했다는 이야기. 범행 당시 동선. 훔친 돈과 귀중품 처분 방법. 하나같이 당사자가 아니면 알 수 없는 사실이었다.

도지마는 다 작성한 진술 조서를 와타세에게 건넸다. 와타세는 순서대로 내용을 낭독하면서 사코미즈의 반응을 살폈다.

"이 내용이 확실한가?"

사코미즈가 고개를 끄덕여서 진술 조서에 서명하고 지인을 찍었다. 이로써 오하라 사건은 기소할 여건이 갖춰졌다. 사코미즈도 이제 취조가 끝났다고 생각했는지 폐가 텅 빌 만큼 요란하게 한숨을 내쉬었다.

그렇다. 끝났다.

적어도 1라운드는.

"피곤하지? 오늘은 이제 푹 쉬도록."

와타세가 수고했다고 치켜세우자 사코미즈의 얼굴에서 대번에 긴장감이 사라졌다.

지금이다.

"그런데 너 말이야. 혹시 사람을 죽이지 않았나?"

경계심이 사라지는 순간을 노린 불의의 일격이다. 그의 표정이 순간 다시 얼어붙었다.

"……그게 무슨 소리야."

"4월 16일, 가미키자키에서 강도 살인 사건이 일어났어. 그 범인이 너 아니야?"

"그거야말로 정말 처음 듣는 이야기네."

말끝이 희미하게 떨린다.

"정말로 모르나? 가미키자키 3번지에 있는 저택이야. 다카시마라는 무역회사 사장 집인데 그날 부인과 아들이 집에 있었어."

"모른다고 했잖아."

"그럼 아는 이야기를 해 봐. 4월 15일 늦은 밤 넌 어디서 뭘 하고 있었지?"

사코미즈는 입을 열지 않았다.

"뭐야. 이번에는 알리바이도 주장하지 않는 건가?"

"저번 달 일이잖아. 그렇게 오래된 걸 어떻게 기억해?"

"작년 12월 일은 기억했으면서? 그리고 아까 네 입으로 그랬지. 기억력이 좋은 편이라고."

사코미즈는 신음을 내뱉었다. 사전에 가미키자키 사건에 대해 질문받을 것을 알았다면 걸맞은 알리바이를 준비했겠지만 갑작스러운 일격이라 둘러댈 수도 없다.

조사 중 즉석에서 떠올린 카드는 상대의 변명 정도는 눌러 없앨 수 있었다. 그러나 와타세에게는 사전에 준비한 비장의 카드가 아직 몇 장 더 남아 있다.

"증거라도 있어?"

"반응이 그런 걸 보니 가미키자키 사건과는 일절 무관한 모양이네."

"당연하지."

"살인은 고사하고 집을 털지도 않았나?"

"그래."

"법정에서 증언할 수 있고?"

"당장에라도 증언할 수 있어. 그런 집은 정말로 몰라."

"아, 그래. 그럼 그 집에서 왜 네 머리카락이 나왔지?"

와타세는 코가 닿을 정도로 얼굴을 바짝 들이댔다. 타고난 험악한 인상 때문일 수도 있지만 사코미즈는 도망치듯 황급히 고개를 돌렸다.

"그것도 바닥 밑 수납고 옆에서 나왔어. 남편 말로는 평소 아내가 집 청소를 깨끗이 했다더군. 낮에는 반드시 바닥을 쓸고, 심지어 부엌은 매일 접착식 카펫 클리너로 작은 먼지와 머리카락까지 전부 제거했다고 해. 게다가 당일에는 업자나 다른 사람이 드나들었다는 이야기도 없어. 그러니 그 집에서 제삼자의 머리카락이 나올 가능성은 없다는 거야. 녀석이 강도 살인범이 아닌 이상."

사코미즈는 입을 다문 채 몸을 희미하게 떤다.

이제는 거의 다 왔다.

"참, 증거는 그뿐만이 아니야. 열려 있던 뒷문 말인데, 열쇠 구멍에서 미량이지만 알루미늄계 세라믹 지립인가 뭔가 하는 미립자가 검출됐어. 이게 너희 집에서 압수한 숫돌 재질과 정확히 일치하더군. 아차, 이 알루미늄계 어쩌고 하는 숫돌이 꽤 특수한 사양이라 시중에서 쉽게 구하기 어려운 건 알고 있겠지."

"그, 그것도 내가 문을 딴 것까지는 증명해도 두 사람을 찌른 것까지 증명하지는 못하잖아!"

이제는 마지막 발버둥질로만 보인다. 여기가 이 남자의 한
계일 것이다. 그렇다면 더욱 철저하게 몰아붙여야 한다.

"두 사람이 칼에 찔려 살해됐다고 누가 그랬지?"

순간 사코미즈가 입을 절반쯤 떡 벌렸다.

"스스로 무덤을 팠군, 사코미즈 지로. 그러지 않아도 널 몰
아붙일 단서는 충분하지만. 그 사건도 하천에서 흉기가 발견
됐는데 역시 날카롭게 갈려 있었어. 갈린 흔적과 네 숫돌에 새
겨진 흔적이 일치했고."

사코미즈는 고개를 푹 숙이고 와타세를 쳐다보지 않았다.
반응을 보이지 않는 것을 마지막 저항 수단으로 정한 듯하다.

도지마가 눈짓으로 교대하겠느냐고 물었다. 와타세는 고개
를 저었다. 여기까지 온 이상 끝을 봐야 한다. 묵비권 행사 때
문에 취조를 중단하면 그만큼 사코미즈에게 퇴로를 열어 주게
된다.

마지막 카드다.

"아무래도 자신이 한 짓을 잊어버린 듯하니 직접 떠오르게
해 주지."

와타세는 사코미즈의 눈앞에 사진을 한 장 내밀었다. 감식
반이 찍은 현장 사진 중 하나였다.

"이 아이가 다카시마 요시키다. 바닥을 보고 고꾸라졌으니

너도 시신의 얼굴은 정확히 보지 못했겠지."

사진에는 위를 보고 누운 요시키의 얼굴을 정면으로 찍혀 있다. 창백한 피부가 보는 사람의 마음마저 얼어붙게 했다. 앳된 얼굴이 애달프기만 하다.

"아직 다섯 살이었어. 착한 아이였지. 이따금 버려진 길고양이를 데려와 엄마를 곤란하게 했다더군. 싸움도 못 하면서 힘없는 동물을 괴롭히는 아이를 보고 덤벼든 적도 있대. 그날에는 사건 발생일 이틀 뒤에 떠날 소풍을 잔뜩 기대하고 있었어."

사코미즈는 잠시 사진을 내려다보다가 다시 고개를 돌렸다. 와타세는 즉시 그 머리를 붙잡아 원위치로 돌렸다.

"도망치지 마라. 이게 바로 네가 앗아 간 목숨이다. 아직 세상의 부조리함과 비정함을 모르고 세상이 선의와 상냥함으로 가득하다고 믿은 생명이다. 넌 그런 생명을 고작 몇 시간 만에 바닥날 도박 자금을 위해 짓눌러 뭉개 버렸다. 자, 봐라. 네 양심이 비명을 지르지 않는다면 시선을 돌릴 필요도 없지 않겠나?"

마지막 카드는 바로 이 남자의 양심이다. 아무리 쓰레기 같은 인간이라도 한 조각의 양심, 더욱이 어린아이가 죽은 데서 오는 슬픔을 깨끗이 내다 버릴 인간은 그리 많지 않다.

와타세가 손으로 누른 머리가 조금씩 떨리기 시작했다.

"흐, 히, 흐핫."

웃음소리처럼 들렸지만 고개를 드니 사코미즈는 굳어진 얼굴로 울고 있었다.

끝이다.

"이제는 다 털어놓겠나?"

그렇게 묻자 그는 고개를 주억거렸다. 동시에 와타세의 온몸에서 힘이 쭉 빠졌다.

도지마와 교대할까 하는 생각도 들었지만 여기까지 온 이상 진술 조서도 직접 작성해야 마땅할 것이다.

"그럼 천천히 가지."

더는 싸울 필요가 없다. 그런 투로 말하자 사코미즈는 맥이 빠질 정도로 순순히 응했다.

입 밖으로 나온 말이 진술 조서로 만들어진다. 사코미즈의 목소리와 타자 치는 소리 외에는 아무것도 들리지 않는다.

정적 속에서 와타세는 또 하나의 의심을 품은 채 남몰래 번민했다.

3

가미키자키 강도 살인에 대한 진술 조서 작성을 마친 다음 날 와타세는 사코미즈를 다시 취조실로 불러들였다.

이유를 알리지 않고 함께 동석한 도지마는 영문을 모르겠다는 표정으로 앉아 있다. 정식 취조가 아니어서 다른 수사원은 부르지 않아 도지마에게 기록을 맡길 심산이었다.

"푹 잤나 보군."

"신기하게도 잠이 잘 왔어."

하룻밤이 지나자 사코미즈의 표정은 체증이 내려간 것처럼 평온했다.

"마음이 편해졌나?"

"그것도 신기해. 앞으로 받을 재판 같은 걸 떠올리면 겁이 나야 하는데 묘하게 긴장이 풀려서 말이지."

긴장이 풀린 게 아니라 독기가 빠졌을 것이다.

죄에서 도망치려는 독.

양심에 뚜껑을 씌우려는 독.

그 독을 어젯밤 모조리 뱉어내고 사코미즈는 멍에를 벗었다. 자유로워진 자는 자유롭게 떠들 수도 있다. 와타세가 사코미즈에게 하룻밤의 안식을 선사한 것은 자유의 안락을 충분히 맛보게 할 의도였다. 지금이라면 뭘 물어도 순순히 대답해 줄 터이다.

"나한테 아직 물을 게 더 남았나? 어제 다 털어놨잖아."

"가미키자키 사건보다 훨씬 전…… 그러니까 5년 전 이야기인데."

"5년 전?"

"정확하게는 쇼와 59년 11월 2일, 장소는 우라와 인터체인지 부근 러브호텔 거리."

사코미즈는 어젯밤과 사뭇 다른 지극히 냉정한 눈빛으로 와타세를 관찰하기 시작했다. 도지마는 당황한 얼굴로 두 사람을 지켜본다.

"확실히 오래된 이야기네."

"관계자 입장에서는 꼭 그렇지도 않아."

"당신이 관계자였나?"

"담당 중 한 명이었지."

"나도 관계자라는 뜻인가?"

"질문은 내가 해."

"신문에서 본 것 같기는 해. 부동산 업자가 살해된 사건이었나?"

"그래."

"근데 그 사건은 이미 끝났잖아. 범인이 붙잡히고 형이 확정된 상태로 범인이 구치소에서 죽지 않았나?"

"그래."

"근데 왜 이제 와서 그 사건 이야기를 꺼내?"

"난 그 사건도 네 범행으로 추측하고 있어."

"뭐야? 근거는?"

"가미키자키 사건을 꼭 빼닮았거든."

설명하면서 와타세는 왠지 모를 수치심에 휩싸였다. 구루마 효에 사건에서 보관한 증거품은 형이 확정된 이후 유족에게 반환할 것은 반환하고 그밖에 경찰서에 둘 필요가 사라진 것은 폐기했다. 오하라, 가미키자키 사건 증거품과 대조할 수도 없어 지금으로서는 추론에 의존해 이야기를 이어 갈 수밖에 없다.

"범행 전에는 반드시 사전 답사를 통해 집주인의 부재를 확인한다. 전문가급 도구들을 써서 침입한다. 집에서 마주친 사람을 칼로 찌르고 다음으로 2층에서 내려온 사람도 찌른다. 금품을 다 챙긴 다음 흉기와 도구는 도주 중에 버린다. 버리는 곳은 하천."

"그냥 비슷할 뿐이잖아. 고작 그걸로 내가 했다는 거야?"

"범인은 다들 저마다 정해진 수법이 있어. 처음 성공하면 어디선가 실패하지 않는 한 같은 수법을 계속 쓰지. 단순한 변덕으로 다른 방법을 쓰는 모험을 하지 않아. 아무리 대담한 녀석도 그런 면에서는 신중할 수밖에 없어."

"……뭘 모르고 하는 소리네."

"뭐가 말이지?"

"이미 다 끝난 사건이야. 만약에, 그래. 만에 하나 그것도 내가 저질렀다고 쳐. 그럼 경찰은 죄 없는 사람을 범인으로 오인

해 체포하고 법원 역시 잘못된 판결을 내렸다는 말이 돼. 그것
도 모자라 죄 없는 녀석은 살인범이라는 오명을 뒤집어쓰고
자살까지 해 버렸지. 너희로서는 그야말로 터무니없는 실책을
범한 셈이야. 내가 자백한다고 해서 너희에게 좋을 게 뭐가 있
지? 나한테는 또 뭐가 좋고?"

사코미즈는 전면으로 부정하지 않고 손익을 확인하듯 행동
한다.

와타세는 등줄기가 오싹해졌다. 적중해서는 안 될 예상이
차츰차츰 명확한 형태를 띠어 간다. 모르는 게 약이라는 말이
있다. 머릿속에서는 더 이상 캐내지 말라는 경고도 들렸다.

그러나 여기서 그만둘 수는 없다.

"넌 이미 사람을 둘이나 죽였어. 사전에 흉기를 준비했으니
검찰은 네게 살의가 있었다고 주장하겠지. 그리고 살인한 사
람이 많아진다고 주장이 크게 바뀔 일은 없어. 그런 의미에서
는 손해도 없지. 반대로 네가 모든 죄를 자백하고 반성하는 모
습을 보이면 판결에는 정상 참작의 여지도 생겨. 이건 엄청난
이점 아닌가?"

"너희 입장에서는 어떻지?"

"만약 우리의 잘못된 체포로 원죄 사건을 만들었다면 그 소
식이 공표되는 순간 경찰과 검찰에 비난이 집중되고 신뢰도도
크게 흔들리겠지. 신문과 주간지는 신나게 기사를 써 댈 거고

담당자 중 몇 명은 책임을 져야 할지도 몰라. 손해는 차고 넘칠 만큼 커."

"이봐, 와타세."

도지마가 당황하며 말리려 들었지만 이미 늦었다.

"그럼 이점은?"

"진실이 밝혀진다는 것."

"……그뿐인가?"

"그래. 그뿐이야."

사코미즈는 잠시 와타세의 낯빛을 살폈지만 잠시 후 조용히 킥킥대기 시작했다.

"재밌네. 와타세 형사. 형사라는 사람들은 전부 당신 같나?"

"나도 몰라."

"설명은 아주 잘 이해했어. 그러니까 나한테는 손해가 별로 없고, 그쪽에는 손해가 막심하다는 얘기네."

"그래."

사코미즈는 콧방귀를 흥 뀌고 와타세를 똑바로 쳐다봤다.

"오케이. 그럼 털어놓을게. 당신 말이 맞아. 5년 전 부동산 사건의 살해범이 바로 나야."

"그 부동산 사건이 처음이었어. 마침 위험한 데서 돈을 빌린 탓에 변제에 애를 먹고 있었지. 그때 그 부동산을 떠올린 거야. 전에 2층 침실 문이 고장 났을 때 출장 수리를 나간 적이 있거든. 집 인테리어만 봐도 돈이 있는 집인지 없는 집인지 알 수 있잖아. 1층 사무실에 금고가 있는 것도 확인했고, 당일에 사전 답사를 가니 문에 오후부터 집이 빈다고 적혀 있어서 얼씨구나 하고 준비했지. 결국 그래서 사람을 둘이나 죽이게 됐지만. 유리문을 자른 데는 이유가 있는데, 그 문의 손잡이는 스위치식 섬턴 자물쇠(열쇠 없이 손가락으로 돌리기만 하면 잠기는 손잡이형 철물—옮긴이주)인데다 데드볼트에 낫 모양 이중 잠금 장치까지 달려 있었어. 당시로써는 가장 보안이 탄탄한 자물쇠라 내 햇병아리 실력으로는 벅차더군. 금고를 쇠지레로 뜯은 것도 그래서야. 지금이라면 그런 금고쯤은 손쉽게 피킹할 텐데 말이지. 금고에는 아마 200만 엔 정도 들어 있었던 걸로 기억해. 금고를 다 뜯었을 무렵 그 집 남자가 나타났지. 순간 당황하는 걸 넘어 완전히 패닉에 빠져서, 정신이 다시 돌아왔을 때는 나도 모르게 그 남자의 등과 옆구리를 마구 찌르고 있었어. 그리고 내빼려고 했는데 2층에서 내려온 여자한테 또 들켜서 그 여자 역시 무아지경 상태에서 찌르고 말았지. 부인 쪽은 가슴 한 방으로 끝났어. 바로 돈을 들고 밖에 나갔다가 옆 호텔에서 나오는 커플한테 들킨 것 같았는데, 아무래도 너희는 그 커플은 결국 못 찾은 것 같더군. 유리칼과 쇠지레, 칼은 가는 길에 하천에다 버렸어. 물살이 워낙 거세서 먼 곳까지 흘려보내 줄 것 같았거든. 뭐? 유리칼은 어디서 조달했냐고? 그때 근무하던 열쇠 가게가 유리 가게도 겸하고 있어서 슬쩍 했지. 그리 엄격하게 도구 관리를 하지 않아서 하나쯤 사라진다고 들킬 리 없었거든. 집에 돌아간 다음부터는 며칠간 밖에 안 나갔어. 언제 붙잡힐까 조마조마해서 못 나가겠더군. 근데 한 달쯤 지났을 때 TV를 켰는데 갑자기 범인이 체포됐다는 뉴스가 나오는 거야. 얼마나 웃었는지 원. 생사람을 붙잡아 자백을 받아 낼 줄이야. 금고에 범인 지문이 남아 있었다고? 하하. 지금부터 뜯을 금고를 맨손으로 만지는 멍청이가 세상에 어디 있어? 그 재판은 또 뭐지? 아주 걸작이더구먼. 당사자는 사실 그대로 옳은 말만 했는데 검사와 재판관은 하나같이 녀석을 범인 취급을 했다며. 급기야는 구치소 안에서 자살로 끝났다지? 정말이지 이런 무능한 녀석들한테 겁을 집어먹고 덜덜 떨었다니. 우습기 짝이 없었다니까."

"와타세. 대체 어쩔 작정이지?"
취조실에서 나오자마자 도지마가 따지고 들었다.
"조서는 완벽하죠?"
"그래. 불쾌할 정도로 완벽해. 당사자의 서명과 지장까지 있으니. 만들 생각은 없었는데 자네한테 휩쓸려 만들어 버렸어. 근데 이런 걸 어디다 쓸 생각이지?"

솔직히 와타세도 거기까지 생각하지는 못했다. 설마 하는 마음이 앞섰고 머릿속에는 증언을 받아 낼 생각밖에 없었다.

와타세는 작성된 진술 조서를 훑어봤다. 사코미즈의 자백은 진실처럼 보인다. 1층 사무실에 침입한 방법, 구루마 부부를 찌른 곳, 금고 내용물, 모두 당사자가 아니면 알 수 없는 비밀 폭로다.

마치 장난삼아 산 복권이 당첨된 것이나 마찬가지다. 하지만 상금은 충격과 곤혹, 수치로 점철되어 있다.

그렇게 생각한 순간 고작 조서 몇 장이 터무니없이 무겁게 느껴졌다. 조서를 쥔 손이 슬슬 떨리기 시작했다. 이건 복권이 아닌 폭탄이다. 관계자들을 전부 조각조각 낼 폭탄이다.

도지마가 와타세 앞을 가로막았다.

"대답하게. 그 조서를 대체 어쩔 작정이야?"

와타세가 대답하지 못하고 가만히 있자 도지마가 한 손을 앞으로 내밀었다.

"나한테 넘기게. 처분해 줄 테니."

"어차피 워드프로세서에 저장돼 있지 않습니까. 마음만 먹으면 똑같은 걸 여러 장 뽑을 수 있습니다."

"식구의 실수를 만천하에 드러낼 생각인가?"

"선배님은 그날 그곳에 없었습니다. 나루미 경부보님이 구스노키에게 진술을 받아 낼 때 전 옆에 있었죠. 그뿐만이 아닙니다. 주지도 않을 먹이로 녀석을 유혹하며 덫으로 이끌었습니다. 만약 구스노키가 억울하게 죄를 뒤집어썼다면 녀석을 죽음으로 몰아넣은 사람 중 한 명이 접니다. 그런 제 심정을 선배님이 이해하겠습니까?"

성난 기세에 도지마가 뒤로 한 발짝 물러섰다.

"선배님. 사코미즈의 진술이 아직 진실로 밝혀진 건 아닙니다. 확인해야 할 것들이 남았습니다. 그 작업이 끝날 때까지 조서는 제가 갖고 있겠습니다."

"난 모르는 일이야."

도지마는 겁먹은 얼굴이었다.

"그런 조서, 난 모르는 걸로 하겠어. 취조에 동석하지도 않았고 모든 건 자네 혼자서 한 일이야. 알겠어? 난 절대 관련 없는 걸로 해 줘."

그렇게 내뱉고 그는 발걸음을 돌렸다.

멀어져 가는 뒷모습을 보며 와타세는 한 가지를 이해했다. 조금 전 말은 도지마 나름의 호의로 받아들이자. 처음부터 도지마를 끌어들일 생각은 없었다. 이것은 나 스스로 결판 지을 문제다.

그러나 두려움이 가슴을 좀먹었다. 도지마에게 했던 말이 그대로 자신을 찌른다. 만약 사코미즈의 진술이 사실이라면 나는 무고한 시민을 달콤한 말로 꾀어 살인범이라는 오명을 뒤집어씌운 셈이다. 그것도 모자라 교도소에 집어넣고 절망 끝에 자살의 길로 내몰았다.

터질 것 같은 가슴을 가라앉히고 와타세는 자료실로 향했다. 안에 들어가자마자 고서와 곰팡내가 코를 자극했다.

'쇼와 59년 11월 2일 발생 부동산 업자 강도 살해 사건'. 철제 서가에서 해당 스티커가 붙은 골판지 상자를 순서대로 찾았지만 보이지 않았다. 반환되거나 폐기 처분된 듯하다.

아니, 아직이다. 현물이 폐기됐더라도 기록은 남아 있을 것이다.

와타세는 서가에 꽂힌 증거품 보존 장부에 손을 뻗었다. 증거품 입출고는 모두 이곳에 기록돼 있다. 지금은 이 장부만이 우라와 경찰서에 남은 기록이다.

장부를 펼쳤다. 찾아야 할 곳은 피해자 구루마 효에의 혈액이 묻은 점퍼를 기재하고 있는 부분이다. 지금 생각하면 그 점퍼가 아키히로의 침묵을 무너뜨린 발단이었고 기소할 때 결정적 단서가 됐다.

그러나 사코미즈의 자백이 사실이라면 그 증거품의 신뢰도가 한없이 의심스러워진다. 그때 법정에서 아키히로가 주장한 것처럼 누군가가 날조한 것일까.

잠시 후 마지막 페이지에서 기록을 발견했다. 'S59.11.22 압수 구스노키 아키히로 점퍼' 항목 아래로 혈흔 묻은 점퍼

사진이 앞뒷면 한 장씩 첨부돼 있다. 11월 22일이면 아키히로가 체포되고 감식반이 그의 집에서 증거품을 다수 압수한 날이다. 다른 압수품도 날짜는 전부 22일로 통일돼 있다.

와타세는 기억을 더듬었다. 취조가 본격 재개된 게 23일 오전 7시. 그 시점에 우리 쪽에 결정적 단서는 없었다. 분위기가 바뀐 것은 2반과 교대했을 때다.

─실은 어젯밤 가택 수색에서 보물이 하나 나왔어.

그날 나루미는 점심 시간이 되기 직전 그런 말을 입에 담았다.

지금 다시 생각해 보니 왠지 미심쩍다.

만약 그의 말대로 전날 수색에서 그런 보물이 발견됐다면 가장 먼저 보고가 들어왔을 것이다. 그렇게 유력한 증거라면 조금 더 일찍 아키히로에게서 진술을 끌어낼 수 있었다. 그런데 왜 반나절 이상 공백이 생긴 걸까. 그리고 애초에 그토록 중요한 증거품 기록이 왜 마지막 항목으로 밀려나 있는 걸까.

와타세는 다시 한번 압수 날짜를 확인하고 그곳에서 부자연스러운 부분을 발견했다.

점퍼 기록 부분을 적은 글자만 다른 글자와 색이 달랐다. 아니, 색뿐만 아니라 필적까지 미묘하게 다르다.

물건을 압수한 당사자가 아닌 다른 사람이 새로운 항목을 적어 넣었다고 생각할 수밖에 없다.

순간 서늘한 한기가 등을 타고 흘렀다.

형사실의 분위기가 바뀐 건 그다음 날부터였다.

웬일인지 다들 서먹서먹했다. 와타세가 인사해도 평소처럼 가벼운 대답도 돌아오지 않았다. 그러나 출근하자마자 스기에에게 불려 가면서 대략 예상은 했다.

"부동산 사건을 다시 뒤지고 있다고?"

스기에는 언짢은 표정을 감추지 못했다. 오래전부터 그는 이렇듯 표정 감추기나 미묘한 밀고 당기기 같은 것과는 무관한 인물이다. 근본이 존경할 만한 인격이라면 상관없지만 비겁한 것으로 모자라 상승 지향과 보신주의가 눈에 훤히 보여서 싫어진다.

"이미 끝난 사건을 다시 뒤져서 무슨 소용 있겠나? 가만히 있어도 인원이 부족한 판국에."

스기에에게 어느 수준까지 이야기가 전달됐을까. 와타세는 그것을 가늠하기 위해 일부러 먼저 설명하지 않았다.

그러나 그럴 필요도 없었다.

"쓸데없는 수사는 당장 그만둬."

그의 말에서 사코미즈의 진술 내용이 새어 나갔다는 걸 알수 있었다.

"지금 자네가 하려는 짓은 조직을 향해 침을 뱉는 일이야."

"그럴 의도는 없습니다."

"의도가 없어도 결과적으로 그렇다니까."

"만약 그 사건이 원죄라면 어떡하실 겁니까?"

"뭘 어떡하기를 바라지?"

스기에는 대수롭지 않은 듯이 말했다.

"구스노키 아키히로는 이미 오래전 옥사했어. 게다가 진범이 우리 손아귀 안에 있으니 범죄가 또 일어날 일도 없지. 죽은 사람이 생긴 건 물론 안타까운 일이지만 당시 모든 증거는 그를 범인으로 가리켰어. 검사가 극형을 구형하고 판사가 그 주장을 받아들인 것도 다 어쩔 수 없는 일이었다고."

정말로 그럴까. 와타세는 자문해 봤다. 당시 우라와 경찰서는 현경에 주도권을 빼앗겨서 모두가 흥분해 있었다. 그때 아키히로라는 용의자가 나타났고 우라와 경찰서는 범인 체포로 기사회생을 노렸다. 일 처리에 방만함은 없었을까. 진실 추구보다 조직 논리가 우선되지 않았을까. 자백을 끌어내기 전에 증거품부터 면밀히 조사해야 하지 않았을까. 실제로 지금 그 당시 최대 증거품인 아키히로의 점퍼가 의혹투성이다.

"그냥 내버려 두면 또 언제 어디서 같은 일이 반복될지 모릅니다."

"그 사건이 원죄라는 건 어디까지나 자네의 억측이야."

"하지만."

"그만하게."

스기에는 화를 드러냈다. 부하 앞에서 감정을 드러내는 게 자신의 평가를 떨어뜨린다는 것을 그는 아직 알지 못한다.

"자네를 담당에서 제외하고 사코미즈의 검찰 송치는 도지마에게 맡기겠네."

"그건……."

"입 아프게 더 말할 것도 없어. 당장 다른 사건에 착수해."

스기에와 면담을 마치고 형사실에 돌아가자 예상대로 모두의 반응은 쌀쌀맞았다. 함께 엮이기 싫은 것처럼 노골적으로 거리를 두고 있다.

그날은 일찍 일을 마쳤다. 오하라 사건과 가미키자키 사건이 일단락됐다는 것은 단지 구실이었고 실제로는 마음이 불편해서 오래 있을 수 없었다.

관사에 돌아가자 료코는 놀란 모습으로 남편을 맞았다.

"왜 이리 일찍 왔어?"

그 말에 대뜸 화가 치밀었다.

"일찍 와서 불만인가?"

아내에게 그러면 안 되는 걸 알면서도 단 한 명뿐인 가족이어서 아내를 감정의 배출구로 삼게 된다. 경찰서에서 모두에게 훼방꾼 취급을 받았다. 당분간 그곳에서 내 가족은 찾지 못할 것이다.

밥을 먹는 동안에도 머릿속에 줄곧 도지마와 스기에의 말이 떠올랐다. 보신保身, 책임 회피, 은폐 체질, 사대주의. 그것이 조직의 본질임을 이해해도 화가 치밀었다. 그리고 동시에 두려워졌다.

스기에에게 그만두라는 말을 들어도 수사를 그만둘 생각은 털끝만큼도 없다. 시류에 영합하는 그런 남자에게 충성을 맹세할 만큼 나는 타락하지 않았다는 자부심도 있다.

두려운 것은 내 손으로 지옥문을 열 수도 있다는 불안감이다. 물론 문을 연 사람도 무사할 수는 없다. 무엇보다 나는 아키히로를 살인범으로 몬 장본인 중 한 명이다.

강력계를 통솔하는 스기에, 그를 임명한 우라와 경찰서 서장, 아키히로를 기소한 검사, 2심을 담당한 검사, 그리고 재판관들. 사건과 관련된 모두가 비난과 비방 중상의 폭풍에 노출될 것이다. 그중 처음으로 범인의 지장을 찍은 나와 나루미의 책임은 특히 무겁다.

나는 원죄를 만들고 만 걸까.

나는 무고한 사람을 죽이고 만 걸까.

생각만 해도 정신이 아득해지는 이야기다. 시민을 수호하는 경찰이 도리어 시민을 범죄자로 몰다니. 그보다 더 아이러니한 일이 있을까.

억지로 쑤셔 넣은 밥은 모래알을 씹는 것 같았다. 와타세는 부엌에서 술병을 꺼내 왔다. 연말에 선물 받고 아직 뚜껑도 열지 않았지만 마실 거면 지금밖에 없다.

술을 못 마시는 건 아니지만 그렇다고 애주가도 아니다. 술자리가 생기면 참석만 하는 수준이다. 그런 사람이 불안과 공포를 술로 속여 봐야 기분이 좋아질 리 없고, 마시면 마실수록 와타세의 마음은 더욱 혼란해졌다.

옆에서 료코가 끊임없이 말을 걸어 왔다. 관사에서 사는 여자가 입에 담는 말은 대체로 승진과 인사이동, 그리고 얼토당토않은 잡담이다. 처음에는 그냥 묵묵히 흘려들었는데 시간이 지날수록 참을 수 없어졌다.

"시끄러워. 좀 조용히 해."

그러나 항상 순종적인 료코가 오늘만큼은 반항했다.

오랜만에 집에 일찍 들어왔는데 말도 없고 모처럼 만들어 준 저녁밥은 오만상을 지으며 먹고 있잖아. 갑자기 혼자서 술을 마시기 시작해서 일부러 생각해 말동무를 해 주려고 하는데 싫다고만 하고. 이럴 거면 차라리 경찰의 아내가 되지 말걸 그랬어.

"시끄럽다고 했지!"

홧김에 휘두른 손이 료코의 뺨을 때렸다.

그 뒤로 료코는 한마디도 하지 않았다.

술은 더욱더 쓰게만 느껴졌다.

다음 날 와타세는 업무 중간에 잠시 짬을 내어 사이타마현 밖으로 나갔다.

도쿄도 지요다구 가스미가세키 1번지 중앙 합동 청사 제6호관 A동 도쿄 고등 검찰청. 면회 상대로 호출한 사람은 온다 검사였다.

"대체 무슨 바람이 불었기에 이런 곳까지 찾아온 건가."

온다는 놀라면서도 와타세를 흔쾌히 맞아 주었다. 사람 좋아 보이는 얼굴을 보고 있으니 그를 만나러 온 게 옳았다는 생각이 들었다.

"상담할 게 좀 있어서 왔습니다."

"흠. 자네가 지금 맡는 사건 중에 내가 담당하는 건은 없는 것 같은데."

"우라와 경찰서, 아니 나아가서는 고검의 명예와 관련된 문제입니다."

와타세로서는 심사숙고 끝에 내린 판단이었다. 우라와 경찰서 사람들과는 말이 통하지 않는다. 같은 고검이라도 사건을 담당한 스미자키를 찾아가면 마찰만 생길 것이다. 비밀을 공유할 사람으로 온다 외에는 떠오르지 않았다.

와타세의 진지한 모습을 보고 온다의 얼굴에서 웃음기가 사라졌다.

"아무래도 가볍게 들을 이야기는 아닌 것 같군. 들어 보겠네."

와타세는 신중하게 말을 고르며 이야기를 시작했다. 아직 확정된 건 아니라 원죄라는 말을 최대한 피하며 사코미즈의 증언으로 오인 체포 가능성이 나온 것을 암시했다.

이야기를 듣는 동안 온다는 줄곧 사려 깊은 눈빛으로 와타세를 쳐다봤다.

"그렇군. 분명 중대한 문제로군."

와타세의 이야기가 끝나자 온다는 몸을 의자에 깊숙이 파묻었다.

"스미자키 검사는 내 동기야. 실력이 뛰어난 검사지. 내년 봄 인사이동 때 가와고에 지부장으로 갈 거라는 소문도 돌고 있어. 사건을 맡은 판사들도 마찬가지네. 재판장인 고엔지 판사는 판사계의 살아 있는 전설 같은 존재지. 만약 이번 사건이 원죄로 확정되면 법조계에 미칠 영향이 어느 정도일지 가늠도 안 될 정도야. 무엇보다 무고한 사람을 죽음으로 몰아넣었지. 요즘 분위기를 고려하면 관계자에게 유형무형의 페널티가 부과될 걸세. 저마다 존경할 만한 인물들이라 마음이 더욱 무겁군."

와타세는 고개를 끄덕일 수밖에 없었다. 잘못된 것을 바로잡기를 원할 뿐 처벌을 원하는 건 아니지만 원래 불상사가 발생하면 누군가에게 책임을 묻는 게 조직의 생리다.

"와타세, 자네는 어떻게 하고 싶나? 스스로를 포함해 원죄를 만든 이들의 잘잘못을 따져 보고 싶은 건가?"

와타세는 말문이 막혔다. 솔직히 지금껏 스스로 무엇을 원하는지 명확히 답을 내리지 못했다. 다만 이대로 일을 방치하면 자신이 형편없는 형사로 전락하리라는 것만은 알고 있다.

"그런데 처벌 운운은 어디까지나 부차적인 것에 불과하지. 자네가 원하는 건 법의 정의 아닌가?"

법의 정의. 듣고 보니 지금 나 자신이 가장 납득할 말이다.

"법의 여신 테미스에 대해 아나?"

"아뇨. 아쉽게도 신화나 전설 같은 이야기에는 별로 흥미가 없어서."

"그리스 신화에 나오는 정의의 여신인데 사법의 공정함을 상징하는 존재지. 대부분의 법원에 테미스 조각상이 장식돼 있네. 테미스의 오른손에는 검이 들려 있는데 그 검은 권력을 상징하는 거라더군. 뭐 인간을 재판하는 건 으뜸가는 권력이니. 하지만 권력은 늘 정의와 한 몸이어야 해. 정의가 사라진 권력은 그저 폭력에 불과하니까. 그리고 그 권력이 잘못된 방식으로 쓰였다면 당연히 즉시 수정해야 하네. 이 또한 사법에 종사하는 자의 책무야."

지금껏 들어본 적 없는 열변에 와타세는 순간 당황했다.

경찰 내부가 보신주의와 은폐 체질에 물든 것처럼 검찰 역시 이상론만으로 성립하지는 않는다. 그 중추를 담당하는 인물의 입에서 이렇게 청렴한 말을 듣게 될 줄은 상상도 하지 못했다.

"왜 그런가? 너무 풋내 나는 이야기라 당황스럽나?"

"당치도 않습니다."

"풋내 난다는 이야기는 전부터 선배들에게 자주 들어 알고 있네. 위를 목표로 할 거면 선악을 가리지 않고 모든 것을 포용해야 한다더군. 너무 깨끗한 물에는 물고기가 오지 않는다는 말이 있지. 그런데 탁해진 물은 아무리 노력해도 못 마시겠어. 이건 타고난 성격 같은 거라 이제 와서 바꿀 수도 없다고 생각하게 됐네."

와타세는 순간 모든 것을 이해했다. 이 남자의 모습이 묘하게 아름답게 비치는 것은 단순히 외모가 돋보여서가 아니다. 내면에 존재하는 영혼이 당당해서인 것이다.

"나도 오늘날의 사법제도가 완벽하다고는 생각하지 않네. 찾아보면 빠져나갈 길이 많고 왜곡도 많아서 넌더리를 내는 검찰도 적지 않지. 하지만 그렇다고 고매함을 그림의 떡 같은 거라고 단언하는 건 타협이 아닌 영합이야. 이상을 추구하는 게 몽상이라는 건 비겁한 자의 변명이지."

등 뒤를 퍽 떠밀린 느낌이었다.

그렇다. 나는 이런 말을 듣고 싶었다.

"그나저나 앞으로도 자네는 수사를 계속할 생각인가?"

"확증을 얻기 전까지는……."

"아마 지금 있는 부서에 발붙이기 어려워질 거야."

"이미 그렇게 되고 있습니다."

"그런가. 그럼 확증이 나오면 다시 나를 찾아오게. 자네가 흙탕물 속에서 발견한 걸 헛되이 만들지 않겠어."

"……뒤처리를 부탁드려도 되겠습니까?"

"부탁하고 할 것도 없이 처음부터 그럴 작정 아니었나?"

온다는 장난스럽게 웃어 보였다.

"실례되는 말이지만 경찰인 자네가 원죄를 목청 높여 부르 짖어 봐야 방해만 당하고 묻힐 걸세. 그러니 똑같이 내부고발 을 해도 파괴력이 더 큰 고검 검사를 주목한다……. 내 생각이 맞나? 맞다면 의외로 자네도 지략가 타입이군."

정곡을 찔리자 고개를 들 수 없었다. 그런 와타세를 보고 온 다는 또다시 미소 지었다.

"과대 평가를 해도 유분수지. 나도 그저 일개 검찰관에 지 나지 않네. 고립무원에서 혼자 죽창을 휘두르다가 전차에 치 일 수도 있겠지. 다만 굳어 버린 조직은 어디든 마찬가지지만 내부에 무르고 외부에는 엄격한 법일세. 한편 외부의 압력이 강해지면 갑자기 쇠약함을 드러내기도 하지."

"외부의 압력 말입니까."

"그런 방법도 아예 없는 건 아니야. 아무튼 결과가 어떻게 나오든 간에 뒷수습은 내가 하겠네. 다만 수습할 수 있는 범위

안에서."

그 말만으로도 충분했다.

와타세는 깊숙이 고개를 숙이고 검사실을 나왔다.

우라와 경찰서에 돌아간 지 한 시간도 되지 않아 스기에가
와타세를 불렀다.

"도쿄 고검에는 무슨 일로 간 거지?"

아무래도 감시를 붙인 모양이다. 거물이 된 것이다.

"사적 용무입니다."

"사적 용무라. 흥, 거물이라도 된 것 같군."

이 부분에서만큼은 의견이 같다.

"아무래도 자네는 나루미 경부보의 좋지 않은 면만 물려받
은 것 같군. 그도 조직에 녹아들지 못하는 사람이었지. 그러니
형사로서 뛰어난 자질을 가졌으면서도 출세 가도를 달리지 못
했고."

그렇게 말하는 당신은 어떠냐는 말을 무심코 내뱉을 뻔했
다. 온종일 상사의 안색만을 살피며 범인 검거 경험도 별로 없
는 사람에게 현장을 뛰는 형사를 비판할 자격은 없다. 나루미
에게도 문제가 많았지만 범죄자를 증오하는 마음과 일에 대한
열정만큼은 스기에와 비교도 할 수 없었다. 나루미는 출세하
지 못한 게 아니라 출세보다 범죄자 체포에 매진하는 쪽을 택

한 것이다.

"그 사건을 원죄라고 떠벌리고 다닌다더군."

"확인하고 싶을 뿐입니다. 제 사건이기도 했고요."

"자네 사건이 아니야. 우라와 경찰서 사건이지."

이야기하다가 엉겁결에 본심이 나온 건가. 이 남자에게는
결국 자기 자신을 지키는 게 최우선이다. 만약 다른 경찰서 사
건이었다면 강 건너 불구경하듯 봤을 게 뻔하다. 그런 상대에
게 일일이 사정을 설명하는 건 시간 낭비다.

"몇 번이나 말씀드리지만 그저 지인에게 잠깐 얼굴을 비추
러 갔을 뿐입니다."

"그 못생긴 얼굴을 말인가. 꽤 취향이 독특한 지인이로군."

아무리 감시를 붙였다고 해도 검찰관 집무실까지 미행할 수
는 없다. 와타세는 적어도 면회 상대가 온다 검사인 것만은 모
르기를 속으로 바랐다.

"아무래도 자네한테는 내근이 더 맞을지 모르겠군. 가을 인
사이동까지 자신의 적성을 정확히 판단해 보게."

"슬슬 일하러 가 봐도 되겠습니까?"

"마음대로 해."

내근이라. 물론 경찰서에도 회계나 사무 업무가 있지만 와
타세는 비품 관리나 행사 운영을 담당하는 자신의 모습을 상
상하니 무심코 쓴웃음이 터졌다.

일하러 가겠다고 했지만 지시받은 일이라고는 하지 않았다. 와타세는 형사실이 아닌 감식과가 있는 층으로 향했다.

"구니에다 계장님."

감식과 구역에 들어가서 구니에다를 부르자 그는 노골적으로 불쾌한 표정을 지었다. 이럴 때만큼은 내부 통제가 완벽하다. 와타세를 어떻게 대할지는 형사과뿐만 아니라 다른 과에도 전해진 듯했다.

그래도 지금은 구니에다에게 부탁할 수밖에 없다. 강력계에 배속된 이래 몇 번이나 같은 사건을 맡아 온 사이다. 또 그는 5년 전 사건 당시 증거품 관리를 담당한 사람이기도 하다.

"무슨 일이야. 지금 바빠."

"드릴 말씀이 있습니다. 오래 걸리지 않을 겁니다."

"이제 곧 현장에 나가야 해."

온화해 보이는 그의 얼굴이 민폐라는 듯이 찌푸려진다. 평소 성실하고 남에게 잘하는 성품이지만 윗선에 반기를 들 만한 배짱은 없었다.

"스기에 반장님께 부탁받은 일이 산더미처럼 쌓여 있어. 미안하지만 사적인 부탁을 들어줄 여유가 없어. 미안하네."

구니에다는 도망치듯 감식과 구역을 나갔다. 다른 반원도 와타세를 힐끗하자마자 고개를 돌렸다.

불현듯 조금 전 온다가 한 말이 떠올랐다.

어제까지의 아군이 모조리 적으로 돌아선다. 고립무원이란 이런 뜻일까.

하지만 아직 방법은 있다.

"자, 자네, 이곳까지······."

관사를 찾아가자 구니에다는 역시 당황했다.

"이런 시간에 죄송합니다. 갑자기 들이닥치지 않는 한 만나 주시지 않을 것 같아서요."

구니에다가 문을 닫으려 하자 와타세는 잽싸게 틈새에 발을 집어넣었다.

"이봐. 잠깐만 기다려 보라고."

"미행은 이미 따돌렸습니다."

"뭐?"

"시외까지 끌고 가 유턴해서 돌아왔습니다. 설마 제가 관사 로 올 줄은 예상 못 했겠죠. 그나저나 현관 앞에서 입씨름했다 가는 옆집에도 다 들릴 겁니다."

소리를 낮춰 말하자 구니에다는 잠시 머뭇거리다가 결국 와 타세를 안으로 들였다.

"정말 못 말리는 녀석이군. 요즘은 강매도 이런 식으로는 안 해."

구니에다는 화를 내며 와타세를 거실로 데려갔다. 거실에 있던 부인이 황급히 인사하려고 일어서자 그는 "됐고 얼른 맥주나 갖다 주고 먼저 자. 일 얘기야" 하고 명령했다. 업무상 보안은 철저히 지켜야 한다는 것을 아는지 부인은 안으로 들어갔다.

"일단 맥주부터 한잔하고 듣지."

술에 취해서 한 발언이면 나중에 들통 나도 정상 참작될 수 있다고 생각하는 걸까.

"요즘 자네는 정말로 나루미를 닮아 가고 있어."

"네?"

"수사를 위해서라면 남의 사정 따위 아랑곳하지 않는, 그런 안하무인한 모습을 빼다 박았어."

구니에다가 그렇게 생각한다면 아마 경찰서 사람 대부분이 비슷하게 생각할 것이다. 그다지 자랑스러운 이야기는 아니다.

"절대 폐는 끼치지 않겠습니다."

"이봐. 지금 자네가 여기 온 시점부터 이미 폐야. 그래서 그 할 말이란 게 뭐지?"

"5년 전 부동산 업자 살해 사건으로."

"……사코미즈가 다른 죄를 자백했다며. 어제 이미 소문이 돌았어. 그렇지만 내가 답해 줄 수 있는 건 아무것도 없네."

"증거품 관리를 담당하셨죠."

"그 무렵 사건은 전부 내가 담당했지. 하지만 사건이 너무 많아 기억에는 남아 있지 않네. 사코미즈 이야기가 들려서 만약을 위해 자료실에 가 봤지만 증거품은 벌써 다 반환된 뒤고 보존 장부도 남아 있지 않더군."

"보존 장부도 말입니까."

"그래. 분명 어딘가에 섞였겠지. 원래 종결 난 사건 기록 중에는 그런 게 많아."

와타세는 또다시 왠지 꾸민 듯한 느낌을 받았다. 자신이 조사했을 때만 해도 분명 보존 장부가 존재했다.

누가 은폐했을까. 스기에일까, 아니면 다른 누군가일까. 어쨌든 이로써 우라와 경찰서 전체가 은폐에 가담한 게 확실해졌다.

"그러니 이제는 그만하게."

"그게 혹시 이겁니까?"

와타세가 재킷 안쪽에서 종이를 한 장 꺼내자 구니에다가 눈을 부릅떴다.

보존 장부의 마지막 페이지였다.

"자네, 이건……."

"이 페이지만 복사해 뒀습니다. 처분하는 것보다는 보관해 두는 게 나을 테니까요."

구니에다는 와타세의 얼굴과 보존 장부를 번갈아 보고 질린 듯이 말했다.

192   테미스의 검   ____

"쳇. 못된 짓은 한 수 위인가. 배짱이 정말 대단하군그래."

"제가 궁금한 건 거기 기록된 날짜입니다. 그 날짜만 다른 펜으로 적었더군요. 필적도 다릅니다. 가장 중요한 증거품인데도 부자연스럽게 제일 마지막에 기재돼 있고요. 이유가 뭡니까?"

보존 장부 사진을 바라보던 구니에다는 잠시 후 부루퉁한 얼굴로 와타세에게 종이를 넘겼다.

"단순해. 자네가 말한 대로 부자연스럽기 때문이야."

"무슨 뜻이죠?"

"가택 수색으로 압수한 물건 중 증거품이 될 만한 것과 그렇지 않은 것을 나누고, 증거품은 전부 사진으로 찍어 파일에 붙여 두는 것. 나한테는 손에 익은 익숙한 작업이지. 증거품의 우선순위도 훤히 꿰고 있어. 그런 사람이 범인 특정에 결정적 단서가 될 증거품을 제일 끝에 붙여 두겠나?"

"그렇다면……."

"그 사건은 증거품이 별로 많지 않아서 당일에 파일링도 완료했네. 그때만 해도 그런 사진은 없었지. 사진이 없으면 당연히 물건도 존재하지 않았다는 뜻이야."

구니에다는 잔에 따른 맥주를 단숨에 비웠다.

"자네도 알겠지만 증거품을 보관하는 보관고는 경찰서에 근무하는 모든 사람이 자유롭게 드나들 수 있네. 22일 내가 작업을 마친 뒤에도 누군가가 새 물건을 그 안에 집어넣고 사진을 찍어 보존 장부에 붙이는 게 가능하다는 뜻이야."

4

이틀 뒤 와타세가 청사를 나가려고 할 때 등 뒤에서 부르는 목소리가 들렸다.

목소리의 주인공은 도지마였다.

"무슨 일이죠?"

"사코미즈 지로의 진술 조서, 지금 어디 있지?"

"아직 제가 갖고 있습니다."

"일단 돌려주게. 그건 내가 작성한 조서야."

도지마의 눈빛이 불안으로 흔들린다. 그것만으로 나를 불러 세운 이유가 보였다.

"스기에 반장님 지시입니까?"

"아니. 그냥 조서 내용에 잘못된 게 있나 확인하고 싶네."

그렇다면 눈빛이 불안으로 흔들릴 리 없다.

"보존 장부 다음은 진술 조서입니까?"

"무슨 말이지?"

"증거 은폐 방식이 너무 무르네요. 저라면 보존 장부를 처분한 그날 조서를 입수했을 겁니다. 이런 건 단숨에 해치우지 않으면 상대에게 틈을 주는 결과를 낳으니까요."

"도통 무슨 말을 하는지 모르겠군. 얼른 돌려주기나 해."

"분명 워드프로세서로 입력한 건 선배님이지만 조서에 날인한 건 접니다. 고로 내용을 확인하는 건 제 임무입니다."

"반장님은 내게 사코미즈의 송치를 지시했어. 그러니 이건 내 일이야."

"이번 건에는 가미키자키 사건뿐만 아니라 부동산 업자 살해 사건도 엮여 있습니다. 그 건을 검찰에 송치한 건 나루미 경부보님과 저였습니다."

마주 보고 있자 도지마는 안타깝다는 듯이 고개를 절레절레 흔들었다. 한 발짝 다가온 눈빛에는 불안이 한층 짙게 배어났다.

"부탁하네, 와타세."

애원하는 목소리다.

"조서를 넘겨 줘. 경찰이 상명하복 조직인 건 어제오늘 일이 아니지만 그 전에 지금 자네가 하려는 일은 그 누구에게도 도움이 되지 않아. 오히려 민폐의 극치지."

"민폐 말입니까."

"그래. 자네는 지금 마치 정의의 사도가 된 것 같은 기분에 우쭐할 테지만 다른 사람들에게는 좋을 게 단 하나도 없다는 말이야."

"정의의 사도?"

예상치도 못한 말이어서 기이한 느낌을 받았다.

"원죄를 은폐하려는 악인들을 적으로 돌리고 혼자서 고군분투하는 정의의 사도. 분명 멋지기는 하지. 하지만 그래도 독선적인 퍼포먼스 같은 건 우스꽝스럽기 마련이야. 자아도취에 빠져 주변을 보지 못하고 자기 때문에 얼마나 많은 사람이 피해를 보는지도 알아채지 못하니까."

"이건 퍼포먼스 같은 게 아닙니다."

"자네는 그렇게 생각하지 않아도 결과적으로는 그래. 사람을 한 명 체포해 기소하고 재판에 넘긴다. 증거를 제시하고 증인에게 증언을 시키고 판사에게 판결을 받는다. 마지막으로 교도소에 집어넣고 형을 집행한다. 거기까지 얼마나 많은 사람이 연관될 것 같나? 이건 열 명 스무 명 단위가 아니야. 심지어 그들은 모든 걸 자신의 의지대로 했다기보다 그저 업무라서 했을 뿐이지. 그게 모조리 틀렸다는 말을 들으면 기분이 어떨까? 못 참을걸. 원죄 피해자에게 사죄하라고 외쳐 봐야 이쪽은 그저 일이라서 했을 뿐이야. 책임 따위 질 리 있겠어? 지금 자네가 하려는 건 말이지. 그렇게 열심히 일한 직업인들을 쓸데없이 불안하게 만들 뿐이라고."

"선배님, 지금 중요한 걸 잊고 계십니다."

"뭐지?"

"구스노키 아키히로의 자백 조서에는 저도 엮여 있습니다. 그러니 만약 원죄 책임을 묻는다면 그 선두에 저와 나루미 경부보님이 서게 될 겁니다."

"그건 나도 알아. 양심의 가책이 오죽하겠나. 그래서 자네는 속죄하고 싶은 거겠지. 속죄해서 자신만은 정의로운 선택을 했다는 면죄부를 받으려는 거야. 그 과정에서 동료들이 욕을 먹든 어떻든 신경 쓰지도 않고. 아니, 오히려 욕을 먹으면 먹을수록 정의감은 더 충족되는 수법이야."

"선배님은 한 가지를 더 잊고 계십니다."

"또 뭐지?"

"원통하게 죽어 간 구스노키 아키히로입니다."

구스노키의 이름을 꺼내자 도지마는 진심으로 불쾌한 표정을 지었다. 가까이하고 싶지 않은 영역에 발을 들인 듯한 얼굴이었다.

"구치소에서 자살한 아키히로는 우리가 죽인 거나 마찬가지입니다. 우리는 허위 증거를 들이밀어 그를 재판정에 세웠죠. 결국 경찰과 법조인이 합세해 구스노키의 목에 밧줄을 걸고 끌어 올린 겁니다. 바꿔 말해 우리 모두가 살인자죠. 그렇다면 누가 우리를 벌할 수 있을까요?"

"우리를 벌하는 건 우리 스스로 충분해."

"우리 스스로 말입니까?"

"그래. 반성하고 수사에 어떤 실수가 있었는지 검증하고 앞으로 또 그런 일이 생기지 않게 주의하는 거지. 그걸로 충분하고 그 이상은 오히려 불가능해."

와타세는 이야기를 듣는 동안 구역질이 일었다. 도지마는 내가 면죄부를 얻으려 한다고 하지만 면죄부를 원하는 건 도지마다. 게다가 가장 부담 없고 안일한 방식으로.

그 마음이 전혀 이해가 안 되는 것은 아니다.

사형은 제도로 이뤄지는 살인이다. 사형을 집행할 때 교도관이 스위치를 누르지만 사실상 사형수는 제도에 의해 밧줄에 매달린다. 사형수의 목을 조를 때의 감촉이 누군가의 손바닥에 남지는 않는다. 그래서 관계자들에게는 자신이 사형수를 죽였다는 감각이 거의 없다. 그러므로 느닷없이 사형이 잘못됐으니 책임을 지라고 해도 당황할 수밖에 없다. 머리로는 이해해도 살인에 대한 감각 자체가 희박하므로 마음이 뒤따라오지 못한다.

하지만 나는 다르다.

아키히로의 목을 조른 것은 검찰과 법조 관계자들이지만 밧줄을 준비해 목에 건 것은 나루미와 나다. 반성하고 검증하고 앞으로 주의한다. 그 정도로 도무지 속죄될 죄가 아니다.

"부족합니다, 그 정도로는."

와타세는 가슴에서 경찰 수첩을 꺼냈다.

"이 수첩과 수갑, 권총은 전부 국가가 우리 경찰에게 부여한 힘입니다. 이 세 가지만 있으면 경찰은 어느 누구에게서든 진술을 받아 낼 수 있고, 어느 집에든 들어가고, 혐의가 있는 이들을 구속하고, 필요하면 발포할 수도 있죠. 평범한 이들에게는 절대 허용되지 않는 힘입니다. 하지만 전 어느 검사에게 이런 말을 들었습니다. 정의가 없는 권력은 그저 폭력일 뿐이라고요. 집행한 권력이 정의롭지 않았다면 그것을 조사해서 밝혀내야 한다고요."

"어제오늘 배속받은 새내기도 아니고 너무도 어리숙한 말이군. 수첩과 수갑, 권총은 그저 우리의 직업과 관련된 도구들 아닌가. 건축 기사의 측량기와 사진사의 카메라와 뭐가 다르지? 단순한 비품이라고. 자네는 지금 모든 걸 지나치게 과장하고 있어. 경찰 수첩을 제시할 때마다 그런 걸 신경 쓰면 이 짓을 계속하기 힘들어."

더는 이해해 주기를 바라지 않았다. 이해해 줄 거라고도 생각하지 않았다.

"적어도 저와 나루미 형사님은 구스노키가 보았던 지옥을 똑같이 봐야 합니다. 그러지 않으면 앞으로 형사 일을 계속할 수 없습니다."

"그럼 자네 혼자 할복이라도 하든가. 도대체 왜 다른 사람까지 끌어들이려고 하지? 자, 쓸데없는 소리 그만하고 조서를

2 · 설원 雪冤

199

나한테 넘기게."

"아직 안 됩니다."

와타세는 가슴으로 뻗은 도지마의 손을 뿌리쳤다.

"방금 말을 빌리자면 이 조서는 제가 배를 가를 때 쓸 칼이 될 겁니다. 그러니 그날이 오기 전까지는 제가 가지고 있겠습니다."

"넘기라니까!"

도지마가 다시 손을 뻗었다. 가차 없는 사나운 손이다. 와타세는 그 손을 붙잡아 즉시 뒤로 비틀어 올렸다. 의식한 건 아니다. 격투에 익숙한 몸이 순간적으로 반응했다.

"이, 이 자식이."

"잊으셨습니까? 제가 무술 훈련에서 선배에게 져 본 적이 없다는 걸."

손을 뿌리치자 도지마는 팔을 붙잡고 몇 걸음 비틀거렸다.

"선배에게 이러고 싶지 않습니다. 방해하지 말아 주십시오."

"……어디로 갈 생각이지?"

"말씀드리면 또 제지당하겠죠."

와타세는 차에 올라타 곧바로 청사 부지를 빠져나갔다.

시야에서 사라질 때까지 백미러 속에서 도지마가 이쪽을 노려보고 있었다.

와타세는 고시가야시^ㄸ 변두리에 있는 오래된 촌락을 향해 갔다. 폭 4미터 남짓의 좁은 포장도로 양옆에 늘어선 조악한 연립 주택. 그 주변에는 오랫동안 사람의 손길이 닿지 않아 잡초로 뒤덮인 공터가 펼쳐져 있다. 대형 건축회사가 개발에 착수했지만 예상보다 수요가 적어서 도중에 중단한 듯한 인상이다.

해당 번지를 찾으며 걷다가 세 번째 들른 집에서 발견했다. 우편함에 그의 이름밖에 없는 것을 보니 여전히 혼자 사는 듯하다. 슬레이트 지붕을 얹은 2층 목조 주택. 벽은 색이 바랬고 창문 가장자리는 뿌옇게 흐려져 있다.

초인종을 누르자 고장 나기 직전의 소리가 났다.

—누구지?

"와타세입니다."

—뒤에 있어. 들어와.

대문을 열어 뒷문으로 돌아갔다. 옆집과의 좁은 경계에 잡초가 무릎 높이까지 자라 있다.

집주인은 툇마루에 앉아 발톱을 깎고 있었다.

"오랜만입니다."

"그래."

나루미는 와타세를 돌아보지도 않았다.

와타세는 나루미의 모습을 보고 흠칫 놀랐다. 퇴임하고 아직 두 달도 지나지 않았는데 모습이 사뭇 변했다. 반백 머리는 완전히 백발이 됐고, 여우 같은 눈은 눈꺼풀에 가려져 이쪽을 향해 있는지도 분간할 수 없다. 툇마루에 걸터앉은 모습은 그야말로 자연스럽다. 예순을 갓 넘겼을 뿐인데 외모는 흡사 여든 노인처럼 보였다.

기억을 더듬어 보면 나루미에게는 취미라고 할 만한 것이 없었다. 그에게는 범인 검거가 일이자 취미였다. 그런 사람이 수사의 한복판에서 벗어나는 순간 노화도 빠르게 진행되는 걸까.

"뭘 힐끔거리고 있지?"

목소리도 전보다 생기가 없다. 말끝에 드문드문 쉿소리 같은 잡음이 섞였다.

"생김새가 달라져서 깜짝 놀랐나?"

"아뇨……."

"달라진 건 겉모습뿐이야. 속은 전과 다르지 않지."

와타세는 대화를 주고받으며 집 안에 인기척이 있는지 살폈지만 나루미 말고 다른 사람은 없는 듯했다.

퇴임 이후 나루미는 퇴직금으로 중고 주택을 매입했다고 한다. 나루미의 퇴직금으로는 그게 한계였지만 혼자 산다면 별 어려움은 없을 것이다. 부양할 가족도 따로 없어서 연금만으로 먹고살 수 있다고 한다.

"넌 별로 달라진 게 없는 것 같군. 강력계 놈들은 다들 어떻게 지내고 있지?"

"똑같습니다."

"그럼 검거율도 대번에 곤두박질쳤겠군. 그놈들 배짱으로 는 좀도둑이나 잡을까. 흥, 이 일대도 치안이 안 좋아지겠어."

검거율이 떨어진 건 맞지만 굳이 그 소식을 전할 생각은 없었다.

"그나저나 느닷없이 무슨 일로 찾아온 거지? 잡담이나 하려고 찾아왔을 리는 없을 테고."

"과거 사건과 관련해 확인하고 싶은 게 있어서 왔습니다. 구스노키 아키히로 사건을 기억하십니까?"

"인터체인지 부근 부동산에서 일어난 살해 사건 말이군. 기억하지."

"얼마 전 그 사건에서 새로운 증언이 나왔습니다. 다른 건으로 체포한 남자가 부동산 업자 살해 사건도 자신의 범행이라고 자백했습니다."

와타세는 사코미즈 지로의 진술 내용에서 구루마 부부 살해 건만을 발췌해 설명했다. 전직 형사라고 해도 지금은 일반인이다. 현재 수사 중인 사건의 정보를 누설할 수는 없다.

그러나 설명을 얼추 다 들어도 나루미는 표정 하나 바뀌지 않았다.

"그래서 넌 그 사코미즈라는 녀석의 진술을 믿는 건가?"

"네."

"근거는?"

"범인이 아니면 알 수 없는 내용, 다시 말해 비밀을 폭로했습니다. 신뢰하지 않을 수 없습니다."

"그놈이 구스노키와 평소 알고 지내는 사이였고 구스노키가 자랑삼아 한 얘기를 주워들었을 가능성도 있지 않나?"

"두 사람에게 접점은 없습니다. 일과 관련된 공통점이 없고 생활 범위에서도 겹치는 부분이 없었습니다."

"조사를 제대로 했나?"

"부동산 살해 사건에 대한 자백은 제 쪽에서 유도한 겁니다. 사코미즈가 자발적으로 자백한 진술이 아닙니다."

"오, 심문 실력이 좀 늘었나 보군. 가르친 입장에서는 기분 좋은 일이군."

"사코미즈의 자백을 신뢰한다면 구스노키는 원죄였다는 말이 됩니다."

"그 녀석이 원죄일 리 없잖나. 녀석의 진술은 사실이었어. 너도 옆에서 다 봤을 텐데. 증거도 확실히 갖춰져 있었고."

"그래서 확인했습니다. 사건이 종결돼서 증거품은 거의 반환됐지만 보존 장부에 사진이 남아 있더군요. 당시 가장 문제시됐던 증거품은 피해자의 혈액이 묻은 구스노키의 점퍼였습니다. 그러나 보존 장부 기록을 자세히 살피다가 이상한 점을 눈치챘습니다. 오로지 점퍼의 압수 날짜를 적은 부분만 다른 증거품 압수 날짜와 필적이 다르더군요."

와타세는 일단 말을 멈추고 나루미의 반응을 살폈다. 그러나 시들어 버린 노인의 얼굴에서 동요하는 기색은 찾아볼 수 없었다.

"선배님. 선배님은 워드프로세서가 서툴러서 보고서를 늘 손으로 직접 쓰셨죠."

"그건 너도 마찬가지 아닌가?"

"오래된 보고서를 하나 찾았습니다. 과학 수사 연구소에 필적 감정을 의뢰하니 일치 결과가 나오더군요. 점퍼의 압수 날짜 필적과 선배님의 필적이요. 구스노키 아키히로의 유죄를 결정지은 혈흔 묻은 점퍼. 그것은 선배님이 마지막으로 적어 넣은 증거품이었습니다. 생각해 보면 가장 중요한 증거가 제일 마지막 페이지에 기재된 것부터가 이상했습니다."

"감식반이 증거의 중요도를 얼마나 파악하는지에 따라 달라지기도 하지."

"당시 담당 감식반원에게도 물었습니다. 그는 그런 물건이 있었던 걸 기억 못 하더군요."

"구니에다 말인가."

나루미는 조롱하듯 말했다.

"얼빠진 놈이란 건 알지만 그래도 기억력은 꽤 좋았던 것 같은데."

"선배님은 증거를 날조했습니다."

"날조? 어떻게 말이지?"

"당시 구루마 효에가 입고 있던 잠옷이 피가 흠뻑 묻은 상태로 증거품 보관고에 보관돼 있었습니다. 선배님은 생리식염수를 묻힌 솜으로 잠옷의 혈흔을 녹인 다음 구스노키의 집에서 압수한 점퍼에 그것을 묻혔습니다. 생리식염수를 쓰면 기존 혈액 성분을 손상 없이 그대로 녹일 수 있으니까요. 그러면 점퍼에는 마치 피를 닦은 듯한 혈흔이 남습니다. 선배님은 그걸 사진으로 찍어 증거로 활용했습니다."

"그 얘기도 구니에다에게 들었겠지. 분명 그런 방법이면 점퍼에 혈흔을 옮기는 게 불가능하지는 않겠군. 하지만 내가 날조했다는 증거가 있나?"

"현재로서는 핵심 증거가 모두 처분돼 입증하기가 어렵습니다. 그러나 보존 장부에 적힌 날짜만으로도 충분합니다. 그렇다면 반대로 묻겠습니다. 나루미 선배님. 선배님은 증거품 날조와 정말로 관련이 없습니까?"

이 질문은 도박이었다. 이런 질문을 받으면 대부분 부정하거나 대답을 얼버무린다. 그러나 나루미라면 도망치지 않고 맞서리라는 예감이 들었다. 악랄하기는 해도 비겁하지는 않다. 와타세가 파악하는 나루미의 성격은 그랬다.

아니나 다를까 나루미는 주눅 든 기색 없이 선뜻 대답했다.

"그래. 분명 증거품 중 하나 정도는 연출했을지도 몰라."

"왜 그런 짓을 하셨죠?"

와타세는 몰아붙였다.

"왜 증거를 날조하신 겁니까? 그 점퍼가 없었다면 구스노키도 자백하지 않았을 겁니다. 재판에서도 유죄 판결이 나오지 않았을 거고요."

"그렇겠지. 다른 유력 증거라면 금고에 남은 녀석의 지문이 있지만 그것도 고작 상황 증거 정도고 결정적 증거는 아니었지. 녀석을 무너뜨리려면 한눈에 봐도 찍소리 못할 증거가 필요했어."

"선배님은 대체⋯⋯."

"그렇지만 착각하지 않았으면 해. 내가 한 짓은 날조가 아니야. 그건 어디까지나 재료 보강이지. 그러니 나도 연출이라고 한 거고."

"그런 말로 발뺌하실 생각입니까?"

"흥, 발뺌이라니. 부동산 업자 살해 사건 범인은 구스노키가 틀림없었어. 그러니 나는 그놈을 기소하기 위해 필요한 증거를 갖추려고 했을 뿐. 너처럼 어설픈 풋내기가 옆에 있어서 공공연하게 대놓고는 못 했지만 그래도 그때 내가 한 짓은 절대 틀리지 않았다고."

나루미는 기죽기는커녕 뻔뻔하게 미소까지 지었다.

"오히려 범인을 사냥하는 처지에서는 당연한 행위지. 잘 들어. 우리가 상대한 건 산전수전을 겪은 범죄자 녀석들이었어. 틈만 나면 거짓말을 하고 타인을 상처 입히는 데 한 치의 망설임도 없는 천하의 몹쓸 놈들이었지. 그런 놈들을 벌주려면 이쪽도 어느 정도는 교활해져야 하는 거야."

듣는 동안 가슴속에 공허함이 퍼졌다.

분노가 아닌 절망이, 비탄이 아닌 메마른 공포가 치밀어 올랐다.

이것은 미래의 내 모습이다.

범인을 증오하면서 사냥에 심혈을 기울이다 못해 양심이 뒤틀려 버린 남자. 형사로서는 우수해도 인간으로서는 열악해져 버린 남자.

나도 언젠가는 이렇게 될 것이다. 여우 사냥에 잔뜩 독이 올라 지금 내가 쫓는 사냥감을 모조리 여우로 믿어 의심치 않는 눈 먼 사냥꾼. 겸손보다는 목표 달성을 우선시하고, 금지된 방법을 금지됐다고 생각하지 않는 광신도.

"난 지금도 그놈이 범인이라고 믿어 의심치 않아. 사코미즈인가 뭔가 하는 녀석의 증언은 그냥 개소리지. 그런 녀석은 의외로 흔해. 뭔가 대단한 거물처럼 보이고 싶어서 하지도 않은 살인을 주위에 퍼뜨리고 다니는 멍청이가."

"자신이 잘못 판단했다고는 조금도 생각하지 않는 겁니까?"

"잘 들어. 난 지금껏 틀렸던 적이 한 번도 없어. 그러니 구스노키 때도 틀렸을 리 없고. 녀석은 범인이 맞아. 수상하기 짝이 없는 녀석이었지. 증거 한두 개쯤 만들어 냈다고 달라질 건 없어. 난 하늘을 우러러 부끄러울 짓은 하지 않았어."

그가 말하는 하늘이란 내가 올려다보는 하늘과 다를 것이다. 적어도 지금 나와 나루미는 서로 다른 윤리관으로 세상을 바라보고 있다. 아니, 그렇게라도 생각하지 않으면 평정심을 유지할 수 없었다.

"알겠습니다. 그 말씀으로 충분합니다."

"뭐야. 고작 그거 들으려고 일부러 이런 곳까지 온 건가?"

그 말은 역시 그냥 듣고 넘길 수 없었다.

"고작 그거라고 하시면."

"얼굴만 봐도 알아. 엄청나게 심각해 보이지만 지금 네가 집착하는 건 실은 그리 대단한 일도 아니야. 오랜 세월 형사 생활을 하면 언제든 겪는 하찮것없는 일들이지. 조금은 성장한 줄 알았는데 풋내가 폴폴 풍기는 건 전과 다를 바 없군."

순간 손이 나갈 뻔했지만 아슬아슬한 찰나에 참았다.

"당신이 형편없이 늙어 빠져서 참 다행이야."

"뭐라고?"

"만약 겉모습도 전과 똑같았다면 손이 나갔을 거야."

"그러든가 말든가."

나루미는 입술 끝을 올리며 웃었다.

"안 그래도 요새 말 섞을 상대도 없어서 심심하던 참이었는데 잘됐지."

"거절하지. 당신을 때린 손으로는 차마 남과 악수를 못 할 것 같거든."

"흥. 꼴에 잘난 척하기는."

내가 잘난 게 아니라 당신이 천박한 것이다. 목 끝까지 차오른 말을 집어삼키고 와타세는 등을 돌렸다.

"모처럼 여기까지 왔으니 마지막으로 충고 하나 하지."

등 뒤에서 나루미의 목소리가 들렸다.

"세상에 절대적으로 옳은 건 없다. 그때그때 상황에 유리한 것과 불리한 것만 있을 뿐. 그걸 모르면 세상 살기 힘들어."

알아서 참 좋겠다, 이 자식아.

와타세는 속으로 욕설을 내뱉었다.

3

冤憤

1

오후 5시를 지나면 합동 청사의 분위기는 살짝 누그러진다. 물론 야근하려고 남는 사람도 많지만 적어도 외부인이 전부 빠져나가면 긴장감도 줄어든다.

고엔지 시즈카는 7시가 지나 업무를 마쳤다. 예전에는 지하철 막차 시간까지 야근할 때도 많았지만 역시 퇴임을 내년에 앞두고 있으면 자연히 업무량도 줄어드는 듯하다.

청사를 나오자 6월의 미지근한 비가 내리고 있었다. 빗발이 강하지 않아 역에서 집까지 접이식 우산을 쓰고 충분히 갈 수 있을 것이다. 그런 생각을 하며 지하철 입구로 향하자 남자 한 명이 이쪽을 가만히 바라보고 있었다.

시즈카와 눈이 마주친 남자는 고개를 깊숙이 한 번 숙이고 시즈카에게 다가왔다.

낯익은 얼굴. 기억났다. 우라와 경찰서의 와타세 형사다.

"판사님. 오랜만입니다. 저를 기억하십니까?"

처음 법정에서 봤을 때는 토라진 듯한 눈빛이 인상적인 젊은이였지만 지금 눈빛에는 왠지 망설이는 기운이 섞여 있다.

"법정에 선 사람 얼굴은 쉽게 잊히지 않는 법입니다, 와타세 형사님."

"영광입니다. 저, 잠시 이야기 좀 나눌 수 있을까요?"

불안한 듯 흔들리고 있지만 진지한 눈빛이다.

시즈카는 이런 눈빛이 싫지 않았다.

"현재 분쟁 중인 사건에 대한 게 아니라면."

"종결된 사건에 관한 겁니다만, 중요한 이야기입니다."

"들어서 기분 좋을 이야기는 아닌 것 같군요."

와타세는 말없이 고개를 끄덕였다.

"비밀 엄수 의무가 필요한 이야긴가요?"

"네."

시즈카는 잠시 고민하고서 밀담에 적합한 장소가 하나밖에 없다는 생각에 이르렀다.

"그럼 제 집무실로 가시죠."

"귀가하시는 중 아니었습니까?"

"괜찮습니다. 어차피 집에서 기다리는 사람도 없고요."

"고맙습니다."

시즈카는 와타세가 보기보다 훨씬 예의 바른 사람이라고 내심 감탄하며 청사로 돌아가 그를 재판관실로 불러들였다.

처음 재판관실에 들어온 이는 예외 없이 실내를 둘러보는데 와타세는 의자에 앉자마자 오로지 자신의 몸짓만을 바라보았다. 시즈카는 그런 와타세가 왠지 신경 쓰였다.

"그래서, 그 이야기란 건?"

"쇼와 61년 항소심, 우라와 인터체인지 부근에서 일어난 부동산 업자 살해 사건을 기억하십니까?"

"형사님이 검찰 측 증인으로 선 사건 말이군요. 법정에 선 사람 얼굴과 사건은 대부분 기억합니다. 특히 사형 판결을 내린 사건은 더더욱."

그렇게 말하자 와타세는 불현듯 시선을 내리깔았다.

"고엔지 판사님은 경력이 오래되었다고 들었습니다."

"그렇죠. 내년에 퇴임을 앞두고 있으니까요."

"그런 분께도 사형 판결은 특별한 기억인가요?"

아무래도 인생 상담 종류의 이야기인 것 같다.

시즈카는 원래 타인 앞에서 자신의 사상이나 신조를 말하는 것을 달가워하지 않았다. 다른 사람을 재판하는 입장에 있는 사람이 사적인 척도를 밝혀 봐야 좋을 것은 없다. 사형 제도의 찬반 문제에 대해서는 더욱 그렇다. 따라서 지금껏 비슷한 질문을 받아도 일반론으로 회피할 때가 많았다.

와타세가 질문해도 그렇게 반응하려고 생각했지만 그의 눈빛을 직시하고 마음을 고쳤다.

와타세의 눈빛이 조금 전보다 더 당황하는 것처럼 보였기 때문이다.

재지 않고 돌진하는 자세는 젊음의 대명사 같은 것이다. 젊은이들은 대부분 자신의 나침반에 의지하며 일단 내달리고 본다. 그리고 비로소 나침반의 조잡함을 느끼며 당황하고 고민에 빠진다. 고민 끝에는 등대 불빛을 찾아 나선다. 졸렬해서 고민하는 것이 아니다. 삶에 진지하게 맞서기 때문에 고민하는 것이다.

이 젊은이의 등대가 될 수 있다면 나를 다소 드러내도 상관없다. 어차피 퇴임까지 일 년도 남지 않은 몸이다. 눈에 보이는 것이든 보이지 않는 것이든 내가 베풀 수 있는 것은 전부 베풀기로 했다.

"사형이라는 건 제도가 행하는 살인이니까요. 물론 거기에는 고민이 있고 공포도 있습니다. 죄의 크기와 피고인의 생명을 천칭 위에 올리고 고민하고, 애초에 그 두 가지를 천칭에 올리는 것 자체가 오만하지는 않은지 고민하고, 나 자신의 식견과 세간의 양식과의 괴리에 고민합니다. 말 나온 김에 하자면 사형 판결을 내린 피고인의 얼굴과 이름을 잊을 수는 없습니다. 형이 집행됐다는 소식을 들을 때 그 피고인에게 판결을 내린 순간이 머릿속에서 되살아나니까요."

와타세는 시즈카의 말을 한 마디도 놓치지 않겠다는 듯이 꿈쩍도 하지 않고 들었다.

"공포라고 하셨죠. 그건 자신의 판단이 틀릴 수도 있다는 공포입니까?"

"물론 그것도 있고, 더 큰 공포도 있습니다."

"틀리는 것보다 더 큰 공포 말인가요?"

"내가 너무 분에 넘치는 일을 하고 있는 건 아닐까 하는 공포. 와타세 형사님은 종교가 있나요?"

"아뇨. 전 철저히 무교입니다."

"그건 좀 부럽네요. 목숨의 개념이나 처벌에 대한 사고방식 등은 종교관과 떼려야 뗄 수 없는 문제니까요. 그리고 거의 모든 종교는 인간의 행위를 판단하는 것은 신의 임무라고 규정하고 있습니다. 다시 말해 어떤 신을 믿는 자에게 타인을 재판하는 행위는 신의 일을 대행하는 것과 마찬가지라는 거죠. 그게 가끔 얼마나 엄중한 행위인지를 생각하는 것만으로 두렵고 아득해집니다. 생각해 보세요. 신께서 그런 오만한 인간을 과연 용서하실까요?"

"그래도 판사님은 재판관 일을 이미 40년 정도 이어 오셨죠."

"저 스스로 선택한 일이니까요. 누군가 반드시 해야 할 일이라면 내가 하겠다고 생각했죠. 그렇게 마음먹었을 때는 혈기왕성한 시기이기도 했습니다. 따라서 잘못된 판결을 내렸을 때의 각오도 나름 품고 있습니다. 건방진 말을 한마디 하자면 지옥에 떨어져 염라대왕 앞에 설 때도 최소한의 변명은 할 수 있도록 항상 대비하고 있어요."

"외람된 말이지만……."

와타세는 조심스레 입을 열었다.

"재판관이라는 게 그렇게 가혹한 직업인가요?"

"다른 사람을 재판하는 것은 자신의 가치 판단과 윤리를 재판하는 것과 같아요. 재판을 통해 한 사람의 인생을 송두리째 바꾸거나 심지어 끝낼 수도 있죠. 그 정도로 자기 자신도 철저히 다그쳐야 비로소 균형이 맞는 겁니다."

그것은 시즈카의 본심이었다.

선배인 구로사와 판사의 말대로 사람이 사람을 재판하는 행위 자체가 오만불손할지도 모른다. 그렇다면 재판하는 사람은 오만불손한 것에 걸맞게 최대한 자기 자신을 다그치고 넓은 시야를 지녀야 하며 동시에 겸허해야 한다. 그것이 아무리 가혹하고 준엄한 길이더라도 재판관 일을 하려면 피할 수 없다고 생각했다.

잠시 주저하듯 보이던 와타세는 이윽고 마음을 굳힌 것처럼 고개를 들었다.

테미스의 검 ─────

"구스노키 아키히로 사건은 원죄였습니다."

시즈카는 순간 귀를 의심했다.

"다른 사건으로 체포된 남자가 부동산 업자 살해를 자백했습니다."

"뭐라고요?"

시즈카는 황급히 사건에 대한 기억을 머릿속 서랍에서 꺼냈다. 공판 기록은 늘 자세히 읽고 머릿속에 새겨서 사건 개요 정도는 즉시 뇌리에서 검색할 수 있다.

"하지만 그 건은 피고인 점퍼에 피해자의 혈액이 묻어 있는 게 결정적인 증거로……."

"경찰이 날조한 증거였습니다."

"……확실한가요?"

"진범은 '비밀 폭로'를 자백했습니다."

대체 누가 그런 바보 같은 짓을, 하고 말하려다가 말았다. 이제 와서 물어봐야 의미 없는 질문이었다.

드디어 일어나고 말았다. 자신이 맡은 사건에서 이토록 명백한 원죄 사건이 탄생하고 말았다. 이야기만 들어 보면 수사원의 억측을 뛰어넘어 증거 날조가 일어났다. 원죄는 그 자체로도 일어나서는 안 될 책임이 막중한 일인데, 거기에 배임 행위까지 더해진 것이다.

수사본부 사람들은 무슨 짓을 저지른 걸까. 그리고 그런 건을 유유낙낙 기소한 검찰은 대체 무엇을 본 걸까.

발끝에서부터 오한이 타고 올라왔다. 판사로서 절대 저질러서는 안 될 오류를 범해 버렸다. 지금껏 부지런히 쌓아 온 실적이 이번 한 건으로 모조리 무너지는 것으로 모자라 흠투성이가 될 것은 명백하다.

아니, 경력에 대한 것은 아무래도 좋다. 지금 마음속 깊숙한 곳에서 떨림으로 전해지는 것은 무고한 사람에게 살인죄를 덮어씌워 단죄한 나 자신의 과오다.

그리고 더욱 엄중한 사실을 떠올렸다.

억울하게 사형수가 된 구스노키 아키히로는 수감된 구치소에서 스스로 목숨을 끊었다.

만약 내가 사형 판결을 내리지 않았다면 구스노키가 교도소에 들어갈 일은 없었다. 당연히 자살을 택하지도 않았을 것이다.

그렇다면 아키히로를 죽인 건 바로 결국 나 자신 아닌가.

하물며 당사자가 사망한 마당에 이제 와서 사죄하거나 속죄해 봐야 소용없다.

항소심 제1공판에서 아키히로가 무죄를 부르짖었을 때 그의 목소리는 내 귀에도 생생히 닿았다. 그 목소리를 무시해서는 안 된다고 또 다른 내가 경고했는데도 나는 귀를 닫고 논리만을 우선했다. 그때 한 걸음 더 나아가 증거를 재조사했다면 원죄 판결을 피했을 수도 있다.

엄청난 죄책감이 어깨를 짓눌렀다.

가슴은 뭔가가 걸린 것처럼 호흡을 방해했다.

위胃의 내용물은 역류하려고 한다.

다리 쪽을 보니 무릎이 조금씩 떨리고 있었다. 시즈카는 저도 모르게 양손으로 떨리는 무릎을 잡았다.

문득 우스워졌다. 조금 전까지 재판관의 긍지라는 것을 자랑스럽게 떠들어 대던 자신이 대책 없는 멍청이 같았다. 아무리 고매한 이상을 늘어놓아도 인간은 막상 스스로의 잘못을 깨닫는 순간 겁에 질려 벌벌 떠는 걸까.

와타세는 그런 시즈카를 지켜보며 비웃지도 업신여기지도 않았다. 그저 과학자처럼 냉철한 눈빛으로 관찰할 뿐이었다.

"그 얘기를 왜 저한테 하시는 거죠? 제 오심을 비난하려는 건가요?"

"아뇨, 그런 의도는 없습니다. 전 그 사건을 수사할 때 구스노키를 달콤한 말로 속여 경찰에 유리한 진술을 받아 낸 장본인입니다. 비난받는다면 제가 가장 먼저 비난받아야겠죠."

"그럼 왜……."

"솔직히 제가 뭘 원하는지 저도 잘 모르겠습니다. 아무래도 상담하고 싶었던 것 같습니다. 말단에 서서 원죄를 만들어 낸 인간이 최종 판단을 내린 법의 파수꾼에게 말이죠."

그 말을 듣고서야 와타세가 당혹해 하는 이유를 이해할 수 있었다. 이 젊은이는 혼자서는 도저히 짊어지지 못할 죄를 짊어지고 말았다.

"우라와 경찰서에서는 곧장 증거 인멸을 시도했습니다. 상사와 동료들에게도 위협 섞인 충고를 들었죠. 사건은 체포에서 구류, 재판까지 수많은 이들의 손을 거쳤다. 너 혼자 편하려고 그 모두를 휘말리게 할 생각이냐고 하더군요. 부끄럽게도 전 그 말에 대답하지 못했습니다. 지금도 역시 마찬가지고요. 원죄 피해자인 구스노키는 지금 이 세상에 없습니다. 다행인지 불행인지 모르겠지만 저희가 속죄해야 할 대상이 더는 존재하지 않는 겁니다. 그에 반해 원죄를 만드는 일에 알게 모르게 가담한 관계자 대다수는 지금껏 목숨을 이어 가며 저마다 지위와 실적을 쌓고 가정도 지니고 있습니다. 이 사실이 공표되면 저는 물론 그들도 상처 없이 끝날 수는 없겠죠. 눈에 보이거나 보이지 않는 크고 작은 징계들이 떨어질 겁니다. 지금 제가 구스노키 사건이 원죄인 것을 만천하에 드러내는 일에 어떤 의미가 있는지 도무지 모르겠습니다."

"당사자인 저에게 상담하는 게 사리에 어긋난다고는 생각하지 않으셨나요? 판결을 내린 재판관에게는 최대인 동시에 최악의 실수가 되겠죠. 일방적으로 제게 유리한 충고를 할 가능성이 더 크지 않나요?"

"하지만 묻지 않을 수 없었습니다."

와타세의 표정은 변하지 않았다. 그러나 그 목소리에는 피가 배어나고 있다.

"제가 존경하는 어느 검사님은 이렇게 말씀하셨습니다. 인간을 재판하는 것은 권력의 정점이다. 그러므로 그것은 응당 정의와 한 몸이어야 하고, 만약 부정이 생긴다면 발견하는 즉시 몰아내야 한다고 하셨습니다. 옆에서 들으면 미숙한 이상론이라는 것은 저도 잘 압니다만, 한 명의 경찰관으로서 전 그 말을 그저 웃어넘길 수만은 없었습니다."

분명 미숙한 이야기다. 판사로 처음 부임해 법조계의 높은 사람들에게 인사하러 갈 때 인사말로 집어넣으면 멋들어진 훈시가 될 것이다.

그러나 법을 집행하는 자에게 그것은 반드시 지켜야 할 규칙이기도 하다. 정론이란 것은 언제 어디서든 어리석고 고지식하며 유치한 진리다. 그러므로 어린아이도 이해할 수 있다. 가방끈이 짧은 사람에게도 통용된다.

와타세는 몸에 힘을 잔뜩 집어넣은 채 시즈카의 말을 기다린다. 마치 선생님께 꾸중 들을 것을 각오한 학생 같다.

그 모습을 보고 시즈카는 내심 부끄러워졌다. 바로 조금 전 방향을 잃은 젊은 선원의 등대가 되어 주리라고 주제넘게 생각했지만, 나 자신을 지키려고 어찌할 바를 모르고 있다. 내가 동요해서 어쩌자는 건가. 어떤 상황에서도 등대는 같은 곳에 늠름하게 서 있어야 한다.

시즈카는 각오를 다졌다.

다른 사람을 재판하다 보면 언젠가는 뽑을 수 있는 조커. 그 순간이 퇴임을 앞두고 찾아왔을 뿐이다.

"경찰서 내부에서는 이미 증거 은폐가 이뤄지고 있다고 하셨죠. 그래도 형사님께서는 아직 원죄를 입증할 방법이 있는 건가요?"

"진범이 부동산 업자 살해를 진술했을 당시 조서를 가지고 있습니다. 이걸 기소할 때 첨부하면 모든 게 법정에서 밝혀지겠죠."

"형사님이 원하는 대로 하세요."

그러자 와타세는 뜻밖이라는 표정을 지었다.

"일부러 상담 상대로 저를 선택해 주신 마당에 죄송하지만 모든 사실을 밝혀야 할지, 은폐해야 할지. 무엇이 정의이고 무엇이 정의가 아닌지. 모두 저 나름의 해답은 있지만 그건 다른 사람에게 강요할 수 있는 게 아닙니다. 형사님은 형사님 자신의 정의를 택해서 실행해 주세요."

"하지만 그걸 모르니 이렇게 판사님을……."

"몰라도 될 것 같네요."

"몰라도 된다고요?"

"모든 일의 선악은 생각하는 게 아니라 느끼는 거라고 생각하지 않으세요? 형사님이 지금까지 살아 온 인생에서 길러 온 윤리관과 양식에 비춰 보세요. 그리고 처음 느끼는 것이 대체로 그 사람에게 진실이라고 생각해요. 하지만 조직의 윤리나 체면 같은 것을 따지면 진실이 뒤틀리기 시작하죠. 개인의 윤리관 외에 다른 것이 개입하면 정의란 건 반드시 모호해지기 마련이에요."

"……제게는 버거운 일입니다."

"그래도 결단하셔야죠. 어느 쪽을 선택하고 그 결과를 순순히 받아들이는 게 진실을 아는 자의 책임입니다. 조금 전 진실을 밝혔을 때 속죄해야 할 대상이 없다고 하셨죠?"

"네."

"아닙니다. 구스노키 아키히로가 세상에 없어도 속죄할 상대는 있습니다."

"그게 누구죠?"

"경찰관이라면 누구든 가슴속에 품은 자신만의 정의입니다. 검사가 말한 이상론을 그저 웃어넘기지 못한 형사님의 정의 말이에요. 이 역시 꽤나 유치한 이야기지만, 어차피 인간은 자신이 정한 규범에서 벗어나지 못하게 돼 있습니다. 자신의 정의를 거스르면 그 사람은 평생 스스로를 질책하게 되죠. 어떤 계기로 그것을 떠올리고, 그때마다 양심의 가책으로 괴로워하는 거예요. 물론 정직이 반드시 일상의 평온을 가져오는 건 아니고, 자신만의 정의를 일관하다 보면 주변과 마찰이 생기거나 현실에서 보복을 당할 수도 있죠. 어느 쪽을 선택해도 전부 시련이 기다리고 있는 거예요. 그러니 형사님은 자기 내면의 목소리에 따라 주세요."

와타세의 이마에 깊숙한 주름이 잡혔다. 아무래도 고민할 때마다 인상이 더 험악해지는 듯하다.

"상담하러 왔는데 오기 전보다 생각이 더 많아졌네요."

가볍게 말하는 것을 보니 아직 마음의 여유는 있어 보인다. 이런 사람은 괴로워하기는 해도 반드시 스스로 해답을 찾아낸다. 시즈카는 남몰래 가슴을 쓸어내렸다.

"저나 형사님이나 일반인에게는 없는 권력을 쥐고 있습니다. 권력을 쥔 사람은 타인에게 하는 것 이상으로 자기 자신에게 엄격해야 해요. 고민스러운 게 당연하겠죠."

시즈카를 잠시 바라보던 와타세는 이윽고 고민이 말끔히 풀린 듯한 표정을 지었다.

"판사님은 자녀가 있습니까?"

"딸이 하나. 얼마 전 손녀딸도 생겼습니다. 그건 왜?"

"아뇨. 분명 엄격한 할머니가 되실 것 같아서…… 아차, 이건 실례되는 말이군요."

"괜찮습니다. 안 그래도 그런 할머니가 될 생각이니까요."

"가르침 감사했습니다. 그럼 이만 실례하겠습니다."

와타세는 일어서서 고개를 숙였다. 그의 몸짓에서 더는 고민이 느껴지지 않았다.

"도움이 안 됐다면 미안할 따름이에요."

"아뇨. 당치도 않습니다. 판사님을 찾아뵈어 정말 다행이었습니다."

"정말인가요?"

"적어도 양자택일의 길을 제시해 주셨으니까요. 저처럼 부족한 인간은 선택지가 많을수록 발걸음을 멈춥니다."

양자택일이 아니다. 이 젊은이는 이미 자신이 나아갈 길을 정했다.

"저……."

돌아가기 전에 젊은 형사는 다시 한번 고개를 돌렸다.

"어떤 길을 선택했는지 저에게 보고하는 게 낫겠냐 물으시겠죠."

"네."

"큰 불꽃은 멀리서도 보이는 법이에요. 신호 같은 건 필요 없습니다."

"네, 알겠습니다."

와타세는 그 말만을 남기고 재판관실을 나갔다.

홀로 남은 시즈카는 생각에 잠겼다. 일본에서 스무 번째 여성 재판관. 임관하고 40년 가까이 별일 없이 지내 왔지만 가장 마지막에 와서야 시련이 찾아온 듯하다.

나를 향한 비난은 두렵지 않다. 오심을 비난당하고 경력에 오점이 생겨도 그것은 눈이 흐려진 재판관이 받아야 할 정당한 평가다.

걱정되는 것은 원죄에 따른 영향이 일개 재판관을 넘어서 각 관계 부서를 잠식할 거라는 점이다. 1심을 담당한 구로사와 판사는 말할 것도 없고, 우라와 경찰서, 지검, 고검까지 휘말리는 대형 스캔들로 발전할 가능성이 있다. 그때 구스노키 아키히로 사건에 관련된 이들에게 하늘은 대체 어떤 철퇴를 내릴까.

그리고 원죄가 부르는 또 하나의 가장 큰 해악.

바로 사법에 대한 사람들의 불신이다. 원죄가 발각되면 사람들은 사법 시스템에 의심을 품는다. 이 재판은 정당한가. 이 증거는 정직한 것인가. 수사는 적절히 이뤄졌나. 사법이 악의에 찬 자들의 무기가 된 것은 아닌가.

법치국가에서 법이 권위를 잃으면 사회의 체제 자체가 붕괴해 버린다.

추운 날씨가 아닌데도 발밑에서부터 오싹한 한기가 등을 타고 올라왔다.

테미스의 검 ———

빗발이 조금 전보다 거세졌다. 아스팔트를 때리는 빗방울이 기세 좋게 물보라를 일으켰다.

청사를 나온 와타세는 빠른 걸음으로 포장도로를 걸었다. 비가 이렇게 많이 내릴 줄은 예상하지 못했다.

고엔지 판사와의 대화는 더없이 유익했다. 사코미즈의 진술을 털어놓을 때는 역시 놀란 모습이었지만, 이내 침착함을 되찾고 와타세에게 길을 제시해 주었다.

눈빛은 너그러웠지만 동시에 준엄한 빛도 머금고 있었다. 그것은 수없이 죄인과 자기 자신을 재판해 온 자의 눈이었다. 타인 이상으로 자신에게 엄격한 것을 내보이는 눈이었다.

그런 사람이 나의 등을 밀어 주었다. 자신에게 거대한 불길이 떨어지리라는 것을 아는데도 불구하고. 그렇다면 내가 주저할 이유는 없지 않은가.

내일 아침이 되자마자 행동에 나서자. 그렇게 생각했을 때 갑자기 등 뒤에서 누군가가 와타세의 두 팔 사이에 팔을 집어넣어 와타세를 제압했다.

느닷없는 공격에 반응이 늦었다.

"누구냐!"

정체를 묻는 와타세의 명치에 주먹이 꽂혔다. 처음부터 전

투 의욕을 꺾어 버릴 법한 기습이었다.

상대는 몇 명 더 있는 듯했지만 정확한 숫자는 알 수 없었다. 와타세는 저항다운 저항 한 번 하지 못한 채 뒷골목으로 끌려갔다. 가로등 불빛이 닿지 않는 곳이라 얼굴이 잘 안 보였다.

뒤에서 제압당한 상태로 여러 차례 얼굴을 가격당하고 복부를 걷어차였다. 무술 훈련으로 쌓은 실력도 여러 명을 상대로는 발휘하지 못했다.

그들은 저항할 힘을 잃은 와타세의 몸을 뒤지기 시작했다.

"어디에 감췄지?"

귀에 익은 목소리지만 얼굴과 이름이 떠오르지 않는다.

"진술 조서 말이다. 몸에 품고 다니는 거 아니었나?"

그 말을 듣고 깨달았다.

우라와 경찰서 강력계와 다른 과 사람들 몇몇이 틀림없다.

"……없어."

"그 말을 믿으라는 거냐!"

명치에 또다시 발길질이 들어왔다. 체중을 모조리 실은 듯한 공격이다. 뻐근한 통증과 함께 위 속에 있는 내용물이 치밀어 올랐다.

몸을 앞으로 숙여 무릎을 꿇자마자 상의가 벗겨졌다. 와타세는 희미한 의식 속에서 눈앞에 있는 다리를 붙들려고 했다.

테미스의 검 ____

그러나 상대의 다리가 조금 더 빨랐다.

"이 자식!"

위로 올라간 다리가 이번에는 안면을 강타했다. 눈앞이 새카매진 와타세는 바닥에 고꾸라졌다.

"폼이란 폼은 다 잡더니."

"동료를 팔아넘기려더니 꼴좋다."

"네놈이 그래도 형사냐?"

"이 배신자!"

가슴에, 배에, 등에, 묵직한 주먹이 꽂혔다. 그때마다 통증은 더욱 심해지고 의식이 흐려졌다.

손가락 하나 까딱하는 것도 힘들어질 무렵 남자들의 기척이 사라졌다.

장대비가 와타세의 몸을 두드렸다. 습격당한 뒤라 그런지 왠지 어루만져 주는 것 같기도 했다.

일어서려다가 도중에 허리가 꺾였다. 허리 쪽도 타격이 만만찮은 듯하다. 와타세는 벽에 체중을 싣고 비틀비틀 일어섰다. 주위를 둘러봤지만 윗옷이 보이지 않았다. 천 밑에 넣어서 꿰맸을 수도 있다고 생각했는지 아무래도 통째로 가져가 버린 듯하다. 일말의 배려인지 경찰 수첩과 지갑만은 바닥에 떨어져 있었다.

드디어 실력행사에 나선 듯하다. 지시한 사람은 도지마일까, 스기에일까, 아니면 우라와 경찰서 전체의 뜻일까. 어쨌든 얻어맞은 곳은 뼛속까지 시큰거렸고 배신자라고 비난당한 가슴은 납덩이를 얹은 듯 무거웠다.

그러나 희한하게도 왠지 후련하기도 했다.

이로써 나는 우라와 경찰서와 완전히 맞서게 됐다. 아이러니하게도 우라와 경찰서 역시 나에게 양자택일을 강요해 온 셈이다.

조직을 배신할 것인가, 아니면 충성을 맹세할 것인가.

하늘을 올려다보자 미지근한 비가 상냥하게 얼굴을 씻어 주었다.

대로로 나가 가로등 아래로 가자 너덜너덜해진 셔츠와 바지 곳곳에서 피가 배어나는 것이 보였다.

걸어갈 수 없을 것 같아 택시를 잡으려고 했지만 와타세의 모습을 보고 겁을 먹었는지 택시는 좀처럼 서지 않았다.

관사 문을 열자 료코가 기절할 것 같은 얼굴을 하고 문밖에 나왔다.

"다, 당신 그 모습은 대체……."

찢어진 입술 때문에 대답하기 힘들어서 료코를 밀치고 일단 집 안으로 들어갔다.

와타세는 눈을 의심했다.

마치 태풍이 휩쓸고 간 뒤 같았다.

소파는 천이 찢어져 내부 매트리스가 밖에 드러나 있다.

잡동사니와 서류가 들어 있는 캐비닛은 옆으로 쓰러져 있고, 모든 서랍이 바닥에 내팽개쳐져 있다. 벽에 걸린 시계와 달력도 떨어져 있었다.

침실은 더 심했다. 이불이 갈가리 찢겨 있고 솜이 방바닥을 가득 채워 발 디딜 곳조차 없다. 옷장 서랍이 활짝 열려 있는 것은 빈집털이범처럼 맨 밑의 서랍부터 뒤져서일 것이다. 물론 내용물은 어지러이 내팽개쳐져 있다.

"저녁에 장을 보고 돌아오니 집 문이 열려 있었어."

그렇다면 관사의 여벌 열쇠를 쉽게 입수할 수 있는 자의 소행이라는 뜻이다.

"돈이나 통장 같은 건 그대로 있더라고."

돈에 관심이 없는 절도범은 없다. 그들은 아마도 진술 조서를 찾았을 것이다.

거기까지 떠올린 순간 습격한 이들 중 한 명이 내가 진술 조서를 갖고 다니리라 의심한 이유를 깨달았다. 그들은 그전에 집에 침입했고 그곳에 찾으려는 물건이 없다는 것을 알고 있었다. 그러니 그런 말을 했던 것이다.

일 처리가 철저하다. 평소 수사도 이렇게 철저히 하면 좋을 텐데.

"집은 이 모양 이 꼴이고, 당신은 그런 모습으로 돌아오고. 여보. 얼른 신고부터 하자."

"관둬."

"관두라니……."

"경찰 집이 털린 건 부끄러운 일이야. 가만히 있는 게 나아."

신고한다 하더라도 코웃음 치거나 형식적인 수사로 끝날 것이 뻔하다.

"혹시 무슨 일이라도 있는 거야?"

이상하다 싶었는지 료코가 와타세에게 물었다.

"빈집털이범은 집에서 아무것도 훔쳐 가지 않았고, 당신은 상처투성이가 되어 돌아왔어. 여보, 대체 누가 이런 짓을 한 거야? 범인이 누군지 알고 있지?"

알고는 있지만 그것을 아내에게 설명해 봐야 소용없다. 와타세는 료코에게서 고개를 돌리고 거실로 돌아갔다.

전화기 받침대도 쓰러져 있지만 다행히 전화기는 고장 나지 않은 상태였다.

"여보."

"시끄러워."

료코의 말을 무시하고 기억하는 번호로 전화를 걸었다. 상대는 즉시 받았다.

─네. 온다입니다.

"밤늦게 죄송합니다. 우라와 경찰서의 와타세입니다."

—무슨 일이지? 목소리가 별로 안 좋은데.

"공격당했습니다. 저, 그리고 집도."

—뭐라고?

"하루빨리 사코미즈를 송치하게 해 주십시오. 제가 드린 진술 조서는 그대로 검사님이 사용해 주십시오."

말을 하자 와타세는 가슴이 후련해졌다. 저쪽에서 진술 조서를 입수하려고 나설 것은 이미 오래전에 예측했다. 그래서 일단 온다에게 진술 조서를 맡기고 무슨 일이 생기면 즉시 연락하겠다고 언질을 준 것이다.

—……괜찮겠나? 이걸 공표하면 지옥문이 열릴 거야.

"그러려고 맡겼습니다. 검사님이라면 가장 유익하게 써 주실 거라 믿습니다."

얼마간의 침묵이 흐른 후 수화기 너머에서 결연한 목소리가 들렸다.

—알겠네. 나한테 맡기게. 자네의 각오를 결코 쓸모없이 만들지 않겠어.

그리고 전화는 끊겼다.

그 뒤로 어색한 정적만이 남았다.

2

다음 주 월요일 주간지는 전부 구스노키 아키히로의 원죄 사건을 톱뉴스로 올렸다.

'5년 만의 진실! 옥사한 사형수는 무죄였다.'

'만들어진 원죄. 자백 강요와 날조된 증거'

'신뢰도가 땅에 떨어진 경찰과 검찰'

'원죄는 어떻게 만들어졌는가?'

역 매점에서 주간지를 구입한 와타세는 기사의 정확성을 보고 정보원이 누군지 대번에 알아챘다.

온다다.

사코미즈 사건은 지난주 말 검찰에 송치됐다. 담당 검사의 쏜살같은 재촉으로 이뤄진 송치였지만 주간지에 정보가 샌 타이밍을 고려하면 송치를 서두른 것도 온다의 계획으로 봐야 할 것이다.

아마 온다는 담당 검사에게 진술 조서 이야기를 흘렸을 것이다. 지검 윗선에서 진술 조서를 은폐하려고 해도 이토록 언론에 널리 알려지면 증거를 인멸할 시간적 여유도 사라진다. 발각 직후라 관심도 높아 숨기면 더 위험해진다.

조직의 불상사는 최대한 감추는 것이 좋다. 그러나 일단 한 번 폭로되면 그에 걸맞은 처리 방식이 있다. 진실 추구라는 깃

발 아래에서 불상사에 관련된 이들을 모조리 쏴 맞히는 것이다. 불상사가 밝혀진 순간 동료는 그저 부패한 인간으로 전락한다. 식구의 부패는 철저하게 비난하고 욕하고 배척한다. 조직의 청렴함을 드러낼 절호의 기회가 되기도 한다.

주간지 기사는 절묘하게도 다음과 같은 문장으로 맺어져 있었다.

'지금까지도 원죄를 의심할 만한 사건은 많았다. 재심 청구도 매년 늘고 있다. 오래된 사안인데도 법무대신이 사형 집행 지시서에 서명을 주저하는 사건은 틀림없이 이런 종류다. 어느 날 무고한 시민이 죄인이 되어 감옥에 간다. 대체 이곳은 어느 독재 국가란 말인가. 현재까지 경찰과 검찰, 사법부의 정식 발표도 나오지 않아 자정 작용이 이뤄지는 기색도 없다. 그러나 이대로 침묵을 이어 가다 보면 머지않아 사법부는 신뢰를 잃고 권위가 실추될 것이다.'

모든 주간지의 논조가 마치 입을 맞춘 것처럼 한결같았다.

원죄를 만든 장본인을 모조리 찾아내 교수형에 처하라. 그래야 옥중에서 원통하게 죽어 간 구스노키 아키히로에게 속죄할 수 있다.

이성보다 감정을 노골적으로 앞세운 기사를 읽으며 와타세는 언론의 폭주를 걱정했다.

언론이 사법부, 입법부, 행정부를 뒤잇는 제4의 권력으로 불린 지 오래다. 삼권의 감시 역할, 그리고 사회를 비추는 등불로서의 언론의 존재 의미는 와타세도 부정하지 않는다. 그러나 애석하게도 대다수의 언론은 시장 논리에 지배된다. 그들에게는 판매 부수와 시청률이 신이자 지침이며 절대적 가치다. 그런 구도에서는 전체의 의식이 반드시 논리보다 감정으로 흐른다.

감정으로 내달린 의식은 희생양의 모습을 확인하지 않는 한 끊임없이 흥분한다. 자신의 가학성을 정의로 착각하고, 상대는 모조리 악으로 규정짓는다.

선악의 경계선을 긋는 것은 인간의 마음이다. 그러나 다양한 입장과 윤리관이 혼재하는 곳에서 모든 사안을 선악으로 구분 짓기는 어렵다. 따라서 법이라는 개념이 필요해진다. 말하자면, 법률이란 선악을 결정짓는 최소한의 척도다.

이번 일이 더욱 까다로운 것은 그런 법을 수호하는 이들의 식견이 의심받고 있다는 점이다. 법에 바탕을 둔 세계에서 법을 다루는 이들에게 의혹이 생기면 필연적으로 사람들은 불안에 휩싸인다. 그리고 불안의 끝에는 항상 무질서가 기다리고 있다.

여론에 영합하는 언론과 대중의 불안이 한 몸이 될 때 무슨 일이 일어날까. 그날을 상상하자 와타세는 섬뜩해졌다.

테미스의 검 ____

원죄 보도가 곳곳에서 터져 나오는 와중에 가장 먼저 아키히로의 유족을 인터뷰한 곳은 데이토 TV의 어느 뉴스 프로그램이었다. 사회부의 효도라는 기자는 시청자가 원하는 이야기를 취재 대상에게서 끌어내는 데 탁월한 재능을 발휘했다.

—아드님이 저질렀다는 살인 사건이 결국 원죄라는 것이 폭로됐습니다만, 어머님으로서 지금의 솔직한 심정을 들려주십시오.

—역시 우리 아들은 무죄였다는 사실에 안도감이 들고, 그런 식으로 아들을 죽음으로 내몬 경찰과 검찰이 진심으로 원망스러워요.

—그런 식으로, 라면?

—아들은 교도소에서 절망에 빠져 스스로 목숨을 끊었어요. 끊임없이 무죄를 부르짖어도 그 누구도 귀 기울여 주지 않는 상황이 얼마나 원통했을까요.

—그 말씀은 곧 아드님의 자살은 항의의 의미였다.

—어차피 사형당할 거라면 차라리, 하는 마음이 있었겠죠. 그 심정을 떠올리면…… 정말로 가슴이 찢어질 듯이 아파서…….

—아키히로 씨는 처음부터 자신의 결백을 주장하셨다죠.

—네. 1심에서부터 줄곧 무죄라고 주장했답니다. 하지만 경찰과 검찰의 거짓 증거에 속아 판사들은 사형을 선고했죠. 피

묻은 점퍼라니. 정말로 살인범이라면 그런 건 당연히 처분했을 거예요. 왜 그런 어린아이 장난 같은 속임수에 넘어간 걸까요? 판사라는 분들은 하나같이 그렇게 단순한 걸까. 아니면 검찰과 사이가 너무 좋아서 그런 걸까 싶었어요.

―경찰이 증거를 날조했다고 생각하십니까?

―그렇게 생각할 수밖에 없어요. 전 지금도 아들을 수사한 형사들을 기억하고 있답니다. 두 사람 다 눈매가 험악한 조폭 같은 남자들이었어요. 그 두 사람이 아들에게 억지로 거짓 자백을 받아 낸 거예요. 증거가 된 점퍼도 분명 그 두 사람이 날조했을 거고요.

―그건 곧 경찰이 처음부터 범인을 만들어 낸 거라는 말씀이시군요.

―둘 중 특히 원망스러운 사람이 그 젊은 형사예요. 이름이 아마 ○○(음소거)였던 것 같은데, 제가 아들은 절대 사람을 죽일 만한 아이가 아니라고 아무리 외쳐도 들은 척도 안 했죠. 처음부터 아들을 범인으로 단정 짓고 제 말은 조금도 믿어 주지 않았어요. 그러다가 마지막에는 꼭 적선이라도 하는 것처럼 변호사에게 상담하라더군요. 저에게 국선 변호인을 찾아가라고 했어요. 그런데 나중에 다른 사람에게 들으니 국선은 비용이 제한돼 있어서 열심히 일하는 변호사가 적다고 하는 거 아니에요. 실제로 저희가 의뢰한 국선 변호사는 의욕이 없는

게 느껴졌어요. 무죄를 외치는 아들의 목소리에 귀 기울이지 않고 계속해서 정상 참작만을 말했죠. 처음부터 제대로 싸울 생각은 없었던 거예요. 그 형사는 그걸 알면서 저희에게 국선 변호인에게 의뢰하라고 했어요. 그런 비겁하고 교활한 인간이 또 있을까요?

—하지만 원죄는 일개 경찰관이 만들 수 있는 게 아닙니다. 아드님의 비극은 결국 우라와 경찰서를 비롯한 경찰 자체의 체질, 검찰의 오만함, 그리고 법원과 검찰의 과도한 유착이 만든 것이라는 전문가의 의견도 있습니다.

—저도 그렇게 생각해요. 약자의 목숨 따위 어떻게 되든 알 바 없다고 생각하는 사람들. 그런 사람들이 합세해서 우리 아들을 죽인 거예요!

—원죄에 가담한 관계자들에게 하고 싶은 말씀이 있으십니까?

—당신들한테도 자식이 있을 거예요. 자기 자식이니 믿기도 하겠죠. 우리 아들이 그날 터무니없는 누명을 뒤집어쓰고 감옥에 들어가 무죄를 주장하는데도 결국 사형 판결을 받은 상황의 부조리함을 이해하시겠어요? 만약 저희의 슬픔을 아주 조금이라도 이해하신다면 다른 사람을 체포하고 재판정에 세울 때 조금 더, 조금 더 신중하게 일을 처리해 주세요.

—어머님, 감사합니다. 마지막으로 아드님의 오명을 씻어

줄 변호인단이 꾸려질 예정이라고 들었습니다.

—네. 검찰 측 정보 개시를 포함해 변호인단이 이런 원죄가 왜 발생했는지 밝혀 주시기를 바라고 있어요.

—현재 일본 법정에서 유죄율은 99.8퍼센트. 다시 말해 기소된 사건은 대부분 유죄가 나오는 상황입니다만, 이 극단적 수치가 실제로는 가짜로 만들어진 숫자 아닌가. 이번 사건은 그렇게 의심할 만한 실마리를 제공했습니다. 국민이 사법 시스템에 불신의 눈길을 보내는 것은 그대로 법조계의 권위 실추를 나타냅니다. 관계자들에게는 지금이라도 모든 것을 바로잡는 자세가 필요할 것 같습니다.

모친 구스노키 이쿠코의 비통한 호소는 시청자들의 심금을 울렸다. 구스노키 아키히로가 금전적인 측면에서 계획성이 부족했다는 이야기는 어느덧 사라지고, 생전 그가 벌레 한 마리도 못 죽일 만큼 착한 성격이었다는 것이 강조되자 더더욱 그를 동정하는 여론이 형성되었다.

즉시 우라와 경찰서와 사이타마 현경 본부, 우라와 지검과 도쿄 고검, 1심을 심리한 우라와 지방 재판소, 항소심을 심리한 도쿄 고등 재판소의 사건 담당자들에게 항의 전화가 쏟아졌다. 사건의 발단이 된 우라와 경찰서는 한때 회선이 마비되는 사태까지 벌어졌다.

원죄를 만든 원인이 사람보다 시스템에 있다는 것은 누구든 어렴풋이 알고 있다. 그러나 막상 책임 소재를 찾다 보면 아무리 노력해도 지탄의 화살은 개인에게 향한다. 그런 의미에서 이쿠코의 호소는 개인을 향한 공격에 정당성을 부여했다. 지금 당장 사건에 가담한 사람을 단죄하는 것이야말로 정의이고, 그들을 마음껏 욕하고 비방해도 된다는 분위기가 형성되고 있었다.

와타세가 현경 본부 감찰관실에 불려간 것은 그럴 때였다.

"경무부 감찰관실의 기노미야입니다."

눈앞에 앉은 남자는 그렇게 자신을 소개했다. 표정이 온화하고 사람 좋아 보이지만 허리를 꼿꼿이 펴고 앉은 자세가 마주 앉은 와타세를 긴장시켰다.

감찰관의 계급은 모두 경시다. 그들의 임무가 경찰 내부의 경찰이라는 점에서 서장 경험자가 취임하는 경우가 많다. 순사부장인 와타세가 긴장하는 것도 당연했다.

"이곳에 불려 온 이유를 압니까?"

"구스노키 아키히로의 원죄 사건 때문에."

"네. 그렇습니다. 지금부터 사건의 자세한 경위가 밝혀질 때까지 우라와 경찰서 형사과장 및 사건을 담당한 수사원들은 제 감찰 아래에 놓이게 됩니다."

사건에 관여한 사람 중에는 수사본부장을 맡았던 현경 본부장과 하마다 관리관도 있지만, 아키히로를 체포한 것을 기점으로 주도권은 우라와 경찰서로 넘어갔다. 따라서 비난받는 것은 우라와 경찰서만이라는 논리다. 현경에서 주도권을 빼앗을 때만 해도 기분이 좋았지만 지금은 오셀로 말이 흰색에서 검은색으로 뒤집혔다.

"제가 궁금한 건 구스노키 아키히로 취조 중 당신이 맡은 역할입니다. 기억하는 것을 전부 정확하게 털어놔 주십시오."

자상한 표정이지만 눈은 웃고 있지 않다. 와타세는 더욱 긴장했다. 지금부터 내가 입에 담을 한마디 한마디가 증거로 채용돼 나의 목을 조르는 밧줄이 될 것이다.

조사받는 쪽의 불안함과 공포가 새삼스레 느껴졌다. 엄청난 압박감이다. 바로 앞에 사람이 그냥 앉아 있을 뿐인데 사방에서 짓눌리는 듯한 느낌이었다. 일반 조사와 달리 감찰관 조사는 자신에게 유리한 증언도 불리한 증언도 없이 아는 것을 모조리 토해 내야 한다.

발뺌은 일절 통하지 않는다. 심문받는 수사원 모두 같은 질문을 받을 것이다. 진술 조서도 상세히 읽었을 게 분명하다. 여기서 와타세 혼자 다른 증언을 해도 즉시 간파될 것이다.

와타세는 아키히로를 떠올렸다. 아키히로는 나루미와 와타세의 유도 전술 때문에 저지르지도 않은 살인을 저질렀다고 진술했다. 그에 반해 오로지 진실만 털어놓으면 되는 나는 축

테미스의 검 ———

복받은 것이다.

"그럼 우선 11월 22일 취조 건부터 듣겠습니다."

임의 동행으로 끌고 와 당일 조사. 나루미가 위협하고 와타세가 위로하는 역할을 맡는 상투적 수법이었다. 그날 중에 체포장을 받아야만 해서 꽤나 무리했다. 아키히로에게는 한순간도 쉴 틈을 주지 않았고 질문과 위협을 반복했으며 구타도 당연하듯 이뤄졌다. 아키히로는 점차 쇠약해졌고 끊임없이 휴식을 요구했다.

"거기서 당신은 일단 취조실에서 죄를 인정하고 법정에서 부인하면 된다고 피의자를 구슬렸군요."

"네."

그리고 최초 진술 조서가 작성됐고, 아키히로는 그날 체포됐다. 그것이 오후 8시 12분.

"그 시점에서 피의자에 대한 당신의 심중은 어땠습니까?"

"범인이 확실하다고 믿었습니다."

"아무런 의심도 품지 않았나요?"

"네."

취조는 다음 날 오전 7시에 재개됐다. 나루미가 사건에 대한 상세한 내용을 읊으며 하나하나 아키히로에게 확인하는 수법이었다. 금고에서 훔친 돈의 액수를 묻는 질문에 아키히로가 대답을 머뭇거린 순간 나루미의 폭력이 시작됐다. 취조 중

에는 취식과 취침이 금지되고 화장실을 가는 것 말고는 자리
에서 일어서는 것도 용납되지 않았다.

다음 날 취조에서 나루미는 마침내 승부수를 띄웠다. 수면
부족과 피로로 쓰러지기 일보 직전의 아키히로에게 절대적 중
거라고 할 만한 피해자 혈흔이 묻은 점퍼를 내보였다. 와타세
는 동요하는 아키히로를 또다시 달콤한 말로 구슬렸다.

"거기서도 당신은 일단 여기서 진술하고 나중에 할 말이 더
있으면 법원에서 주장하면 된다고 했다. 일본은 법치국가이니
무고한 사람에게 죄를 덮어씌울 일은 없다는 말을 덧붙이며.
맞습니까?"

"……네, 틀림없습니다."

기노미야의 한마디 한마디가 가슴을 파고들었다. 타인의
입으로 자신이 한 행동을 들으니 이렇게까지 악랄할 수 있었
을까 싶었다.

부모와의 면회를 먹잇감 삼아 억지로 진술을 끌어낸 경찰
관. 타인의 약점을 잡아 무고한 젊은이를 죄인으로 만든 비열
한 인간. 들으면 들을수록 참담했다. 악당을 사냥할 목적이었
지만 어느새 나 자신이 최악의 악당이 돼 버린 게 아닐까.

자존심 따위 흔적도 없이 사라졌고 자기혐오와 자책의 기운
만이 가슴에 퍼졌다. 한시라도 빨리 이 심문에서 해방되고 싶
었다. 그러나 기노미야의 질문은 계속 이어졌다.

테미스의 검   ──

"그 시점에 당신은 혈흔 묻은 점퍼가 날조된 것임을 알고 있었습니까?"

"아뇨. 그건 몰랐습니다."

"그때도 역시 아무 의심 안 했습니까?"

"다른 건으로 사코미즈에게 이야기를 듣기 전까지는 확실한 증거라고 믿었습니다."

"그야 그렇겠죠. 그러지 않으면 5년이나 지나 내부고발한 타이밍을 이해하기 어려우니까요."

내부고발이라는 말에도 저항감을 느꼈다. 아직 내 안에 우라와 경찰서에 대한 소속감이 있는 탓이리라.

"지금 증언 내용은 당시 진술 조서를 기록한 사람의 증언과 완전히 일치합니다. 그럼 다음으로 당신이 이미 퇴임한 나루미 겐지에게 사건의 진상을 확인한 경위를 듣겠습니다."

와타세는 나루미의 자택을 방문해 거기서 나루미와 나눈 대화를 최대한 자세히 설명했다.

"최종적으로 나루미 씨는 증거 날조를 확실히 인정한 셈이군요."

"네."

"당신이 나루미 씨에게 강요하거나 위협하지는 않았습니까?"

강요는커녕 나루미는 의기양양하게 말했다. 확신범이라 해야 할까, 자신의 행위에 문제라고는 티끌만큼도 없다고 생각하는 듯했다.

"분명 그런 수사원은 드물게 있습니다. 일반 채용으로 뽑힌 형사 중 검거율이 높은 형사일수록 그런 경향이 더 강하죠. 분명 다른 상사와 동료들을 무능하다고 생각할 겁니다. 그런 사람은 오로지 자신만의 규범으로 판단하고 행동합니다. 그러는 동안 윤리를 파괴하고, 조직의 규율을 파괴하고, 마지막에는 법률까지 파괴하게 됩니다. 범죄자가 탄생하는 과정과 매우 비슷하죠. 혹 떼러 간 사람이 되레 혹 붙이고 오는 거나 마찬가지입니다."

나루미는 인간 말종들을 상대하려면 자신도 악질이 돼야 한다고 했다. 그 말이 묘하게도 기노미야의 말과 겹쳐지는 것은 현장 수사원들이 비슷한 딜레마에 빠져 있다는 증거일지 모른다.

"조사는 이상입니다. 협력 감사합니다."

"저…… 이걸로 끝입니까?"

"네. 당신에게 들어야 할 이야기는 전부 들었습니다."

"제 징계는 어떻게 되는 거죠?"

"징계? 뭔가 착각하시는 듯하군요. 당신에게 이야기를 들은 건 어디까지나 원죄가 발생한 원인을 찾기 위한 확인 작업입니다. 당신은 처음부터 징계 대상에서 빠져 있었어요."

순간 자기도 모르게 어이없다는 표정을 지은 듯하다. 기노미야는 와타세의 반응을 보고 희미하게 쓴웃음을 지었다.

"그런 표정 짓지 않으셔도 됩니다. 이야기를 들어보면 당신은 그저 나루미 씨에게 복종한 것뿐입니다. 그게 다 날조된 증거를 진실이라고 믿었기 때문이겠죠. 이후 당신은 스스로 깨닫게 된 부정을 용감하게 조서로 남기고 검찰에 전해 밝히려고 했습니다. 조직의 장래를 걱정하고 내부고발에 나선 선량한 인간을 징계할 수 있을까요. 그런 짓을 하면 또 경찰은 비인간적이고 폐쇄된 조직이라고 비난받을 겁니다. 비록 동료를 팔았다고는 해도 당신에게는 어엿한 면죄부가 있습니다."

말투는 정중하지만 내용은 빈정거림으로 가득 차 있다. 이 남자에게도 감찰관의 얼굴과 동료 의식이 확실한 경찰관의 얼굴이 섞여 있는 듯하다.

"그리고 또 하나, 당신을 우라와 경찰서 사람들로부터 보호하라는 통보가 내려왔습니다. 육체적인 측면과 직위적인 측면에서도 말입니다. 따라서 현재 우라와 경찰서의 인사권은 정지 상태입니다. 서장은 일련의 처분이 모두 끝난 뒤에야 인사를 단행할 수 있습니다. 뭐 그전에 서장 본인의 진퇴 문제도 걸려 있습니다만."

"저를 보호한다. 그건 누구 지시입니까?"

"구체적으로 말씀드릴 수 없지만, 통보가 내려왔으니 윗선이겠죠."

에두른 말에서 멸시가 느껴졌다. 나를 권력에 알랑대는 사람으로 보고 멸시하는 걸까.

기노미야는 알려 주지 않았지만 주변에 방호벽을 만들어 준 인물이 누군지는 금세 감이 왔다.

온다 검사다. 사코미즈의 진술 조서를 받은 시점부터 우라와 경찰서와 현경 본부의 움직임을 읽고 선수를 친 게 분명했다.

"어쨌든 당신은 현재 비호 아래에 있습니다. 당분간 폭풍우가 지나갈 때까지 가만히 지켜보며 기다리시면 됩니다."

"폭풍우라는 건 어떤 의미죠?"

"당연히 숙청의 폭풍우죠."

기노미야는 다 알면서 묻지 말라는 듯이 손사래를 쳤다.

"이번 일로 경찰의 신뢰도는 땅에 떨어졌습니다. 증거 날조라는 범죄, 심지어 그 범죄를 우라와 경찰서 전체가 은폐하려 했다는 것까지 밝혀졌죠. 직접 지시한 스기에 경부는 물론 형사부장과 서장의 관리 책임도 엄중히 묻게 될 겁니다. 내부 처분만으로 그치기에는 일이 너무 커졌습니다. 이럴 때는 일벌백계의 의미에서 처벌은 더욱 강해집니다. 숙청의 폭풍우라는 건 정확히 그런 의미입니다. 게다가 이건 비단 경찰에 한정된 이야기가 아니라 검찰청과 법원도 마찬가지입니다. 폭풍우에 휩쓸려 먼 곳까지 날아가는 사람이 과연 열 명이 될지, 스무 명이 될지……."

감찰관은 끝까지 어정쩡하게 굴며 노래하듯 말했다.

"다만 그런 폭풍우가 몰아쳐도 원죄를 만든 장본인인 나루미 씨는 증거 위조죄를 적용하려고 해도 이미 공소 시효 3년을 지나 처벌할 수 없습니다. 이미 퇴임한 상태에서는 경찰도 잘 잘못을 따질 수 없어서요. 아이러니한 이야기지만 폭풍우에서 그가 가장 안정권에 있다고도 할 수 있겠네요."

원죄의 장본인은 안정권에 있고 그를 보조한 나는 방호벽에 둘러싸여 있으며 오로지 사실을 은폐해 조직을 지키려고 한 자들만 숙청된다.

와타세는 참담한 기분으로 관사로 향했지만 초인종을 눌러도 반응이 없었다.

"나야."

문을 열어 보니 집 안이 칠흑같이 캄캄했다.

"여보."

불을 켜고 불러 봐도 대답이 없다.

괴괴한 정적만이 가득했다.

시간은 오후 7시를 지났다. 이런 시간에 장이라도 보러 간 걸까.

문득 식탁 위에 놓인 종이 한 장에 시선이 향했다.

이혼 신고서.

오른쪽에 있는 료코가 써넣어야 할 곳은 전부 채워졌고 도장까지 찍혀 있다.

와타세는 종이를 내려다본 자세로 조각상처럼 우두커니 서 있었다.

3

원죄 보도는 기세가 가라앉기는커녕 벌판의 불길처럼 더 널리 퍼졌다. 주간지와 TV 뉴스는 연일 특집 방송을 내보내 기소와 재판에 관여한 모든 사람을 겨냥해 때리기 시작했다.

우선 1심을 담당한 우라와 지검의 야마무로 검사가 도마 위에 올랐다. 다소 선정적인 내용도 묵인되는 석간지와 사진 주간지는 어디서 정보를 입수했는지 야마무로의 경력보다 그의 사생활에 주목했다.

검사가 된 지 얼마 안 됐을 때 성희롱 섞인 말을 해 여러 차례 경고를 받았다는 것.

사건 관계자인 여성과 눈이 맞아 몇 년간 불륜 관계를 이어 갔다는 것.

최근 유흥을 너무 즐긴 나머지 비뇨기과에 다니기 시작했다는 것.

하나같이 원죄 사건과는 아무 상관 없는 이야기들이지만 일단 한번 저속한 인물로 낙인찍히면 끝이다. 야마무로는 색을 탐하는 성병 환자로 사람들 입에 오르내리게 됐다. 당사자는 기사를 쓴 출판사를 고소하겠다고 씩씩댔지만 상사에게 망신만 당할 테니 하지 말라는 말을 들었다고 한다.

다음으로 도마 위에 오른 사람은 항소심을 담당한 스미자키 검사였다.

스미자키에 관해서는 하반신에 얽힌 이야기는 없었지만 이쪽은 더 심각한 사안이 연이어 터졌다. 대부분 직권 남용에 해당하는 것들이라 수습도 어려웠다.

과거 공안 위원장 아들이 일으킨 교통사고를 불기소 처분해 버린 사안.

정치 자금 규제법으로 고발한 국회의원을 심리적으로 압박하고 검찰에 유리한 쪽으로 조서를 작성시킨 사안.

공소 사안도 아닌데 지인의 신용 정보를 수집한 사안.

전부 실제 일어난 일들이고 개인의 인격을 폄훼한 내용이 아니므로 명예훼손에도 해당하지 않는다. 지금껏 성실히 검사 직무를 수행해 온 스미자키였지만 일련의 보도로 철저하게 자질을 추궁당했고 급기야 그의 아들은 딱하게도 학교에서 돌을 맞았다고 한다.

이런 언론 보도는 사적 제재와 비슷한 점도 있었지만 물론 그것이 끝이 아니다. 두 사람에게는 법무성의 정식 징계가 기다리고 있었다.

이처럼 원죄가 발생하기 쉬운 구도의 원인은 상명하복, 관료주의에 찌든 시스템에 있는 것이 아닌가. 검찰 비판은 어느덧 법무성으로 불똥이 튀었고 현직 법무대신의 거취 문제로까지 발전했다.

책임을 회피하는 것에서만큼은 법무성의 움직임은 신속했다. 처음 도마 위에 오른 야마무로, 스미자키 검사를 좌천하는 것으로 사태 수습을 꾀했다.

인격과 경력이 온통 먹칠된 상태에서 검사 일을 제대로 이어 갈 수도 없다. 두 검사는 이듬해 봄 인사이동을 기다리지 못하고 검사직을 사직했다.

그런데도 희생양에 굶주린 언론의 탐욕은 끊이지 않았다. 매장한 두 검사에게 더는 보도 가치가 없는 것을 깨닫자마자 다음으로 칼끝을 법원으로 향한 것이다.

처음 총대를 멘 곳은 유명 주간지였다.

'원죄의 이면에 존재한 황혼의 사랑

최근 항간을 떠들썩하게 만드는 구스노키 아키히로 원죄 사건에서 본지 기자는 엄청난 특종을 얻었다.

기존에 나온 보도대로 구스노키 아키히로 1심을 심리한 판사는 우라와 지방 재판소의 구로사와 가쓰히코 당시 재판장. 그리고 항소심을 맡아 사실상 구스노키 아키히로에게 최종 판결을 내린 판사는 도쿄 고등 재판소의 고엔지 시즈카 재판장이다.

통상 재판관 한 명은 하나의 사법 결정 기관이어서 판결에 다른 영향을 받지 않는다. 최고 재판소가 유죄로 판단한 사안을 지방 재판소에서 무죄로 판결해도 처벌 대상이 되는 건 아니다. 그러나 법조계에는 최고 재판소의 판례를 판단 기준으로 삼는 풍조가 뿌리 깊게 박혀 있다. 따라서 고등 재판소가 구스노키 사건에 사형 판결을 내린 1심을 지지한 것은 극히 당연한 일이라 할 수 있다.

그러나 구로사와 판사와 고엔지 판사 사이의 강한 유대 관계, 그것도 남녀 사이의 교제가 존재했다면 어떨까? 과연 항소심이 하급심 판결을 그대로 지지한 것에 아무 문제 없다고 할 수 있을까?

구로사와 판사는 고엔지 판사보다 한 살 연상이다. 두 사람은 사법연수원 시절 선후배 관계인데 당시 단체 사진에는 두 사람이 친밀하게 찍힌 모습을 볼 수 있다(사진 오른쪽 아래).

임관 후 두 사람은 각자 다른 재판소에서 근무했지만 쇼와 58년부터는 같은 관할 재판소가 부임지가 되어 판사끼리 모이는 친목회에서 자주 만나고는 했다(사진 왼쪽 아래).

그러나 단순히 만난 수준이 아니었다. 친목회에 참가한 A 판사 말에 따르면 "연회 도중 두 사람만 빠져나갈 때가 있었고 그럴 때마다 구로사와 판사에게 어디 가느냐고 물어도 의미심장한 미소만 지을 뿐 대답해 주지 않았다"라고 한다.

두 사람 다 기혼자이고 환갑이 지났지만 사랑에 나이는 상관없다. 청춘의 날을 떠올리다가 타다 남은 장작에 다시 불이 붙는 것은 흔히 있는 일이다. 황혼의 사랑은 비난거리가 되지 않는다.

그러나 두 사람의 직업이 재판관이고 사건 하나를 함께 심리했다면 이야기는 달라진다. 상급심에서 원심을 각하하면 당연히 하급심을 맡은 재판관의 체면이 구겨진다. 고엔지 재판장이 구스노키 아키히로의 사형 판결에 의문을 품으면서도 교제 상대인 구로사와 재판장의 판결을 지지할 수밖에 없었던 이유를 쉽게 상상할 수 있는 대목이다.

본지는 다음 호에서 두 사람의 관계를 더욱 깊이 파고들 예정이다. 기대하시라!'

'혼돈 속에서 피어난 재판관들의 황혼의 사랑, 제2탄!

지난 호에서 본지가 특종 기사로 쓴 구로사와, 고엔지 재판관의 교제에 관해 새로운 증언이 나왔다. 구스노키 아키히로의 항소심은 쇼와 61년 2월 5일에 개시되었지만 실은 그보다 한 달 전 도내 모 호텔에서 두 재판관이 밀회를 나누는 모습을 목격한 이가 있었다.

취재원의 신변 보호를 위해 이름과 직업을 익명으로 하고 두 재판관 공통 지인인 B씨로 지칭하겠다. B씨는……'

테미스의 검 ——

기사가 실린 호가 발매되자마자 시즈카의 주변에는 취재진이 벌떼처럼 몰려들었다. 신문사의 사법 담당이 아닌 가십 기사와 연예계 관련 리포터들이 청사 밖에서 시즈카를 에워싼 모습은 그야말로 모여 있는 해충을 연상케 했다.

"판사님. 기사 내용에 대해 한 말씀 부탁드립니다!"

"구로사와 판사와의 교제가 사실입니까!"

"정말로 교제 상대가 내린 판결이라 뒤집지 못한 건가요? 법조계에 속한 분으로서 어떻게 생각하십니까!"

그들은 마치 창을 찌르듯 마이크를 들이밀었다. 무시하면 집요하게 뒤따라왔다. 경비원이 없었으면 시즈카는 청사 안에 들어가지도 못했을 것이다.

평소에도 언론의 경박한 행태에 진저리를 쳤지만 막상 자신이 취재 대상이 되니 어이가 없는 것을 넘어 한심하게 느낄 정도였다. 원죄처럼 인권에 대한 중요한 문제를 남녀 사이의 저속한 화제로 깎아내리는 언론들은 대체 뭘 원하는 걸까.

원죄의 원인을 추궁하고 두 번 다시 같은 일이 발생하지 않게 거듭 검증한다. 그런 취재라면 아무리 비난당해도 상관없다. 실제로도 오심을 내렸으니 비판받는 것은 당연하다. 탄핵 재판정에 서게 되도 어쩔 수 없다고 생각한다.

그러나 지금 언론 보도의 칼끝은 전혀 뜬금없는 방향을 향해 있다. 이 나이에 남녀관계로 사람들 입에 오르내리는 것으로도 수치스럽지만, 천박한 이들의 억측 때문에 구로사와에게까지 폐를 끼치는 것은 참으로 죄송한 심정이었다.

그리고 오늘 시즈카는 재판소장의 급한 호출을 받았다.

도쿄 고등 재판소장 렌조 구니히로.

그는 시즈카보다 한 기수 위이니 구로사와와 동기다. 늘 무표정한 얼굴이지만 성미가 까다로운 건 아니고 단순히 남에게 감정을 보이기 싫어서 표정을 감추고 있을 뿐이다. 실제로는 넓은 식견과 흔들림 없는 윤리관을 전부 갖춘 존경할 만한 인물이다.

그런 렌조가 보기 드물게 못마땅한 표정을 짓고 있는 걸 보니 좋은 소식이 아닌 것만은 확실했다.

"고엔지 양" 하고 렌조가 입을 열었다. 보통 때는 총괄 판사라는 직함으로 부를 때가 많아서 이 역시 드문 일이다.

"당분간 법정에 서지 않는 게 좋을지 모르겠어."

완곡한 표현이지만 재판소장 입에서 나온 말이니 지시와 다름없다.

"고엔지 양에게는 제1형사부 부총괄 판사로서의 일도 있지. 당분간 그쪽에 전념하게."

"당분간이라고 하시지만 제가 이곳에 있을 날도 이제 얼마 안 남았습니다."

시즈카는 평정심을 유지하려고 노력했다. 이제 와서 렌조와 말다툼을 벌일 생각은 없지만 부조리한 처우에는 한마디 덧붙이고 싶었다.

"최고 재판소의 지시인가요?"

"지시라고 할 만한 건 아니야. 밖에서 폭풍우가 몰아치는데 굳이 고개를 내밀지 않는 게 좋지 않겠나."

"혹시 그 저열한 기사를 신경 쓰셔서?"

단도직입적으로 묻자 렌조는 희미하게 미소 지었다.

"아니, 그것과는 상관없네. 나도 나이가 나이이니 전후戰後 삼류 잡지들처럼 천박한 잡지를 많이 읽은 세대지만 그 기사만큼은 실소가 터지더군. 고엔지 양과 구로사와가 교제라니. 두 사람을 아는 사람이 들으면 웃을 수밖에 없지."

"둘을 모르는 사람의 귀에는 대체로 흥미롭게 들리겠죠."

"그런 근거 없는 허튼소리 때문에 인사를 이동할 만큼 고등 재판소가 무른 조직은 아닐세. 물론 고엔지 양과 구로사와 판사의 평판에 흠집이 가겠지만 그게 판사 직무와는 아무 관련도 없지. 고엔지 양도 군이 삼류 잡지 출판사 따위를 고소할 생각은 없을 테고."

"저보다 그분의 가족이 걱정입니다."

"구로사와라면 문제없을 걸세. 어제도 전화 통화를 했지만, 이 나이가 되어 추문이 터지다니 나도 아직 쓸 만한가 보다며 아내와 웃어넘겼다더군."

"그럼 소장님이 말씀하신 밖에서 부는 폭풍우라는 건 그 원죄 보도를 뜻하는 건가요?"

"그렇게 받아들여도 무방하겠지."

"한 번 오심을 내린 재판관에게는 심리를 맡길 수 없다는 겁니까?"

그러자 렌조는 잠시 침묵했다. 침묵은 소극적 긍정을 의미한다.

"이따금 재판관이라는 직무 자체가 부조리하다고 느낀 적 없나?"

"아뇨."

"오, 그건 대단하군."

"이따금이 아니라 항상 그렇게 느낍니다. 판결문을 쓸 때는 더욱 그렇죠. 피고인과 같은 인간이면서 신의 관점을 요구받는 거니까요."

"……여전히 솔직하군."

"유일한 장점이라고 생각합니다."

"반드시 장점이라고는 할 수 없어."

렌조는 냉정하게 말했다.

"재판받는 입장에서는 인간미 넘치는 판사도 불만일 수 있어. 굳이 재판받을 거라면 모든 것을 초월한 존재에게 재판받고 싶다. 그렇게 생각하는 사람이 적지 않아."

"재판관이 신인가요?"

"적어도 법정 안에서는 그렇지. 그리고 신은 결코 틀리지 않아. 그런 인식이 있으니 다들 판결을 엄숙히 받아들이는 거고. 안 그러나?"

다시 말해 한 번 실수를 범한 시즈카를 신의 자리에서 끌어내리지 않으면 판결에도 권위가 떨어진다는 논리다.

"저 한 사람을 징계해 법의 질서가 유지된다면 그보다 더 좋은 일이 없겠죠."

"심술궂은 것도 여전하군. 고엔지 양 한 명을 법정에서 분리하는 것만으로 문제가 해결된다고는 생각하지 않네. 아마 최고 재판소 윗선도 같은 생각일 거야."

렌조는 시즈카에게서 시선을 돌렸다.

"신은 결코 틀리지 않는다고 말한 것과는 모순적이라는 건 알지만, 재판관은 제출된 증거만으로 피고인을 재판할 수밖에 없지. 따라서 이번 일처럼 증거가 날조된 사안에서는 정확한 판단도 불가능해. 물론 고엔지 양은 시간을 들여 찬찬히 살피면 원죄를 막을 수 있다고 말할 테지만, 고등 재판소가 안건을 산더미처럼 끼고 있는 현 상황에서 안건 하나에 시간을 무한정 들일 수는 없네. 총괄 판사인 고엔지 양이 매일매일 공판을 처리하느라 과로 수준이라는 것 정도는 나도 알아. 고엔지 양을 법정에서 분리하는 게 미봉책에 불과한 것도 알고."

근본적으로 해결하는 게 아니라 대중의 흥분이 가실 때까지 잠시 몸을 사린다. 말도 안 된다. 이것이야말로 없애야 마땅한 관료주의 아닐까.

"유엔에서는 사형 폐지 조약이 체결될 전망이고 앰네스티 (국제 인권 기구)에서도 계속해서 사형 제도 폐지를 요구하고 있지만, 국내 분위기가 아직 사형 제도 존속에 기울어 있는 한 법무성이 제도를 재검토할 리는 없네. 고로 이 나라에서는 앞으로도 당분간 사형 제도가 유지될 거야. 그런 상황에 원죄 사건이 주목받는 상황은 최대한 피하고 싶네. 그러니 정면으로 문제를 대치하려 하지 않는 거고. 다른 사람 눈을 피하는 데는 숨어 버리는 게 가장 빠르고 편한 법이니."

시즈카는 조금씩 차오르는 분노를 참고 있었다. 내 성격이 온화한 편이라고 생각하지만 그저 뚜껑만 덮어 악취를 가리려는 처세에는 따를 수 없다. 그것을 아는지 여전히 렌조도 시즈카의 시선을 피하고 있었다.

"우라와 지검의 야마무로 검사와 고검의 스미자키 검사가 이번 일로 좌천됐다고 들었습니다."

"여전히 귀도 밝군."

"좁은 세계니까요."

"비록 세계는 다르지만 지권자가 같으니 고엔지 양의 생각이 대략 맞는다고 할 수 있겠지. 특히 그들은 기소하는 입장에 있었으니 더 거센 비판을 받을 수밖에 없어."

"날조된 증거를 믿어 버렸다는 점에서 저에게도 그들과 같은 책임이 있습니다."

"왜 그렇게 자신을 깎아내리려는 거지? 고엔지 양이 내린 판결이 자의적일 리 없잖나. 산더미처럼 쌓인 공판 기록과 사건 기록을 꼼꼼히 읽고 수없이 고민하고 나서 내린 판결 아닌가?"

"사람을 죽였기 때문입니다."

순간 렌조의 눈썹이 살짝 꿈틀거렸다.

"구스노키 아키히로는 교도소에서 스스로 목숨을 끊었네."

"저는 그가 죽어야 한다고 판단 내렸습니다. 그 판단에 절망해 그가 자살했다면 그를 죽인 건 역시 제가 되겠죠."

"그건 너무 끼워 맞추기 아닌가?"

"사실입니다. 전 무고한 사람을 죽음으로 내몰았습니다."

"동의할 수 없군. 그렇게 말한다면 재판관은 모든 피고인에게 책임을 져야 한다는 말이 돼."

"그럼 누가 원죄의 책임을 지죠? 국가입니까? 법무대신인가요? 그게 아니면."

"그만하게."

렌조는 쏜살같이 대화를 끝마치려고 했다. 성가셔서가 아니다. 시즈카가 건드려서는 안 될 화제를 언급했기 때문이다.

"어쨌든 이쪽 의향은 전달했네. 이상이야."

"저도 전달할 게 있습니다."

"뭐지?"

"가까운 시일 내에 퇴임하겠습니다."

"……진심인가?"

"서류업무를 하면서 남은 시간을 보내고 싶지는 않습니다."

"그렇게 법정에 서고 싶나?"

"아뇨. 어차피 법정에 설 마음은 이미 오래전에 사라졌습니다. 아니, 그보다 이제는 설 수가 없죠. 저에게는 이미 다른 사람을 재판할 자격 따위 없으니까요."

처음부터 이 말을 듣고 싶지 않았냐고 따지지는 않았다.

"그게 고엔지 양이 책임을 지는 방식인가. 재판관 한 명이 그만둔다고 변하는 건 아무것도 없어. 도량이 좁군."

"책임이 아닙니다. 매듭짓는 거죠."

렌조는 여전히 시즈카를 보려고 하지 않았다. 그것이 그가 최소한의 죄책감을 나타내는 징표이기만을 바랐다.

"나한테 말릴 권한은 없는 것 같군. 알아서 하게."

"그럼 실례하겠습니다."

시즈카는 꾸벅 고개를 숙이고 재판소장실을 나갔다.

약 40년 동안 해 온 재판관 인생의 마지막은 그야말로 싱거웠다.

테미스의 검

정년을 채우지 않고 퇴임하기로 이미 마음먹고 있어서 실망이나 패배감은 들지 않았다. 이제는 그저 조직과 자신을 지키기 위해 뛸 수밖에 없는 동료들을 지켜보기도 지쳤다.

시즈카는 자신의 의지로 스스로 퇴임하겠다는 말을 꺼낸 것이었지만 어차피 그 주간지는 원죄 책임과 추문 문제로 압박받아 물러났다고 써 재낄 것이다.

시즈카는 재판관을 고결한 직무라고 믿어 왔다. 그 고결함이 추문으로 더럽혀지고 직무 자체도 빼앗긴다. 좌천된 두 검사도 마찬가지다. 법의 대행자로 권력을 집행해 온 자들이 권력을 빼앗기고 오명을 뒤집어쓴 채 추방당한다.

불현듯 테미스의 상이 떠올랐다.

법의 여신 테미스가 오른손에 쥔 검. 법의 권력을 상징하며 죄인을 베기 위해 휘두르는 검. 그 검이 지금은 법을 집행하는 자들을 향해 있다.

조금 더 일찍 깨달아야 했다.

구스노키 아키히로라는 무고한 인간을 죽음으로 몰아간 시점에 우리는 죄인으로 전락한 것이다.

재판관실에 돌아가자마자 책상 위 전화기가 울렸다. 렌조가 아직 할 말이 더 남았나 싶었지만 그건 아니었다.

—판사님께 면회입니다.

"누구지?"

─우라와 경찰서의 와타세라는 분입니다.

"들여보내."

잠시 후 방에 들어온 와타세는 고개를 푹 숙인 채 피로에 잔뜩 찌든 모습이었다.

"오늘은 또 무슨 일이죠?"

"사죄드리러 왔습니다."

그렇게 말하자마자 와타세는 바닥에 손을 대고 머리를 숙였다.

"죄송합니다."

"갑자기 왜 이러세요?"

시즈카는 서둘러 와타세 앞에 웅크렸다.

"그만하세요. 민폐예요."

"이러지 않으면 제 마음이······."

"얼른 고개를 들지 않으면 쫓아낼 거예요."

"하지만."

"제가 보기가 싫다고요."

그제야 와타세는 비틀비틀 몸을 일으켰다.

"전 어리석었습니다. 판사님께서 모처럼 해 주신 좋은 조언을 살리지도 못했습니다."

"그 진술 조서 건 말이군요. 형사님은 내면의 소리를 따라 조서를 효과적으로 활용하신 거 아닌가요?"

"저는 이대로 원죄가 묻히면 안 된다는 일념으로 진술 조서를 어느 검사에게 맡겼습니다. 그때는 그것이 정의라고 믿었죠. 하지만 아니었습니다. 제가 그런 행동을 한 건 면죄부를 원해서였습니다. 정의의 사도처럼 굴었지만 저 혼자 책임에서 벗어나고 싶었던 겁니다."

험악한 얼굴이 지금은 낭패를 본 것 처럼 일그러져 있다. 짓궂은 장난이 큰일로 발전하자 겁을 집어먹은 어린아이 같았다.

"제 독단 때문에 수많은 동료와 관계자에게 악영향을 끼쳤습니다. 직속 상사와 형사과장, 그리고 우라와 경찰서 서장님까지 전부 좌천이 결정됐습니다. 경찰만이 아닙니다. 우라와 지검의 야마무로 검사님과 고검의 스미자키 검사님도 똑같이 좌천됐는데, 두 분 다 그쪽 세계의 관습대로 사직을 결심하셨다고 들었습니다. 그리고……."

"저와 구로사와 판사님이 계시죠."

"설마 일이 이렇게까지 될 줄은……. 참으로 어리석었습니다. 세상 물정 모르는 멍청이가 건드려서는 안 될 것을 건드리고 말았습니다."

와타세의 이야기를 듣는 동안 시즈카는 또 다른 그리스 신화를 떠올렸다.

"하지만 그것이 형사님이 선택한 길 아닌가요?"

"저를 더 괴롭히는 건, 저 혼자 아무 징계도 받지 않고 끝나 버릴 것 같은 상황입니다."

와타세는 기노미야 감찰관에게 들은 말을 시즈카에게도 전했다.

"이렇게 아이러니한 일이 또 있을까요. 저와 나루미 경부보를 믿은 분들은 모두 징계를 당하는데 정작 핵심에 서 있는 저와 나루미 경부보는 아무 처분도 받지 않는다니요. 이건 정말 말도 안 되는 이야기입니다."

고개를 숙인 와타세의 어깨가 희미하게 떨린다.

외골수 같은 성격일 것이다. 그러니 원죄를 폭로하는 것을 선택하고, 지금 또다시 자신의 행동이 초래한 결과에 전율하고 있다.

시즈카는 스스로 사직을 결심했다는 이야기를 전할 생각이 없었지만 어차피 나중에 알게 된다면 이 젊은이는 또 이렇게 슬픔에 잠길 것이다.

"실은 조금 전 재판소장님께 사의를 표명했습니다."

"네……?"

"법무성 또는 최고 재판소겠죠. 아무튼 윗선에 계신 분들이 저를 법정에 세우지 말라고 했답니다. 순순히 받아들이기가 영 기분 나빠서 제 쪽에서 먼저 이혼장을 던져 주고 왔죠."

"······."

"농담이고요. 제가 내린 사형 판결이 무고한 사람을 죽음으로 몰았습니다. 그걸 깨달은 순간 이제 제게는 다른 사람을 재판할 자격 따위 없다고 자각했죠. 물론 이렇게 해서 제 책임이 모두 사라진다고는 털끝만큼도 생각하지 않습니다만."

"그 역시 제 경솔한 행동이 원인입니다. 제가 조금만 더 신중했더라면······."

"저를 깔보지 마세요."

시즈카는 초연하게 내뱉었다. 이 젊은이에게서 자책을 거둬 내려면 이 정도 연출은 필요하다.

"형사님의 행동 하나로 제 인생이 망가졌다고 생각하면 큰 오산이에요. 전 스스로 자질이 없는 것을 깨닫고 그만두는 것뿐이에요. 더 이상 비극 속 주인공이라도 된 것처럼 굴지 마세요. 볼썽사나워요."

"볼썽사나운 건 저도 알고 있습니다. 아무 처분도 받지 않은 저는 이대로 뻔뻔하게 세상을 살아갈 자신이 없습니다. 형사를 그만둘까도 생각했습니다. 하지만 직위가 어느 정도 되면 모를까, 저 같은 일개 형사가 그만둬 봐야······."

"와타세 형사님은 판도라의 상자 신화를 아시나요?"

와타세는 고개를 가로저었다.

"미모의 여성 판도라는 어느 날 제우스신에게 절대 열면 안 되는 어떤 상자를 선물 받았습니다. 그런데 어느 날 판도라가 호기심을 이기지 못해 상자를 열자 그 안에서 역병, 슬픔, 빈곤, 범죄 같은 다양한 재난들이 튀어나왔고, 사람들은 세상에 가득 찬 재해로 고통받게 됐다는 이야기예요."

그러자 와타세가 자조 섞인 미소를 지었다.

"그렇군요. 제가 그 판도라의 상자를 열어 버린 거네요."

"이야기를 끝까지 들으세요. 판도라는 상자를 열고 후회하다가 상자 구석에 딱 하나 남아 있던 것을 발견합니다. 희망이라는 것을요."

순간 와타세의 얼굴에서 미소가 사라졌다.

"그토록 자신의 행동에 죄책감을 느끼신다면 형사님이 직접 그 희망이 돼 보시는 건 어떨까요? 두 번 다시 원죄를 만들지 않겠다. 두 번 다시 틀리지 않겠다. 자신이 그런 경찰관이 되고, 또 그런 경찰관을 양성하기 위해 노력한다. 그것이 바로 상자를 열어 버린 자가 속죄할 수 있는 방법이라고 생각하지 않으시나요?"

와타세는 조금 곤혹스러워하는 듯했다.

"죄송합니다, 판사님. 분명 매우 중요한 부분을 지적해 주셨습니다만, 지금의 저는 그 말씀을 오롯이 이해하지는 못하겠습니다. 두 번 다시 틀리지 않는 게 중요한 건 알지만, 그러기 위해 뭘 어떡해야 좋을지……."

"앞으로도 계속 형사 일을 이어 가시겠죠?"

"허용된다면."

"느긋하게 하시라고는 하지 않겠지만 초조해할 필요도 없습니다. 저에게 미안한 마음이 있다면 억울한 누명으로 괴로워하는 사람들, 나락 끝으로 떨어진 사람들의 희망이 되는 형사님이 돼 주세요. 그리고 절대 진실에 등을 돌리지 않을 것. 아시겠어요? 저와 하는 약속이에요."

와타세가 곤란해하는 표정 그대로 고개를 끄덕여서 시즈카는 만족했다.

성인치고는 아직 유치하고 위태로워 보이는 부분이 있지만, 이 젊은이는 해가 뜬 방향으로 일직선으로 뻗어 가는 자질을 지녔다. 재판관 인생 막바지에 이 젊은이를 만난 것이야말로 법의 여신의 뜻 아닐까.

4

와타세를 태운 차는 히가시무라야마시市를 통과하고 교차로에서 우회전해 도코로자와에 진입했다. 6월의 비 때문에 창문 밖으로 농가 풍경이 부옇게 흐려져 보였다.

도로 옆에 민가가 드문드문 늘어서 있을 뿐 변두리에 있을 법한 대형 가전제품, 신사복 매장 등은 보이지 않는다.

조금 더 들어가자 작은 촌락이 나왔다. 부지가 넓은 집이 많지만 전부 오래된 민가고 재개발의 흔적은 없다.

도코로자와시[*] 가미시마초 5번지. 구스노키 아키히로의 본가가 있는 곳이다. 원죄가 드러난 이후 언젠가 한 번은 찾아야 할 곳이지만 도무지 발걸음이 떨어지지 않았다.

이유는 스스로도 잘 알고 있다.

아키히로의 부모와 얼굴을 마주하는 것이 두려워서 견딜 수 없었다. 시즈카를 만나러 합동 청사까지 찾아간 배짱도 막상 아키히로의 본가를 떠올리면 소극적으로 변했다. 아키히로를 죽음으로 몰았다는 가해자 의식이 알게 모르게 족쇄가 되어 다리를 옭아맸다.

와타세에게 그 점을 뚜렷이 일깨워 준 사람이 시즈카였다.

사죄할 거면 저보다 먼저 찾아가야 할 곳이 있다는 건 아시죠?

시즈카는 나에게 희망이 되라고 했다. 솔직히 너무도 막연한 말이라 뭘 어떻게 해야 좋을지 알 수 없다. 한 가지 확실한 건 구스노키 아키히로 사건을 확실히 매듭짓기 전에는 뭘 해도 도망치는 것밖에 안 된다는 것이다.

집이 몇 채 없어서 구스노키 집은 금세 찾을 수 있었다. 기와지붕의 목조 2층 건물. 현관은 격자무늬 미닫이문이다. 같은 부지 안에 있는 가건물 옆에는 소형 바인더가 세워져 있다.

가랑비 속에서 흙과 비료 냄새가 코를 자극했다. 농업 종사자의 집 같지만 부친의 직업을 건축업으로 기억하고 있어서 와타세는 의아했다.

초인종처럼 보이는 것이 없다. 미닫이문에 손을 대 보니 문은 열려 있었다.

"실례합니다."

내 목소리가 떨리는 게 직접 느껴졌다.

얼마 후 안쪽에서 나타난 여성은 와타세의 얼굴을 보자마자 눈을 부라렸다.

"다, 당신은……."

몇 년 만에 보는 아키히로의 모친 이쿠코는 흐른 세월보다 훨씬 늙어 보였다. 머리숱이 예전의 절반 정도밖에 안 남았고 반대로 눈가의 주름은 엄청나게 늘었다. 비틀거리는 걸음걸이도 왠지 위태로워 보였다.

깊숙이 고개를 숙이자 곧장 노성이 날아들었다.

"여기는 뭐하러 온 거야!"

"아드님 아키히로 씨 영정 앞에 향을 피우려고 찾아뵈었습니다."

"다, 당신한테 분향하게 해 줄 것 같아? 썩 돌아가!"

"최소한의 사죄를……."

"사죄? 사, 사죄라니! 이제 와서 사죄한다고 그 애가 살아 돌아오기라도 해?"

"무슨 일이야? 시끄럽게."

소리를 듣고 나타난 이는 부친 다쓰야였다. 이쪽도 왠지 전
보다 허리가 굽었고 몸 전체가 위축된 인상을 준다.

다쓰야는 와타세를 길가에 방치된 개똥 보듯 보며 말했다.

"뭐야, 당신인가? 여긴 뭐하러 왔지?"

"아키히로 씨 영정 앞에 향을 한 대 피워드리러……."

"얼른 가라고 했지! 안 가면 경찰 부를 거야!"

"좀 조용히 있어."

다쓰야는 이쿠코를 옆으로 밀어내고 와타세 앞에 나섰다.

"당신……."

"이대로 보내면 나중에 사죄하려는 태도는 보였다고 할지
모르지. 당신도 그렇게 끝내고 싶지는 않을 거야. 와타세 씨라
고 했나? 혹시 우라와 경찰서를 대표해서 온 건가? 그런 것치
고 서장이나 다른 높으신 분은 안 보이는 것 같은데."

"우라와 경찰서와는 아무 상관없습니다. 저 혼자 찾아뵀었
습니다."

"아들의 원죄가 밝혀지고 지금껏 경찰에서는 정식 사죄를
발표하지 않았어. 설마 그들을 대신해서 왔나?"

"아뇨. 절대 그렇지 않습니다. 정말로 개인적인 행동이고
서에서는 이 일을 전혀 모릅니다."

테미스의 검   —

우라와 경찰서가 아키히로의 부모에게 아무 말도 하지 않고 있음은 물론 알고 있다. 표면상 이유는 서장 이하 임직원이 징계 절차 중이라는 것이지만 실제로는 유족에게 고개를 숙이기가 싫을 뿐이다. 현경 본부는 모든 책임을 우라와 경찰서로 떠넘겼고 우라와 경찰서는 변명만 늘어놓으며 사죄를 망설이고 있다. 아키히로의 부모가 여론의 지지를 얻어 재심 변호인단을 꾸렸다는 소식을 듣고 경찰은 수뇌부가 사죄하는 모습을 언론에 보이는 것에 신경을 곤두세우는 모양새다.

따라서 와타세는 구스노키 집을 찾는 것을 서에 보고하지 않았다. 보고하면 그 자리에서 제지당할 것이 눈에 선했다.

"결국 말단에게 모든 책임을 덮어씌워 경찰의 체면을 지키려는 속셈이군."

"아뇨. 그런 건……."

"여보, 여보. 얼른 이 사람을 내쫓아 줘. 난 정말……."

"당신은 안에 들어가 있어."

다쓰야가 외치자 이쿠코는 어깨를 움찔하고 다리를 질질 끌며 안쪽으로 사라졌다.

"흉한 모습을 보였군. 그쪽이 눈앞에 있으면 아내는 동요해. 아내가 들어갔으니 미안하지만 당신을 집에 들일 수는 없네. 그러지 않아도 처음부터 들일 생각은 없었지만."

그런 말을 들은 이상 그저 흙바닥 위에 우두커니 서 있을 수밖에 없다.

"아까 최소한의 사죄라는 말을 들은 것 같은데 맞나?"

"네. 우라와 경찰서 모두는 아니지만 저만이라도⋯⋯."

"누구를 위해서지? 그냥 자네가 죄책감에서 벗어나고 싶어서 아닌가?"

정곡을 찌른 말이라 대답이 나오지 않았다.

"아니면 내가 아까 말했듯이 한마디 말로 사죄했다는 사실을 만들고 싶은 건가?"

"그런 건 절대 아닙니다."

필사적으로 매달리는 와타세를 보고 다쓰야는 문턱 위에 걸터앉았다. 그러나 와타세는 허락이 떨어지지 않는 한 서 있을 수밖에 없다.

"밖을 봤나?"

"네?"

"자네도 형사라면 가건물에 옆에 있는 바인더를 봤겠지. 이상하다고 생각 안 했나?"

"전에 건축 일을 하셨죠."

"기억력이 좋군. 그러다가 지금은 쌀과 농작물을 재배하며 살고 있어. 왠지 아나?"

"모르겠습니다."

"당연히 이제는 건축 일을 할 수 없게 돼서지. 아무리 경력

20년 베테랑이라도 아들이 사형수면 현장에서 발붙일 곳이 사라지기 마련이야. 게다가 난 하청을 받아 일하는 몸이었어. 어느 날 소속 회사에 아키히로에 대한 일이 밝혀지자 입지가 줄더군. 외부 평판을 신경 쓰는지 일감도 떨어졌어. 그러니 어쩔 수 없이 그만둘 수밖에 없었지. 수십 년 이어 온 일을 그런 이유로 그만둔 사람의 마음을 자네는 이해하겠나?"

다쓰야의 눈길이 서서히 아래로 내려갔다.

"연줄로 이곳저곳 현장을 뛰어다녔지만, 발 없는 말이 천 리 간다고 어디서도 나를 써 주려고 하지 않더군. 건축 일로 먹고 살 수 없게 되니 남은 건 농사밖에 없었지. 그런데 땅의 신이 날 불쌍하게 봐 줬는지 이 앞 버스 정류장 옆 샛길로 쭉 들어가면 나오는 제약회사가 남는 땅을 제법 비싼 가격에 매입해 줘서 당분간은 생활비에 쪼들리지 않게 됐네. 뭐 일시적 위안이라고 할까."

와타세는 묵묵히 고개를 숙이고 있었다. 피보다 진한 게 없고, 가족 중 누군가가 비난의 대상이 되면 그와 핏줄을 나눈 자에게도 비난이 쏟아지는 건 당연한 이치다.

"그래도 난 아직 괜찮은 편이야. 정말로 딱한 건 아내지. 자네도 봐서 알겠지만 신경 쇠약이 심해서 어떤 것에 관한 것을 보거나 듣는 순간 상태가 급격히 불안정해지네. 그게 뭔지는 자네도 알겠지?"

"아키히로 씨에 관한 일인가요."

"그것밖에 없지 않겠나."

"TV에서 인터뷰하실 때만 해도 별문제 없이 대화를 나누셨던 것 같은데……."

"약 기운이지. 취재가 있는 날 미리 신경안정제 같은 걸 먹어서 버틸 수 있었지만 약 기운이 사라지는 순간 저렇게 되는 거야. 아내의 상태가 저렇게 된 건 아들놈이 감옥에서 죽었다는 연락을 받은 직후부터였네. 차마 눈 뜨고 볼 수 없겠더군. 울부짖다가 반쯤 실성한 상태로 폭우 속으로 뛰쳐나갔지. 현도로 너머에 강이 흐르는데 그곳에 뛰어들려고도 했네."

대답이 나오지 않았다. 무슨 말을 해도 위안이 되지 않을 것이다.

"그래도 요즘은 좀 괜찮았어. 아무리 한이 맺히고 분통이 터져도 시간이 지나면 뾰족해진 마음도 서서히 무뎌지니까. 하지만 여기저기서 아들이 원죄였다는 뉴스가 터져 나오니 재발하더군. 그럴 만도 하지. 잦아들던 불길에 다시 기름을 부은 꼴이니. 이보다 더한 일이 있을까. 우리는 세 번이나 고문을 당한 셈이야. 처음에는 사형 판결, 두 번째는 아들의 자살, 이번에는 원죄 뉴스."

"저, 정말로 드릴 말씀이……."

"사죄는 필요 없네!"

다쓰야는 느닷없이 버럭 소리쳤다.

"경솔하게 사죄해 봐야 소용없어. 당신의 사죄를 받아들일 마음은 눈곱만큼도 없으니."

"하지만."

"하지만이고 뭐고 됐네. 난 직업을 바꿔야 했어. 아내는 약이 없으면 밖을 돌아다닐 수 없는 처지가 됐고. 그런데 말이지. 가장 불쌍한 건 아들이야. 이제 와서 뭘 어떻게 해도 녀석이 살아 돌아올 수는 없으니. 그런다고 구치소에서 목을 매면서 아들이 느꼈을 절망이 누그러지겠나? 그 아이는 악독한 살인범이라는 누명을 뒤집어쓴 채 죽었다고!"

와타세는 무릎을 꿇었다. 시즈카에게 사죄했을 때는 일부러 꿇은 무릎이 이번에는 자연스레 꺾였다.

땅 위에 무릎을 꿇고 고개를 숙이려 했다. 그러나 그전에 다쓰야가 와타세의 턱을 들어올렸다.

고개를 숙이는 것조차 허락받지 못하는 걸까.

"이제는 좀 알겠나? 이 수갑만 가진 애송아. 사죄라고? 농담하지 마! 너희가 고개를 숙인다고 너희가 저지른 짓을 우리가 용서할 것 같나? 너희는 우리 아들을 죽였어. 그뿐만 아니라 우리 가족의 인생도 엉망진창으로 만들었어. 이제는 아무리 돈을 퍼부어도 절대 예전으로는 돌아갈 수 없다고. 정 사죄하고 싶다면 우리의 삶을 예전처럼 돌려놔. 아들을 돌려놔. 알겠나? ……돌려 내란 말이다."

와타세는 손끝도 움직일 수 없었다.

다쓰야의 말이 쐐기가 되어 가슴에 꽂혔다.

이제야 비로소 실감했다.

나는 돌이킬 수 없는 과오를 저질렀다. 일가족의 삶을 철저히 파괴한 것으로 모자라 젊은 생명을 말살했다. 그런데도 그 누구에게도 벌 받지 않고 뻔뻔하게 형사 짓을 계속하고 있다.

이렇게 부조리한 일이 있어서는 안 된다.

마음은 뜨겁게 달아오르는데 체온은 오히려 내려간다.

무릎이 부들부들 떨리고 온몸의 뼈가 삐걱거렸다.

면목 없는 마음에 이대로 사라져 버리고 싶었다. 한껏 움츠러들어 티끌이 되고 싶었다. 그러나 와타세는 한심한 모습을 계속 보일 수밖에 없었다.

이윽고 다쓰야는 지친 듯이 탄식했다.

"돌아가게."

"저는…… 어쩌면 좋을까요? 앞으로 뭘 어떻게 하면 좋을까요?"

"지금 자네가 할 수 있는 일이 하나 있기는 하지."

"뭐죠?"

"잊지 않는 것. 앞으로 아키히로와 우리 가족에게 저지른 짓을 평생 잊지 말고 살아가게. 자, 할 말은 여기까지야. 지금 당장 나가 줘."

다쓰야는 그 말만 남기고 집 안으로 사라졌다.

홀로 남겨진 와타세는 잠시 바닥 위에 웅크리고 있었지만 잠시 후 비틀비틀 일어서서 현관을 나섰다.

아직 비가 내리고 있었다. 와타세는 옷이 비에 젖어도 신경 쓰지 않고 제자리에 우두커니 서 있었다. 고개를 숙이고 있어서 물방울이 이마 아래로 흘러내렸다.

사람을 보는 눈이 없었다.

관찰력이 부족했다.

문손잡이와 유리칼에 대한 지식이 없었다.

결국 내 부족한 지식과 경험이 원죄를 만들고 나 자신과 수많은 이들의 인생을 망가뜨렸다.

와타세는 문득 하늘을 올려다봤다.

조금 전까지 잿빛이던 하늘이 동쪽으로 갈수록 연해지고 있다. 그 끝에는 구름의 가장자리도 보였다.

세상은 시시각각 변한다. 비가 어느새 멎고 햇빛이 비친다. 바람은 매번 방향을 바꾸고 어린 새싹은 느리지만 나무로 자라난다.

그렇다면 인간도 바뀔 수 있을 것이다.

와타세는 미련을 떨치듯 머리를 흔들었다.

두 번 다시 틀리지 않겠다.

억측과 선입견에 사로잡히지 않겠다.

깨달음이 부족하면 깨달음을 바로 흡수하겠다. 관찰력이 부족하면 관찰력을 반드시 얻어내겠다. 지식이 부족하면 지식을 끝까지 찾아내겠다. 타인의 이야기에 조금 더 귀 기울이고, 조금 더 책을 읽고, 조금 더 다양한 곳에 가서 세상 모든 것을 내 것으로 만들고 말겠다.

그렇다.

나는 부끄럽지 않은 형사가 될 것이다.

4
원화

冤禍

──

1

|

헤이세이 24년(2012년—옮긴이주) 3월 15일 후추 교도소 앞.

사코미즈 지로는 교도관 두 명을 따라 정문을 나섰다.

곧 4월이다. 교도소 앞 포장도로에는 성미 급한 벚꽃이 꽃망울을 터뜨리며 사코미즈의 귀환을 반겼다.

"그동안 여러모로 신세 많이 졌습니다."

사코미즈는 교도관들을 돌아보고 깊숙이 고개를 숙였다.

"그래. 앞으로도 건강하게."

교도관 한 명이 자상하게 고개를 끄덕였다.

재빠르게 문이 다시 닫힌다. 군데군데 녹이 슬었는지 닫힐 때 요란한 마찰음이 들렸다.

그러나 지금은 귀에 거슬리는 마찰음도 마치 팡파르처럼 기분 좋았다.

눈앞에서 문이 닫혔다.

모범수로서 여기서는 주의에 주의를 거듭해야 한다. 사코미즈가 다시 한번 고개를 숙이자 교도관들은 이내 흥미가 떨어진 듯 관내로 사라졌다.

이 정도면 됐나.

아니, 아직이다.

후추 교도소 근처에는 직원용 관사가 있다. 어디서 누군가가 보고 있을지 모른다. 지금은 낯선 곳에 온 고양이처럼 얌전하게 행동하는 게 좋다.

마중나온 사람은 없다.

당연하다. 부모님은 판결이 나오고 몇 년 뒤 잇따라 돌아가셨다고 들었다. 형제는 원래 없다. 전부터 사이가 소원했던 친척들은 사건 뉴스가 터지자 더욱 멀어졌다.

버스 정류장을 지나 잠시 걸으니 관련 시설이 시야에서 사라졌다. 사코미즈는 그제야 안도의 한숨을 내쉬었다. 그리고 숨을 다시 깊숙이 들이마셨다.

나무와 흙, 벚꽃 냄새가 콧구멍을 간지럽혔다.

이 얼마나 맑고 깨끗한 공기인가. 희미하게 배기가스가 섞여 있기는 하지만 독거실에서 나는 쉰내에 익숙한 코는 놀라고 있다.

"아이고."

입을 열자 자연스럽게 그런 말이 나왔다. 23년 만에 나온 세상이지만 무작정 기쁘지는 않다. 순수하게 기뻐하기에는 나이를 너무 많이 먹었다. 그렇다고 달관하기에는 아직 미숙하다.

잠시 거리를 걷자 사람이 하나둘 눈에 들어왔다.

쇼핑 중인 주부, 하굣길 학생. 뭔지는 몰라도 사람들은 대부분 한 손에 수첩 같은 것을 쥐고 열심히 보고 있다. 개중에는 수첩 표면에 손가락을 대고 문지르는 사람도 있다.

옆을 스쳐 가다가 회사원으로 보이는 여성의 손을 훔쳐봤다. 수첩이 아니라 소형 TV 같은 물건이다.

이게 바로 사람들이 말하는 스마트폰이라는 물건인가. 새롭게 입소한 이들이 하는 말과 뉴스를 통해 보고 들은 적은 있지만 실물을 본 것은 처음이었다.

사코미즈가 교도소에 들어가기 전에도 초기형 휴대 전화 같은 것은 있었지만 당시에는 '이동전화'라는 이름의 조금 더 투박한 물건이었다. 물건을 작게 만드는 것은 일본인의 특기이기도 한데 역시 고개를 끄덕일 만하다.

불현듯 해방감을 느꼈다.

이곳은 자유로운 바깥세상이다.

이제는 팔을 크게 흔들며 걷지 않아도 된다. '5421'이라는 번호로 불리지 않아도 된다. 방에서 앉는 위치도 정해지지 않는다. 어디를 가고 무슨 말을 하고 뭘 먹든 자유롭다.

갑자기 시야가 탁 트인 듯한 느낌이었다.

좁은 창문이 아닌, 마음껏 올려다볼 수 있는 푸른 하늘.

뛰고 싶지는 않았다. 느릿느릿 땅의 감촉을 맛보며 걷는다.

그러나 조금씩 불안감이 덮쳐 왔다.

아직 고작 몇백 미터 걷지도 않았는데 눈에 들어온 풍경은 기억과 사뭇 달랐다.

아스팔트는 전보다 희뿌옇게 변했다. 교차로는 뭔가 파편을 섞었는지 반짝이며 햇빛을 옅게 반사하고 있다. 길을 오가는 차들은 전부 둥그스름하다. 차체 천장으로 튀어나온 침은 안테나 같은 걸까.

건너편 길로 옮겨 가려고 차도를 건너려고 했다. 멀리서 차의 그림자가 작게 보였다.

그러나 사코미즈는 두어 걸음 걷고 질겁했다.

그렇게 작았던 차가 바로 눈앞을 지나간 것이다.

섬뜩했다.

하마터면 차와 부딪칠 뻔해서는 아니다. 오랜 세월 교도소에서 살면서 자동차의 속도 감각이 마비돼 버린 것이다.

사코미즈는 허둥지둥 차도를 가로질렀다.

목조 건축물은 이제 거의 보이지 않았다. 하나같이 콘크리

테미스의 검 ——

트 건물이고 지붕은 대부분 슬레이트로 되어 있다. 기와지붕 집은 한 채도 보이지 않았다.

편의점은 벌써 세 곳이나 눈에 띄었다. 사코미즈가 속세에 있을 때까지는 이 정도로 같은 종류의 점포가 밀집해 있지는 않았다.

호기심에 이끌려 그중 한곳에 들어가 보았다. 먹을 게 있으면 살 생각도 있었다.

편의점에 진열된 물건을 보다가 문득 현기증이 날 뻔했다.

삼각 김밥을 비롯한 풍부한 먹거리.

멋들어진 패키지에 든 과자.

생활용품 선반에는 DVD-R과 CD-R 같은 디스크도 진열 돼 있다. 카세트테이프 시대는 이미 저 멀리 밀려나 버린 듯 하다.

핸드폰 케이스, 충전기, iPhone 보조 기기.

바깥세상은 핸드폰이 없으면 살아갈 수 없나 보다. 그게 아니면 편의점에 이토록 관련 제품이 많이 있을 이유가 없다. 매장 안을 둘러보니 다른 손님이 입은 옷도 전부 세련돼 보이고 자신처럼 무지 스웨터를 입고 있는 사람은 아무도 없다.

마치 우라시마 다로(거북을 살려준 덕에 용궁에 가서 호화롭게 지내다가 돌아와 보니 오랜 세월이 흘러 주위에 모르는 사람만 남았다는 일본 설화 속 주인공—옮긴이주)가 된 듯한 기분이었다.

그래도 식료품 매대에 가자 기분이 조금 나아졌다. 대형 냉장고에 비좁게 진열된 술 종류 중에는 익숙한 제품이 많았다.

맥주, 과실주, 하이볼.

바라보는 동안 저도 모르게 침을 꿀꺽 삼켰다.

교도소에서도 돈만 있으면 대부분의 물건은 살 수 있다. 과자, 문구류, 서적, 이따금 성인 잡지. 그러나 아무리 많은 돈이 있어도 알코올 종류는 살 수 없다. 허가가 떨어지지 않고 애초에 구매 품목에 포함돼 있지도 않다.

가격을 확인했다.

248엔. 비싸다.

저기 있는 발포주라는 건 제법 저렴하다. 155엔.

서둘러 지갑 속을 확인했다. 만 엔 지폐 한 장과 천 엔 지폐 네 장, 그리고 잔돈 조금.

교도소 안에서는 23년간 세탁 일에 종사했다. 죄수복, 담요, 천 등을 매일매일 세탁했다. 급여는 작업 보상금이라는 명목으로 매월 4,200엔씩 지급됐다. 23년간 모으면 100만 엔이나 되기도 하겠지만 매일 일용품과 과자 종류를 사다 보면 4,200엔 따위 눈 깜짝할 사이에 사라진다. 23년간 열심히 일해서 남은 게 고작 이것이었다.

가격과 지갑 속을 연신 번갈아 확인하자 옆에서 젊은 여성이 조롱하는 듯한 눈빛으로 사코미즈를 힐끗하고 갔다.

테미스의 검 ——

제기랄.

수치심과 공포가 뒤섞인 감정이 가슴에 들러붙었다.

이 여자에게 내가 지금 막 교도소에서 나왔다는 사실을 알리면 어떤 표정을 지을까.

아니, 그 말을 듣는 순간 직원과 손님이 일제히 나를 경멸하는 눈초리로 쳐다보지 않을까.

파괴 충동과 비슷한 유혹이 들었지만 알코올을 향한 갈망을 이기지 못했다.

고민 끝에 355밀리리터에 155엔짜리 발포주를 골랐다. 캔을 움켜쥐고 허겁지겁 계산대로 향했다. 손에 전해지는 냉기 때문에 목에서 비명이 터져 나오려 했다.

계산대 앞에 도착하자 담뱃갑이 눈에 들어왔다. 포장이 꽤 바뀌었지만 'Seven Stars' 담배가 뭔지는 알 수 있었다.

"저, 세븐 스타는 얼맙니까?"

"440엔입니다."

가격을 듣고 경악했다. 예전에는 200엔 정도였는데 가격이 두 배 가까이 치솟았다. 이 세상 애연가들은 대체 어떻게 담뱃값을 충당하는 걸까.

한 대 피우고 싶다는 생각이 간절했지만 담배는 결국 참기로 했다. 지금은 맥주를 몸에 흘려보내는 것이 먼저다.

잔돈으로 맥줏값을 계산하고 서둘러 편의점을 나갔다.

길거리에서 술을 마시는 게 설마 불법이 되지는 않았을 것이다. 사코미즈는 주차장 스토퍼 위에 걸터앉아 맥주 캔 따개를 열었다.

푸슛, 하는 소리와 함께 향긋한 냄새가 퍼졌다.

더는 참을 수 없었다.

캔 입구에 입술을 갖다 대고 단숨에 내용물을 쏟아붓는다.

향기롭고 씁쓸한 탄산이 입안을 가득 채웠다. 거의 25년 만에 마시는 알코올이 메마른 토양을 적시고 식도를 지나는 것이 느껴졌다.

혀와 목이 탄성을 지른다. 마치 목에도 미각이 있는 듯한 착각이 들었다. 맛이 너무 좋아서 하마터면 눈물까지 쏟을 뻔했다.

황금이다. 이건 액체 모양을 띤 황금이다.

"후우우……."

자연스럽게 깊은 한숨이 새어 나왔다. 캔을 쥔 손이 미세하게 떨린다.

식도를 통과한 황금빛 액체가 위장에 도달하고 잠시 후 혈액에 섞여 체내를 순환한다. 오장육부에 스며든다는 것이 바로 이런 걸까.

그 뒤로는 홀짝홀짝 마시기 시작했다. 마실수록 자유의 맛이 느껴졌다. 취할수록 사슬이 끊어진 느낌이 들었다.

맥주를 다 마시고서야 간신히 제정신이 돌아왔다. 캔을 쥐고 있던 손에 힘을 집어넣자 텅 빈 캔이 경쾌한 소리를 내며 쉽게 찌그러졌다.

다시 한번 지갑 속을 확인했다. 조금 전 맥주를 사고 천 엔지폐가 한 장 줄었다. 다른 수입이 생길 때까지 나머지로 어떻게든 연명해야 한다.

괜찮다. 돈 나올 곳은 있다.

사코미즈는 찌그러진 맥주 캔을 도랑에 던졌다. 캔 전용 쓰레기통이 있지만 알 바 아니다.

나는 더는 모범수가 아니다.

다른 사람의 지시에 순순히 따르고 고개를 숙이는 것도 지쳤다.

이제 내 마음대로 살아갈 것이다.

배 속으로 맥주 한 캔을 흘려보냈는데도 몸은 급격히 가벼워졌다.

자, 우선 어디에 정착할까. 상대와 연락할 때도 정해진 거주지가 있는 게 좋다. 핸드폰도 필요하다. 그러지 않으면 상대와 접촉할 수 없다. 감방 동료들에게 들은 정보로는 프리페이드라는 저렴한 핸드폰도 있다고 한다. 주소를 등록하지 않아도 된다고 하니 우선 그것부터 손에 넣자.

그러나 잠시 걷는 동안 또다시 불안감이 고개를 들었다.

넓은 도로가 신경 쓰였다.

옆을 지나는 사람들의 웃음소리가 신경 쓰였다.

희한한 일이다. 담장 안에 있을 때만 해도 그토록 원하던 바깥세상인데 막상 나와 보니 해방감과 함께 시종일관 불안감이 뒤따라온다. 비좁고 조용한 감옥에 익숙해져 버린 걸까. 그 어둡고 쉰내로 가득 찬 독방이 아니면 안심할 수 없는 몸이 된 걸까.

복역하는 동안 교도소 안팎을 몇 번이나 드나드는 이들이 있었다. 여러 번 체포돼 오는 걸 보고 대체 얼마나 모자란 놈들이기에 저러나 싶었지만 막상 대화를 나눠 보면 그렇게 멍청이는 아니었다. 아니, 어느 분야에 한해서는 사코미즈보다 훨씬 유능하고 똑똑했다. 그런데 그들은 또다시 교도소로 돌아왔다.

신기해서 한번 물어본 적이 있었다. 대답은 이랬다.

"단순해. 그냥 교도소 안이 마음 편하거든. 이런저런 규칙이 많기는 하지만 실제로 세어 보면 그리 많은 것도 아니야. 간수 지시만 잘 따르면 그만이지. 시간도 계속 멈춰 있고."

물어볼 때만 해도 뭔 말인지 전혀 이해할 수 없었지만 지금은 희미하게 감이 왔다. 20년이 넘는 세월 동안 좁은 세계에서 철저하게 자립심과 능동적 태도를 소거당하다가 옆에 아무도 없는 바깥에 느닷없이 내던져지면 누구든 불안해진다.

고등 재판소가 사코미즈에게 내린 판결은 무기징역이었다. 흔히 말하는 나가야마 기준(1983년 일본 최고 재판소가 열거한 사형 판결 시 고려해야 할 아홉 가지 기준—옮긴이주)이 제시돼 네 명을 살해하면 원칙적으로 법원은 사형 판결을 내려야 한다. 그런데 사코미즈가 무기징역에 그친 것은 전적으로 변호사가 전력을 다한 덕분이었다. 가미키자키 모자 살해 사건에서 변호사는 '살의가 없었고 모자가 저항하는 바람에 흉기가 피해자를 찔렀다'라고 변론했고 지금까지 사코미즈가 살아온 불행한 생애를 참작해야 한다고도 주장한 것이다.

징역형은 인간을 정신 내부부터 천천히 죽여 가는 형벌이다. 교도소 안의 힘 관계나 평판, 인덕 등은 밖에 나가면 아무 도움도 되지 않는다. 사회에서 전과자가 할 일이 별로 없다는 건 미리 들어서 알고 있다. 멸시와 손가락질을 참아 가며 일을 해도 끊임없이 불안이 뒤따른다.

모범수로 인정받아 가석방이 결정됐을 때도 실은 그리 기쁘지 않았다.

그렇다. 그 신문 기사를 읽기 전까지는.

신문 기사를 읽고 TV 뉴스를 보고 나서 확신했다. 나는 운이 좋다.

누구의 도움도 받을 수 없는 불안한 바깥세상. 그러나 돈이 있으면 이야기는 달라진다. 돈이 있으면 귀신도 부릴 수 있다

고 한다. 교도소 안이든 밖이든 재력만 있으면 대부분의 불안
은 해소할 수 있다.

돈이 있으면 더 자유로워지기도 한다. 날개를 뻗을 수 있다.
기왕 속세에 나가는 마당에 호화로운 집에서 살고 맛있는 것
도 마음껏 먹을 수 있어야 하지 않을까.

사코미즈는 불안을 떨치려고 돈에 둘러싸인 자신의 모습을
상상했다.

대체 얼마나 많은 임시 수입이 들어올 것인가.

100만 엔일까. 200만 엔일까.

아니, 더 많을 것이다. 어떻게 하느냐에 따라 앞으로 평생
일하지 않고 먹고살 수 있을지도 모른다.

이미 평생토록 교도소에서 일했다.

이미 평생토록 다른 사람 말에 따랐다.

앞으로는 일하지 않고 다른 사람 지시에도 따를 필요 없이
유쾌하고 즐겁게 살아가 주마.

생각하는 동안 사코미즈는 자신의 변화를 눈치챘다.

차가운 맥주를 단숨에 마셔서 그런지 갑자기 소변이 마려
웠다.

노상 방뇨는 경범죄에 해당한다. 가석방이라는 은혜를 입
었으면서 고작 노상 방뇨로 그곳으로 다시 돌아갈 수는 없다.

사코미즈는 초조하게 주변을 두리번거렸다.

화장실이 어디 없을까.

문득 앞을 보니 공원이 시야에 들어왔다. 부푼 기대를 안고 뛰어가자 다행히 그곳에 공중 화장실이 있었다.

그야말로 행운의 사나이 아닌가.

사코미즈는 화장실 안으로 뛰어들었다. 먼저 들어온 사람은 한 명도 없었다.

소변기 앞에 서자 뜻밖에도 기가 눌렸다. 소변기는 청소를 하지 않아 더러웠다. 소변 찌꺼기가 들러붙어 있고 발밑 타일도 갈색으로 변색돼 있다. 이 정도면 교도소 변기가 더 깨끗할 것이다. 교도소에서는 청소 담당이 더욱 진지하고 정중하게 청소한다.

상관없어.

지퍼를 내리고 오줌을 누기 시작했다.

방광이 편안해지고 긴장이 풀린다.

정확히 그때, 등 뒤에서 누군가가 말을 걸어왔다.

"당신, 사코미즈 맞지?"

깜짝 놀라 고개를 돌렸지만 자세가 자세인 만큼 제대로 돌아볼 수 없었다.

"누구?"

"사코미즈 지로 맞나?"

"맞는데, 보다시피 지금 오줌 누는 중이야. 잠깐만 기다……."

말은 끝까지 이어지지 않았다.

순간 옆구리에 엄청난 통증이 스쳤다.

이 새끼, 라고 말하려고 했지만 그전에 두 번째 통증의 파도가 몸을 덮쳤다.

이번에도 깊고 날카로운 통증이다. 칼이 배를 뚫고 들어와 내장을 도리는 것이 느껴졌다.

그러나 사코미즈가 느낄 수 있는 것은 거기까지였다. 뒤이은 세 번째 파도는 다시 내부 가장 깊숙한 곳에 도달했다.

더 이상 목소리가 나오지 않았다. 허리에서 힘이 풀려 상반신이 소변기 위로 주르르 흘러내렸다.

잠시 후 마지막 소변이 배출됐지만 그전에 사코미즈의 심장 박동은 완전히 멎었다.

2

"그런 이유로 미야모토초 사건은 도내에서 발생한 연쇄 살인 사건과 관련성이 짙어졌어. 앞으로 경시청과 현경이 합동 수사를 할 거야. 말 나온 김에 지금 당장 미쓰자키 교수의 법의학 교실에 다녀오도록 해. 이제 슬슬 사법해부가 시작될 시간이니."

와타세가 지시하자 고테가와는 이해가 안 간다는 표정을 지었다.

"합동 수사라니⋯⋯. 반장님은 어떻게 되는 겁니까?"

"나는 이미 다른 일로 바빠. 혼자 다녀와."

"⋯⋯이게 바로 신입 굴리기라는 겁니까?"

"뭘 아는 척 나불대고 있어. 가끔은 다른 녀석과도 팀을 해 봐야지. 나와 다른 사람의 차이와 내가 부족한 것, 필요한 것들이 자연스럽게 보일 거야."

"그런 겁니까⋯⋯."

"네 파트너는 1과 아소 반의 이누카이라는 녀석이다. 실력이 대단해서 너한테는 좋은 본보기가 되겠지. 수사 방법이건 지식이건 근성이건 흡수할 수 있는 것은 몽땅 흡수하고 와."

"알겠습니다."

더는 저항해 봐야 소용없다는 걸 아는지 고테가와는 가볍게 고개를 끄덕이고 얇은 코트를 들고 형사실을 나갔다.

아직 신중함이 부족하지만 날랜 다리는 좋게 평가할 만하다. 젊고 흡수력도 좋으니 직속 상사가 아닌 다른 수사원과 팀이 되어도 한두 개는 배워 올 것이다.

고테가와를 합동 수사본부에 보내는 것은 거의 와타세가 독단으로 내린 결정이었지만 이 정도 지시면 구리스 과장도 별말 없을 것이다. 어차피 그는 자신의 머리 위에 불똥이 튈 것 같은 순간 외에는 참견하지 않는다. 아니, 비단 구리스만이 아니다. 지금 나의 윗선은 오른쪽을 보건 왼쪽을 보건 아첨꾼들뿐이고 자폭을 각오하며 업무에 맞서는 사람은 한 명도 없다.

하지만 와타세 자신의 악평도 이러한 원인 중 하나였다.

23년 전 구스노키 아키히로 원죄 사건이 언론에 폭로됐을 때, 사실 은폐에 가담한 관계자는 한 명도 남김없이 숙청됐다. 우라와 경찰서만 해도 스기에와 도지마, 형사과장, 서장까지 징계 대상이 됐다. 좌천과 큰 폭의 감봉은 '알아서 관둬'라는 말을 완곡하게 표현한 것과 다름없다. 그들은 윗선의 의도를 알아채고 갖은 불평을 해 가며 경찰서를 떠났다.

한편 유일하게 숙청의 바람에서 살아남은 와타세는 우라와 경찰서에서 현경 본부로 이동해 지금은 수사1과 1반을 맡고 있다. 원래라면 순조로운 출세 코스라고 추켜세울 만하지만 와타세는 기분 나쁜 평판과 한 세트가 돼 있다.

그 녀석은 사사건건 상사의 발목을 붙잡는다. 네가 옆에 있으면 무슨 일이 생길지 모르니 필요 이상 접근하지 마.

한마디로 허울만 좋은 걸림돌 취급인 것이다.

그는 사이타마 현경에서 검거율이 항상 선두이기 때문에 사람들은 그를 노골적으로 배척하지는 않았지만, 상대방의 안색을 보고 있으면 반기지 않는 것은 쉽게 알 수 있다. 게다가 원하지 않았다고 해도 원죄 사건을 단독 수사해 관계자들을 남김없이 제단의 제물로 바친 것은 틀림없는 사실이어서 굳이 부정할 마음도 들지 않았다. 되갚아 줄 의도는 아니지만 검거율이 높을 때는 아무도 반항하지 않는다. 조직 안에서 툭 튀어나온 돌을 치려는 무모한 사람은 없다.

그러나 와타세의 지위를 이 이상 높이면 다음은 자신이 위험하다고 생각하는지 계급은 경부 그대로다. 요즘은 승진 시험을 권유하지도 않는다.

와타세 자신은 별 불만이 없었다. 이따금 수사 방침을 정할 때 상사가 한심해 이를 갈 때는 있지만 그것도 자신이 부하를 잘 활용하면 해결될 문제다. 무엇보다 현장의 최전선에서 지휘를 맡는 게 자신의 적성에도 맞았다. 경찰 청사 최상층에서 의자에 눌러 앉아 몸을 뒤로 젖히고 있는 것보다 고테가와 같은 젊은 형사를 끈기 있게 육성하는 게 경찰을 위해서도 낫다는 생각이었다.

자신이 시대착오적인 형사라는 건 잘 안다. 그러나 아키히로 사건을 경험한 와타세는 깨달았다. 권력을 행사하는 사람일수록 권력에 연연해서는 안 된다. 거대한 권력의 위험 앞에서는 쇼와든 헤이세이든 상관없다. 아무리 시대가 바뀌고 어떤 곳이건 간에 권력을 신봉하는 자는 얼마 안 돼 자신이 믿던 권력에 의해 퇴출된다.

와타세는 구리스에게 고테가와 파견을 보고하고 오늘 자 조간신문들을 펼쳤다. 도내와 인근 현에서 발생한 사건을 총복습하는 게 와타세의 일과였다. 현 내에서 일어난 사건이면 몰라도 관할 밖에서 일어난 사건이 즉시 전달되는 경우는 드물다. 자칫하면 신문 보도보다 늦어지는 경우도 생긴다. 그러나 경시청 관할 내 사건이 사이타마 현경 사건과 연결되는 사례는 많다. 조금 전 고테가와에게 말한 연쇄 살인 사건이 좋은 예다. 수사가 뒤로 밀리는 것을 막으려면 되도록 많은 정보를 수집해 둬야 한다.

도내판 신문을 읽다가 그 이름이 곧장 눈에 들어왔다.

'15일 오후 3시경 후추시市 신마치 2번지 공원 화장실에서 남성 시신이 발견됐다. 남성은 거주지 불명의 무직 사코미즈 지로 씨(55세). 발견 당시 복부 여러 곳에 칼에 찔린 상처가 있었으며 병원에 긴급 후송됐지만 이미 사망한 뒤였다. 후추 경찰서는 즉시…….'

사코미즈 지로.

그 여섯 글자에 눈길이 멈췄다. 잊을 리 없다. 와타세가 검거하고, 거의 동시에 아키히로의 원죄를 고백한 남자다.

분명 고등 재판소에서 무기징역 판결을 받았다고 들었다. 모르는 사이 가석방 같은 이유로 출소한 걸까.

신문 기사만 읽어 보면 공원 화장실에서 칼에 찔려 사망했다는 사실 외에 아직 밝혀진 것은 없다. 와타세는 즉시 지급받은 노트북을 열어 교도소 출소 정보를 검색했다. 정보는 금세 나왔다.

'사코미즈 지로. 헤이세이 24년 3월 15일 오전 11시 석방 예정. 거주 예정지 도쿄도 아다치구 니시아라이……'

즉 출소 당일, 그것도 후추 교도소 근처에 있는 공원이라는 건 출소 직후 살해된 것을 의미한다.

징역을 산 지 23년. 사코미즈는 그동안 바깥세상과 접점이 차단됐을 터다. 바꿔 말하면 보호 관찰관 외에 새로운 인간관계가 생겼을 가능성은 없다.

그렇다면 왜 살해됐을까.

강도 살해 가능성은 어떨까. 공원을 배회하던 악당에게 급작스러운 불의의 일격을 당했을까. 아니, 이쪽 가능성도 희박해 보인다. 강도는 우선 사냥감의 겉모습을 보고 가지고 있는 돈의 많고 적음을 가늠한다. 교도소에서 막 출소한 사코미즈가 베르사체나 아르마니를 입고 있었을 리 없다. 만약을 위해 사건 기록을 살폈지만 사건이 일어난 지 얼마 안 돼 역시 실려 있지 않았다.

사코미즈 지로는 구스노키 아키히로와 더불어 잊을 수 없는 남자다. 이목구비가 뚜렷하지만 왠지 궁색 맞아 보이는 얼굴. 보통 키, 보통 체격에 위협하는 것보다 위협받는 게 어울려 보였다.

취조실에서 사코미즈를 취조할 때 풍경이 곧장 머리에 떠올랐다. 지금 다시 생각하면 바로 그때가 형사로서의 전환점이었다.

생각할수록 사코미즈의 죽음이 범상치 않게 느껴졌다. 단순한 강도 살인이 아니라면 남는 것은 원한 살인 가능성이지만 어제까지 교도소에 있었으니 원한이 생긴 시점은 교도소에 입소하기 전일 가능성이 크다.

입소 전의 원한.

바로 떠오르는 것은 구스노키 아키히로 원죄 사건밖에 없다. 사코미즈가 자수하지 않은 탓에 무고한 남자가 체포돼 무리하게 처벌받았다. 자살이라고 해도 경찰과 검찰, 법원이 그를 죽인 거나 마찬가지다. 원죄의 피해를 본 사람이라면 누구든 사코미즈에게 원한을 품고 있을 것이다.

테미스의 검은 아직 더 많은 피를 원하는 걸까.

가만히 앉아서 정보가 들어오기만을 기다릴 수 없다. 와타세는 경시청의 아소에게 전화를 걸었다. 전에 몇 번인가 만난 적이 있다. 와타세보다 열 살 어리지만 견식이 풍부하고 속이 깊어 보이는 남자다.

─아아, 와타세 경부님. 오랜만입니다. 잘 지내셨습니까?

"반장님이야말로 잘 지내셨습니까? 조금 전 본부에 우리

고테가와라는 형사를 보냈습니다. 젊지만 근성만은 뒤처지지 않으니 맘껏 활용해 주십시오."

─감사합니다. 그런데 오늘은 무슨 일로? 경부님이 그런 의례적인 일로 일일이 저한테 전화를 거실 분이 아니라는 건 압니다.

이런. 벌써 속을 들켰나. 이러면 이야기가 더 빠르다.

"면목 없습니다. 실은 어제 후추 교도소 인근에서 발생한 사건에 대해 궁금한 점이 있어서요. 그 사건이 아소 반장님 담당입니까?"

─아뇨. 기리시마 반에서 맡았습니다. 저희 반에서도 몇 명인가 지원을 보내기는 했는데……. 경부님. 혹시 그쪽 사건과 뭔가 접점이라도 있는 겁니까?

"이번에 살해된 사코미즈 지로를 검거했던 게 저라서요."

순간 수화기 너머에 침묵이 흘렀다.

"신문 기사를 읽어 보니 사코미즈는 출소 직후 살해됐더군요. 혹시 그의 소지품 중 사라지거나 한 게 있었습니까?"

─아뇨. 지갑 속은 그대로였다고 합니다. 갱신 기간이 지난 면허증이 남아 있어서 신원이 밝혀졌습니다.

"복부 여러 곳을 칼에 찔렸다던데, 흉기는 발견됐습니까?"

─아뇨. 아직 안 나온 것 같습니다. 검시관 견해로는 끝부분이 날카로운 단날 흉기라고 합니다.

"지문은?"

—장소가 장소이니 불특정 지문이 많았다고 합니다. 하지만 피해자 신원이 밝혀진 이상 곧 와타세 경부님께도 저희 수사원이 갈지 모르겠군요.

그도 그럴 것이다. 경찰관 중 원죄 사건에서 살아남은 사람은 나 혼자다. 아무리 얼빠진 형사라도 당시 상황을 들으러 올 것이다. 반대로 오지 않으면 오히려 형사로서 실격이다.

—사건의 자세한 내용에 대해 파악한 건 저도 여기까지입니다. 다만 관할의 눈빛이 바뀐 것만은 확실해 보입니다.

그것도 그럴 것이다. 형사 시설 바로 앞에서 사람이 살해됐다. 후추 경찰서와 경시청으로서는 체면이 깎일 일이다.

—나이도 어린 제가 노파심으로 이런 말씀드리기 외람되지만, 와타세 경부님. 이번 일에 너무 깊이 관여하지 않으시는 게 좋지 않을까요? 우수한 사람은 대접받는다지만 너무 우수한 사람은 오히려 냉대받는 법입니다. 관할 밖이면 더욱 그렇고요.

그렇다. 아무래도 이 남자도 나와 같은 의견인 듯하다.

"충고 감사합니다. 다만 사코미즈를 아는 사람으로서 침묵만 지키는 것도 직무 윤리상 찜찜해서요."

—그렇다면 문제없겠죠. 방금도 말씀드렸지만 저희 쪽에서 수사원이 갔으니까요.

"그 말씀은……."

―어슬렁어슬렁 찾아온 미숙한 형사에게 반대로 이것저것 캐묻는 것, 경부님 특기 아닌가요?

아소의 말대로 그로부터 두 시간도 지나지 않아 경시청에서 젊은 형사가 찾아왔다. 가쓰라기 기미히토라는 남자 형사는 성실함과 붙임성 좋은 성격만이 장점인 듯한 형사였다. 가쓰라기는 사코미즈의 전과를 재조사하러 왔을 뿐이고 메일 교환만으로 충분한 일에 군이 발품을 팔고 있다. 이런 사람이 상대라면 이야기도 쉽다.

취조 당시 상황, 체포부터 검찰 송치까지의 경위, 그리고 사코미즈의 인간관계. 평범한 형사라면 대부분 떠올릴 만한 것들을 물어서 와타세도 솔직히 대답했다. 마치 미리 만들어 둔 예상 문답지를 그대로 훑는 듯했고, 와타세의 관심을 자극할 질문은 하나도 없었다.

이제는 이쪽에서 물을 차례다.

"그나저나 가쓰라기 형사. 용의자라고 할 만한 사람이 좀 좁혀졌나?"

"네. 우선 사코미즈가 살해한 부동산 입자 부부와 다카시마 모자의 유족. 이들은 오늘 중 참고인으로 임의 동행을 요청할 계획입니다."

"부동산 업자인 구루마 부부의 유족이면 나미라는 외동딸 한 명일 텐데. 그녀는 지금 홋카이도에 살지 않나?"

"아뇨. 1년 전쯤 도내로 이사했다고 합니다."

처음 듣는 이야기다.

"남편과 갈라선 뒤 수입이 끊기기도 해서 이쪽으로 이사 온 모양입니다. 지금은 신주쿠의 바에서 일하고 있다고 합니다."

"다카시마 모자 쪽은?"

"홀로 남은 남편 다카시마 교지 씨는 전에 살던 집을 처분하고 지금은 도내로 옮겨와 살고 있습니다. 무역 일은 계속하고 있다더군요."

다카시마 교지의 경우에는 가미키자키에 있는 집에서 부인과 아들이 살해당했다. 그 기억이 남아 있는 한 집을 처분하는 것도 당연히 그럴 만하다.

"원죄 피해 당사자인 구스노키 아키히로의 부모도 주목하고 있습니다. 구루마의 딸이나 다카시마 교지보다는 동기가 약하지만 그래도 외아들을 옥중에서 잃었으니 원한이 뼈에 사무쳤겠죠."

"수사본부에서는 그렇게 세 가지 방향에 초점을 맞추고 있는 건가?"

"네. 하지만 23년이나 지난 예전 원죄 사건에 그토록 집착하는 사람이 있겠느냐는 부정적 의견도 나오고 있습니다."

"그건 가해자의 논리군."

"네?"

"구스노키 아키히로는 교도소 안에서 자살했지만 유족은 아무도 자살했다고 생각하지 않을 거야. 경찰과 검찰이 합세해서 그에게 갖은 고통을 주다가 결국 죽었다고 생각하지. 가해자는 잊어도 피해자는 절대 잊지 못해. 인간은 원래 그런 동물이야."

"와타세 경부님. 하지만 말입니다."

가쓰라기는 어렵게 입을 뗐다.

"만약 범인이 아직도 원죄 사건을 품고 있다면 표적은 사코미즈 한 명만이 아닐 겁니다."

그건 와타세도 동감이었다. 아마 수사본부 사람들의 생각도 마찬가지일 것이다. 하지만 현실성이 부족한 의견이고 겉에 드러낼 경우 엄청난 파장을 초래할 수 있어서 다들 모르는 척하고 있을 뿐이다.

"자네 지적이 백 프로 맞아."

그렇게 대답하자 가쓰라기는 기뻐하기는커녕 살짝 겁먹은 표정을 지었다.

"구스노키 아키히로의 한을 풀 생각이면 대상은 사코미즈 한 명에 그치지 않겠지. 아키히로를 재판에 세운 지검과 고검 검찰관, 그에게 사형 판결을 내린 지방 재판소와 고등 재판소 재판관. 원죄를 감추기 급급했던 우라와 경찰서 관계자들. 그리고 굳이 말할 것도 없지만 구스노키를 취조해 자백 조서를 받아 낸 담당 형사. 하지만 전직 재판관 두 명은 이미 세상을 떴고 담당 형사 중 한 명이었던 나루미라는 형사도 이미 5년 전 죽었으니 실질적 담당자는 나 혼자 남았지."

그렇다. 나루미 겐지는 헤이세이 19년 겨울, 집 안에서 싸늘하게 식은 시신으로 발견됐다. 친척이나 이웃과 교류도 없어서 사후 3주가 흐른 뒤에야 시신이 발견되었다.

그래도 전에는 직장 상사였다. 와타세는 경찰 관계자 몇 명과 함께 장례식에 참석했지만 와타세 일행 외에는 조문객이 거의 없는 쓸쓸한 장례식이었다.

피의자들에게는 공포의 대상이었고 상사에게는 에이스라고 불린 잔뼈 굵은 형사의 말로가 그러했다. 와타세는 동정심을 느끼지 않을 수 없었다.

눈앞의 가쓰라기는 왠지 불편한 듯 엉덩이를 들썩인다.

"경부님…… . 말씀드리기 송구스럽지만, 경부님의 견해가 맞는 것 같습니다."

"그렇겠지. 하지만 이를테면 야마무로 검사나 스미자키 검사는 이미 오래전 퇴임해서 지금은 그냥 평범한 일반 시민이야. 우라와 경찰서 관계자도 대부분 퇴직하고 민간 기업에 취직했지. 단도직입적으로 말하면 가장 원망해야 할 대상인 난 아직 경찰 기구라는 방호벽에 보호받고 있어. 퇴임, 퇴직한 이들에게는 그런 게 없지. 표적으로 삼을 거라면 그쪽이 더 쉬울 것 같기는 해."

"그럼 경부님은 앞으로 희생자가 더 나올 거라 예상하시는 겁니까?"

"그건 나도 모르겠네. 다만 조금 전에도 말했다시피 인간의 원한이라는 건 시간이 지난다고 반드시 옅어진다고 할 수 없어. 개중에는 술처럼 숙성을 거듭해 순수한 살의로까지 커진 원망이 있을지 모르지. 그거야말로 피해자가 아니면 이해할 수 없는 현상이야."

"……일단 수사본부에 보고해 두겠습니다."

"내 주변에 호위라도 붙여 주는 건가?"

"물론 그것도 검토의 여지가 있을 것 같습니다."

"그럼 효율이 너무 떨어질 텐데."

"네?"

"굳이 호위를 붙일 필요는 없지. 내가 직접 용의자들의 움직임을 파악하고 있으면 끝날 이야기잖나."

"서, 그 말씀은……."

"이제는 나도 나이가 들어서 말이야. 어쩌면 아직 떠올리지 못한 정보가 있을지도 모르지. 떠오르면 가장 먼저 그쪽에 보고하겠네. 대신 수사본부가 쥔 정보를 빠짐없이 내게 전달해

췄으면 좋겠어."

"하지만⋯⋯."

"이게 바로 정보 공유라는 것 아니겠나. 나 역시 범인이 언제 덮쳐 올지 모르니 필사적이라고."

수직형 조직에도 칭찬할 부분은 있다. 그중 하나가 바로 간섭에 대한 과도한 거부 반응이다. 와타세가 가쓰라기에게 정보 공유를 요청하고 정확히 네 시간이 지나 수사본부의 기리시마에게 긴급 전화가 걸려 왔다.

—이걸 실력이라 해야 할지 생떼라고 해야 할지 모르겠지만, 아무튼 아무에게나 무리한 요청을 하는 버릇은 여전하군 그래. 와타세 경부.

기리시마다. 이 남자와도 모르는 사이는 아니지만 아소와 달리 속내를 잘 읽을 수 없는 상대다. 검거율 경쟁에 집착하는 것 같지는 않지만, 그렇다고 와타세처럼 무작정 막 나가지도 않는다. 공무원스럽게 실패를 두려워하는 기색이 없고, 호랑이 굴에 뛰어드는 만용을 즐기지도 않는다.

다만 한 가지 분명한 것은 자신이 맡은 사건에 남이 관여하는 것을 뼛속까지 싫어한다는 점이다.

—가쓰라기에게 정보 공유를 요청했다던데, 의도가 뭐지?

"의도는 없네. 그저 내 몸 하나 지키려는 것뿐."

—홍, 나루미 경부보와 함께 움직이던 시절부터 악명을 떨

친 자네 입에서 나올 말 같지는 않은데.

"이 조직에서 25년 이상 구르다 보면 낯짝도 두꺼워지기 마련이야. 그건 그쪽도 마찬가지 아닌가?"

순간 흐른 짧은 침묵은 긍정의 의미일까.

"하지만 그 가쓰라기라는 형사에게 한 말은 허언이 아니야. 복역수가 출소하자마자 살해됐어. 꼭 형사가 아니어도 과거 사건에 주목할걸."

―정중하게도 전직 검사 두 명과 관계자들까지 위험하다고 했다더군.

"가능성을 버릴 수 없겠지. 물론 수사본부가 이미 용의자를 좁혔다면 이야기가 달라지겠지만."

그 말에 기리시마는 대답하지 않았다. 사건이 발생하고 아직 며칠밖에 지나지 않아서 관계자 조사를 끝마치지 못했을 것이다.

―속마음을 떠볼 거면 상대를 가려서 하게. 내가 그런 유도 작전에 말려들 것 같나?

"그럴 마음은 없었어. 다만 정보가 필요한 건 맞아. 사건의 직접 관계자인 이상 언제 암흑 속에서 목덜미에 칼이 들어오지 않으리라 단언할 수 없거든."

―그럼 사이타마 현경의 경부보에게라도 말해 보는 게 어떤가?

"그럴 거면 차라리 내 몸은 나 스스로 지키도록 하지. 적어도 누구로부터 몸을 지켜야 할지만 알려 주게."

―정말 끈질기군.

"끈질긴 건 나만이 아닐걸. 원한을 가슴에 품고 있는 자들은 모두 마찬가지야. 당신도 피해자 유족들의 뿌리 깊은 한을 모를 리 없을 텐데."

또다시 대답이 끊겼다.

"요새는 인권 변호사인지 뭔지 하는 녀석들의 활약으로 가해자의 권리가 철벽 보호되고 있어. 반대로 피해자 유족들은 어떻지? 지금은 간신히 재판에 참여할 수 있게 됐지만, 얼마 전까지만 해도 재판이 어떻게 진행되는지 전해 듣지 않는 한 알 수 없었어. 가해자를 만나거나 따져 묻는 것도 허용되지 않았지. 살해된 자에게는 인권이란 게 아예 없었던 거나 마찬가지야. 변호사라는 이름을 내건 사기꾼들에게 피해자에게도 죄가 있다는 식으로 비난당하고, 저속한 언론들에게 흥미 위주의 취재 공세를 당해도, 대처할 방법이라고는 일가족이 함께 야반도주하는 것 정도였지. 범죄 피해자 유족 지원금은 쥐꼬리만 한 수준이고, 간신히 제기한 민사 소송도 상대한테 돈이 없으면 집행문이 나와 봐야 그림의 떡일 뿐이야. 그런 취급을 당한 사람들은 절대 그 아픔을 잊지 못하네. 원한을 시간에 흘려보내는 갸륵한 사람도 있지만, 그래도 기억은 결코 사라지지 않아."

—……알면서 말하는 건가? 그 원한의 칼끝은 당신을 향해 있을지도 몰라.

"오. 나를 걱정해 주는 건가. 그럼 최소한의 정보쯤은 제공해 줬으면 하는데."

—그건 거부하겠네.

"매정하군."

—와타세 경부, 당신은 사건 관계자야. 관계자에게 수사 상황을 알려줄 수는 없어.

"피해자가 될지도 모르는데."

—그쪽 경부보는 아주 용맹하다고 들었네. 최선을 다해 보호해 주겠지. 게다가 이미 퇴임했다고 해도 전에 검찰과 경찰에 속해 있던 사람을 아예 못 본 척할 만큼 이 조직은 그렇게 냉철하지 못해.

다시 말해 퇴임한 두 검사를 포함해 우라와 경찰서에 재임한 경찰관에게 조만간 감시를 붙이겠다는 뜻이다.

그러나 그것이 기리시마의 말처럼 냉철하지 못한 조직의 온정은 아니다. 오히려 이미 일반 시민이 된 사람을 미끼 삼아 살인범을 사냥하려는 조직의 냉엄함이 엿보인다고 할 수 있다.

—같은 중간 관리직끼리 충고 하나 하지. 이 사건은 경시청

과 후추 경찰서 사건이야. 피해자 후보인 당신은 이 이상 관여하지 말게.

반론을 허락하지 않는 말을 끝으로 전화가 끊겼다.

이런. 역시 서로 낯짝이 두꺼우면 합의점을 찾기 어려운 법이다.

와타세는 기리시마와의 대화를 곱씹으며 다음 방법을 찾기 시작했다.

기리시마가 현장을 통솔하는 이상 경시청에서 제대로 된 정보를 얻기 어려울 것이다.

그렇다면 이제 어떻게 해야 하나.

가장 먼저 떠오른 것은 후추 경찰서 강력계 인원들이다. 그곳에도 몇 명인가 지인이 있다.

통상 경시청과 합동 수사를 하면 관할은 후방 지원으로 빠질 때가 많고 수사원도 순순히 납득하고는 한다.

그러나 이번 사건은 경찰 시설과 가까운 곳에서 발생했다. 후추 경찰서 입장에서는 얼굴에 먹칠을 한 것이나 마찬가지다. 또 현재 후추 경찰서 서장은 누구보다 자존심이 세고, 형사과 사람들은 입보다 손과 발이 먼저 움직이는 이들이다.

그런 후추 경찰서가 후방 지원을 하면서 손가락이나 빨고 있을 리 없다.

와타세는 곧장 그중 한 명에게 전화를 걸었다.

테미스의 검 ⸻

몇 분 뒤 와타세가 입수한 사건의 상세한 내용은 다음과 같았다.

사코미즈의 시신을 처음 발견한 이는 공원 화장실에 들어간 고등학생이었다. 신고 시각은 오후 3시 20분. 후추 교도소 주변에는 학교가 밀집해 있어 아침저녁 등하굣길 학생들로 장사진을 이룬다. 바꿔 말해 그 외 다른 시간에는 인적이 드물고 공원에 가는 사람도 거의 없다. 거리 한복판에 있는데도 시신을 늦게 발견한 건 그런 이유였다.

사코미즈는 옆구리를 세 차례 찔렸고 검시관의 견해로는 그중 하나가 치명상이 됐다. 사법해부에 임한 감찰의 소견도 같았다.

공원 화장실 청소는 위탁업자가 2주에 한 번꼴로 했다. 따라서 현장에 남은 신원 불명 지문과 발자국은 너무 많아 범인을 특정하기 곤란한 상황이라고 한다.

사망 추정 시각은 오전 11시에서 12시 사이. 사법해부에서는 조금 더 넓은 범위의 숫자가 나왔지만 출소 시각과 인근 편의점 점원의 증언으로 한 시간이 좁혀졌다.

자절창 형태를 보아 흉기는 식칼처럼 끝이 뾰족한 단날 흉기로 추정했다. 그러나 현재까지 발견되지는 않았다.

사코미즈가 출소 후 향한 곳은 보호 관찰관 다마루 소이치의 집으로 추정했다. 출소 정보에 적힌 거주 예정지 아다치구

니시아라이는 다마루의 주소지이기도 하다. 그가 새 일자리와 거주지를 구할 때까지 머물 임시 거처였던 셈이다. 그러나 약속 시간이 지나도 사코미즈는 나타나지 않았고 기다리다가 지친 다마루가 후추 교도소에 확인해 그의 죽음 소식을 듣고서 소스라치게 놀랐다고 한다.

목격자 없음.

유류 지문 특정 곤란.

심지어 피해자는 23년간 담장 안에 갇혀 살았고 바깥세상에서 지금껏 연락을 취한 지인은 전무하다.

그야말로 성과라고는 없는 초동 수사 보고에 수사본부가 느낄 초조함이 훤히 보였다.

만약 내가 수사의 진두지휘를 맡았다면 어디서부터 손을 댔을까. 생각할 것도 없다. 23년 전 사건 관계자들을 찾아내 알리바이를 하나씩 확인할 것이다. 그러나 기리시마가 그 정도를 떠올리지 않았을 리 없다.

그렇다면 변방에 있는 나는 어떤 일부터 시작해야 할까.

이것저것 궁리하고 있다가 아무 예고도 없이 구리스 과장의 호출을 받았다.

"경시청에서 항의가 들어왔네. 이번에 후추 교도소 근처에서 일어난 사건으로 경시청과 관할 수사원들을 떠보고 있다더군."

구리스는 미간 주변으로 불쾌감을 드러냈다.

"오래전 제가 체포한 범인이 살해됐습니다. 합당한 관심을 보였을 뿐입니다."

"합당한 관심? 저쪽 말로는 거의 협박에 가까웠다던데."

"관점 차이겠죠. 흔한 일입니다."

"이런 게 흔한 일이면 곤란해!"

구리스는 버럭 소리쳤지만 원래 톤이 높은 목소리라 와타세 귀에는 개 짖는 소리로만 들렸다.

"경시청과 후추 경찰서는 이번 사건에 명예를 걸고 수사에 임하고 있어. 거기에 와타세 경부가 끼어들어 봐야 훼방꾼 취급밖에 안 받는다고. 잘 알지 않나?"

와타세는 구리스의 얼굴을 힐끗 봤다. 초조, 곤혹, 나약함. 참으로 알기 쉬운 남자다. 얼굴을 잠깐 보는 것만으로 이 남자가 상사에게 무슨 소리를 들었고 어떤 지시를 받았는지 금세 알 수 있다.

"애초에 자네가 그를 체포한 사실이 중요한지 아닌지는 자네가 판단할 일이 아니야."

과연. 그런 거였나.

"23년 전 사건과 제가 전혀 관련 없다고 하시는 겁니까?"

"그 역시 자네나 사이타마 현경이 생각할 문제가 아니야."

수사본부가 와타세를 제지하려는 것은 체면이나 세력권 다툼 때문일지 모른다.

그러나 사이타마 현경이 그 항의를 진지하게 받아들이고 당사자에게 이렇게 못을 박는 것은 경시청에 대한 충성심 때문이 아니다.

현경은 23년 전 원죄 사건을 다시 꺼내 들기 싫은 것이다. 사코미즈 지로 살해의 용의자를 열거하다 보면 자연스레 23년 전 사건에 도달한다. 물론 당시 사건 관계자는 와타세를 제외하고 모두 자취를 감췄지만 그래도 사이타마 현경 역사상 최악의 사건인 것만은 부정할 수 없는 사실이다. 현경 윗선은 그런 치부를 또다시 드러내기를 꺼리고 있다.

한심하군.

어린아이가 밤에 자다가 지린 오줌 자국을 필사적으로 감추려는 것과 마찬가지다.

"백번 양보해 자네가 사건 관계자라고 하지. 그러면 관계자라서 생기는 특별한 감정이 수사에 지장을 줄 수밖에 없네. 자네가 쓸데없이 관여해서 좋을 게 없다는 말이야."

지금 여기서 반항적으로 나가는 선택지도 있지만 초동 단계에서 그래서는 안 된다. 어차피 구리스는 자신이 경고했다는 걸 형사부장 선에 보고하려는 것뿐이다.

와타세는 의례적으로 경례했다.

"자중하겠습니다."

그러자 예상대로 구리스는 만족하듯 고개를 끄덕였다. 참으로 알기 쉬운 남자다. 경찰 윗선이 모두 이런 사람으로 채워져 있으면 아래에서 조종하기도 쉬울 텐데.

구리스 앞에서 사라질 때 불현듯 기리시마의 말이 뇌리에 떠올랐다.

—이 사건은 경시청과 후추 경찰서 사건이야.

아닐세, 기리시마 반장.

이건 내 사건이야.

이튿날 와타세는 후추 교도소 면회실을 찾았다.

기다리기를 8분, 교도관과 함께 상대가 눈앞에 모습을 드러냈다.

상대는 와타세를 보자마자 미소 지었다.

"이야, 와타세 형사님."

"오랜만이군, 시라스."

시라스는 아크릴판 너머 의자에 앉았다.

새삼 죄수의 얼굴을 다시 바라봤다.

실제 나이는 서른아홉일 텐데 그런 것치고 흰 머리가 많다. 풀어진 입가는 그야말로 선한 인간의 모습이지만 눈은 결코 웃지 않는다. 체포했을 때 인상이 아직 그대로 남아 있었다.

"벌써 5년인가. 살이 많이 빠졌군."

"여기서 균형 잡힌 식사와 규칙적 생활을 강요받고 있으니까요. 다이어트에 안성맞춤입니다."

"정신적으로도 다이어트할 수 있다면 좋을 텐데."

"그건 어렵겠죠. 원래 인간의 욕구란 건 비대해지도록 만들어져서요. 정신을 슬림하게 만들려면 절에라도 들어가야 할 겁니다."

그 말은 곧 이 남자의 정신은 지금도 인간의 피를 원하며 잔뜩 부풀어 있다는 뜻일까.

"뭐 와타세 형사님 앞에서 할 말은 아닌 것 같지만, 이곳에 있다 보면 점점 실감하게 됩니다. 인간의 본성이 선이 아니라는 걸요. 멋진 옷을 입고 고상하게 굴어도 인간은 어차피 짐승입니다. 아니, 생존 본능이 아닌 다른 이유로 타인을 죽이는 걸 고려하면 짐승 이하이려나요."

"여기에 재범이 많아 더 그렇게 생각하는 것 아닌가?"

"초범이건 재범이건 상관없습니다. 인간은 모두 짐승이에요. 그러니 다들 사회라는 우리 안에 틀어박혀 갇혀 있죠. 사회가 이곳과 다른 점은 담장이 눈에 보이느냐 보이지 않느냐 뿐이에요."

시라스는 낙천적으로 웃었다.

시라스 나가오는 여성만을 골라서 살해한 연쇄 살인범이다. 범행은 전부 예리한 흉기로 경동맥을 절단해 살해한 뒤 오른쪽 안구를 적출하는 수법이었다. 표적은 외모가 아름다운 20대 여성으로 제한했다. 와타세가 수갑을 채울 때까지 두 명의 여성이 희생양이 되었다.

"사회 구성원이 전부 자네 같은 부류라는 건 조금 오싹하군."

"형사님께 그렇게 안 좋을 이야기는 아니지 않나요. 바깥세상에는 아직 저 같은 인간이나 저보다 훨씬 질 나쁜 녀석들이 무리 지어 살고 있습니다. 먹잇감이 많아서 좋지 않습니까?"

"덕분에 우리 1과는 만성 인원 부족에 시달리고 있어. 적어도 재범률만 떨어져 줘도 좋겠다만."

"그것도 어렵습니다."

시라스는 불현듯 목소리를 낮췄다. 교도관이 동석하고 있어서 교도소 내부 처우에 항의 섞인 말을 할 수는 없다.

"경부님도 여기 한번 들어와 보시면 압니다. 교도소란 곳은요. 죄수들의 갱생을 위한 곳이 아닙니다. 오히려 교도소에 대한 의존도를 높이는 곳이죠."

"그런가."

"이곳에 다시 돌아온 녀석들은 하나같이 그렇게 말하더군요. 교도소는 세상에서 제일 편한 곳이라고요. 여기서는 다른 사람 눈을 신경 쓸 필요가 없고, 모욕감도 느끼지 않고 오로지 노동에만 힘을 쏟을 수 있다. 허물없이 지내는 동료들도 있다. 하루 세 끼 식사와 비바람을 피할 수 있는 방도 있다. 그러니

밖에 나간 녀석들은 대부분 다시 이곳에 되돌아옵니다. 교도소란 곳은 그런 곳이에요."

"지금 들은 한마디 한마디를 법무대신 선에 있는 인간들에게 들려주고 싶군."

"그나저나 갑자기 왜 절 찾아오신 겁니까? 제 인생 철학을 들으러 오신 건 아닐 텐데."

"자네의 인생 철학도 흥미롭지만 아쉽게도 오늘은 다른 건이야. 현재 교도소 안에서 세탁 업무를 맡고 있다지?"

"하하. 사전 조사는 여전히 완벽하시네요. 그럼 근무 평가도 다 체크하셨겠네요."

"일은 즐겁나?"

"이 세상 아내들이 매일매일 즐겁게 세탁에 몰두하는 이유를 조금은 깨달았습니다. 더러운 걸 씻어 낸다는 일종의 쾌감이죠. 땀과 먼지로 더러워진 옷이 깨끗해지면 그만큼 마음도 개운하달까요. 위험한 작업도 아니고 꽤 즐겁습니다."

"같은 반에 사코미즈라는 선임자가 있었나?"

순간 시라스는 와타세를 쳐다보며 입술 끝을 일그러뜨렸다.

"역시 그럴 것 같았는데."

"역시?"

"형사님 같은 분이 그냥 잡담이나 하려고 이런 곳에 올 리는 없겠죠. 만약 온다면 새로운 사건에 대한 정보를 캐낼 목적이 분명하다고 생각했습니다. 그러고 보니 사코 씨가 출소 직후 살해됐다죠. 형사님은 지금 그 사건을 쫓고 계신가 보군요."

"그자가 살해됐다는 건 뉴스로 봤나?"

"아뇨. 모범수가 출소 직후 살해됐다는 이야기가 감방에 알려지면 불안감도 퍼질 테니까요. 신문에서 그 기사는 까만색으로 칠해져 있고 TV 뉴스는 쇼 프로그램으로 바뀌었습니다. 그래도 보통 이런 종류 이야기는 천 리를 가는 법이니 다들 알고 있습니다. 아, 사건이 일어난 곳은 천 리는 고사하고 바로 코앞이지만요."

"그를 사코 씨라고 불렀나?"

"선임이고 모범수였으니까요."

"자네와 방도 가까웠나 보군."

"그러니 형사님도 절 찾아오셨겠죠. 뭐 걱정할 필요는 없을 것 같습니다. 저도 사코 씨도 똑같은 형사에게 붙잡혔으니, 와타세 형사님. 대체 얼마나 우수하신 겁니까?"

"운이 좋을 뿐이야."

"그럼 그만큼 저희 운이 나빴던 걸까요? 농담은 곤란합니다. 그러면 저나 사코 씨, 그리고 이곳과 다른 교도소에 있는 녀석들이 설 곳을 잃으니까요. 저희는 절대 운이 나빠서 잡힌 게 아닙니다. 다들 제법 머리가 좋고, 경찰을 혼란에 빠뜨릴 자신도 있었을 거예요. 운이 없었다면 그건 딱 하나, 담당 형사가 형사님이었다는 사실뿐입니다."

"교도소 안에서 와타세 피해자 모임이라도 결성됐나?"

"사코 씨와 제가 정확히 그런 관계였습니다. 나이도 열두 살 이상 차이 났고 서로 공통된 화제라고 해 봐야 와타세 형사님에 대한 이야기뿐이었으니까요."

"영광이군. 말이 잘 통했겠어."

"가정환경도 서로 비슷했고 이상하게 목소리를 높이며 허세를 부리지 않는다는 점도 비슷했습니다. 마음이 맞았던 것 같네요."

"내가 궁금한 건 사코미즈의 인간성이야."

"인, 간, 성."

시라스는 처음 접하는 단어인 것처럼 와타세의 말을 뇌까렸다.

"그 녀석이 교도소 안에서 어떤 인간이었는지 알고 싶어."

"아까도 말씀드리지 않았나요? 이곳은 갱생 시설이 아니라고요. 그러니 사코 씨 역시 와타세 형사님이 처음 체포했을 때와 크게 다르지 않을 겁니다."

"갱생 시설이 아니라면 더 안 좋게 변했을 수도 있겠군."

"과연. 그런 견해도 가능하겠네요. 하지만 아무리 속마음을 터놓은 상대라도 본심은 드러내지 않았을지 모르죠."

"무슨 대화를 나눴는지를 묻는 게 아니야. 자네 눈에 비친 사코미즈가 어땠는지가 궁금해."

"왜죠?"

"자네는 사람을 관찰하는 눈이 뛰어나니까. 평범한 사람들이 간과하는 걸 놓치지 않고, 다른 사람이 숨기려 하는 것도 반드시 밝혀내니."

"……칭찬하셔도 나올 건 없습니다."

"자네를 칭찬해서 나한테 무슨 이득이 있겠나. 이건 정당한 평가야."

사회에서는 그런 관찰력이 가엾은 희생자를 선별하는 데 활용됐다. 그러나 희생자를 찾을 수 없는 교도소 안에서는 순수하게 인간을 관찰하는 데에만 쓰였을 것이다.

시리스는 와타세를 지그시 바라보다가 잠시 후 감탄과 놀라움을 반씩 섞어 탄식했다.

"사코 씨와 형사님에 대한 이야기를 나눌 때 둘이서 자주 한 말이 있습니다."

"뭐지?"

"형사님이 형사로만 있는 건 아깝다고요. 형사님이 전에 있던 직장 상사였다면 우리도 다른 방면으로 재능을 발휘했을지 모른다……라고 했죠. 사코 씨의 인간성을 물으셨나요?"

"그래."

"늘 모범수였습니다. 근무 태도가 성실 그 자체였죠. 게으름 피우지 않았고 으스대거나 우쭐거리지 않고 누구에게나 겸손했으며 인사성이 밝았고 항상 웃음을 잃지 않았습니다. 무기징역 복역수가 23년 만에 가석방이 됐는데 그만큼 모범을 보인 사람에게 오히려 너무 늦은 건 아닌가 싶을 정도였죠. 징역 기간을 줄이는 법은 그 밖에도 다양하고, 그중 하나로 종교에 귀의하는 방법이 있지만 사코 씨가 스님이 됐어도 누구도 수상하게 생각하지 않았을 겁니다."

"철두철미한 성인군자였다는 뜻인가."

"네. 그런 흉내만큼은 아카데미상 감이었죠."

"흉내 말인가."

"강도 목적으로 사람을 넷이나 죽인 인간이 교도소에 들어온 순간 성인군자로 변신한다. 형사님은 그럴 가능성이 몇 퍼센트라고 보십니까?"

"제로는 아니겠지."

"그렇죠. 제로는 아니겠죠. 하지만 제로에 한없이 가까운 법입니다. 사코 씨는 아무래도 저와 비슷한 부류 같았어요. 아시죠? 짐승은 냄새로 적과 아군을 구분한다는 거요. 그 사람에게는 저와 같은 냄새가 풍겼습니다."

"어떤 냄새지?"

"사람을 죽이는 데 아무 저항이 없는 짐승의 냄새랄까요."

"……그 녀석은 취조 당시 자신의 행동을 후회했어."

"그야 그도 인간이니 일말의 양심이란 건 있었겠죠. 저도 집구석에 나온 거미를 굳이 밟아 죽이지는 않으니까요."

"흥. 아쿠타카와 류노스케(일본 근대 문학의 대표 작가. 그가 쓴 단편 「거미줄」에 비슷한 내용이 나온다─옮긴이주)인가."

"하지만 양심이 있다고 꼭 선한 사람이라고 할 수는 없습니다. 범죄에 손을 담갔다고 반드시 악인이라고 할 수도 없고요. 사코 씨라는 사람은 속에 무시무시한 짐승을 기르고 있으면서 필사적으로 그걸 감추려고 했을 뿐입니다."

"단언하나?"

"생각해 보십쇼, 형사님. 여기가 전쟁터도 아니니 한 명만 죽인 거라면 어느 정도 이해는 하겠습니다. 그런데 사람을 두셋이나 죽이고 성인군자가 될 수 있겠습니까? 두 번째 살인 단계에서 이미 그에게는 살인에 면역이 생긴 겁니다. 밖에서는 갸륵하게 반성하는 척 연기하겠지만, 이 안에서는 자랑거리도 못 되니까요. 하지만 살인에 익숙해지는 것과 양심을 지키는 건 전혀 다른 문제입니다. 사람을 죽이는 것과 희로애락, 본능과 감정을 동일시해서는 안 돼요."

시라스의 말은 모순으로 가득 차 있다. 평범한 사람이 들으면 정신 나간 사람의 헛소리로 들릴 것이다.

하지만 와타세는 그의 말이 어떤 측면에서 진리라는 것을 알았다. 아이러니하지만 한때 윤리의 축을 흔들었던 남자의 주장을 가장 잘 이해하는 건 윤리를 사수하는 위치에 있는 나일지도 모른다.

"다시 말해 사코미즈의 내면은 짐승 그 자체였다는 건가."

"적어도 성실하고 온화하고 겸손하게 군 건 연출이었을 겁니다. 뭐 그런 일만 없었어도 저도 못 알아챘을 테니 그건 또 그것대로 대단하지만요."

"그런 일이 뭐지?"

"사코 씨 가석방이 결정된 직후였을까요. 음, 이건 말씀드려 봐야 이해하실는지 모르겠지만, 20년 이상 감방 안에 있다 보면 갑자기 내보내 주겠다는 말을 들어도 기쁨 반 두려움 반입니다."

그 감정은 어렴풋이 상상됐다.

"그래서 사코 씨도 아주 조금 우울해 보였는데, 어느 날 신문을 읽다가 느닷없이 안색이 싹 바뀌더군요. 그 뒤로 불안해하는 모습은 일절 찾아볼 수 없게 됐습니다."

"무슨 기사를 본 거지?"

"글쎄요. 제 눈에는 별 특징 없는 시사 문제, 사회 기사로 보이던데요. 근데 제가 그때 본 사코 씨의 얼굴은 말이죠. 평소에 쓰고 있던 가면이 완전히 벗겨져 있었습니다. 그건 말입니다. 사냥감을 발견한 악당의 얼굴이었어요. 그제야 저는 그가 그동안 전력을 다해 선한 인간을 연기해 왔다는 걸 깨달았습니다."

"며칠 자 신문이지?"

"이런, 죄송하지만 그것까지는 잘 기억이 안 나네요."

거짓말이다. 와타세는 직감했다.

이토록 다른 사람의 몸짓과 안색을 민감하게 감지하는 남자가 가장 중요한 것을 잊었을 리 없다. 나에게 고민거리를 주고 즐기려는 속셈일 것이다. 어차피 시라스도 무기징역인 몸이다. 자신에게 수갑을 채운 사람이 곤란을 겪는 모습을 상상하고 희열을 느끼는 것 외에 다른 즐거움이 없는 것이다.

"질문은 더 없습니까? 와타세 형사님."

시라스는 장난에 몰입하는 어린아이 같은 얼굴로 웃었다.

"마지막으로 하나. 여기 있는 동안 사코미즈를 만난 사람이나 만나려고 한 사람이 있었나?"

"그런 사람은 없었던 것 같네요. 폭력단 관계자나 정치범 지원 단체 같은 것과는 연이 없는 사람이었으니까요. 적어도 제가 있던 최근 5년간 사코 씨는 외부에서 편지 한 통 받은 적도 없습니다."

3

―들었네, 와타세. 여전히 인맥을 활용해서 수사하고 있다

더군.

온다의 목소리 역시 몇 년 전과 조금도 달라지지 않았다.

"죄송합니다. 원래는 사이타마 지검 검사장에 취임하신 지난달 인사드려야 했는데."

—하하, 괜찮네. 허례허식을 싫어하는 자네에게 인사 받아봐야 어떻게 반응해야 할지 곤란했을 거야.

"송구할 따름입니다."

—그 말도 과연 어디까지가 진심일지. 검찰에 있다 보면 자네에 관한 소문을 자주 듣는데, 시간이 갈수록 점점 악명이 높아지는 느낌이더군. 처음에는 지략가, 조금 지나니 베테랑, 그다음은 교활, 요새는 악랄하다고 하는 녀석까지 나왔어. 꼭 출세어(성장하면서 이름이 바뀌는 물고기—옮긴이주) 같아.

온다에게 송구한 마음만은 진심이다. 그날 나에게 힘이 되어 준 온다의 한마디. 그 한마디가 있었으므로 지금의 내가 있다.

—그나저나 그 출세어가 또 왜 오래전 발생한 사건에 연연하는 거지?

역시. 이제 내 움직임은 온다에게까지 전달되는 모양이다. 그렇다면 괜히 감추지 않아도 되니 마음은 더 편하다.

"사코미즈 사건은 아시죠?"

—음. 실은 나도 오랫동안 그 이름을 잊고 있었는데, 검찰청

에 그의 이름으로 편지가 한 통 도착했더군. '아아, 와타세 군이 맡은 사건이었지' 하고 떠올렸을 때 신문에 그가 살해됐다는 기사가 나왔어.

"사코미즈가 검찰청에 편지를⋯⋯."

─그래. 요즘은 가석방이 잘 안 나온다는 건 자네도 알고 있겠지?

이유는 가석방된 지 얼마 되지 않아 또다시 범죄를 저지르는 자가 끊이지 않아서다. 몇 년 전부터는 아예 재판관이 무기징역 판결을 내릴 때 가석방은 특별히 신중하게 운용하라는 취지의 의견을 첨부하고 있다.

─게다가 검찰청이 특별 무기징역수로 지정하면 아무리 가석방 신청이 나와도 지방 재생 보호 위원회가 동의하지 않아. 아마 보호 관찰관 선에서 그렇게 하라고 찔러 줬겠지. 가석방이 결정된 직후 그가 직접 쓴 감사장 같은 편지가 도착했네.

"감사장. 내용에 뭐 이상한 점은 없었습니까?"

─내가 훑어보기에는 없었네. 문서를 보낼 때 교도소 쪽에서 사전 검열하니 내용을 확인하고 싶으면 직접 문의해 보게. 그것보다 문제는 자네 행동이야. 수사원 한 명의 움직임을 일일이 나에게 보고해 오는 사람이 있네. 그게 무슨 뜻인지 자네 정도 되는 남자가 이해 못 할 리 없겠지.

"그 사건의 직접 관계자는 저만 남았습니다."

―아무리 다른 사람들로 채워 넣었어도 예전 잘못을 떠올리기는 싫은 법이야. 권력을 쥔 조직이면 더욱 그렇고.

"이번 사코미즈 사건에서 23년 전 원죄 사건을 언급하는 보도가 안 나오는 건 어디선가 압력을 넣어서일까요?"

―직접 관계자 중 남은 사람이 자네 혼자랬지. 그럼 간접 관계자는?

와타세는 무심코 입이 벌어졌다.

―구스노키 아키히로를 비난하고, 사회적 생명을 빼앗고, 그의 등에 돌을 던진 건 형사와 검사, 판사만이 아니지. 법무성 관계 부서, 구치소 직원, 보도 관계자들도 모두 해당하네. 그들 입장에서도 구스노키 아키히로와 사코미즈 지로라는 이름은 등에 짊어진 십자가 같은 거야. 들춰서 기분 나쁠 사람이 적지 않겠지. 만약 압력을 넣었다면 그건 개개인의 뜻이 아니라 전체 뜻으로서 넣은 압력이야.

"들출 마음은 없습니다. 그저 제가 맡은 사건을 끝까지 책임지려는 것뿐입니다."

―그런데 한심하게도 그렇게 생각하지 않는 녀석들이 대다수지. 안타깝지만 검사장이라는 처지에서는 자네를 더 이상 외부 적들에게서 지켜 주기가 어려워. 얄궂은 이야기지만 원래 인간은 정점으로 올라갈수록 움직임의 범위가 좁아지는 법일세.

테미스의 검 ―――

"이해합니다."

—이대로라면 자네는 완전히 고립될 거야. 자네가 몹시 싫어할 거란 건 알지만 굳이 말하자면, 더는 움직임을 삼가게.

"여기서 발을 빼라는 말씀입니까?"

—이건 명령이 아니야. 부탁이지.

온다가 대뜸 목소리를 낮췄다.

—나는 유능한 경찰, 아니 친구를 집중포화의 과녁에 세우고 싶지 않네.

"감사합니다, 온다 검사장님."

와타세는 핸드폰을 귀에 갖다 댄 채 꼼짝도 하지 않았다.

"검사장님의 그 말씀만으로 충분합니다. 전 이제 아무것도 필요 없습니다."

—와타세 군, 잠깐.

"이만 실례하겠습니다."

와타세는 정중하게 통화 버튼을 눌러 전화를 끊고 농로 너머에 우뚝 선 집 한 채를 바라봤다.

도코로자와시 가미시마초 5번지 구스노키 아키히로의 본가.

이곳에서 바라보는 풍경은 23년 전과 별반 다르지 않다. 아니, 유심히 관찰하면 민가 수가 꽤나 줄고 가옥이 점점 노후되어 쇠락에 속도가 붙은 것처럼 보인다.

이미 수사본부의 손길이 미쳤겠지만 그렇다고 이곳을 찾지 않을 수 없다.

와타세는 천천히 발걸음을 뗐다. 전에 저 집을 방문할 때는 두려움이 가득했다. 구스노키 부부의 한탄과 절규가 두려웠다. 아키히로의 원한이 가득 차 있는 것 같아 두려웠다. 그 잔재는 지금도 가슴속에 남아 있다.

그러나 23년이라는 세월은 두려움과 다른 의지도 키웠다. 그 의지가 와타세를 운명의 장소로 달려가게 했다.

구스노키 집에 다가가자 집 옆에 있는 논에서 작업복 차림을 한 사람이 경운기에 올라탄 모습이 보였다. 헐렁한 작업복과 차양 넓은 모자 때문에 얼굴이 잘 보이지 않지만 대략 짐작은 갔다.

가까이 다가가자 경운기 소리가 귀에 거슬렸다. 그는 그제야 와타세의 존재를 알아채고 경운기를 세웠다.

"……누군가 했더니, 자네였나."

모자를 벗자 구스노키 다쓰야의 얼굴이 나타났다.

나이가 이미 여든이 넘었을 텐데 깊이 팬 주름으로 인상이 사뭇 달라져 있었다.

"절 기억하십니까?"

"아들을 죽인 인간의 얼굴을 어찌 잊겠나."

오물을 내려다보는 듯한 시선은 여전하다.

와타세는 간담이 서늘해졌다.

테미스의 검 ——

이 남자는 여전히 나를 증오한다.

인간을 끊임없이 증오하려면 그에 걸맞은 에너지가 필요하다. 다시 말해 구스노키 다쓰야라는 남자는 23년이라는 오랜 세월에 걸쳐 아직도 그 에너지를 고갈시키지 않은 것이다.

"무슨 일로 찾아왔지?"

"그 사건의 진범이었던 사코미즈 지로 말입니다만."

"죽었다지."

마치 옆집 개가 죽은 듯한 말투다.

"어제 경시청에서 형사 두 명이 찾아와 이런저런 것들을 묻더군. 자네도 같은 용건인가?"

"네."

"일단 안으로 들어가지. 이곳에 있으면 이웃들 눈에 띄니."

와타세는 다쓰야를 뒤따랐다. 예전처럼 현관 앞에서 들여 보내 주지 않는 건 아닐까 싶었지만 다쓰야는 의외로 순순히 와타세를 집 안까지 데려갔다.

거실에 들어가자마자 불단이 눈에 들어왔다. 작은 불단이지만 와타세는 시선을 떼지 못했다. 불단 앞에는 차마 잊으려야 잊을 수 없는 구스노키 아키히로의 영정이 놓여 있었다.

그리고 불단 근처에 등이 굽은 채로 있는 것은, 처음에는 장식물인 줄 알았는데 인간이었다.

그는 서서히 와타세 쪽을 향해 고개를 돌렸다. 머리숱이 거의 없는 머리, 움푹 팬 눈, 홀쭉한 볼.

역시 모습이 상당히 달라졌지만 모친 이쿠코가 분명했다.

"누구시죠?"

잔뜩 잠긴 목소리로 누군지를 물어 왔다. 목소리에 생기가
거의 느껴지지 않는다. 게다가 와타세를 못 알아보는 듯했다.

"아키히로의 지인이래."

"오오, 그래요? 이런, 실례했네요. 영정 앞에 분향하러 오셨
군요."

"아뇨, 전, 그게……."

"자자, 어서 이리 오세요. 아들도 기뻐할 거예요."

다쓰야를 돌아봤지만 그는 말없이 턱으로 불단 쪽을 가리켰
다. 아무래도 맞춰 주라는 뜻 같아서 와타세는 고개를 한 번
숙이고 불단 앞에 정좌했다.

우연이라고는 해도 비로소 아키히로의 영정 앞에 서게 됐
다. 와타세는 자세를 바로잡고 허리를 꼿꼿이 폈다.

아직 앳된 기운이 있는 사진 속 아키히로는 얼굴에 눈부신
미소를 머금고 있었다.

아아, 그 녀석의 웃는 얼굴이 이랬나.

체포된 상태이긴 했지만 와타세는 아키히로의 웃는 얼굴을
한 번도 못 봤음을 깨달았다. 새삼 뒤늦게 자신이 과거에 한
행동을 저주했다.

이 청년의 웃는 얼굴을 빼앗아 간 사람이 다름 아닌 나다.

사죄는 불가능하다.

용서를 구하는 것은 더 불가능하다. 무고한 한 인간을 깎아내릴 대로 깎아내린 다음 용서를 바라는 것은 가해자 측의 오만일 뿐이다.

지금은 그저 비명횡사한 영혼의 안식을 기원할 뿐이다.

와타세는 손을 모으고 진심으로 기도했다.

용서해 주지 않아도 돼.

만약 네가 날 용서한다면 난 내 죄를 잊어버릴지도 몰라.

난 앞으로 무슨 일이 있을 때마다 널 떠올리겠지. 그런 식으로 난 내가 저지른 과오를 떠올리게 될 거야.

적어도 너만은 그곳에서 편히 쉬어 줬으면 해.

네가 평온할 수 있도록 나 역시 전력을 다할 테니.

가슴속으로 다시 한번 고개를 숙이고 와타세는 두 사람을 돌아봤다. 이쿠코는 아무 말 없이 고개를 숙이며 답례했지만 다쓰야는 손짓으로 와타세를 일으켜 세웠다.

거실 옆에는 부엌이 있었다. 다쓰야는 식탁 끝자리에 와타세를 앉혔다.

"덕분에 영정 앞에 분향할 수 있었습니다. 감사합니다."

"그냥 의례야. 위패 앞에서 합장해 봐야 바뀌는 건 없지. 그냥 아내 기분에 맞춰 줬을 뿐. 자네도 눈치챘겠지만 치매 초기일세. 만약 자네를 기억했다면 그 즉시 부엌에서 칼을 꺼내 왔을지도 몰라."

"그렇겠죠."

처음 이 집을 찾았을 때 이쿠코는 나에게 덤벼들었다. 그때 광경이 인상 깊어서 이쿠코의 현재 모습에 더욱 공허함을 느꼈다.

"몸 상태도 정상이 아니야. 최근 2주 정도 컨디션이 엉망이 돼 저렇게 거실에서만 지내고 있지."

아무리 첨단화되었다고 해도 여든 넘은 노부부가 농가를 꾸려가기는 어려운 법이다. 그것은 어느 날 갑자기 나타나는 게 아니라 서서히 일상을 침식하는 형태로 겉에 드러난다.

구스노키 부부는 그 전형적인 사례다.

"경시청에서 온 사람은 뭘 묻고 갔습니까?"

"사코미즈 지로가 15일 후추 교도소에서 출소한 사실을 아는지, 만약 안다면 당신들은 당일 어디서 뭘 하고 있었는지 묻더군. 한마디로 용의자 취급이었지. 제기랄. 아들 때랑 똑같아. 아들 녀석도 이런 식으로 심문받았다고 떠올리면 속이 뒤집힐 것 같아."

다쓰야는 토해내듯 말했다.

"우리가 그놈 출소 예정일 같은 걸 알았을 리 없잖나. 만약 알고 있었다고 해도 우리와는 아무 관련 없네."

실제로 교도소 출소 정보는 문의하면 비교적 쉽게 대답을 들을 수 있다. 물론 정보 공개 대상은 피해자나 가족 또는 공판에서 목격 증언을 한 사람에 한해서다. 가해자 주소가 피해자의 거주 지역이 아닌 경우에는 출소 시기도 초순, 중순, 하순 정도로만 언급한다.

다만 문의 기록은 남는다. 와타세는 만약을 위해 기록을 살폈지만 사코미즈의 출소 예정일을 전화로 문의한 사람은 없었다.

"그래도 15일 오전 11시부터 12시까지 뭘 했는지 끈질기게 묻더군. 대답은 똑같아. 그 시간에 난 조금 전처럼 경운기 위에 있었네. 아내는 집 안에 얌전히 있었고. 못 믿겠으면 이웃집에 가서 물어보라고 했어."

굳이 물을 것도 없다. 그들이라면 부부에게 이야기를 듣기 전 이미 근처 탐문 수사를 마쳤을 것이다.

"우리한테 왜 그런 걸 묻는 걸까? 사코미즈가 물론 아들에게 죄를 뒤집어씌운 진범이고 한때는 우리도 놈을 증오하기는 했지만, 감방 안에 있으면 일반 시민은 손가락 하나 건들 수도 없잖나."

"관계자로 지목된 사람들한테 전부 같은 질문을 던지고 있습니다."

"의례적인 절차라는 건가. 그 사건이 일어난 지 벌써 25년

이 흘렀는데 경찰이 하는 짓이라고는 변한 게 하나도 없군."

"그 말씀이 맞습니다. 그러니 지금껏 저처럼 미숙한 인간도 현역으로 뛰는 거고요."

"사코미즈는 가석방됐다더군."

"네."

"교도소에 들어가기 전에 사람을 넷이나 죽였다지?"

"네."

"넷이나 죽였는데도 가석방이 가능한가?"

"무기징역으로 복역하면 교도소 내부에서 소정의 심사가 이뤄지고 지방 갱생 보호 위원회가 가석방이 합당한지를 심사합니다."

"그건 곧 그 심의만 통과하면 멋지게 가석방이 결정된다는 말인가?"

"그런 셈입니다."

"말도 안 되는 이야기 아닌가?"

다쓰야는 눈빛이 어두워졌다.

"사람을 넷이나 죽여 놓고 교도소에서 얌전히 굴면 다시 세상에 나올 수 있다니. 그런 부조리한 이야기가 어딨나? 무기 징역이란 건 평생 감방에서 나오지 말라고 해서 무기 아닌가? 내가 그 네 사람의 가족이었다면 정말 그놈이 출소하는 날만을 손꼽아 기다렸을 걸세."

다쓰야의 목소리는 거칠지는 않았지만 정밀한 분노가 느껴졌다.

"교도소가 갱생 시설로서 기능하지 않게 된 건 나도 이야기를 들어 알고 있네. 그 안에서 아무리 교육을 해도 결국 60퍼센트는 또다시 범죄를 저지르고 그곳에 돌아간다더군. 교육에 드는 비용도 출처를 거슬러 가면 결국 우리 같은 사람들이 낸 세금이야. 그러니까 우리가 피땀 흘려서 낸 세금으로 부지런히 재범을 양산해 낸다는 말이 되지. 그보다 더 이치에 맞지 않는 이야기가 또 있겠나? 그 사코미즈라는 놈도 만약 누군가에게 살해되지 않았다면 분명 또 어디선가 못된 짓을 저지르고 교도소로 돌아갔겠지. 그렇게 생각하면 이번에 그 범인이 저지른 짓은 훌륭한 선행인 셈일세. 쓸데없는 세금 낭비를 막은 결과를 낳기도 했고."

범죄 피해자와 유족이 들으면 고개를 끄덕일 만한 의견일지 모른다. 석방된 죄수의 60퍼센트가 다시 범죄를 저지른다면 애초에 석방하지 않으면 재범이 생길 가능성도 사라진다. 선량한 시민의 안전을 지킨다는 점에서 그보다 더 효과적인 대책은 없을 것이다.

그러나 이는 인간을 둘로 나눈 견해일 뿐이다. 죄를 저지르면 악, 저지르지 않으면 정의라는 유치한 이분법이다.

그에 비하면 복역수인 시라스가 내세운 윤리관이 훨씬 고차 원죄이라 할 수 있다. 물론 범죄 피해자는 어쩔 수 없이 감정에 휘둘리기 마련이고, 피해 의식이 희박한 가해자가 냉정한 통찰력을 발휘하는 게 오히려 당연하다.

"당신들한테는 미안하지만 난 이번 범인을 비난하고 싶지 않네. 분명 아내도 나와 같은 의견일 테고."

"그래도 그런 건 큰소리로 하실 말씀은 아닌 것 같습니다."

"큰소리로 말하면 체포라도 할 건가? 또 있지도 않은 증거를 내세워 우리 아들처럼 나를 범죄자로 만들 건가?"

노골적인 도발. 그러나 다쓰야의 표정을 보면 조롱과 진심이 절반씩 섞여 있다.

당연한 이야기지만 다쓰야의 경찰 불신은 뿌리가 깊다. 그러나 경찰과 경찰력이 만드는 치안을 믿지 못한다면 과연 안전이란 무엇일까. 이 역시 원죄가 부르는 해악이다.

여기서 도망쳐서는 안 된다.

도망칠 생각도 없다.

"구스노키 다쓰야 씨."

와타세는 진지한 눈빛으로 다쓰야를 바라봤다.

"전 예전에 이 집 앞에서 맹세했습니다. 두 번 다시 틀리지 않겠다고요."

같은 날 오후 9시 30분. 도쿄도 신주쿠구 가부키초 1번지 신주쿠 코마 극장 동쪽.

몇 년 전까지 이 일대는 광역 폭력단과 지역의 중견 폭력 조직, 그리고 중국 마피아의 전쟁터였다. 조직 관계자들은 말할 것도 없고 날아드는 총탄에 피해를 입은 일반 시민도 적지 않았다. 신주쿠 경찰서의 끈질긴 단속과 세력 다툼에 따른 전력 소모로 얼마 뒤 그들이 철퇴를 맞아 거리에 다시 평화가 돌아왔지만, 손님들의 발걸음까지 돌아오지는 않았다.

이곳에 손님을 모으는 데 일등 공신이던 코마 극장도 폐관했다. 끊겨 버린 손님들의 발길을 돌리기 위해서는 열심히 징과 꽹과리를 울려야겠지만 지금은 피리 소리도 들리지 않는다. 오로지 파리 날리는 소리만 들릴 뿐이다.

유흥업소와 패스트푸드점 사이에 낀 낡은 주상복합 빌딩이 드문드문 보인다.

와타세는 그중 한 곳에 발을 들였다.

남자 셋이 들어가면 꽉 찰 것 같은 엘리베이터를 타고 3층으로 올라갔다. 1미터 올라갈 때마다 요란하게 좌우로 흔들린다. 문이 열리고 복도 귀퉁이에 있는 곳이 목적지 점포였다.

"어서 오세요."

문을 열자마자 좁은 바 내부가 한눈에 들어왔다. 세로로 긴 카운터와 테이블석 두 개. 짐작하건대 아홉 명만 들어가도 꽉 찰 면적이지만 다행인지 불행인지 손님은 보이지 않았다. 카운터 안에 있는 사람도 여성 한 명뿐이었다.

"불쑥 찾아와 미안하군."

와타세가 경찰 수첩을 보이자 순식간에 여성의 얼굴에서 싹싹한 미소가 사라졌다.

"마쓰야마 나미 씨 맞나?"

이 여자가 그 부동산 업자 부부의 외동딸인가. 그렇게 생각하자 왠지 감개무량했다.

나이는 40대 후반. 나이 든 얼굴을 화장과 어두운 조명으로 감추려 하지만 마법사라도 부르지 않는 한 더는 불가능할 것이다.

"또예요? 이제는 진짜 좀 그만하세요. 제가 아는 건 다 말씀드렸잖아요."

"아니. 난 별동대야."

와타세는 여자가 권하지도 않는데 카운터석에 자리를 잡고 앉았다.

"같은 질문일 수 있지만 꼭 대답해 줬으면 해."

"정말 지긋지긋하네요. 영업 방해예요."

와타세가 과장되게 가게 안을 휙 둘러보자 나미는 흥 하고 고개를 돌렸다.

"스카치 싱글로 한 잔."

"네? 이럴 때는 꼭 근무 중이라고 하던데."

"근무 중이 아니야. 그러니 내 질문에 답하는 것도 의무는 아니지. 접객 서비스 정도로 생각해."

"······특이한 형사님이네요."

나미는 스카치위스키를 따른 잔을 와타세 앞에 두었다.

"작년까지 홋카이도에 있었다던데."

"네. 본가는 우라와에 있지만 남편 일 때문에 그쪽에 갔어요. 그리고 27년간 줄곧 그곳에서 살았죠."

"남편이 무슨 일을 했지?"

"은행원. 저희 집은 부동산을 했는데 아버지는 늘 네 결혼 상대는 은행원이어야 한다고 저한테 입버릇처럼 말씀하셨어요. 부동산업을 하다 보면 은행이 얼마나 교활하고 생존 경쟁에서 잘 살아남는지 절실히 느낄 수 있다고 하셨죠. 당시에는 저도 순진했고 부모님 말씀을 잘 듣는 아이여서 은행원 남자 친구를 사귀고 얼마 안 돼 결혼했어요. 신혼 1년째 되는 해에 남편이 본점으로 발령돼 홋카이도로 이사했죠."

"거기까지만 들으면 순조로운데."

"그렇겠죠. 근데 남편이 근무하던 곳이요. 그 다쿠쇼쿠 은행이었어요."

그 말을 듣고 와타세는 말없이 고개를 끄덕였다. 홋카이도 다쿠쇼쿠 은행. 방만한 경영 끝에 헤이세이 9년 파산한 은행이다. 당시 도시 은행 최초의 파산으로 화제가 되었다.

"아버지는 은행도 파산할 수 있다는 걸 모르셨어요. 그러니 꼭 은행원 남편을 만나라고 하셨겠지만……. 아무튼 결론부터 말씀드리면 회사에서 쫓겨난 은행원은 정말 아무짝에도 쓸모가 없어요. 홋카이도에 있는 어느 회사든 이전 직장에서 받았던 월급을 주지 못했고요. 그러니 좀처럼 재취업을 못 했죠. 딸도 초등학생이 되었으니 쓸데없는 자존심 같은 건 버리면 좋았을 텐데, 전직 은행맨이 이런 보잘것없는 일을 할 수 있겠느냐며 씩씩대더군요. 물론 다쿠쇼쿠 은행이 홋카이도에서 선두를 달리던 초우량 기업이고 그곳에 다닐 때만 해도 어깨에 힘 꽉 주고 돌아다닐 수 있었지만, 망한 마당에는 별 볼 일 없는 회사에 다니던 별 볼 일 없는 회사원밖에 안 돼요. 그런 게 남편 눈에는 전혀 안 보였나 봐요. 내가 월급을 많이 받은 건 다 내 능력이 뛰어나서다, 회사가 망한 건 전적으로 경영진 잘못이다. 남편이 그렇게 말하는 걸 듣고 아, 이 남자는 정말 무능한 인간이구나 라고 생각했죠."

비슷한 사례는 많다. 은행원, 증권맨, 상장 기업 임원. 재취업에 애를 먹는 사람 중에는 희한하게도 전직이 그런 사람이 많다. 취업지원센터 담당자 말로는 그들은 취업 시장에서 자신의 몸값을 전혀 모른다고 한다.

"그러다가 그 바보 남편이 다음으로 꺼낸 말이 이랬어요. 이제는 회사에 휘둘리며 사는 삶이 싫다, 나는 이제부터 사람이 아닌 땅을 상대하겠다며 농업에 종사할 거라더군요. 그 얘기를 듣는 순간 이 자식은 바보를 넘어서 아예 별나라에서 온 생명체 아닐까 싶었다니까요. 본인은 꿈을 좇을 거라며 우쭐했지만, 지금껏 은행원의 아내이던 여자가 당장 농사일을 도와야 하는 데서 오는 공포나 절망 같은 걸 조금도 이해하지 못 했죠. 그래도 딸이 있으니 헤어지지도 못하고 어쩔 수 없이 따라갔어요. 시에서 땅을 싼값에 제공하고 작물도 고급품으로 비싸게 팔아 줄 거라더군요. 그곳이 바로 무려 유바리시市예요."

나미는 키득키득 웃음을 터뜨렸다. 웃음소리가 왠지 허무하게 들리는 건 그런 남편을 선택한 자신이 한심해서일까.

"농업을 시작하고 정확히 8년째 되던 해 유바리시는 재정 재건 지자체로 전락했어요. 시의 보조를 받던 남편의 채소 재배도 똑같이 망했고요. 남은 건 산더미처럼 쌓인 빚과 쓰레기로 전락한 작물들, 그리고 쓰레기 같은 남편. 그때는 딸도 이미 독립한 덕에 바로 이혼했고, 그런 시골에서 여자 혼자 살아가기는 힘드니 이곳으로 돌아온 거예요."

나미는 어느새 자기 앞에도 잔을 놓고 위스키 록을 마시고 있었다.

"부모님이 돌아가셨을 때 유산이 꽤 되지 않았나? 부자였다던데."

"꽤 되기는 했는데 상속세로 많이 뜯겼어요. 남은 돈은 남편이 관리했는데 결국 농사일하다가 생긴 적자를 메우느라 몽땅 바닥났죠."

"이제 이곳에 본가는 없잖나. 그런데도 다시 간토로 돌아온 이유가 뭐지?"

"글쎄요. 장소에 불려왔다고 할까요."

"장소에 불려왔다?"

"나이가 들면 역시 전에 부모님과 함께 살던 곳에서 살고 싶어지는 것 같아요. 하지만 본가는 이미 사라지고 없으니 도쿄로 참는 거죠. 생전 자주 찾아뵙지는 못했지만 저, 엄마 아빠를 정말 사랑했답니다."

"두 분의 유골을 직접 인수했다더군."

"사흘 밤낮 울었어요. 그날 이후로도 멍청한 남편 때문에 몇 번이나 울고 싶을 때가 있었지만, 눈물이 나오지 않은 건 아마 그때 평생 쏟을 눈물을 다 흘려서 아닐까요. 범인이 증오스러워서 견딜 수 없었죠. 제 손으로 죽여 버리고 싶었어요. 두 분의 유골을 들고 홋카이도로 가니 범인이 붙잡혔다는 뉴스가 나와서 꼴좋다 싶었는데, 결국 그 사람은 원죄였고 진범은 다른 사람이라고……. 새로운 뉴스가 터져 나올 때마다 정말 아무것도 손에 잡히지 않더라고요. 도쿄랑 홋카이도는 꽤 떨어져 있잖아요. 한 명 남은 유족인데 먼 곳에서 지켜보고만 있어야 하니 늘 안달 나고 초조했죠."

분명 그토록 멀리 떨어져 있으면 공판 때마다 상경하기도 힘들 것이다. 나미의 초조함은 쉽게 공감할 수 있었다.

"범인인 사코미즈라는 남자는 사람을 넷이나 죽였는데도 사형이 아닌 무기징역이었어요. 고등 재판소에서 그런 판결이 나왔다는 기사를 봤을 때는 신문을 갈가리 찢어 버렸죠. 그래도 일본은 법치국가라고 생각했어요. 그 무렵에는 아직 생활에 여유가 있었고, 남편 이외의 다른 이유로 화를 낼 수도 있었죠. 하지만 최고 재판소에서 상고가 기각돼 판결이 확정된 시점에는 이쪽 생활도 점차 위태로워지기 시작해 사코미즈를 향한 관심도 점차 줄어들게 됐어요."

그리고 현재에 이르렀다는 말인가.

"사형은 불가능하지만 그래도 죽을 때까지 감옥 안에 있는 거라면 괜찮다고 스스로 억지로 그렇게 되뇌었어요. 그래서…… 그래서 그 자식이 가석방된다는 소식을 들을 때는 피가 거꾸로 솟는 것 같았어요."

뭐라고?

"응? 잠깐. 사코미즈의 가석방을 사전에 알고 있었다는 말인가?"

"편지가 왔었어요."

"편지라니……."

"그놈이 3월 15일 출소할 예정이라는 내용의 편지."

"그 편지를 지금 갖고 있나?"

"갖고 있죠. 잠시만요."

나미는 그렇게 말하고 카운터 안쪽으로 사라지더니 얼마 후 편지 봉투를 하나 손에 들고 나타났다.

"이거예요."

와타세는 나미에게서 냉큼 편지를 낚아챘다. 별 특징 없는 흰색 봉투. 겉에는 삿포로시市로 시작되는 주소가 적혀 있고 위쪽에는 이사 간 곳인 도쿄도 신주쿠구 주소 스티커가 붙어 있다. 보내는 사람에는 아무것도 적혀 있지 않다. 소인은 3월 5일.

"주소는 남편이 아직 은행원이었을 때 주소예요. 이상한 부분에 고지식한 남편이라서요. 유바리에 도착한 편지를 또다시 도쿄 주소로 보낸 거예요."

봉투 안을 확인하자 편지지가 한 장 들어 있었다.

'사코미즈 지로, 헤이세이 24년 3월 15일 오전 11시 석방 예정. 거주 예정지는 도쿄도 아다치구 니시아라이……'

글자 배열과 공백이 왠지 낯익었다.

틀림없다. 와타세가 현경 노트북으로 본 교도소 출소 정보와 동일했다.

"그때 형사들이 찾아왔을 때도 실물을 보여 달라고 해서 잃어버린 줄로만 알았는데, 형사가 돌아간 뒤에 뒤져 보니 나왔어요. 똑같은 형사시니 지금 드려도 되겠죠."

"이게 도착한 게 언제지?"

"3월 16일."

나미는 별 감흥 없이 말했다.

"이사한 곳을 빙빙 돌다가 시간이 소비됐을 거예요. 편지를 받았을 때는 이미 그 전날 출소를 마친 뒤라 분노로 눈앞이 캄캄해졌죠. 그런데 그날 신문을 보니 그놈이 공원 화장실에서 살해됐다는 거 아니겠어요? 전 그날 두 번이나 기절초풍했어요."

"그럼 15일에 사코미즈를 만나지는 않았겠군."

"다른 형사님께도 같은 질문을 받았어요. 편지가 15일 이전에 도착했다면 후추까지 찾아갔을지도 모르지만 도착한 게 그 이후라서요. 16일에 도착했다는 건 우체국에서 확인할 수 있을 거예요."

아마 수사본부가 집배과에 이미 확인을 마쳤을 것이다.

"하지만 당일 오전 11시부터 12시 사이 어디 있었는지는 꼬치꼬치 캐물었어요."

"뭐라고 답했지?"

"솔직하게 답했죠. 그 시간에는 매일 바닥을 청소하고 잔을 닦아야 해서 거의 가게에 있거든요."

"증명해 줄 사람이 있나?"

"아르바이트를 하는 여자애가 있어요. 사키라는 아이인데, 그 시간에 함께 있었어요."

이 역시 수사본부가 조사했을 것이다.

"방금 편지가 빨리 도착했다면 후추까지 갔을지도 모르겠다고 했나?"

"네."

"후추에 가면 어떻게 할 생각이었지?"

"글쎄요. 어떻게 했을까요."

나미는 잔을 눈높이까지 들어 올리더니 흔들어서 얼음 소리를 냈다.

"형사님은 누군가가 그랬던 것처럼 저도 사코미즈를 찔렀을 거라고 생각하세요?"

"질문은 내가 했어."

"솔직히 저도 잘 모르겠어요."

뾰족한 말끝에서 화가 묻어난다.

"부모님과, 또 다른 두 사람을 죽인 남자가 교도소에서 석방된다. 법률상으로는 그걸로 죗값을 치른 셈이 되고, 그는 다시 떳떳하게 일반인으로 돌아간다……. 머리로는 이해해도 마음으로는 이해 못 할 이야기예요. 그런 말도 안 되는 얘기가 어딨어요. 살해된 남자아이는 고작 다섯 살이었어요. 겨우 2, 30년 교도소 안에서 지내면 죄가 사라진다고요? 그럼 사람의 목숨이란 건 대체 뭔가요? 살인이란 건 또 뭔가요? 고작 그런 걸로 갈음할 수 있을 만큼 대단치 않은 것들인가요?"

나미는 와타세를 쏘아봤다.

"만약 사코미즈를 만난다면 어떻게 할 생각이었냐고요? 멱살을 움켜쥐고 물어볼 게 산더미만큼 있었어요! 23년간 줄곧 가슴에 품어 온 질문이 있었어요. 그렇지만 내가 그놈을 정말 죽이고 싶었을까를 상상해 보면…… 솔직히 잘 모르겠네요."

4

지요다구 간다아와지초.

헌책의 거리 진보초와 전기의 거리 아키하바라 사이에 낀 이 일대에는 사무용 빌딩과 회사원을 대상으로 한 음식점이 즐비해 있다.

와타세는 야스쿠니 거리에서 골목길 두 개를 더 들어가 목적지 빌딩으로 들어갔다. 게시판을 보니 가려는 곳은 18층에 있었다.

'임포트 다카시마'라는 명패가 달린 문을 열었다. 여성 사무원이 와타세를 맞았다.

"사이타마 현경의 와타세라고 합니다."

"이야기는 들었습니다. 이쪽으로 오시죠."

층의 절반 정도를 차지하는 사무실에는 사무용 책상이 나란히 늘어서 있고 그 안에서 직원 세 명이 컴퓨터 앞에 앉아 작업 중이다. 화이트보드에 적힌 일정표와 골판지 상자 외에 특별히 눈에 띄는 물건이 없어 적막한 느낌도 받았다.

별실인 사장실로 안내받았다. 의자에서 일어선 다카시마 교지는 와타세를 보자마자 놀라는 표정을 지었다.

"당신은⋯⋯."

"기억하십니까? 전에 쓰야코 씨와 요시키 사건을 담당했습니다."

"⋯⋯앉으시죠."

가미키자키 사건 때 와타세가 다카시마를 만나 대화한 적은 몇 번 되지 않지만 그래도 아내와 아이를 한 번에 잃은 남자의 얼굴은 지금도 생생했다. 절망과 충격이 인간이 살아갈 기력을 송두리째 빼앗는 순간을 목격했다. 뭘 물어도 공허한 대답만이 돌아와 같은 질문을 계속해서 던졌다. 극도의 슬픔은 인간의 사고력까지 앗아 가는 것이다.

약 25년 만에 본 다카시마는 그때의 상처를 딛고 다시 일어선 듯 보였다. 검었던 머리에는 하얗게 서리가 내려 앉았지만 눈빛과 입가에서 안정감이 느껴졌다.

"정갈한 사무실이군요. 수입 잡화를 취급한다고 해서 실례지만 조금 더 어수선한 분위기를 떠올렸습니다."

"하하. 사무실 바닥에 나사못 같은 게 널브러져 있으리라 예상하신 건가요. 이런 단순한 느낌을 좋아해서 직원들에게도 그렇게 지시하고 있습니다."

"사는 곳은 이사하셨더군요."

"네. 지금은 이곳이 자택 겸 직장입니다."

"이곳 말인가요."

"이 안쪽에 방이 하나 더 있어서요. 좁지만 그곳에서 먹고 자고 합니다."

전에 가미키자키에 있던 집은 저택이라고 부를 만한 곳이었는데 3인 가족에게는 너무 넓은 감이 있었다. 그 광경을 떠올리고 "불편하시겠군요" 하고 말을 잇자 다카시마는 고개를 절레절레 저었다.

"어차피 남자 혼자 잠만 자는 곳이니까요. 욕실과 화장실, 침대 정도만 있으면 충분합니다."

"가족분들은?"

"그 사건 이후 줄곧 혼자 살고 있습니다. 그러니 불편할 것도 없죠. 그리고 말입니다. 여기서 밖을 내려다보고 있으면 기분이 참 좋아요."

지상 18층에서 아래를 내려다보며 희열에 잠기는 허영심 같은 걸까 싶었지만 그런 건 아니었다.

"보시다시피 이 일대에는 오피스 빌딩이 즐비해 있죠. 늦게까지 켜진 불은 대부분 형광등 불빛이고 띄엄띄엄해서 가정집 같은 온기는 티끌만큼도 느껴지지 않습니다. 롯폰기 부근처럼 휘황찬란한 불빛도 아니고 그렇다고 스카이트리(세계 최대 높이를 자랑하는 일본 전파탑—옮긴이주)가 보이는 것도 아니니 정말로 스산하죠."

"그럼 기분이 좋을 게 뭐가 있죠?"

"가정집의 느낌이 전혀 들지 않는다는 겁니다. 그리고 저하나 쓸 집기들만 있다 보니 마음이 안정돼요. 가미키자키 집에는 아내와 아이의 유품과 냄새가 남아 있어서…… 그곳에서 살기가 고통스러웠습니다."

"설마 전부 버리고 오신 겁니까?"

"사코미즈가 무기징역으로 확정됐을 때였죠. 스스로도 비겁하다고 생각했지만 도망치기로 결심했습니다. 사코미즈의 징역형이 확정된 마당에 먼저 간 두 사람 앞에서 차마 고개를 들지 못하겠더군요. 그 집에 있으면 자책감과 판사를 향한 원망으로 미쳐 버릴 것 같았습니다. 그래서 집안 살림을 모두 처분하고 집도 매각했습니다."

와타세는 절로 고개를 숙였다.

"다 저희 역량이 부족한 탓입니다."

"아뇨, 괜찮습니다. 와타세 형사님. 듣자 하니 형사님께서

사코미즈를 체포해 주셨다더군요. 형사님이 고개를 숙일 이유
는 하나도 없습니다. 형사님은 형사로서 더 바랄 나위 없는 일
을 해 주셨죠. 검찰도 잘 싸웠습니다. 책임을 물어야 할 쪽은
사코미즈의 변호인과 그의 말도 안 되는 거짓말을 믿어 버린
판사들입니다."

다카시마는 담담히 말을 이었다. 그러나 말에 담긴 감정까
지 담담하지는 않다.

"법정에서 검사는 그놈의 잔혹성과 비인간적인 행위를 재
현했습니다. 증거품과 진술 조서도 지나치거나 부족함이 없
었죠. 하지만 변호인이 악랄했어요. 피고인이 가족에게 사랑
받지 못하고 자랐다는 식으로 가슴 절절한 스토리를 만들어
내고, 피고인이 피해자들을 살해한 건 그저 충동적인 행위였
다는 새빨간 거짓말을 늘어놓았죠. 몇 번에 걸친 정신 감정으
로 사코미즈의 과대망상, 사고력 장해를 보충 의견으로 제시
하기도 했습니다. 어떤 거짓말도 끊임없이 주장하면 진실처
럼 들리기 마련 아닐까요? '자숙과 반성의 기미'에 눈이 흐려
진 세상 물정 모르는 재판관들은 사코미즈와 변호사가 벌인
삼류 연극에 무기징역이라는 최고급 찬사로 화답했습니다.
형사님, 그날 이후 전 말이죠. 일본의 재판 제도에는 답이 없
다고 생각하게 됐습니다. 재판관이라는 존재는 초등학생보다
세상 물정을 모르고 멍청하고 어수룩하고 무책임하다고 생각

하게 됐습니다. 그들은 사형에 처해야 할 범죄자들이 일반 사회에 되돌아오는 것이 얼마나 위험한지 진지하게 생각할까요? 분명 자신들이 사형을 내리지 않은 피고인은 전부 갱생해 평범한 일반 시민으로 돌아갈 거라는 근거 없는 자신감을 품고 있겠죠."

그런 신 같은 재판관은 없다.

와타세가 아는 몇 안 되는 재판관들은 경험과 지식이 풍부하고 인간에 대해 갈고닦은 관찰력도 지니고 있었다. 그렇지만 판결문을 쓸 때는 번민하고 고뇌했으며 판결을 내린 뒤에도 계속 고민했다.

그러나 다카시마에게 그 말을 해 봐야 무슨 소용 있을까.

다카시마의 말마따나 재판관의 윤리관이 평범한 사람들의 윤리관과 괴리가 있다는 비판이 최근에는 많아졌다. 원래라면 벌어진 틈을 채우기 위해 재판관들이 직접 세간의 상식을 배워야 하는데, 사법은 시민의 감각을 재판정에 들인다는 '배심원 제도'를 도입해 적당히 어물쩍 넘겨 버렸다.

그러나 도입된 것은 시민의 감각이 아닌 시민의 감정이었다. 와타세는 일반 시민이 품은 윤리관과 도덕관을 업신여길 마음은 없지만, 그것을 곧이곧대로 사법의 잣대로 삼는 것에는 문제가 있다고 생각했다. 싸구려 정의와 어설픈 복수심이 윤리를 몰아내 결국 배심원 제도가 도입되고 나서 판결은 엄벌화 되는 경향이 강해졌다. 구형 이상의 판결이 나온 사례가 있는가 하면 지나친 하급심 판결을 상급심이 뒤집은 사례도 종종 나왔다.

피해자와 피해자 유족의 심정을 배려하는 것은 중요하다. 그 마음을 잊은 수사원에게 수갑을 다룰 자격은 없다고 생각한다. 그러나 그것과 범죄자의 죄를 판단하는 것은 전혀 다른 문제다.

하지만 그 역시 실제로 피를 흘려 보지 않은 사람의 허언이라고 해 버리면 거기까지다.

재판에서 격리된 피해자와 피해자 유족은 범인이 체포되건 판결이 나오건 마음 편히 지낼 수 없다. 잃어버린 것들의 크기에 경악하고, 잃어버린 뒤의 허무함에 절망하고, 매일매일 눈물로 지샌다. 그런 지경에 놓인 이들에게 재판관의 변명 따위는 다른 나라 말처럼 들릴 것이다.

"평생 가정집의 느낌에서 멀리 떨어져 계실 생각입니까?"

"와타세 형사님. 혹시 동물을 길러 보신 적이 있습니까?"

"동물 말인가요. 아뇨, 집이 좁아서요."

"전 개를 길렀습니다. 영리한 개였죠. 제가 학교에서 돌아오면 아직 집에 도착하지도 않았는데 뛰쳐나와서 반겨 줬어요. 그 개가 병으로 죽었는데 그때는 아주 슬펐습니다. 죽은 개를 안고 밤새도록 울었죠. 하지만 반려동물이 주인보다 먼저 죽는 건 당연한 일 아니겠습니까? 그래서 그날 이후 아무리 사랑스러워도 죽음을 목도하는 게 싫어 반려동물을 키우지 않게 됐습니다. 같은 이유로 요시키에게도 동물을 기르는 걸 금지했지만, 그래도 여러 번 길에 버려진 고양이를 데려와 아내를 당황하게 했죠. 그런 면은 저를 닮았던 것 같네요."

와타세의 머릿속에 피로 물든 잠옷 차림의 소년이 떠올랐다.

"비유가 이상할지 모르겠지만, 저에게 가정집의 느낌이란 건 그런 게 돼 버렸습니다."

한 번이라도 행복을 느낀 적이 있으니 떠올리기가 더욱 괴롭다는 뜻일까.

"사람 자체가 아직 미숙한 탓이겠죠. 잊어버리려고 해도, 일 때문에 바쁠 때도 아주 사소한 계기로 두 사람의 얼굴을 떠올리고 맙니다."

"사람이라면 당연하지 않을까요."

"그럴지도 모르지만…… 정말로 괴롭습니다. 두 사람을 떠올릴 때마다 가슴을 송곳으로 찌르는 것 같아요. 그러면 또 곧바로 다음으로 떠오르는 게 법정에서 보인 사코미즈의 말과 행동입니다. 그는 비겁하다고 해야 할지, 야비하다고 해야 할지, 변호사와 결탁해 사형 판결을 피하기 위해서라면 무엇이든 해 보였죠. 피고인석에서 고개를 푹 숙이고 의기소침한 모습을 보이다가 마지막에는 울음을 터뜨리기도 했습니다.

만약 변호사가 지시했다면 심신 상실자 흉내까지 냈겠죠. 무려 네 사람의 목숨을 쓰레기처럼 취급하고, 자신의 목숨에는 볼썽사나울 만큼 집착하던 그 모습. 다섯 살 아이를 아무 거리낌 없이 칼로 찔러 살해했는데 자신의 목에 밧줄이 걸리는 상황만은 제발 없게 해 달라고 절규하던 그 모습. 그걸 떠올릴 때마다 이 나라가 법치국가임을 원망합니다. 재판도 형 집행도 안 해도 좋으니 지금 당장 거리로 다시 내보내 달라. 그러면 내가 직접 원수를 갚을 텐데 하는 마음이 들어 답답하기 짝이 없었습니다. 하지만 저에게는 아무런 항의와 요구도 허용되지 않았습니다. 그저 묵묵히 재판을 방청하라. 피고인이 동요하니 법정에 피해자 사진을 가져오지 말라. 사건 기록도 열람하지 말라."

이것이 바로 피해자 유족의 솔직한 심정일 것이다. 그때는 법조계 전체에 '피해자와 유족의 인권'이라는 개념이 존재하지 않았다. 고문과 자백 강요로 많은 원죄를 만든 전전戰前의 사법에 대한 반동이 있었기 때문이다. 그러나 가해자의 인권만 보호하고, 살해된 자의 원통함과 남은 이들의 슬픔을 고려하지 않으면 윤리관은 반드시 뒤틀린다. 일방적으로 사법 측 시스템이 이를 조장한 것인데도 헛되이 피해자 의식만을 억압하면 법에 대한 신뢰감도 뒤틀린다.

"그래도 어떤 사람을 계속 증오하는 데는 대단한 에너지가 필요합니다. 실제로 저도 사코미즈를 떠올리면 정신이 피폐해지는 걸 뒤늦게 깨달았으니까요. 나이를 먹는 건 과거의 원한을 잊게 해 주려는 자연의 섭리겠죠. 저도 이제는 나이를 먹어전보다는 사코미즈를 자주 떠올리지 않게 됐습니다. 그놈이 담장 안에 갇혀 있는 한 평생 얼굴을 보거나 말을 섞을 일도 없을 거다. 더 말하자면 그놈이 다른 세계에 계속 있어만 준다면 이제는 증오해 봐야 소용없다는 생각까지 했습니다. 하지만 그걸······ 그 편지가."

"편지 말입니까?"

"사코미즈가 가석방될 거라는 내용이 적힌 편지가 도착한겁니다."

"편지는 어떤 봉투에 담겨 있었죠?"

"아무 그림도 없는 흰색 봉투였고 보낸 사람 이름도 없었습니다."

"내용은?"

"출소 예정일과 출소 시각, 거주 예정지가 적혀 있는 간소한편지였죠."

"갖고 계십니까?"

"아뇨, 처분했습니다."

다카시마는 기죽은 기색 없이 말했다.

"편지를 받고 나서 책상 서랍에 넣어 뒀지만, 16일 자 신문에서 그놈이 살해됐다는 기사를 보고 파쇄기로 갈아 버렸습니다. 그때는 이미 불필요한 정보가 된 셈이니까요."

"편지가 언제쯤 도착했죠?"

"아마 3월 15일 무렵이었을까요. 우라와 옛 주소에서 이곳으로 반송된 모양이더군요. 전에 단골 가게들에서 우편물이 꽤 많이 날아와서 매년 이전 신고서를 제출하고 있습니다."

즉 마쓰야마 나미의 상황과 매우 비슷하다는 뜻이다.

"누군가가 베푼 친절인지, 아니면 그저 짓궂은 장난인지. 어쨌든 애써 평온함을 되찾아 가던 저는 또다시 실의와 분노에 빠져 괴로워졌습니다. 전 교도소 안의 생활이 어떤지 모릅니다. 그래서 그 안에서 23년을 사는 것의 의미도 오롯이 실감하지는 못하죠. 그러나 앞으로 사코미즈가 살아서 담장 밖에 나와 일반 시민들 사이에 섞여 뻔뻔하게 살아갈 거라는 것만은 알 수 있겠더군요. 그걸 깨달았을 때 제가 어떤 심정이었는지 아십니까? 이 나라는 살인범의 인권을 그토록 보호해 주는 것으로 모자라, 이번에는 그 죄까지 씻어 주려고 한다. 살인범에게 손해란 없다. 반대로 쓰야코와 요시키는 개죽음을 당한 거나 마찬가지다……."

와타세는 다카시마의 눈을 훔쳐봤다.

언뜻 평온해 보이지만 어두운 빛을 내뿜고 있었다.

"와타세 형사님. 형사님은 직접 체포한 살인범이 가석방되면 어떤 마음이 드십니까?"

'만약 가정해 본다면'이라는 말로 도망칠 수는 없다. 실제로도 와타세가 과거 체포한 흉악범 중 몇 명인가가 이미 형기를 마치고 출소했다.

"출소한 이들의 재범률이 60퍼센트에 달하는 건 엄연한 사실이니까요. 두 번 다시 돌아오지 말라고 속으로 비는 게 고작이겠죠."

"범죄를 저지르면 우리는 또 보게 될 거다, 같은 건가요."

"사실대로 말하자면 그렇습니다."

"형사님께는 그게 일이니까요. 부럽군요, 단순해서. 전 그럴 수 없었습니다. 아내와 자식을 살해한 놈이 교도소에서 나온다. 그리고 그 날짜까지 아는 상황. 이건 꼭 제게 원수를 갚을 기회를 제공해 주는 거나 마찬가지 아니겠습니까?"

다카시마의 눈이 마침내 어둡게 빛나기 시작했다.

"와타세 형사님. 형사님은 사코미즈를 체포해 주셨습니다. 그러니 솔직히 말씀드리죠. 놈의 가석방 소식을 듣고 저는 머릿속으로 연신 시뮬레이션을 반복했습니다. 물론 출소한 사코미즈를 살해하는 시뮬레이션이죠. 살해 장소는 어디로 할까. 범행 시간은 언제로 할까. 녀석이 아내와 아들을 살해한 것처럼 칼을 쓸까, 아니면 외국에서 총을 입수해 올까. 죽을 때 놈의 귀에 어떤 말을 들려줄까……. 형사님, 그건 말이죠. 생각만 해도 정신이 아득해지는 상상이었습니다. 놈의 얼굴이 공포로 떨리고, 피 웅덩이 안에서 서서히 목숨이 끊기는 모습을 떠올리는 것만으로 가슴이 쿵쾅거렸죠."

"다카시마 씨, 설마……."

"그런데 말입니다. 복수의 여신은 결국 제게 미소를 지어 주지 않더군요. 예정일 직전 갑자기 거래처에 문제가 생겨 곧장 영국으로 출장을 떠나야 했거든요."

다카시마는 빈정거리듯 웃어 보였다.

"요즘 같은 인터넷 시대에도 외국과 거래할 때는 얼굴을 맞대고 하는 게 관례처럼 돼 있으니까요. 어떤 문제를 해결할 때는 더욱 그렇죠. 현지 납품 담당자와는 말이 잘 안 통해서 제가 직접 그곳에 갈 수밖에 없었습니다. 그래서 3월 14일부터 16일까지 사흘간 계속 영국에 머물렀습니다. 사코미즈가 살해됐다는 소식을 들은 건 귀국 직후였죠. 항공사 탑승 기록이 남아 있을 테니 의심스럽다면 직접 확인해 보십시오."

탑승 기록이라면 철벽의 알리바이다. 수사본부에서도 이 알리바이를 무너뜨리는 건 쉽지 않을 것이다.

"운이 좋았던 것 같네요. 복수의 여신은 다카시마 씨에게 미소를 지어 주지 않았을지언정 다른 여신이 미소를 지어 줬군요."

"제가 그걸 기뻐할 거라고 생각하십니까?"

기뻐하기는커녕 몹시 아쉬워하는 말투다.

"누군가가 그놈을 대신 죽여 준 것 자체에는 감사하고 싶지만 제가 아니라는 사실에 아쉬운 마음을 금할 길이 없습니다. 형사님 앞에서 할 말은 아니지만, 세상에 죽어도 싼 사람은 한 명도 없다는 건 어린아이들의 허언이에요. 세상에는 없애야 할 인간, 염치없이 살아가서는 안 될 인간이 분명 존재합니다. 사코미즈 지로가 정확히 그런 인간이었고요."

와타세가 후추 경찰서 수사원을 만나 속을 살짝 떠보니 역시 세 사람의 알리바이가 견고해 수사본부는 지금껏 용의자 특정을 하지 못했다고 한다.

우선 구스노키 아키히로의 부모. 15일 10시부터 11시 사이 집 옆 논에서 경운기에 올라타 있는 다쓰야를 이웃 주민이 목격했다. 평소 나오는 시간이었고 평소대로의 복장이라 미심쩍은 건 못 느꼈다고 한다. 한편 이쿠코의 진료 기록도 확인했다. 다쓰야가 말한 대로 치매가 진행 중이고 의사 소견으로도 그녀 혼자 도코로자와에서 후추까지 이동하기는 어렵다고 한다.

다음으로 마쓰야마 나미의 알리바이도 입증됐다. 나미가 아르바이트로 고용한 조지마 사키라는 여성이 당일 11시부터 12시 사이 점포에서 나미와 함께 영업 준비를 했다고 증언한 것이다. 도중에 나미는 술을 채우기 위해 밖에 한 번 나간 적이 있지만 그래도 신주쿠와 후추의 거리를 고려하면 사코미즈를 살해하고 돌아오는 건 불가능하다고 추정했다. 또 나미 앞으로 도착한 발신인 불명 편지는 감식반이 철저히 조사했지만 편지에서는 나미의 지문밖에 검출되지 않았다. 내용 역시 컴퓨터로 출력했다는 것만 판명됐다.

마지막으로 다카시마 교지의 알리바이는 가장 견고했다. 항공사 승객 명부에는 '다카시마 교지'라는 이름이 확실히 기재돼 있어 다카시마가 사건 당일 일본에 있는 것은 사실상 불가능했다. 물론 영국으로 간 사람이 다카시마가 아닌 다른 사람일 가능성을 아예 무시할 수는 없지만, 나리타공항이나 히스로공항의 세관 및 출입국 심사 당시 본인 확인이 된 것을 고려하면 그 가능성도 거의 없었다.

CCTV로 얻은 정보는 더욱 보잘것없었다. 후추 교도소는 예전에 폭력단 간부가 출소할 당시 마중 나오는 이들이 너무 많았던 점을 생각해 일대에 CCTV를 여러 대 설치했다. 그러나 주변을 벗어나 사건이 일어난 공원에 다다르면 반대로 CCTV 수가 격감했다. 그쪽 CCTV에는 수상쩍은 사람은커녕 사코미즈의 모습도 찍혀 있지 않았다.

와타세가 보기에 사건에 이렇다 할 진전은 없었다. 수사는 현재 암초에 부딪힌 상태다.

그렇다면 나는 이제부터 뭘 해야 할까.

와타세가 사토나카에게 불려간 것은 정확히 그럴 때였다.

사토나카 현경 본부장. 세상이 다 아는 사이타마 현경의 수장이다. 구리스 과장과 형사부장 선을 넘어 느닷없이 사토나카가 자신을 불렀다는 사실에 와타세는 적잖이 놀랐다.

안하무인이라는 평가를 아랑곳하지 않는 와타세도 본부장실에 직접 불려간 적은 그리 많지 않았다.

방에 들어가니 사토나카는 의자에 몸을 깊숙이 파묻고 있었다. 그를 두고 인정 많은 사람이라고 평가하는 사람도 있지만, 와타세가 보기에 엘리트 출신이 아니라는 인상을 상대에게 심기 위해 그렇게 연기할 뿐이다. 직접 말하는 것만큼 현장에 대한 이해가 깊지 않고 한 꺼풀만 벗기면 권위주의와 실리주의로 똘똘 뭉친 사람으로, 책임은 지는 것이 아니라 회피하는 것이라 생각하는 경향이 있다.

"와타세입니다."

"왜 불렀는지 알겠나?"

앉으라는 지시가 없어서 와타세는 그대로 선 채로 이야기를 들었다.

"이곳에는 상벌 문제로 불려온 기억밖에 없습니다만, 요즘은 칭찬받은 기억도 가물가물하네요."

"구리스 과장의 충고를 무시하고 제멋대로 수사를 진행하

테미스의 검

고 있다더군. 오늘 아침 경시청 형사부장에게 정식 항의가 들어왔네. 수사본부와 후추 경찰서에 이런저런 것을 캐묻고 다니는 건 수사 방해에 해당하니 지금 당장 그만두라고 했어."

"방해할 생각은 없습니다."

"사건 관계자가 직접 여기저기 찔러 보고 다니는 건 어엿한 수사 방해지."

"고작 그 정도를 방해라고 여긴다면 그들에게 이번 사건 해결은 어려워 보이는군요."

"잘난 척하지 말게."

"잘난 척하는 게 아닙니다. 실제로 현재 수사본부에는 오합지졸들만 모였습니다."

"이보게, 와타세."

"석방된 사람이 그 직후 살해됐는데도 늦은 초동 수사와 주도권 다툼으로 수사본부가 제대로 움직이지 않고 있죠. 참고인에게 도달한 증거품조차 당일에 입수하지 않은 꼴을 보십시오."

그러자 사토나카는 희미하게 미소 지었다.

"편지를 본부에 갖다 준 게 자네라더군. 그걸로 생색이라도 낼 생각인가?"

"생색은커녕 빈축만 샀습니다만."

"자네가 유능한 건 인정하겠네. 하지만 너무 유능한 사람은 눈엣가시 취급이야."

비슷한 이야기를 다른 사람에게도 들었다. 생각해 보면 경찰이라는 조직은 유능한 인재를 어지간히 싫어한다.

"그쪽 수사본부가 제대로 움직이든 말든 우리와는 상관없는 일일세. 아니, 애초에 관여하는 것 자체가 월권행위지. 그쪽에서 방해로 느끼는 것도 당연해."

"그들로서는 불안합니다."

"자네는 홋카이도에서 오키나와에 이르는 곳에서 발생하는 모든 흉악 사건에 고개를 들이밀 생각인가? 대체 스스로를 뭐라고 생각하는 건가?"

사토나카가 험한 눈빛으로 와타세를 올려다봤다.

"자네도 현경 일에 경시청이나 경찰청이 개입하면 거북하지 않겠어?"

"거북하기는 하겠지만 민폐라고 생각하진 않을 겁니다."

"자신은 아량이 넓다고 하려는 건가?"

"민폐라고 느끼기 전에 이미 해결됐을 테니까요."

"건방진 소리."

그러나 사토나카의 질책에는 힘이 없다. 허튼소리가 아닌 건방진 소리로 받아들일 만큼은 와타세가 실적을 올리고 있기 때문이다.

"어쨌든 저쪽은 다들 신경이 곤두서 있어. 이 이상 개입하지 말게. 당분간 얌전히 있어."

"계고戒告입니까?"

국가 공무원법과 지방 공무원법에는 직원에 대한 징계 처분으로 다음 네 가지가 있다.

면직, 정직, 감봉, 계고.

그리고 양쪽 공무원법에 해당하지 않는 내규 징계로 다음 네 가지가 존재한다.

훈고, 본부장 주의, 엄중 주의, 소속장 주의.

전자는 향후 인사이동과 승진에 영향을 미치지만 후자는 그 정도는 아니다.

이제 와서 승진에 관심이 많은 것도 아니지만, 눈앞의 실리주의자가 중앙의 요청과 자신의 수하를 어떤 식으로 천칭 위에 올리는지는 알아 둬서 나쁠 게 없다.

와타세는 사토나카를 주시했지만 이윽고 상대는 고개를 획돌려 시선을 피했다.

"이건 본부장 주의야."

곧 제지는 하겠지만 계속 자기 밑에는 두겠다는 뜻이다.

"본부장이란 직책도 의외로 할 일이 많아서 말이지. 일개직원의 징계 문제로 일일이 서류를 작성할 여유는 없네."

흥, 그거야말로 생색 아닌가.

"당분간 얌전히 있으라는 건."

"말 그대로의 의미일세. 이 이상 후추 사건에 관여하면 본부장 주의에 그치지 않게 될 거야."

위협할 생각이었겠지만 인간성이 훤히 보이는 자의 공갈에 위협은 없다. 짜증과 부하 직원의 인사권을 쥐고 휘두르는 모습에서 느껴지는 우스꽝스러움만 있을 뿐이다.

"높은 검거율만으로 자신을 지킬 수 있다고 생각하면 큰 오산이야. 조직은 개인플레이를 무엇보다 싫어해. 뛰어난 선수 한 명보다는 열 명이 함께하는 팀워크가 사건을 해결로 이끈다는 말일세."

이런 말을 듣는 게 대체 몇 번째일까.

개인의 능력을 경시하는 인간은 반드시 팀워크를 강조한다. 그 열 명이 모두 보통 이하 인간이라면 어쩔 작정일까.

구성원 한 명 한 명을 어떤 분야의 전문가로 만들면 최강의 팀이 된다. 그리 어려운 이야기도 아니다. 그걸 처음부터 무리라고 단정 지으니 팀워크처럼 두루뭉술하고 허울뿐인 주장으로 도망치려고 한다.

나루미를 비롯해 지금껏 다양한 형사를 보아 온 와타세는 스스로 반을 이끌게 됐을 때 자신의 반을 전문가 집단으로 양성하고자 마음먹었다. 실제로도 그렇게 돼 와타세의 반은 검거율의 측면에서 다른 반과 격차를 크게 벌리고 있다. 물론 와타세 혼자의 힘 때문만은 아니다. 고테가와를 시작으로 와타세 반에 소속된 수사원이 전력을 다한 결과다.

개인의 능력도 팀워크도 중요하다. 그러나 무엇보다 반의 통솔자에게 능력이 없으면 구심력은 금세 사라진다.

"연차를 아직 다 소진하지 않았지? 지금이 딱 좋은 기회야. 이렇게 된 김에 한 주 정도 쉬었다가 오는 게 어떤가?"

뭐야. 허울 좋은 자택 근신인가.

"일주일이면 해외여행도 다녀올 수 있겠군요. 좋네요."

"설마 그럴 일은 없겠지만 영국 히스로공항에서 수사를 재개할 생각 같은 건 하지도 마."

사토나카는 마지막으로 와타세를 쏘아봤다.

"집에서 멀리 나가지 말게."

"낚시하러 가는 건 괜찮습니까?"

"마음대로 해."

"그럼 실례하겠습니다."

와타세는 고개를 꾸벅 숙이고 등을 돌렸다.

그리고 '낚시는 괜찮나 보군' 하고 의기양양하게 웃었다.

물고기를 낚을 거라고는 하지 않았다.

5

종원

終冤 ——

1

현경 본부를 나서자 정문 옆 그늘에서 느닷없이 웬 남자가 튀어나왔다.

"어디 가십니까. 와타세 경부님."

남자의 얼굴을 보고 와타세는 탄식했다. 하필이면 기분이 최악일 때 가장 만나고 싶지 않은 사람을 맞닥뜨리다니. 나도 어지간히 운이 없나 보다.

"내 일정표를 2면에 싣기라도 하는 건가? 사이타마 일보."

"이곳 본부장까지 오르시면 데스크에 제안해 봐도 괜찮겠네요."

"현경 본부장 말인가. 너무 어려운 조건이군."

"농담도 잘하십니다. 적어도 지금 본부장 사토나카 씨보다는 경부님이 훨씬 적임 아닌가요? 그분은 조정형 수장이죠. 평시에는 상관 없지만 난세에는 조금도 못 버틸 겁니다."

오노우에 젠지는 그렇게 말하고 키득키득 웃었다. 웃음소리가 그야말로 경박해 와타세의 기분을 상하게 했다.

사이타마 일보 사회부 소속 오노우에는 작은 체구와 어디든 잠입하는 약삭빠름 때문에 다른 기자들에게 '생쥐'라는 별명으로 불린다. 움푹 들어간 뱁새눈과 툭 튀어나온 앞니는 설치류를 연상하게 한다. 진흙탕을 좋아하고 잡식성이라는 점도 닮았다. 그리고 저속한 소재를 저속한 방식으로 얻어 저속한 기사를 써 대는 탓에 동료들에게도 따돌림 당한다.

"난세라는 게 무슨 뜻이지?"

"23년 전 우라와 경찰서와 현경 본부를 궁지에 몰아넣은 원죄 사건. 그런 난세에 조정형 수장은 숙청됩니다. 그럴 때야말로 와타세 경부님이 나설 차례죠."

아니꼬운 아부가 불쾌하지만 앞부분은 그저 흘려들을 수 없다.

"난세 같은 상황이 그리 쉽게 생기겠나?"

"그럴까요. 재앙은 언젠가 일어납니다. 사코미즈가 살해되는 바람에 현경 윗선이 잊고 싶은 과거도 무덤에서 되살아난 듯한 느낌이 들지 않습니까."

사코미즈 사건 뉴스가 터지자마자 23년 전 일을 덮으려고

나선 현경 본부에 파고든 건가. 역시 생쥐 같은 후각은 우습게
볼 수 없다.

"현경 본부 같은 곳이 그런 좀비 같은 스캔들에 좌지우지될
거라 보나?"

"하지만 실제로 경부님이……."

"어?"

"반드시 경찰차를 타고 현장에 향하거나, 아니면 형사부실
에서 부하들에게 화를 내고 계셔야 할 와타세 경부님이 혼자
서, 하물며 걸어서 본부 청사에서 나온다. 이게 다 사태를 가
만히 지켜보라는 지시가 내려와서 그런 거 아닌가요?"

"내가 왜 가만히 지켜봐야 하지?"

"사코미즈 사건은 후추 경찰서나 경시청 사건이 아닌 경부
님 사건이니까요."

와타세는 속으로 욕설을 내뱉었다. 제기랄. 같은 경찰보다
신문 기자가 사태를 더 잘 파악하고 있다니. 이 얼마나 우스운
상황인가.

"요새는 경찰의 불상사가 전국적으로 보도되니까요. 현경
이 아픈 곳을 찔려 딱지가 뜯기는 걸 두려워할 만합니다."

"꽤나 현경을 깔보는 억측이군. 사이타마 일보."

"깔보다니, 말도 안 됩니다. 경부님과 같은 시선으로 상황
을 읽을 뿐이죠."

내뱉는 말들이 하나하나 부아가 치민다. 신문 기자라는 직함을 지나치게 내세우지 않는 건 장점이지만 모든 것을 살짝 비뚤게 보는 말씨는 듣는 것만으로 불쾌지수가 상승했다.

"아시겠지만 현재 모든 언론사가 사코미즈 살해 사건과 구스노키의 원죄 사건을 연관 지어 보고 있습니다. 아니, 그보다 두 사건이 상관없다고 생각하면 기자로서 자격이 없다고 할 수 있겠죠. 그런데 후추 경찰서와 경시청은 변변한 정보를 흘리고 있지 않으니 이런저런 억측이 튀어나오는 겁니다. 개중에는 원죄 은폐로 문책당한 관계자가 범인인 건 아닐까 추측하는 사람까지 나오고 있고요."

"다들 신났군그래."

"그럼 현경 본부는 초연하다는 말인가요? 와타세 경부님에게 제동을 건다는 것 자체가 현경도 상당히 예민해져 있다는 증거로 볼 수 있죠."

취재 대상이 예민해질수록 보도하는 쪽에서는 고삐를 당긴다. 오노우에의 말에는 그런 뜻이 담겨 있다.

"잊고 싶은 과거라고 해 봐야 이미 23년이나 흐른 일이야. 그때는 자네도 아직 학생 아니었나?"

"아뇨, 아뇨. 구스노키 아키히로 원죄 사건과 뒤이은 우라와 경찰서 단위의 은폐 공작. 현경 사상 최악의 스캔들이었으니 입사한 지 얼마 안 된 햇병아리인 저도 자세한 사정은 다

들었습니다. 게다가 사건이 한창이었을 때는 사이타마 일보도 날개 돋친 듯이 팔렸으니까요."

그때 현경의 대형 스캔들로 전국지는 물론 지역 신문인 사이타마 일보까지 판매 부수가 대폭 늘었다고 들었다. 현경 입장에서는 잊고 싶은 과거여도 언론에서는 한몫 잡는 특수였던 셈이다.

"원죄 사건이라는 건 원래 오랫동안 이어지는 화제입니다. 만약 원죄 때문에 희생된 사람이 살아 있다면 오래됐을수록 더 뉴스 가치가 있죠."

"왠지 기뻐 보이는군."

"기쁜 건 제가 아니라 대중입니다. 저희는 어디까지나 갖다 바칠 뿐이고요."

한심하기는 해도 오노우에의 말에는 틀린 게 없다. 대중은 경찰과 정부 부처 같은 권위를 비판하는 걸 매우 즐긴다. 추태나 의혹 같은 게 한번 드러나면 벌떼처럼 몰려들어 정의의 사도라도 된 듯이 온갖 욕설을 퍼붓는다.

"저희 신문 기자들은 원래 반反 권력을 기치로 내걸고 있으니까요. 그런 소재에 달려들지 않을 수가 없습니다."

"그렇다고 현경이 같은 실수를 반복할 거라고 생각하나?"

"인간은 원래 같은 실수를 여러 번 반복합니다. 구제하기 어려울 정도로요. 경찰도 인간인 이상 그 굴레에서 벗어날 수 없습니다."

"그래서 나한테 달라붙은 건가?"

"원죄 사건과 관련된 이들이 줄줄이 징계받았다고 들었습니다. 단 한 명을 제외하고 말이죠."

"홍."

"거대한 숙청의 회오리에서 홀로 살아남은 사람. 만약 사코미즈 살해가 과거 원죄 사건 때문에 일어났다면 경부님은 다음 표적이 될 가능성이 큽니다."

"그 표적이 흉기에 찔려 살해되는 장면을 직접 찍어 특종으로 내보낼 생각인가. 그야말로 대단한 근성이군."

"하하. 경부님 옆에 다른 부하도 보이지 않아서 대신 보디가드라도 돼 드리려는 겁니다."

보디가드 같은 소리 하네.

숙청에서 살아남은 와타세는 사코미즈 살인 사건에 대해 반드시 정보를 수집할 것이다. 따라서 그에게 붙으면 뭔가 좋은 소재를 건질 수도 있다. 오노우에의 속셈은 확실히 효율적이다. 그러나 오노우에라면 와타세가 살해되는 순간을 카메라에 담고서 범인에게 장황하게 인터뷰를 감행할 것이 분명하다. 오노우에 젠지는 원래 그런 남자다.

순간 와타세는 불현듯 떠올렸다. 가석방을 앞두고 왠지 우울해 보였다는 사코미즈는 신문을 읽자마자 안색이 바뀌었다고 한다. 나중에 교도소에 확인해 보니 사코미즈가 비정기적으로 구독하던 신문이 바로 사이타마 일보였다.

전국지는 가까운 도서관에 가면 축소판을 열람할 수 있다. 그러나 사이타마 일보 같은 지방지까지 전부 구비해 두지 않았을 수 있다. 현재는 CD-ROM에 신문 기사를 기록해 보존하는데 기사의 양에 따라서는 지방지 기사도 일부 실리는 경우가 있기는 하다.

"사이타마 일보. 백넘버는 전부 갖춰져 있겠지."

"그야 그렇겠죠."

"지금 당장 보러 가야겠어."

"네? 설마 저희 회사로 가실 생각입니까?"

"난 내 귀중한 시간을 제공했어. 그 정도 편의는 봐 줘야 하지 않겠나?"

오노우에의 얼굴이 묘하게 일그러졌다. 자신보다 뻔뻔하고 낯짝 두꺼운 사람을 발견한 듯한 표정이다.

와타세는 고개를 한 번 돌려 미행이 붙지 않은 것을 확인했다. 그래도 방심은 금물이다.

"회사 차는 어디 세워 뒀지?"

"택시로 왔습니다만."

"좋아. 저 앞에 현민 건강 센터가 보이나?"

"네."

"저 뒤로 돌아 북쪽으로 걸으면 버스 정류장이 나오네. 거기서 기다려 줘."

와타세는 오노우에를 먼저 보내고 택시를 잡아탔다. 한참 달려 지정한 곳에서 대기 중인 오노우에와 합류했다. 만약을 대비해 뒤쪽에 주의를 기울였지만 따라오는 사람은 보이지 않았다.

"엄청나게 신중하시군요. 꼭 도주하는 범인 같은데요."

도주범이라는 말을 듣자 묘하게 우스워졌다.

나 자신은 사건을 뒤쫓고 있다고 생각하지만 내 발목을 잡는 데 혈안이 되어 있는 사토나카 이하 현경 직원들 눈에는 도망치는 거나 마찬가지로 보일 것이다.

"그러고 보니 경부님과 알고 지낸 지도 꽤 됐지만 이렇게 차에 함께 타는 건 처음이네요."

오노우에는 감개무량한 듯 말했다.

그럴 만도 하다. 와타세는 왠지 머쓱해졌다. 지금껏 특정 보도 관계자에게 정보를 흘린 적은 단 한 번도 없다. 특정 기자에게 필요 이상 접근한 적도 없었다.

유달리 그들을 경멸하는 것은 아니다. 천박하고 선정적인 기사를 쓰는 기자는 많다. 그러나 그것은 독자도 천박하고 선정적인 기사를 원하기 때문이다. 어떤 시장에서든 수요와 공급 관계가 성립한다.

와타세가 언론인들과 거리를 두는 건 그들을 조종할 자신도 그럴 마음도 없기 때문이다.

아키히로의 원죄가 만천하에 드러났을 때 온다는 언론에 정보를 흘리는 방법을 택했다. 마치 자폭 테러와 같은 수법이었지만 정당한 방법으로 관계자를 설득하면 정보 자체가 사라질 위기 상황에서는 그것이 최선의 방책이었다. 와타세는 절대 따라 할 수 없는 행동이다.

"사이타마 일보. 하나만 물어도 되겠나?"

"네. 뭡니까? 새삼스럽게."

"이래 봬도 그쪽 애독자라 조, 석간을 다 구독하고 있네. 자네가 쓰는 기사도 물론 읽고 있지. 근데 기사를 읽으면서 항상 느끼는 건 사이타마 일보가 경찰과 검찰의 불상사에 유독 실력을 발휘한다는 점이야. 이건 칭찬인데, 항의 따위 아랑곳하지 않는 듯한 격렬함과 개인을 향한 가차 없는 공격이 다른 신문을 훨씬 앞서고 있어."

"감사한 말씀이군요."

"권력의 추태와 추락에 그토록 취재 의욕이 샘솟나?"

"취재 의욕이 샘솟는다기보다 그냥 재밌습니다."

오노우에는 주눅 든 기색 없이 말했다.

"법의 집행자와 법의 수호자가 법을 어긴다. 본말이 전도된 그 어리석음을 있는 힘껏 비웃어 주고 싶은 거죠."

"비판이 아닌 비웃음인가."

"어리석은 사람에게는 아무리 윤리를 설파해 봐야 무의미합니다. 어리석으니 학습 능력이 없거든요. 그런 녀석들에게는 비판조차 아깝습니다. 듣고 화내지 않으셨으면 하는데, 경찰, 검찰의 불상사는 이제 거의 연례행사가 된 느낌도 듭니다."

어리석은 자는 비웃을 수밖에 없다는 뜻일까.

"믿지 않으시겠지만 저는 와타세 경부님을 존경합니다."

"오. 그거 영광이군."

"경부님은 경찰과 검찰에서 부르짖는 정의 같은 걸 조금도 신뢰하지 않는 듯 보여서요."

오노우에는 웃음을 참듯 킥킥거렸다.

"사람을 체포하고 고소하고 재판한다. 그야말로 대단한 권력이죠. 그런 권력을 행사하는 이들은 오죽 자신의 정의에 도취될까요. 자신이 정의를 앞세우는 데 걸맞은 지성과 식견을 지녔다고 스스로 믿고 있을 겁니다. 또 권력은 스스로 직접 쟁취한 것이라고도 믿을 거고요. 웃음거리예요. 그런 건 전부 주어진 것에 지나지 않거든요. 권력자가 시간이 지나 다른 권력에 짓밟히는 것처럼, 정의의 대행자도 시간이 지나면 다른 정의에 의해 축출되는 법입니다. 정확히 구스노키 아키히로의 원죄를 은폐하려고 꾸민 사람들처럼 말이죠. 조직 방어, 체면 사수 같은 조직의 정의를 위해 내달린 그들은 대중의 복수심이라는 더 큰 이름의 정의에 역습을 당했습니다. 이 역시 마찬가지로 웃음거리입니다."

오노우에의 이야기를 듣는 동안 그의 관점이 다른 언론계 종사자들과는 다르다는 것을 깨달았다.

이것은 인간이 아닌 신의 관점이다.

"후, 제가 너무 떠들었나요."

"그 말은 곧 죄인을 재판할 권력도, 형을 집행할 권력도 결국 신을 대행하는 것에 지나지 않는다……. 그런 뜻인가."

"아뇨, 아뇨. 그런 거창한 이야기는 아닙니다. 전 그저 일시적으로 주어진 권력을 쥐고 뭔가 대단한 사람이라도 된 것 마냥 착각하는 이들을 타도하고 조소하고 싶을 뿐입니다. 그리고 그건 아마 대중이라고 불리는 이들이 공통으로 품고 있는 욕망일 겁니다."

사이타마 일보에서 과거 기사들을 조사하고 관사에 돌아갈 때는 이미 어둠이 깊었다.

그래도 8시 전에 집에 돌아가는 건 오랜만이라 저녁 메뉴를 정하고 있자 뒤에서 "와타세" 하고 부르는 소리가 들렸다.

설마 관사 부지 안에서 습격당할 거라고는 예상도 하지 못했다.

무심코 자세를 취하고 목소리가 들려온 쪽을 돌아보자 오랜

만에 보는 얼굴이 있었다.

"이런, 도지마 선배님이었습니까."

23년 만의 재회인데도 상대는 조금도 반가워하는 얼굴이
아니었다.

"여기서 계속 기다렸네. 현경 본부를 나와 어디를 그리 싸
돌아다니다가 오나?"

도지마는 인사도 하지 않고 와타세에게 불쑥 다가왔다. 무
기 같은 건 없는 듯 보이지만 온몸으로 험악한 기운을 발산하
고 있다.

완전히 딴사람이 돼 있었다.

우라와 경찰서에서 선배티를 내던 무렵의 도지마는 조직에
순응하는 사람이기는 해도 선하고 포용력도 있었다.

그러나 지금 눈앞에 서 있는 남자는 기죽은 눈빛으로 와타
세를 노려보고 있다. 25년 정도 지났으니 당연하겠지만 검었
던 머리카락도 절반 이상 하얗게 셌고, 얼굴에 생긴 주름은 깊
어지고 추해졌다. 아직 50대일 텐데 추하게 늙어가는 기운도
감돌고 있다.

"말해. 어디서 뭘 했지?"

"선배는 이미 경찰 사람이 아니죠. 그러니 알려 줄 수 없습
니다."

"네놈도 경찰 사람은 아니잖나?"

　　　　테미스의 검　　　　———

도지마는 코웃음을 쳤다.

"오래전부터 그랬지. 네놈은 경찰에 속해 있으면서 조직에 녹아들려고 하지 않았어. 자기 마음대로 움직이고 조직에 칼을 갖다 댔지."

"……괜찮다면 안에 들어가서 얘기하겠습니까?"

"필요 없어. 그저 충고하러 왔을 뿐이니."

"충고라. 하하. 설마 선배한테도 지시가 내려온 겁니까?"

"사코미즈, 아니, 23년 전 사건을 더 이상 들쑤시지 마."

기가 찼다. 현경일까. 아니면 경찰청일까. 오래전 상처를 내버려 두고 싶어 하는 사람들이 퇴직한 사람까지 동원해 내 움직임을 막으려 한다.

이럴 조직력과 기동력이 있으면 다른 곳에 쓰면 좋을 텐데.

"어차피 또 멋대로 수사하고 있겠지."

"상상에 맡기겠습니다."

"구스노키 아키히로 사건은 이미 다 끝났어. 재판관과 검찰관, 그리고 우리 현장 사람들에게까지 전부 불똥이 튀었지. 오로지 네놈만 안전지대에 서서 모두가 파도에 휩쓸려 가는 모습을 강 건너 불구경하듯 지켜봤잖나?"

피해 의식에 사로잡힌 말투지만 말 자체에는 반론의 여지가 없다. 와타세의 심정이 어떤지를 떠나 상황 자체는 도지마의 말 그대로이기 때문이다.

징계를 받은 관계자 대다수가 직에서 쫓겨났다. 경찰과 검찰은 퇴직 후에도 보통 재취업 알선이 들어오는데 그조차도 없었다. 같은 조직 내의 처분에 무르다는 비판을 듣는 걸 두려워하는 관계 부서가 철저히 꼬리 자르기에 나섰기 때문이었다.

"참 대단도 하지. 동료를 팔아치우고 정작 자신은 현경 본부로 영전. 지금은 수사1과 반장까지 올랐다지? 이번에는 또 뭘 팔아치울 작정인가? 부하? 아니면 자존심?"

"아무것도 팔지 않습니다. 사는 건 많이 사네요. 비난."

그러자 도지마는 와타세를 향해 성큼성큼 다가와 멱살을 움켜쥐었다.

"지금까지 뭘 조사했고 무슨 냄새를 맡고 다녔는지 말해."

도지마가 멱살을 들어 올렸다. 그러나 슬플 만큼 빈약한 힘이다. 예전의 사나움은 티끌만큼도 느껴지지 않았다.

"진정하시죠. 도지마 선배."

실례이기는 해도 왠지 동정심이 일었다.

동정심에서라면 거짓말도 할 수 있다.

"요즘 일이 바빠서 말이죠. 저도 집에 오기 전에 한잔 걸치고 오기도 합니다."

"쳇. 네놈 성격에?"

도지마는 전혀 믿지 않는 듯했다.

"네놈은 철저히 독선적이야. 오직 자신만이 정의라고 믿지. 그런 녀석이 본부장 주의를 듣는 것 정도로 얌전히 꼬리를 내리겠나?"

이런. 본부장 주의를 들은 것까지 이야기가 샌 건가.

"하나만 알고 둘은 모르시는군요, 도지마 선배. 분명 구스노키 사건으로 여러 사람에게 불똥이 튄 건 맞습니다. 하지만 배임에 대한 처분은 사코미즈 진술이 나왔을 때 다 끝났지 않았습니까?"

"지금 네 입으로 그런 말을 하는 건가? 다 알면서도? 징계를 받은 건 눈에 도드라진 사람과 말단들뿐이었지. 구스노키의 검찰 송치를 결정한 자, 재판에 연관된 자, 도쿄 구치소에서 녀석과 접촉한 교도관 등 관련자는 훨씬 많아. 그들은 지금까지도 구스노키의 망령 때문에 떨고 있어. 언제 어디서 우리처럼 복수당할지 몰라 전전긍긍하고 있단 말이다."

아아, 이게 바로 그것인가.

와타세는 온다의 말을 떠올렸다.

사건과 관련된 자에게 구스노키 아키히로, 사코미즈 지로라는 이름은 등에 업은 십자가다. 다시 언급해서 기분 좋을 리 없다. 만약 압력이 들어갔다면 그것은 개별의 압력이 아닌 공동의 압력이다.

"도지마 선배. 선배는 녀석들한테 무슨 소리를 들은 겁니

까? 재취업할 때 경찰 쪽에서 아무 편의도 제공 못 받지 않았
나요? 아니면 뭐 약점이라도 잡혔습니까?"

불현듯 멱살을 움켜쥔 손에서 힘이 빠졌다.

"선배는 이제 이런저런 면에서 자유로울 겁니다. 지금 절
이런 식으로 비난하는 것도 본심일 리 없습니다."

"널 패 주고 싶은 마음은 진심이다. 허울뿐인 정의를 내세
워서 수사1과 반장까지 올라갔다고 생각하면 속이 아주 뒤
틀려."

허울뿐인 정의라.

와타세는 그 말을 씁쓸하게 받아들였다. 허울뿐이라면 약
간의 돌풍만 불어도 쉽게 날아가 버리기 마련이다. 고작 그런
걸로 20여 년을 버틸 수 있었을까.

"경찰에서 잘리고 경비 회사에 취직했어."

"저도 들었습니다."

"그것도 한 번에 된 건 아니야. 여러 번 취업지원센터를 다
녔고 셀 수 없이 면접에서 떨어졌지. 별다른 연줄이나 소개
없이 서른 중반 남자가 재취업하는 건 고생이 이만저만 아니
었어."

그 얘기 역시 들었다.

우라와 경찰서 관계자들이 징계를 받은 뒤 와타세는 모든
이들의 소식을 최대한 수집했다. 고생 끝에 재취업에 성공한

도지마는 그래도 괜찮은 편이다. 개중에는 아내에게 이혼장을 받고 생활보호대상자가 된 사람까지 있다.

법의 여신 테미스는 원죄에 가담한 이들에게 그야말로 가차 없었다. 마치 아키히로의 원한을 대변하는 것처럼 관계자들을 희생의 제물로 바쳤다.

와타세도 오직 자신만 하늘의 법망에서 벗어났다고 생각했다. 하지만 요즘은 생각을 고쳤다.

벗어난 게 아니다. 테미스가 나를 향해 검을 휘두르는 순간이 아직 오지 않았을 뿐이다.

언젠가 나에게도 단죄의 날이 찾아올 것이다. 그것은 거의 확신과 같은 감정이었다.

"가까스로 얻은 일자리였어. 지금까지는 나름의 지위와 신뢰도 거뒀고."

"그럼 왜……."

"사장이 전직 경비부 출신이야. 그 사장에게 이런저런 이야기를 들었지."

상사가 직접 찾아가면 상대해 주지 않겠지만 예전에 알던 지인이 눈물 작전으로 호소하면 대답할 거라 예상한 걸까. 그렇다면 사람을 잘못 본 것이다.

"그런 이유로 날 찾아온 겁니까?"

"그런 이유라니!"

도지마는 눈을 까뒤집었다.

"나한테는 아직 부양하는 가족이 있어! 네놈한테 계속 휘둘릴 성싶으냐!"

그 눈 안에 숨겨진 감정을 엿보며 와타세는 탄식했다.

그때 도지마는 조직을 지키기 위해 나를 막아섰다. 그리고 지금은 가족을 위해 날 막아서고 있다.

절대 악랄한 인간은 아니다. 아니, 사건을 은폐하는 데 가담한 관계자는 하나같이 일에 충실하고 조직을 향한 충성도가 높은 자들이었다.

그런 자들이 원죄를 만들어내고 조직의 부조리를 얼렁뚱땅 덮어 버리려는 모습이 애달팠다. 사회악의 근원에는 악의가 있다고 딱 잘라 말할 수 없음에 화가 났다.

"도지마 선배. 만약 제가 뭔가를 포착했다고 해도 그걸 선배에게 털어놓을 거라 생각하는 겁니까? 선배를 딱하게 여겨 수사를 그만둘 거라고 생각하십니까?"

도지마의 눈에 두려움이 깃들었다.

"선배, 아까 그러셨죠. 제 성격에 그러겠느냐고요. 맞습니다. 제 성격에 그럴 리 없지 않겠습니까?"

와타세는 가슴 앞에 놓인 도지마의 손목을 반대로 들어 올렸다. 어느 날을 재현하는 것이다. 다만 그때보다 훨씬 쉬웠다.

"선배에게 지시한 인간은 선배의 실력이 아닌 저와의 옛정을 이용하려 했습니다. 이런 짓을 해도 소용없습니다. 옛정에 기대려는 것도 무의미하고요. 선배도 알다시피 저는 정 같은 것에 휘둘리지 않는 사람이니까요."

도지마는 신음하며 허리를 숙였다. 힘 조절을 했지만 예상보다 힘이 더 들어갔는지 그는 "으윽" 하고 낮은 소리를 내기 시작한다.

와타세는 불현듯 자기 자신이 한심해져 손을 뗐다.

격투로는 전부터 와타세가 한 수 위였지만 지금은 그 차이가 더욱 크다. 도지마는 바닥에 엎드린 채 손으로 다른 손을 누르고 있다. 그 모습이 몹시 비참해 보였다.

"이제 볼일 다 봤습니까? 도지마 선배."

"제기랄. 우쭐하지 말라고. 이 자식아!"

예상치 못한 말이었다.

지금껏 우쭐한 적은 한 번도 없다.

"네, 네놈은 정말 예전 그대로야. 하나도 변하지 않았어."

도지마는 콧물을 훌쩍이며 울먹였다.

"오로지 자신만이 정의라고 믿어 의심치 않는 그 모습. 네놈 눈에는 지금 내 행동이 못된 짓으로만 보이겠지. 체면이나 지위 같은 것에 연연하는 모습이 애처롭기 짝이 없겠지. 사람을 항상 위에서 그렇게 내려다보니 좋냐? 잘난 척하지 말라고, 이 자식아."

위에서 내려다본 적도 없다.

그러기는커녕 항상 하늘을 우러러 보았던 느낌이다. 아무리 발버둥을 쳐도 절대 손이 닿지 않는 빛을 움켜쥐려고 했다.

아키히로가 원죄라는 소식을 들은 순간의 내 심정을 도지마가 알 리 없다. 지금껏 쌓아 온 실적이 산산이 부서졌고 나 자신이 더없이 추잡한 존재로만 느껴졌다. 칠흑 같은 암흑에 내던져져 자조와 자기혐오로 썩어 가는 듯한 기분이었다.

그러므로 와타세는 빛을 원했다. 진실의 빛. 다소 잔인할지 몰라도 모든 헤매는 자들을 이끌어 줄 빛을.

"자신만의 정의를 내세우는 건 맞을 겁니다. 그걸 부정할 생각은 없습니다. 하지만 그건 경찰과 검찰, 그리고 선배도 마찬가지입니다."

"네놈 한 명의 정의의 가치가 경찰 전체가 내세우는 정의의 가치와 같다는 건가? 허세도 그 정도면 우스워져."

"선배와 이런 식으로 재회하고 싶지는 않았습니다."

와타세는 그렇게 말하고 등을 돌렸다.

그러자 바로 뒤에서 목소리가 들렸다.

"언제나 무사할 거라고 생각하면 큰 착각이다. 조만간, 조만간 네놈도 역시……."

와타세는 더는 돌아보지 않았다.

그건 이미 알고 있다.

나는 당신보다 훨씬 무거운 죄를 지었으니.

2

다음 날 와타세는 사이타마시 미도리구 우라와 인터체인지를 찾아갔다.

구루마 부부 살해 사건이 일어난 지 벌써 25년 이상 흘렀지만 이곳 풍경은 그 무렵과 별반 달라지지 않았다. 여전히 교통량이 많고 주변에 러브호텔이 즐비해 있다. 달라졌다면 모든 호텔의 외관이 현대식 시티 호텔스럽게 된 것 정도일까.

구루마 부동산은 이미 오래전 건물이 철거돼 지금은 공터가 돼 있었다. 잡초가 무릎까지 닿을 정도로 자란 곳 가운데에 '매각 예정지' 입간판이 비스듬하게 기울어진 채 있다. 가까이 가서 유심히 보니 칠이 벗겨져 있고 받침대에도 녹이 잔뜩 슬어 있다.

인터체인지 근처 땅값은 시가지의 땅값보다 저렴하다. 원래라면 당장 살 사람이 나타나겠지만 구루마 부동산은 아직 공터 그대로다.

생각해 보면 그럴 수밖에 없다. 러브호텔이 즐비한 곳에 단독주택이나 빌라를 세워 봐야 아무도 들어오지 않을 것이다. 상점도 마찬가지다. 다른 사람 눈을 피해 호텔에 들어가려는 커플만 많은 이곳에 상점을 열어도 손님이 많이 올 리 없다. 약국 같은 선택지도 있겠지만 우스갯소리로 들릴 것이다. 주변처럼 러브호텔을 세우기에도 부지 면적이 좁아 불가능하다. 어중간해서 별 쓸모가 없는 땅인 데다가 전에 살던 주민은 강도 살인 사건으로 희생됐으니 팔리지 않고 방치되는 것도 당연하다. 토지를 상속받은 외동딸 나미도 매물이 나갈 기색이 없어 분명히 곤란할 것이다.

일렬로 늘어선 러브호텔 사이에 홀로 뻥 뚫린 공간.

당연히 그날 사건을 연상하게 한다. 사건이 바람에 휩쓸려 사라지는 걸 거부하는 것처럼 보이기도 한다.

이곳에서 모든 것이 시작됐다.

아키히로의 원죄와 사건 은폐, 그리고 수많은 관계자가 휩쓸린 숙청의 폭풍.

그날을 떠올리면 역시 감개가 깊다.

와타세는 공터를 뒤로하고 맞은편에 있는 러브호텔로 향했다. 당시 호텔 종업원이 사건의 최초 발견자였다. '샤토 야마네코'라는 간판이 그대로인 걸 보니 경영자가 바뀌지는 않은 듯하다.

프런트에는 중년 여성이 앉아 있었다. 이런 호텔의 프런트 업무는 여성 손님을 고려해 대부분 여성이 맡는다.

와타세가 용건을 알리자 직원은 눈에 띄게 당황했다.

테미스의 검 ——

"28년 전이라니……. 저기서 그런 사건이 있었다고요?"

아무래도 사건 자체를 모르는 듯했다.

"이 호텔에 당시 근무하던 분은 안 계십니까?"

"너무 오래전이라서 아마 지배인님밖에 안 남아 있을 거예요."

빈손으로 돌아갈 것을 각오하고 왔지만 그래도 기운이 빠졌다. 28년이라는 세월은 물증은 고사하고 증인까지 과거로 내쫓아 버렸다.

"그 지배인분과 만날 수 있겠습니까?"

"잠시만 기다려 주세요."

살인 사건이라는 말에 흥미가 동했는지 프런트 직원은 불쾌한 기색 없이 와타세를 응대했다.

5분 정도 기다린 다음 사무실로 안내받았다.

주차장에 설치된 CCTV 모니터와 각 방의 공실 현황을 한눈에 볼 수 있는 패널이 있는 것을 제외하면 슈퍼마켓의 사무실과 크게 다를 바 없는 곳이다.

"기다리게 해서 죄송합니다."

구쓰자와라는 이름의 예순이 넘어 보이는 여성 지배인이 나타났다. 미인은 아니지만 웃는 얼굴에 어린아이 같은 천진난만함이 느껴진다.

"지배인이 여자라 놀라셨나요?"

와타세는 "아뇨" 하고 고개를 흔들었다.

러브호텔은 지배인부터 프런트 직원, 객실 정돈 직원까지 모두 여성인 곳이 많다. 심야 영업 때문에 숙식하는 직원이 많아서 직원들 사이에 생길 사고를 미연에 방지하려고 일부러 남성을 고용하지 않는다.

"구루마 씨 사건으로 오셨다니, 정말 오랜만에 듣는 이름이네요."

"지배인님은 당시를 기억하십니까?"

"당연하죠. 부부 시신을 처음 발견한 사람이 저니까요."

"네?"

"그때는 아직 평사원이었죠. 원래 이런 호텔은 대부분 시급이 높지 않은데, 그다지 힘들지 않고 근무 시간도 길게 잡을 수 있어서 한번 취직하면 오래 눌러앉아요. 그래서 장기 근무를 인정받아 어느덧 지배인으로 발탁된 거죠."

와타세는 무심코 몸을 앞으로 뻗었다.

고마운 일이다. 그야말로 행운이다.

"사건을 아직 상세히 기억하십니까?"

"물론이죠. 살인 사건의 최초 발견자가 되는 건 평생 한 번 있을까 말까 한 경험이니까요. 어떻게 잊겠어요."

구쓰자와 지배인은 얼굴을 찌푸렸지만 목소리에 묘한 매력이 있다.

테미스의 검

"아무튼 당시 이 부근에서 러브호텔이 아닌 건물은 오로지 구루마 씨 집뿐이어서 교류도 꽤 있었어요. 부부 중 남편은 항상 무뚝뚝했지만 아내분은 싹싹하고 붙임성이 좋았죠. 만나면 대체로 인사를 나눴어요."

"그럼 부부의 시신을 발견했을 때 많이 놀라셨겠군요."

"네. 그래서 저, 형사님께 최대한 협조하려고 정말 노력했어요. 음, 그 형사님 이름이 뭐였더라. 도, 도마에, 도조노, 아니, 도야마……."

"도지마."

"맞아요, 맞아. 도지마 형사님이었죠. 그 형사님, 지금도 잘 지내시나요?"

도지마와는 어젯밤 막 만나 대화를 나눈 참이지만 그의 초라한 몰락에 대해 말해 봐야 헛될 뿐이다.

"네. 건강히 잘 있습니다. 그때보다 힘은 좀 빠졌지만요."

"다행이네요."

와타세는 설레는 마음을 억누르며 스스로 되뇌었다.

신중에 신중을 기하자.

모처럼 얻는 귀중한 증언이다. 여기서 실수하면 끝이다. 우선 증인의 기억을 확실히 되살리는 것부터 시작이다. 다행히 구쓰자와 지배인의 기억력은 괜찮아 보인다. 28년 전 딱 한 번 대화를 나눴을 뿐인데 도지마의 이름을 어렴풋이 기억하고 있지 않은가.

"사건 당일 밤을 떠올려 주십시오."

"그날 밤은…… 맞아요. 그날 밤에는 비가 아주 많이 내렸죠. 호텔 안에 있어도 폭포가 쏟아지는 듯한 빗소리가 들려서 폭우가 내리는 걸 알았어요."

좋아. 이런 흐름이다.

"어떤 경위로 시신을 발견하셨습니까?"

"도로가 물에 잠기는 건 아닐까 해서……. 참, 저희 호텔 지하 주차장에 물이 흘러들지 않을까 걱정돼서 밖에 나가 봤어요. 전에 호우 때문에 침수된 적이 있어서요."

와타세는 머릿속에 수사 기록을 되살렸다. 여기까지의 증언은 28년 전 수사 기록과 일치한다.

"밖에 나가 보니 구루마 씨 사무실이 뭔가 낌새가 이상해서……. 뭐가 이상했던 걸까요……. 흐음…… 맞다. 안에 불이 꺼져 있는데 문이 열려 있는 게 이상했던 것 같아요. 그대로 두면 사무실에 물이 들어가 침수될 것 같아서 사무실 앞에 가서 안을 보니……."

"잠깐만요. 사무실 불은 꺼져 있었다고 하셨죠. 그런데 어떻게 안을 보신 겁니까?"

"그건…… 아아, 그래요. 사무실 벽이 통유리였고 안쪽에 매물 안내 종이가 붙어 있었는데, 호텔 네온사인 때문에 내부

테미스의 검 ____

가 희미하게 보였어요."

"네. 알겠습니다. 그리고?"

"안에 쓰러진 사람이 보여서 곧장 경찰에 신고했어요."

와타세는 무심코 박수를 치고 싶어졌다. 구쓰자와 지배인의 기억력은 완벽하다. 이대로면 지금부터 할 질문에도 가치 있는 대답을 기대할 수 있다.

"지배인님. 지금부터 전에는 하지 않았던 새로운 질문을 하겠습니다. 이 사진 속 인물을 보신 기억이 있습니까?"

와타세는 사진 한 장을 꺼내 구쓰자와 지배인 눈앞에 내밀었다.

이 사진이야말로 사이타마 일보에 들어가 얻은 유일한 성과다. 눈을 크게 뜨고 지면을 샅샅이 뒤지다가 간신히 건진 단한 장의 사진.

구쓰자와 지배인은 사진을 쳐다보았다.

"사건 당일 이 사람을 근처에서 목격하지 않았습니까?"

와타세는 자기도 모르게 두 손을 꾹 쥐었다.

호텔 직원이 밖에 나가는 일은 많지 않다. 또 호텔에는 차를 타고 들어오는 커플이 많아 거리를 쏘다니는 사람도 적다. 그러므로 이 질문 역시 도박 같은 것이었다.

구쓰자와 지배인의 얼굴이 묘하게 일그러졌다. 필사적으로 기억을 더듬고 있지만 좀처럼 떠오르지 않는 표정이다.

그래도 그녀는 고개를 갸웃거리며 사진을 꼼꼼히 살폈다.

"흐음."

구쓰자와 지배인은 신음을 내뱉고 고개를 들었다.

"죄송해요. 본 것 같기는 한데, 확실하지가 않네요."

순간 어깨에서 힘이 쭉 빠졌다.

"그렇습니까."

"전혀 기억에 없는 건 아니에요. 뭔가, 그늘에 숨은 듯한 느낌이에요. 그날 너무도 강렬한 걸 목격해서, 그게 너무 커서…… 아아, 말로 잘 표현이 안 되네요."

그로부터 얼마간 구쓰자와 지배인은 줄곧 신음을 내뱉었지만 끝내 기억을 명확히 되살리지 못했다.

와타세는 실망스러운 마음을 감추고 명함을 건넸다.

"사진과 명함을 두고 가겠습니다. 뭔가 떠오르시면 연락해주십시오."

조바심은 금물이다. 지금 당장 떠오르지 않아도 어떤 계기로 갑자기 떠오를 수 있다. 그 순간을 기다릴 수밖에 없다.

와타세는 '샤토 야마네코' 호텔을 나갔다.

구쓰자와 지배인 말고 그때를 기억하는 사람은 없을까.

행운이 연속으로 이어질 수 없다는 것을 알아도 와타세는 그 행운을 찾아야 했다.

조금 전보다 무거워진 다리로 다른 러브호텔로 향하는 순간이었다.

"형사님."

등 뒤에서 목소리가 들려 돌아보니 구쓰자와 지배인이 뛰어오고 있었다.

그녀는 숨을 헐떡이며 와타세 앞에 섰다.

"무슨 일입니까?"

"떠올랐어요. 이제야 떠올랐어요. 사진 속 인물인지 아닌지 확실하지는 않은데, 그날 닮은 사람을 봤어요."

"그게 정말입니까?"

"차예요, 차."

구쓰자와 지배인은 숨을 고르며 간신히 말을 이었다.

"저, 조금 팬이었거든요."

"팬?"

"구루마 씨 부부가 시신으로 발견되기 전에 야식을 사러 편의점에 갔었어요. 우산을 써도 옷이 다 젖어서 기억해요. 휴식 시간에 접어들 무렵이었으니 밤 10시가 조금 넘었을 거예요. 밖에 나가니 부동산 옆 호텔에서 차가 나와서."

구쓰자와 지배인은 침을 한 번 꿀꺽 삼켰다.

"옆을 지나치며 봤어요. 조수석에 앉아 있던 여자 얼굴을요. 저, 그분의 팬이어서 화들짝 놀랐죠. 어라? 이 사람은? 하면서요. 바로 운전석에 있는 사람도 봤어요. 하지만 여자 쪽

인상이 너무 강렬해서 확신이 잘 서지 않네요. 죄송해요."

"괜찮습니다. 그 여자분이 대체 누구였던 겁니까?"

"이쿠이나 나쓰미. 아시죠? 예전에 배우였던."

와타세의 뇌리에 희미하게 상이 잡혔다. 연예계 물정에 어두운 와타세도 그 이름은 들어 본 바 있다.

"때마침 스캔들이 터져서 연예 뉴스에 자주 등장했죠. 그 화제의 주인공이 왜 이런 곳에 와 있을까 싶었어요."

도쿄도 시부야구 히로오 4번지.

가이엔니시 거리에서 서쪽으로 들어간다. 일본 적십자 간호대학과 오만 대사관 사이에 펼쳐진 이 일대는 도내에서도 손꼽히는 고급 주택가다.

와타세는 고급 주택가로 불리는 이유 중 하나로 조용함이 꼽힌다는 것을 실감했다. 이렇게 중앙 거리에 서 있어도 멀리서 어린아이 소리 정도만 들리고 시끄러운 차 소리나 오토바이 주행음, 폭력적인 광고 차량 소리도 들리지 않는다. 그러면서도 인적이 아예 없는 정적이 흐르는 것도 아니다. 모든 주민이 서로서로 규칙을 잘 지키며 사는 느낌이었다.

와타세는 일렬로 늘어선 아파트 중 한 동에 들어갔다.

아파트 부지에 들어간 순간 곳곳에 설치된 CCTV의 존재를 눈치챘다. 현관 앞에는 바람막이 공간이 있고 카메라 달린 공

408   테미스의 검   ——

동 인터폰이 설치돼 있다.

방문할 집의 번호를 입력하고 기다리자 "네" 하는 여성 목소리가 들렸다.

"실례합니다. 아까 전화 드린 사이타마 현경의 와타세라고 합니다."

카메라를 향해 경찰 수첩을 들어 보였다.

—들어오세요.

허락과 동시에 입구로 이어지는 문의 자물쇠가 해제됐다.

현관홀은 높은 천장과 멋들어진 인테리어가 고급 호텔을 연상하게 했다. 눈앞에는 엘리베이터 세 대가 대기해 있고 자동 호출된 엘리베이터가 가고자 하는 층에만 정지하게 돼 있다. 와타세는 문득 쓴웃음을 지었다. 보안 면에서 현경 본부 청사보다 이쪽이 훨씬 엄중하다.

엘리베이터에서 목적 층에 내려서 해당 집 앞까지 가자 마지막 체크가 기다리고 있었다. 현관문 옆에 설치된 카메라 인터폰에 다시 얼굴과 경찰 수첩을 들이밀었다.

"들어오세요."

열린 문 너머로 불안해 보이는 여자 얼굴이 보였다.

이쿠이나 나쓰미, 전직 배우.

올해로 나이가 쉰다섯이라고 들었는데 30대처럼 보이는 건 평소에 공들여 관리하기 때문일까. 아니면 전직 배우의 타고

난 화려함일까. 직업 관계상 다양한 여성들을 만나 온 와타세도 나쓰미의 미모에 순간 머리가 아찔해졌다.

"자택에 불러 주셔서 영광입니다."

"어쩔 수 없죠. 다른 사람이 있는 곳에서 할 이야기는 아니니까요."

집 안에 들어서자 우선 집의 크기에 압도됐다. 방이 다섯 개는 될까. 거실만 25제곱미터는 돼 보인다.

"집이 넓군요."

"혼자 살기에는 넓죠. 이 집을 살 때만 해도 아이를 포함해 4인 가족이었으니까요. 지금은 쓸데없이 넓을 뿐이에요."

나쓰미는 자조 섞인 미소를 지었다.

"그나저나 경찰은 정말 대단하네요. 아파트 위치나 집 전화번호를 언론에 공개한 적도 없는데."

"경찰청에 사건 관계자로 기록이 남아 있었습니다."

"어머, 그렇구나. 그럼 어쩔 수 없네요. 경찰분들께 신세 지면 나중에 뒤탈이 나나 봐요."

나쓰미는 부엌을 향해 성큼성큼 걸어갔다.

"그래도 오랜만에 집에 오신 손님이라 환영해요. 뭐라도 좀 드시겠어요? 전 술을 한잔하려고 하는데."

"저도 조금이라면 괜찮습니다."

"그래 주시면 감사하죠. 맨정신으로 할 이야기도 아니고,

테미스의 검 ——

듣는 상대도 맨정신이면 화가 좀 날 것 같아요."

대낮부터 전직 여배우와 술잔을 기울인다. 근무 시간 외에 움직이면 이런 부수입도 생긴다. 앞으로도 계속 근무 시간 외에 수사해 볼까 하는 묘한 장난기가 고개를 들었다.

나쓰미는 레드와인을 들고 왔다. 맛을 보고 상표를 맞히는 실력은 없지만 그래도 향기로 싸구려 와인이 아닌 것쯤은 알 수 있었다.

나쓰미는 재빨리 한 모금을 마셨다. 와타세는 맛만 보며 나쓰미의 상태를 살폈다. 이대로 괜찮다. 취해서 말이 많아지면 이쪽에는 좋은 일이다.

"전화를 받고 잠시 떠올렸어요. 벌써 28년이나 됐다니. 믿기지 않네요. 그때보다 주름도 많이 늘었겠어요."

"겸손하십니다. 이쿠이나 씨라면 아직 30대라고 해도 통할 겁니다."

"그야 뭐 예전에 배우 일을 했으니. 이제는 안 돼요. 속이 늙었거든요. 이젠 카메라나 화려한 조명 불빛도 사절이에요."

"이제는 화려한 세계와 선을 그으신 겁니까?"

"화려하기는 뭐가 화려해요. 형사님. 혹시 방송 스튜디오 세트를 보신 적 있나요?"

"아뇨."

"세트란 건 말이죠. 겉보기에는 멋지고 화려하지만 뒤로 돌아가 보면 싸구려 베니어판에 불과해요. 너저분하고 먼지투성이죠. 연예계란 곳이 딱 그 짝이에요. 뒤로 돌아가 보면 불결하고 추잡해서 구역질이 나는 곳이에요."

와타세는 벌써 말이 빨라지기 시작하는 나쓰미를 보며 그녀의 프로필을 다시금 떠올렸다.

이쿠이나 나쓰미는 쇼와 50년대에 다카라즈카 가극단 출신 신인 여배우로 데뷔했다. 데뷔작이 NHK 연속 드라마 소설이었는데 평균 시청률 30퍼센트를 기록한 흥행작이 되어 그 뒤로도 순조롭게 연예계 활동을 이어 갔다. 민영 방송국 드라마나 CF에서 그녀가 보이지 않는 날이 없었다. 영화에서도 주연을 맡게 됐고, 매년 호감도 순위에서 연속으로 상위권을 차지했다.

그러나 무엇이든 유통 기한이 존재하고 나쓰미의 경우에는 유독 짧았다. 출연 드라마에서 점차 조연으로 밀려나고 CF 수도 격감했다. 스포트라이트를 못 받게 되면서 나쓰미의 인기는 순식간에 떨어져 갔다.

여배우라는 사람들은 스포트라이트 불빛으로 광합성을 하는 생물일지 모른다고 와타세는 문득 생각했다.

인기가 떨어진 여배우가 나아갈 길은 제한적이었지만 나쓰미는 그중 가장 화려하면서도 안전한 길을 선택했다.

바로 사업가 야마모토 도모야와의 결혼이다. 그는 당시 잘

나가는 컴퓨터 소프트웨어 관련 기업 사장이었고 그와의 결혼은 꽃가마를 타는 거나 마찬가지였다.

그리고 쇼와 55년 나쓰미는 사장의 아내가 되어 사실상 연예계를 은퇴했다. 은퇴를 아쉬워하는 목소리도 나왔지만 정작 나쓰미 본인이 연예계에 아무 미련이 없어 보였다. 결혼을 기점으로 여배우 이쿠이나 나쓰미는 브라운관에서 완전히 사라졌다.

그러나 나쓰미의 예상과 정반대로 카메라는 또다시 나쓰미를 뒤쫓게 됐다. 4년 뒤인 쇼와 59년 8월, 시대의 총아이던 야마모토 도모야가 증권거래법 위반 혐의로 도쿄 지검 특수부에 체포된 것이다.

분식 결산에 의한 유가 증권 보고서 허위 기재, 위계 거래, 허위 사실 유포. 당초 혐의는 그뿐이었지만 특수부가 가택 수색을 한 결과 엄청난 것이 발견됐다.

서재에서 발견된 식물이 든 봉지 네 개. 옷장에서는 대량의 화분. 전부 틀림없는 대마였다.

이렇게 야마모토 도모야 사장 사건은 단순한 경제 사건에서 대마 사건까지 겸비하게 됐다.

분식 결산만이라면 나쓰미도 그저 변방에 있었을 테지만 남편이 대마를 소지, 흡입했다면 아내인 나쓰미가 전혀 무관한 남으로 그칠 수 없다. 매일 임의 참고인 조사가 이어졌고, 언론은 또다시 이쿠나 나쓰미를 쫓기 시작했다. 다만 여배우로서가 아니라 대마 상습범을 남편으로 둔 한때의 유명인으로서였다.

"대마를 소지하고 재배했던 건 오로지 남편이었고 경찰도 마지막에는 그걸 믿어 줬어요. 하지만 제 사회적 지위는 이미 땅에 떨어진 뒤였죠."

잔을 절반 정도 비운 나쓰미는 와타세의 예상대로 말이 점점 더 많아졌다.

"남편과 접견, 변호사와 회의, 회사 간부와 조정. 매일매일 잘 시간도 없었답니다. 주변에서는 어차피 아이도 없으니 그냥 이혼하는 게 어떻겠냐고 했지만…… 그럴 수 있을 리 없잖아요. 전 그 남자를 사랑해서 결혼한 건데요. 그의 재산이나 사회적 지위가 분명 매력적이기는 했어도 단지 그것만으로 평생의 반려자를 고를 만큼 어리석지는 않았어요."

그렇다면 대마 상습범을 남편으로 고른 여자는 어리석지 않은가. 문득 그런 말이 뇌리에 떠올랐지만 물론 입 밖에는 내지 않았다.

"남편이 잘 나갈 때는 경제지는 물론 연예지에서도 인터뷰를 하러 왔죠. 풍운아니 뭐니 멋진 말을 잔뜩 늘어놓더군요. 사진을 찍을 때는 늘 함께 찍은 투 쇼트. 모두가 부러워하는 셀러브리티 부부. 하지만 남편이 체포되자마자 모든 게 돌변

테미스의 검

했어요. 정말 가관이었죠. 희대의 사기꾼에 마약 중독자 사장. 세상에 존재하는 온갖 모욕적인 말을 쏟아내더라고요. 남편은 이미 구속되었으니 피사체가 될 사람은 저밖에 없었어요. 밤낮으로 펼쳐지는 취재 경쟁. 기사도 마치 제가 사람을 죽이기라도 한 것 같은 내용이었죠. 몰락한 우상이라든지, 재산을 보고 한 결혼이었는데 계획이 엇나갔다든지, 정말 제멋대로 써 갈기더군요. 이 집 위치까지는 알려지지 않아서 다행이었지만 그 뒤로 얼마간은 외출하는 것 자체가 공포였어요."

그도 그럴 것이다. 와타세는 오노우에와 대화를 나누다가 재확인했다. 언론은 권세나 호화 따위에 달라붙지 않는다. 죽음의 냄새에 달라붙는다. 그들은 몰락하는 자의 냄새를 귀신같이 맡고 몰려든다.

"얼마 뒤 남편은 기소됐고 1심 판결이 나왔어요. 유가 증권 보고서 허위 기재로 10년, 대마 단속법 위반으로 5년, 합쳐서 징역 15년. 거의 검찰의 구형대로 떨어진 판결이었죠. 원래라면 보통 구형의 8할 정도로 감형되지만 여죄 형태로 발각된 게 패인이었어요."

"물론 당일 즉시 항소했지만…… 거금을 들여 고용한 변호사는 더는 손 쓸 수가 없다며 난감해했다죠?"

나쓰미의 잔이 비었다. 와타세가 즉시 와인을 더 따르자 나쓰미는 당연한 듯 다시 입에 잔을 갖다 댔다.

"징역 15년 판결은 저희에게 절망 그 자체였어요. 당시 남편이 마흔다섯이었으니 출소하면 예순이에요. 저희는 2심에서 어떻게든 감형되기만을 바랐어요. 이 아파트와 예금 통장을 모두 날려도 좋으니 남편을 되찾고 싶었어요."

나쓰미는 잔을 기울여 단숨에 와인을 들이켰다.

"믿지 않으셔도 상관없어요. 저는 남편을 진심으로 사랑했답니다."

"믿습니다. 그러니 이 인물의 꾐에도 넘어가셨겠죠."

와타세는 구쓰자와 지배인에게 보여준 사진을 나쓰미의 눈 앞에 내밀었다.

잠시 사진을 보던 나쓰미는 휴우 하고 짧게 탄식하고 잔을 테이블 위에 내려놨다.

"이 사진을 들고 저를 찾아오신 이유가 뭐죠?"

"두 분이 우라와 인터체인지 호텔에서 나오는 모습을 목격한 사람이 있습니다."

"이미 오래전 이야기예요. 그런 증언이 과연 신빙성이 있을까요?"

"증인은 나쓰미 씨의 팬이자 기억력이 매우 뛰어난 분입니다. 그리고 말입니다. 나쓰미 씨. 저는 나쓰미 씨를 비난하려고 온 게 아닙니다. 사실인지 아닌지 확인하고 싶을 뿐입니다."

"왜죠?"

"이 인물을 정당하게 판단해 주길 원해서입니다."

"누가 판단한다는 거예요? 그리고 28년 전이니 이미 공소 시효가."

"꼭 법원만이 인간을 판단하는 건 아닙니다."

와타세는 나쓰미의 눈을 정면으로 응시했다.

"인간은 법률이 아닌 다른 걸로도 규탄당하고 재판받습니다. 그건 아마 나쓰미 씨가 가장 잘 알고 계시겠죠."

"저도 같은 죄를 범했다면."

"나쓰미 씨는 남편이 감형받길 바랐을 뿐입니다. 인정으로 나쓰미 씨를 용서할 사람은 많을 겁니다. 하지만 이 사람은 나쓰미 씨의 약점을 파고들었습니다. 결코 용서받을 일이 아닙니다."

"제가 이 사람과 관계를 맺었다고 인정할 거라고 생각하시나요? 그건 불륜이에요."

"1심이 제시한 남편분의 심증. 새로운 자료도 없이 압도적으로 불리했던 2심. 나쓰미 씨는 남편분을 구하기 위해 그 방법을 택하지 않을 수 없었습니다. 먼저 꼬드긴 쪽도 상대였겠죠. 나쓰미 씨는 공범이 아닙니다. 오히려 피해자죠."

나쓰미의 눈동자가 망설임으로 흔들린다.

이제 한 발짝 남았다.

"그 인물은 그때 다른 중대한 죄도 범했습니다. 그쪽은 나쓰미 씨를 꾄 것보다 훨씬 무겁고 깊은 죄입니다."

와타세는 수사로 끌어낸 추론을 설명했다. 예상대로 나쓰미는 경악하는 표정을 지은 채 말문이 막혔다.

"나쓰미 씨께 확인을 부탁하는 이유를 이해하시겠지요?"

나쓰미는 테이블 위에 놓인 잔에 시선을 떨구고 있다가 잠시 후 조용히 중얼거렸다.

"형사님께 전화를 받을 때는 정말 놀랐어요. 이제 와서 설마 그때 일이 다시 언급될 줄은 상상도 못 했거든요. 그런데도 참 열심히 조사하셨네요. 28년이나 지난 옛일을."

"의무가 있었습니다."

"의무요?"

"그때 누가 뭘 오판했는지, 무엇이 잘못 행해졌는지. 관계자로 남은 전 그것을 밝힐 의무가 있습니다."

"형사라는 직업이 원래 그렇게 중책인가요."

"형사라서가 아닙니다. 인간으로서의 의무죠. 저는 이 일을 벌써 25년 이상 해 왔습니다. 여전히 학습 능력은 떨어지지만 그래도 그동안 배운 것도 있습니다. 그건 바로 아무리 오래전 일이더라도 반드시 바로잡아야 할 과오가 있다는 것입니다. 바로잡지 않으면 또다시 새로운 부실과 죄가 만들어집니다."

이건 거래를 위한 흥정이나 허언이 아니다. 와타세는 떠오른 생각을 그대로 입에 담았다.

결국 증언해 봐야 나쓰미에게는 아무 득 될 게 없다는 이야기다. 설득하려면 자신의 진심을 있는 그대로 내보이는 수밖에 없다.

나쓰미는 조금 기가 찬 표정으로 와타세를 봤다.

"겉보기보다 훨씬 물정 모르는 이야기를 하시네요."

"학습 능력이 떨어지는 걸로 모자라 세상 물정도 배우지 못했죠."

"전 그런 게 좋아요. 뭔가 그립거든요. 누구한테나 그런 시절이 있었을 거예요."

나쓰미는 미소 지었다. 입가를 살짝 올렸을 뿐인데 표정이 대번에 바뀌는 걸 보니 역시 전직 여배우다.

"좋아요. 그 사람과 관계를 맺은 걸 인정하겠어요. 기회가 되면 증언도 할게요."

"고맙습니다."

와타세는 깊숙이 고개를 숙였다. 아마도 증언대에 설 일은 생기지 않겠지만 그를 몰아붙일 강력한 카드가 될 것이다.

"2심을 앞두고 제가 고심하고 있을 때 그 남자에게 연락이 왔어요. 내가 어떻게든 감형받게 해 주겠다. 대신 내가 시키는 대로 해라. 고민을 많이 했지만 남편을 구하려면 그 남자의 요구를 받아들일 수밖에 없었어요."

"그렇다고 해도 어째서 그런 싸구려 러브호텔을 밀회 장소로 택한 겁니까? 나쓰미 씨라면 도심지의 고급 호텔 쪽이 더 어울릴 텐데요."

"그 남자가 그걸 요구했거든요."

나쓰미는 이글거리는 눈빛으로 그렇게 내뱉었다.

"제 자존심을 무너뜨려 주겠다고 했어요. 너 같은 여자를 품에 안기에 이런 싸구려 호텔로 충분하다고 했죠. 제가 얼마나 치욕적인 행위를 강요당했는지…… 그 남자는 정신 상태가 몹시도 비뚤어져 있었어요. 저는 총 세 차례 그곳에서 그 남자를 만났지만, 그 남자와 함께한 밤을 떠올릴 때마다 온몸이 더러워진 느낌이 들어 죽고만 싶었어요."

말을 마치고 나쓰미는 깊숙이 한숨을 내쉬었다. 가슴에 뭉쳐 있는 것을 단숨에 토해낸 듯이 후련한 표정이었다.

분명 지금껏 그 누구에게도 말하지 못했을 것이다. 와타세는 다시 한번 고개를 숙였다.

"결국 2심 고등 재판소에서는 징역 6년 판결. 변호인 쪽의 대승이었어요."

그 뒤 일에 대해서도 와타세는 알고 있다. 예전 회사는 이미 공중 분해됐지만 야마모토는 출소하고 얼마 지나지 않아 또다시 기업을 일구어냈다.

그러나 시기가 너무 좋지 않았다. 세상은 버블 경제가 붕괴된 직후였고, 야마모토가 만든 회사는 날이 갈수록 불황의 파도에 휩쓸려 무너져 내렸다. 그리고 무리를 한 게 재앙을 불렀는지 야마모토 자신도 병마의 습격을 받고 말았다.

"그래도 집과 저금을 조금 남겨준 덕에 길거리에 나앉지는 않았어요."

나쓰미는 부엌 선반 위에 둔 액자에 손을 뻗었다. 액자 안에는 야마모토의 영정이 담겨 있다.

"살아 있는 동안에는 결국 말을 못 했어요……. 나중에 저세상에서 만나 사죄하면 받아 줄까요."

나쓰미는 마치 세상을 뜬 남편과 대화를 나누는 듯했다.

이제는 더 있어 봐야 소용없다. 와타세는 고개를 한 번 숙이고 등을 돌렸다.

"잠시만요."

"네?"

"형사님. 모처럼 내온 와인에 입만 대셨더군요."

"아, 네."

"적어도 제가 따라 드린 건 비우고 가 주세요. 저한테 이렇게 자백을 받아 내신 마당에 그게 최소한의 예의 아닐까요?"

"네. 그 말씀이 맞습니다."

와타세는 다시 돌아가 잔에 따른 와인을 단숨에 비웠다.

"와타세 경부."

나쓰미의 아파트를 나서자마자 뒤에서 누군가 부르는 소리가 들렸다.

"오. 과장님이 이런 곳에는 어쩐 일이십니까."

"그건 내가 할 말이야."

구리스는 화를 감추지 못했다. 아무래도 도중까지 미행하다가 아파트 안에까지 들어오지는 못하고 밖에서 기다린 듯했다.

어젯밤 도지마도 그렇고 오늘 구리스도 그렇고 전직부터 현역까지 모조리 자신을 미행하는 모습은 해학적이기까지 했다.

"과장님도 참 대단하십니다. 미행을 전혀 눈치 채지 못했거든요."

"미행한 건 내가 아니라 다른 반 형사일세."

그럼 그 형사의 연락을 받고 허겁지겁 뛰어온 걸까.

"본부장 주의를 받았는데 여전히 제멋대로 움직이는 것 같군."

"휴가를 받아서 낚시를 좀 했을 뿐입니다. 아무래도 낚싯바늘에 걸린 게 물고기가 아니라 과장님인 듯합니다만."

"장난에도 정도가 있어!"

구리스는 냉정을 잃고 와타세에게 버럭 소리쳤다.

"경찰 수첩과 수갑을 대체 뭐라고 생각하는 거지? 자네의

테미스의 검

자기만족을 위해 멋대로 써도 되는 물건들인 것 같나? 자네는 공무원이야. 지방공무원법에서는 공무원이면 마땅히 상사 지시에 따르라고……."

구리스는 와타세에게 얼굴을 바싹 들이밀자마자 이맛살을 찌푸렸다.

"대낮부터 술을 마신 건가?"

"휴가 기간이니까요. 저도 술 정도는 즐길 줄 압니다."

"상사 지시를 무시하는 걸로 모자라 음주 수사까지. 와타세 경부. 난 자네의 인간성은 몰라도 형사로서의 긍지와 경력에는 지금껏 경의를 보여 왔어. 독단적인 행동들도 어느 정도 눈감아 왔고."

"그건 고맙습니다."

"하지만 이토록 제멋대로 움직이면 조직의 기강이 무너지고 말아."

"조직 말이군요."

와타세는 하품을 참으면서 말했다.

"그 조직인지 뭔지 하는 걸 지키기 위해 대체 몇 명이나 되는 공무원이 사실 은폐에 가담한 겁니까? 과장님, 설마 그 이야기를 벌써 잊어버리신 건 아니겠죠?"

"이미 오래전 이야기야."

"아닙니다. 그건 지금도 우리 사이에 널리 퍼져 있는 병입니다. 자신의 조직을 필요 이상으로 지키려는 나머지 가장 지켜야 할 것이 보이지 않는 병이요."

"조직을 지키지 못하면 우리는 일도 하지 못해. 이제 와서 왜 새삼스럽게 그런 소리를 하지?"

조직의 논리라.

와타세는 짧은 대화만으로도 벌써 신물이 났다.

조직 방어. 체면 지키기. 철벽의 사법 시스템을 국민에게 알리는 것.

범죄 수사와 사법과 관련된 자들이 그런 것에 사로잡힌 결과 지금껏 수많은 원죄를 양산해 왔다. 이렇게 양산된 원죄가 결국 시스템 붕괴와 가장 직결되는 것도 떠올리지 못한 채, 그때그때 자신들에게 유리한 논리를 만들어 왔을 뿐인 건 아닐까.

"새삼스럽다고 생각하신다면 그냥 제 행동도 못 본 척 넘어가시면 됩니다. 저 혼자 백날 떠들어 봐야 달걀로 바위 치기일 테니까요."

"대체 언제까지 제멋대로……."

"과장님. 제 말을 좀 들어 보십시오. 조직의 위신이라는 건 분명 중요합니다. 법원은 틀리지 않는다. 검찰은 실수하지 않는다. 경찰은 오인 체포 따위 하지 않는다. 그런 신뢰가 있으므로 비로소 법치국가가 성립하죠. 그런데 말입니다. 그건 당사자인 우리의 망상일지도 모릅니다."

"망상이라니."

"이 나라에 사는 국민들이 원하는 건 사법의 권위도 아니고 철벽의 조직도 아닙니다. 안전과 안심이죠. 실수를 저질러도 유연하게 수정하고 절대 자가당착에 빠지지 않을 거라는 신뢰감입니다. 일본인은 원래 포용력이 넓습니다. 대부분의 실수도 시간이 지나면 물에 흘려보내는 너그러움을 지녔죠. 하지만 말입니다. 누군가가 저지른 실수를 시간이 지나도 계속 인정하지 않는 비겁함만은 결코 용서하지 않습니다."

구리스는 기가 찬 듯이 와타세를 봤다.

"이번에는 상사를 향해 설교질인가. 당신이란 사람은 정말 공무원에 어울리지 않아."

"네. 그건 저도 동감입니다"

"조직이 당신 한 명의 폭주를 계속 지켜보고 있을 수만은 없네."

"그럼 어쩔 생각이시죠?"

"본부장님께 보고하겠네. 이번에는 내규 처분으로 그치지 않을 거야. 징계를 각오하는 게 좋을걸."

"그건 사양하고 싶군요. 징계 같은 걸 받으면 수사를 계속할 수 없어서요."

"아직도 그런 허튼소리를 하는 건가?"

구리스는 대화를 마치고 등을 홱 돌렸다.

성질 급한 관리직은 이래서 곤란하다. 와타세는 손을 뻗어 그의 어깨를 붙잡았다.

"잠깐만 기다려 주십시오, 과장님."

"손부터 놓고 말하게."

"얼마 안 걸립니다."

"손 놓으라는 말 안 들리나?"

"내일이라도 당장 사코미즈를 살해한 범인을 붙잡을 수 있 습니다."

그 순간 구리스는 저항하지 않았다.

"뭐?"

"후추 경찰서와 경시청의 위신이 걸려 있는 범인입니다. 우 리가 체포하는 것도 좋고, 후추 경찰서에 신병을 인도해 은혜 를 갚는 것도 좋겠죠. 어느 쪽이든 우리가 손해볼 일은 없습 니다."

"확실한가?"

"하루만 더 저를 그냥 내버려 둔다고 본부장님 체면이 상하 지는 않을 겁니다. 과장님은 그저 결과만 기다리시면 됩니다."

"……정말 하루면 되겠나?"

단숨에 목소리 톤이 바뀌었다. 얼굴을 보니 벌써 이해득실 을 다 따진 듯하다.

"조금 전 제 인간성을 운운하셨죠. 그건 저도 알고 있습니다. 제가 상사여도 이렇게 다루기 힘든 부하는 사양하고 싶을 겁니다. 그러니 제 성격을 믿어 달라고까지는 하지 않겠습니다. 하지만 저는 범인 검거에 한해서만큼은 지금껏 그만 한 실적을 쌓아 왔습니다. 사코미즈 살해 사건의 범인은 반드시 제 손으로 잡고 말 겁니다."

3

"농기구에 관심 있나?"

경운기 옆에서 쪼그려 앉아 있자 건너편에서 다쓰야가 말을 걸었다. 와타세는 일어서서 고개를 숙였다.

"형사 일을 관두면 농사라도 해 볼까 해서요."

"그만두게. 농사일이 그리 만만한 게 아니야."

다쓰야는 차양 넓은 모자를 벗고 이마의 땀을 닦았다.

"식료품 자급률 향상을 부르짖는 요즘 같은 시대에 1차 산업은 특히 발전할 가능성이 크다는 말을 자주 듣습니다만."

"매년 시즌이 되면 꼭 당신 같은 사람들이 우르르 몰려오지. 회사를 관두고 농사일을 하고 싶다는 녀석들 말이야."

듣고 보니 마쓰야마 나미의 남편도 비슷했던 것 같다.

"다른 사람 밑에서 일하는 게 싫으니 그런 생각들을 할 테지만, 보통 그런 녀석들치고 제대로 된 녀석이 없는 게 사실이야. 평소 별 관심도 없으면서 농사일이라면 나도 할 수 있지 않을까 하고 쉽게들 생각하는 거지. 그런 녀석들한테 막상 일을 좀 시켜 보면, 힘들다느니 수면 시간이 부족하다느니 투덜거리기만 하다가 대충 일이 손에 좀 익는다 싶으면 하나같이 줄행랑을 치더군. 솔직히 그만한 민폐가 또 없네."

"가차 없으시군요."

"경찰도 마찬가지 아닌가? 모두가 다 제대로 된 형사일 수는 없지."

아마 나와 나루미 같은 형사를 두고 빈정대는 말일 것이다.

"그 말씀이 맞습니다. 원래 사람에게는 익숙함과는 별개로 자질이라는 게 존재하니까요."

"형사의 자질이라는 건 뭔가? 일단 한 번 의심한 용의자를 끝까지 쥐어짜는 것?"

"아버님께 그런 말씀을 들으면 반론이 불가능하지만……. 굳이 말하면 집념, 그리고 의심 아닐까요."

"무슨 뜻이지?"

"심증에 기대지 않는다. 가끔은 제시된 물증과 자신의 판단도 의심해 본다. 그리고 관계자 모두를 믿지 않는다."

"뭐야. 그럼 의심만 잔뜩 하고 앞으로는 못 나아가는 거 아닌가?"

"분명 일의 진척 속도는 느려질 테지만 적어도 졸속으로 일을 처리하지 않을 수는 있죠. 아키히로 씨 사건을 통해 제가 얻은 교훈입니다."

그러자 다쓰야는 흥 하고 코웃음을 쳤다.

"오늘은 무슨 일로 찾아왔지? 또 이웃이 들으면 안 될 이야기를 꺼내겠지?"

"네."

"들어오게. 대접은 바라지 말고."

"그럼 실례하겠습니다."

다쓰야를 따라 집 안에 들어갔다. 거실에는 아무도 없었다.

"아내분께서는?"

"아침부터 안방에서 자고 있네. 몸 상태가 그다지 좋지 않아서."

와타세는 이쿠코가 자리에 없어서 조금 안도했다. 나이든 모친이 아들 사진을 앞에 두고 잔뜩 위축된 모습은 몇 번을 봐도 마음이 편치 못했다.

"치매라는 건 무서운 병이야. 처음에는 건망증이 좀 심해지는 정도였는데, 집사람은 예상보다 진행이 빨라서 요즘은 점점 더 상태가 안 좋아지고 있네. 새로운 것부터 순서대로 기억을 잃는 것 같기도 하고."

다쓰야는 탄식하며 말했다.

"마지막에는 가족 얼굴도 잊는다더군. 그런데 어쩌다 문득 드는 생각이, 아키히로를 잊는다면 그나마 괜찮은 거 아닐까. 그동안 20여 년간 무슨 일만 있으면 아들을 떠올리고 흐느끼면서 지냈으니 그런 생각이 더 들지. 그런데 생각해 보면 참 잔인하지 않나? 아침에 뭘 먹었는지는 깜빡해도 아들만큼은 좀처럼 못 잊는다는 게."

"원래 가해자는 잊어도 피해자 쪽은 잊지 못한다죠."

"그래. 아들은 특히 심하게 당했으니 더 그렇겠지. 그래도."

다쓰야는 말을 일단 멈췄다. 감정이 분출하려는 걸 참는 것처럼 침묵한다.

"적어도 집사람에게만큼은 평온을 되찾아 주고 싶네. 불행만을 머릿속에 새긴 채 죽는 건 너무 비참하지 않겠나."

다쓰야는 와타세를 쳐다보지 않았다.

그러나 와타세는 그 질책이 자신을 향해 있다는 것을 가슴 아플 만큼 잘 알았다. 이 집안에 불행을 불러온 사람은 나다. 아무리 시간이 지나도, 아무리 유족에게 사죄해도 그 사실이 지워질 수는 없다.

이쿠코가 죽기 전까지 아들을 잊지 못한다면 나 자신도 그 사실을 잊어서는 안 된다. 원죄를 만든 과거를 십자가 삼아 죽을 때까지 짊어지고 살아가는 것 외에는 속죄할 방법이 없다.

"쓸데없는 참견일 수 있습니다만…… 요즘은 치매 전문 병

테미스의 검

원이 확충되고 있습니다. 일단 부인을 그쪽에 데려가 보시는
건 어떨까요."

"정말 쓸데없는 참견이군. 그보다 이번에는 뭘 보고하러 온
거지?"

"보고가 아니라 권고입니다."

"권고라."

"자수를 권하러 왔습니다."

다쓰야는 진의를 가늠하는 눈빛으로 와타세를 봤다.

"사코미즈 지로를 살해한 범인은 구스노키 다쓰야 씨, 바로
당신입니다."

두 사람 사이에 잠시 침묵이 흘렀다.

"장난으로 하는 말 같지는 않은데."

"네."

"이 건은 후추 경찰서가 관할하는 사건이랬지. 그걸 왜 그
쪽이 수사하나?"

"사코미즈 살해가 아키히로 씨 사건으로 비롯된 이상 제가
간과할 수는 없습니다."

"관할이 다르면 그냥 둬도 좋을 문제를. 아무튼 그래서, 내
가 그를 죽였다고? 흥, 부자에게 싸잡아 원죄를 덮어씌울 작
정인가?"

"전에도 말씀드렸습니다. 저는 이제 두 번 다시 틀리지 않

겠다고요."

"그래. 이건 틀린 것을 넘어 아예 날조지. 이번에도 사실을 왜곡할 생각인가? 후추 경찰서 형사들에게 들었을 텐데. 나는 그 남자가 살해된 시각에 논에서 작업 중이었다고."

"경운기를 몰고 계셨다죠."

"그래. 그 모습은 이웃들도 봤어. 그야말로 완벽한 알리바이 아닌가? 이번에는 그걸 또 어떻게 숨길 작정이지? 이웃 사람들이 모두 위증했다고 잡아떼기라도 할 건가?"

"아뇨. 이웃 분들은 위증 따위 하지 않았습니다. 다들 구스노키 가족이라는 이해관계가 없는 사람들이니까요. 위증한다고 그들에게 득 될 게 없습니다."

"그럼 내 알리바이를 인정하는 건가?"

"아뇨. 인정하지 않습니다. 당신은 그때 후추 교도소 근처에서 사코미즈가 출소하는 순간만을 기다리고 있었습니다."

"대체 무슨 말도 안 되는 소리를 하는 거지? 사람을 바보 취급하는 것에도 정도가 있네."

"이웃들이 본 건 당신이 아닙니다. 아내분이죠."

"뭐?"

"당신은 아내에게 당신의 옷을 입히고 차양이 넓은 모자를 씌웠습니다. 아내분은 그 상태로 경운기를 운전하셨죠. 물론 알리바이를 만들려는 당신의 의도를 알고 협력했을 겁니다.

아들에게 죄를 덮어씌운 철천지원수를 죽인다고 하는 마당에 아내분이 거절할 이유는 없지 않겠습니까. 차양이 넓은 모자를 씌우면 멀리서 자세한 얼굴까지 확인할 수는 없습니다. 또한 아내분은 항상 집 안에서만 생활한다고 들었으니 그 모습을 본 이웃들이 당신으로 오인하는 것도 어쩌면 당연하겠죠. 아내분이 치매를 앓는 건 사실일 겁니다. 하지만 의료 기록에서는 단독으로 도코로자와에서 후추까지 이동할 수는 없어도 일상적인 일, 이를테면 농기구를 작동하는 것 정도는 할 수 있다고 합니다."

"직접 보고 온 것처럼 말하지 말게. 증거가 없지 않나? 이웃들이 나랑 집사람을 헷갈렸다고? 그거야말로 입증할 수 없는 이야기 아닌가? 만약 집사람이 나로 분장했고 그 모습이 아무리 나와 닮았다고 해도, 실제로 대역을 맡았다는 증거가 없으면 가능성일 뿐이지."

"그렇겠죠. 당신이 후추에 갈 때 얼굴을 숨기든지 했다면 목격자도 없었을 테고요."

"훙. 저도 모르게 진실을 말해 버리는 꼴이군."

다쓰야는 거만하게 가슴을 뒤로 젖혔다.

와타세는 지금부터 이야기할 내용이 이 남자의 허세를 무너뜨릴 거라 생각하자 자기도 모르게 눈을 피하게 됐다.

"저는 조금 전 이렇게 말했습니다. 사람에게는 익숙함과는 별개로 자질이라는 게 존재한다고요."

"그게 뭐 어쨌다는 거지?"

"살인에도 그런 자질이 있습니다. 그 점에서 다쓰야 씨, 당신은 살인에 익숙하지 않았고 자질도 없었습니다. 그러니 범행도 전혀 선명하지 않았죠. 사코미즈가 저지른 것처럼 손에 익은 일이 아니었습니다. 아마추어가 한껏 머리를 쥐어짜 세운 계획이었습니다."

"무슨 말을 하는 건지 모르겠군."

"익숙한 자와 그렇지 않은 자의 차이 중 하나는 바로 흉기 처분입니다. 예컨대 똑같은 강도 살인을 반복한 사코미즈는 금품을 훔친 뒤 범행에 사용한 흉기와 도구들을 반드시 가는 도중 하천에 버렸습니다. 도주 경로가 길어지면 흉기를 발견하기가 어려워지고, 스스로 가지고 있는 것보다 그쪽이 훨씬 안전했으니까요. 그러나 살인에 익숙하지 않은 당신은 그러지 않았습니다. 도중에 흉기를 버려도 발견될 수 있다며 두려워했죠. 그리고 사코미즈도 버린 흉기가 운 나쁘게 발견돼 범행을 발각당했습니다. 아들에게 죄를 덮어씌운 남자의 사건입니다. 신문 보도에 실린 체포까지의 경위를 당신도 전부 읽었겠죠. 흉기는 버리는 게 아니다. 당신은 스스로 그렇게 굳게 믿었습니다. 그래서 사코미즈를 살해한 뒤에도 흉기를 버리지 않고 그대로 가지고 집에 돌아왔습니다."

테미스의 검 ——

"허튼소리 그만하게. 그 남자가 살해되면 의심의 눈초리가 나를 향하는 건 불 보듯 뻔한 일이야. 형사가 집에 몰려오는 것도 충분히 예상할 수 있지. 그런데도 집 안에 흉기를 둔다고?"

"네."

"말도 안 되는 소리. 당신도 형사이니 당신 동료들이 얼마나 집 안을 샅샅이 뒤지는지 잘 알지 않은가? 만약 집에 흉기를 뒀다면 순식간에 나왔을 거야. 아무리 살인에 익숙하지 않은 사람이라도 그렇게까지 어리석은 짓을 하겠나?"

"당신은 흉기를 숨겼습니다."

"그러니까 대체 어디에 숨겼다는 건가? 수색에 프로인 사람들을 끝까지 속일 만한 은폐 장소 같은 건 도통 떠오르지 않는데."

"네. 그 누구도 예상 못 했겠죠. 설마 경운기 부품이 흉기였을 줄은요."

순간 다쓰야의 표정이 굳었다.

"집에 있는 흉기로는 가택 수사에서 금세 발견된다. 그렇다고 슈퍼 같은 곳에서 구입하면 기록에 남는다. 그래서 당신은 도통 흉기로 연결 지을 수 없는 부품을 이용하기로 했습니다. 경찰로서는 맹점이었습니다."

"대체 무슨 소리를 하는 거지?"

"지난번 이곳을 찾았을 때도 신경 쓰이기는 했습니다. 그때 당신은 경운기 위에 앉아 있었습니다. 가까이 가니 경운기가 작동하는 소리가 귀에 조금 거슬리더군요. 실은 여기 오기 전까지 다른 논에서 작동 중인 경운기를 여러 대 봤습니다만, 그 경운기 소리와 당신이 운전한 경운기 소리는 미묘하게 달랐습니다."

"기종에 따라 다를 수 있어."

"아뇨. 절대음감이 아닌 제 귀로도 느껴질 정도이니 기종 차이는 아닙니다. 마치 톱니바퀴 하나가 헛도는 듯한 불협화음이었죠. 그래서 조금 전 경운기에 대해 조사했습니다."

와타세는 이곳을 방문하기 전 농기구 제조사 매장을 찾아가 담당자에게 경운기 구조와 정비법 등에 관한 설명을 들었다. 따라서 다쓰야의 경운기에서 흉기를 찾아내는 것은 그리 어려운 일이 아니었다.

"경운기는 로터리 날을 이용해 논밭을 갑니다. 이 날은 완만한 포물선을 그리는 형태로 오래 쓰다 보면 끝이 날카로워지고 뾰족해져 식칼과 비슷한 모양이 되죠. 그리고 단단한 땅을 갈거나 하면 날 끝이 쉽게 마모돼 평소에는 교환할 수 있도록 나사로 고정돼 있습니다. 제 예상대로 불협화음의 원인은 그곳에 있었습니다. 날을 고정하고 있던 나사가 느슨해져서 여덟 자루 중 한 자루만 단단하게 고정돼 있지 않았던 거죠. 또한 그 날은 다른 날보다 눈에 띄게 날카롭게 갈려 있었습니다. 다쓰야 씨. 당신은 그 갈린 날로 사코미즈를 찔러 죽이고 다시 원래 장소에 돌려놓았습니다. 그때 나사를 제대로 조이지 않아서 경운기를 짧은 시간 사용하는 동안 나사가 다시 느슨해져 버린 겁니다."

다쓰야는 이제는 미동도 하지 않았다. 시선을 서서히 떨구고 와타세를 쳐다보지 않았다.

"날을 돌려놓을 때 사코미즈의 피는 닦아 둔 상태였겠지만 안타깝게도 현재 과학수사로는 혈액 반응을 통해 손쉽게 알아낼 수 있어서요. 지문도 당신 것밖에 묻어 있지 않을 테니 유력한 물증이 되겠죠."

두 사람 사이에 또다시 침묵이 흘렀다.

불현듯 다쓰야의 얼굴에 아키히로의 얼굴이 겹쳐졌다.

이 이상의 심문은 피하고 싶었다. 이쪽이 더 막다른 곳에 몰아넣기 전에 상대가 시합을 포기해 주기를 바랐다.

다쓰야는 드디어 고개를 완전히 떨어뜨렸다.

잠시 후 서서히 든 얼굴은 십 년 묵은 체증이 내려간 것처럼 후련해 보였다.

"……익숙한가 익숙하지 않은가라. 그래, 당신 말이 맞네. 역시 나한테는 맞지 않는 일이었어."

"자수하시겠습니까?"

"경운기를 알아챘다면 더는 방법이 없지. 딱 좋은 은폐 장소라고 생각했건만."

"저도 그렇게 생각합니다."

"자네가 원망스럽군."

"네?"

"그렇게 무시무시한 눈과 귀가 있는데 왜 아들 때는 능력을 발휘해 주지 않았지?"

순간 가슴이 콱 막혔다.

"아키히로가 강요 끝에 자백한 거라는 걸 왜 알아채지 못했지?"

"너무도 미숙한 인간이었기 때문입니다."

와타세는 가까스로 목소리를 쥐어짜 냈다.

"그리고 전에 당신은 제게 말했습니다. 아들과 우리 가족에게 한 짓을 평생 잊지 말고 살라고요. 그래서 학습했습니다. 두 번 다시 틀리지 않도록. 억측과 선입견에 사로잡히지 않도록. 참으로 실례되는 말이지만, 저를 이 길로 이끈 분이 바로 다쓰야 씨와 아키히로 씨입니다."

"그렇다면 참 얄궂은 일이군. 당신은 아들의 원수인데 그 원수의 수갑 앞에 직접 손을 들이민 셈이니."

"아직 불분명한 게 하나 있습니다. 사코미즈의 출소 일정을 어떻게 알아내셨습니까?"

"편지가 도착했네. 보낸 사람이 안 써 있는 흰색 봉투에 석방 예정일과 시간, 거주 예정지가 적힌 편지지가 들어 있더군."

나미와 다카시마에게 온 편지와 같은 것이 틀림없다.

"솔직히 그전까지는 나와 집사람 모두 의외로 평온하게 지냈네. 물론 아들 일은 억울하고, 진범인 사코미즈를 얼마나 원망했는지 자네는 모를 거야. 하지만 사코미즈는 무기징역 판결을 받았지. 죽기 전까지 좁은 감옥 안에서 살아갈 거라고 생각하면 다소 위안이 되더군. 그때 그 편지가 도착했네. 편지를 읽은 순간 분노로 눈앞이 새카매지더군. 가석방이라고? 아무 잘못 없는 우리 아들은 감옥 안에서 죽었는데, 죄를 덮어씌우고도 모른 척한 녀석이 자유로운 몸이 된다고? 그런, 그런 말도 안 되는 상황이 세상에 또 있겠나?"

다쓰야는 격한 감정에 몸을 맡긴 듯 목소리가 떨렸다.

"그놈도 반드시 죽어야 한다. 그래야 앞뒤가 맞는다. 집사람도 나와 같은 심정이었네. 나는 이쿠코에게 상황을 설명하고 후추 교도소 앞에서 사코미즈를 기다렸어. 그리고 종이에 적힌 예정 시각에 정확히 녀석이 모습을 드러냈지."

범행 당시를 떠올리는지 다쓰야의 눈이 기이한 빛을 머금었다.

"계속해서 뒤를 밟았네. 솔직히 말해 칼은 품고 있었지만, 막상 그를 죽일 순간이 찾아오니 공포로 몸이 덜덜 떨리더군.

내가 과연 사람을 죽일 수 있을까 의심하기 시작했지. 걸으면서 주변을 두리번거리는 녀석을 보는 동안 사죄만 한다면 용서해 줘도 괜찮지 않을까 하는 생각마저 들었네. 하지만 말이지……. 놈은 편의점에서 산 맥주를 주차장 스토퍼에 걸터앉아 마시기 시작하더군. 그야말로 행복에 가득 찬 얼굴을 하고서. 그 얼굴을 본 순간 머릿속에서 뭔가가 펑 하고 터졌네. 아들은 이제 저런 행복한 표정을 짓지 못하는데, 저놈한테는 앞으로 즐거울 일들이 잔뜩 기다리고 있다……. 그렇게 생각하자 더는 참지 못했어. 나는 그놈이 공중 화장실에 들어가자 뒤에서 접근했네. 주변에는 아무도 없었고, 놈은 오줌을 누면서 뒤를 돌아보지 않았지. 이건 아들이 내게 준 천재일우의 기회다. 그리고 그대로 뒤에서 옆구리를 찔렀네. 크게 비명도 지르지 않고 얼마 후 놈이 움직이지 않더군. 그 뒤로는 자네가 설명한 대로일세."

이야기를 끝마치고 다쓰야는 상반신을 앞으로 푹 숙였다.

"지금 말한 내용을 경찰서에서도 진술해 주시겠습니까?"

"그러지. 하지만 될 수 있으면 자네가 날 맡아 줬으면 하네. 같은 이야기를 여러 번 반복하기에는 지쳐서. 그리고."

"그리고?"

"내 아들을 맡은 사람도 자네였지. 그러니 이번에도 자네가 날 조사해 줬으면 해."

과연. 그렇게 생각할 수도 있을 것이다.

"관할이 달라 어렵겠지만, 일단 요청은 해 보겠습니다."

"그래. 그리고…… 집사람 말인데."

"범행 전에 이미 치매 증상이 있었음을 증명하는 진단서가 존재합니다. 의뢰하는 변호사가 어지간한 얼간이가 아닌 이상 공범으로 지목할 가능성은 작을 겁니다. 후추 경찰서도 아마 입건은 보류하겠죠."

"그런가. 하지만 보다시피 아내를 저 상태 그대로 혼자 두는 건…… 아아, 그래서 자네는 조금 전 내게 전문 병원을 권한 건가?"

"주제넘은 말을 해 버렸습니다."

그러자 다쓰야는 깊은 한숨을 내쉬었다.

포기하는 것 같기도 하고 안도하는 것 같기도 한 한숨이었다.

"와타세 형사."

"네."

"자수하기 전에 먼저 병원부터 알아봐 주겠나?"

4

사이타마 지방 검찰청 주차장에는 메마른 바람이 불고 있었다.

서쪽으로 기운 해가 와타세의 그림자를 길게 늘어뜨렸다.

"이런. 기다리게 해서 미안하네."

현관에서 나온 온다는 와타세를 보고 쾌활하게 웃었다.

"오랜만에 뵙습니다."

"그래. 현경 본부가 엎어지면 코 닿을 거리에 있는 데도 매일 통화만 했으니. 얼굴을 보는 건 정말 오랜만이군."

온다는 올해로 쉰여덟이다. 그런 것치고 머리카락은 아직 검은 편이고 거침없는 걸음걸이와 맞물려 젊어 보였다.

"검사장 일이 바쁜 건 저도 잘 알고 있습니다. 오늘 이렇게 불러내서 죄송합니다."

"자네라면 상관없네. 우리가 알고 지낸 지도 이미 오래됐고. 그나저나 못 본 사이 얼굴이 더 험악해졌군. 이 정도면 조폭 전담 형사로 생각할 것 같은데. 하하, 농담일세."

"험악하다는 소리는 전부터 자주 들었습니다."

"어디 가서 밥이라도 먹을까."

"아뇨. 괜찮습니다. 오늘은 그냥 보고드리러 왔으니까요."

"그래. 그러겠다고 했지."

온다는 입을 살짝 벌리고 유쾌하게 웃었다.

"후추 경찰서와 경시청이 합동으로 수사한 건을 자네 혼자 해결했다더군. 양쪽 다 표정이 떨떠름하다던데. 범인을 체포해서 비록 체면은 지켰지만 해결한 게 관할 밖인 사이타마 현 경이니. 표면상으로는 후추 경찰서의 공이 되겠지만 덕분에 경시청은 자네에게 큰 빚을 진 셈이야."

"운이 좋았을 뿐입니다."

"자네 같은 베테랑이 잔디밭에서 바늘 찾기처럼 효율 낮은 수법을 택했을 리 없지. 범인이 구스노키 아키히로의 아버지 였다지."

"정확하게 말하면 모친도 공범입니다만 후추 경찰서는 모 친 쪽의 입건은 단념한 듯합니다."

"20여 년을 뛰어넘은 살의라. 아들이 억울하게 죄를 뒤집어 쓰고 옥사했다고 해도 그렇게 오랫동안 증오를 품는 건 쉬운 일이 아니야. 이번 건만큼은 피의자를 동정하는 여론도 제법 되는 모양이던데."

"오랫동안 증오를 품어 왔다기보다 그저 타다 남은 숯이었 습니다."

"숯?"

"사형 판결이 확정된 아들이 감옥에서 자살했다는 소식을 들었을 때 분명 부부의 절망과 분노는 정점에 달했을 겁니다. 그렇지만 사람을 계속해서 증오하려면 막대한 에너지가 필요 하죠. 건축업에서 농업으로 전직해 일상생활을 이어 가면서 증오도 계속 이어 가기는 어려웠을 겁니다. 실제로 부친은 최근까지 부부 둘 다 평온한 상태였다고 진술했고요. 부부가 서로 한탄하고 위로하는 동안 분노의 불길이 가슴을 깡그리 불태우고 마침내 하얀 재만 남는다. 다만 그 중심에 남아 있던 온도 낮은 불씨가."

"오. 제법 시적인 표현을 쓰는군. 하지만 결국 부친은 범행을 저질렀지."

"마지막 남은 불씨에 새로운 연료가 투하됐으니까요."

온다는 눈썹을 살짝 위로 올렸다.

"실은 사코미즈 살해 사건에서 아직 해결되지 않은 문제가 하나 남아 있습니다. 그것은 사코미즈의 석방 예정일을 구스노키 다쓰야가 어떻게 입수했느냐는 겁니다. 수사로 밝혀진 건 사코미즈가 석방되기 10일 전쯤 석방 예정일과 시간, 예정 거주지를 알리는 편지가 사코미즈에게 살해된 피해자 유족인 마쓰야마 나미, 다카시마 교지, 그리고 구스노키 부부에게 배달됐다는 점입니다. 교도소 출소 정보는 제한된 관계자가 문의하면 답을 해야 하지만, 그래도 날짜와 시간까지 전부 알려 주는 건 아닙니다. 그런데 편지에는 정확한 석방 예정 시간이 적혀 있었죠. 그렇다면 편지를 쓴 사람은 어떻게 그 내용과 세 사람의 연락처를 알아낸 걸까요. 중요한 건 마쓰야마 나미와 다카시마 교지에게는 예전에 살던 주소로 배달됐다는 사실입니다. 구스노키 부부는 한 번도 이사하지 않은 점을 생각해 보면 아무래도 편지를 보낸 이는 그들의 옛 주소밖에 모르고 있었다는 말이 됩니다."

온다는 흥미로운 것처럼 와타세의 설명에 귀를 기울였다.

"편지 두 통이 도착한 곳은 홋카이도와 우라와시 가미키자키. 그곳은 사코미즈가 체포됐을 때 마쓰야마 나미와 다카시마 교지가 우라와 경찰서에 신고한 주소입니다. 이런 것들을 종합해 생각하면 한 가지 결론이 나옵니다. 즉, 편지를 보낸 사람은 교도소 출소 정보와 수사 자료를 자유롭게 열람할 수 있는 인물로 한정된다는 겁니다."

"타당한 해석이군."

"저는 그 인물이 바로 당신이 아닐까 생각했습니다. 온다 검사장님."

"오."

온다는 마치 남의 일처럼 그렇게 내뱉었다.

"내가 왜 그런 짓을 하겠나? 내가 피해자 유족을 배려하지 않는다는 오랜 여론을 받아들여 그들에게 서비스라도 했다는 건가?"

"서비스 말인가요. 유족 입장에서는 분명 그런 측면도 있겠죠. 편지를 읽은 유족들은 하나같이 마음이 움직인 듯하니까요. 하지만 무엇이든 마찬가지지만 서비스를 제공하는 쪽도 이점이 없으면 굳이 그런 수고를 하지 않는 법입니다."

"이점이라. 어떤 이점 말이지?"

"결과를 놓고 고려하면 사코미즈가 유족 중 한 명에게 살해됐다는 점입니다."

"그 말은 곧 사코미즈의 죽음이 내게 이점이라는 뜻인가?"

"네."

"잠깐. 그럼 나는 사코미즈를 죽이려고 그에게 원한을 품은 유족 모두에게 서툴게 포탄을 난사하듯 무턱대고 편지를 보냈다는 말인가. 아무리 그래도 그건 너무 무계획적이지 않나?"

"이 계획의 취지는 살해 실행범이 자신의 손을 더럽히지 않으면서 스스로의 의사로 살인을 저지르는 일에 있습니다. 세 사람에게 동시에 편지를 보낸 건 실행하는 쪽이 어느 누구든 상관없다는 의미였고, 더 말하자면 누군가가 실행하지 않아도 치명적인 지장이 없어서입니다. 용의주도한 당신에게 이는 플랜 A에 불과했고, 만약 아무도 미끼를 물지 않으면 플랜 B로 옮기면 그만이었으니까요. 그러나 당신은 세 사람이 사코미즈에게 품은 뿌리 깊은 분노를 속속들이 꿰고 있었습니다. 서툰 포탄이라도 일단 쏠 가치는 있었던 겁니다. 예상대로 그중 한 명이 사코미즈를 덮쳤습니다."

"이해가 잘 안 되는군. 만약 자네 말대로 내가 세 명 중 누군가에게 사코미즈 살해를 종용했다고 치지. 하지만 사코미즈가 죽는다고 나한테 좋을 게 뭐가 있겠나?"

테미스의 검 ──

온다의 말에는 여유가 느껴졌다. 그럴 만도 하다. 편지를 보낸 이가 온다라는 것은 현 시점까지 단순한 가설에 불과하기 때문이다. 가설에 불과한 이상 이는 그저 추리 게임이다.

"그럼 그 질문에 답하기 전에 제가 왜 검사장님을 주목하게 됐는지부터 설명할까요."

"공교롭게도 나를 조준할 줄이야. 걸맞은 이유가 있겠지."

"가장 먼저 마음에 걸린 건 샤코미즈와 같은 교도소에서 복역하던 죄수의 이야기입니다. 가석방이 정해진 직후 샤코미즈는 마냥 기뻐하지 않고 왠지 당혹하고 두려워하는 기색이 엿보였다고 합니다. 검사장님은 이해하시겠습니까?"

"그렇겠지. 징역이 길어질수록 죄수들은 외부에 대한 적응력이 사라지니. 흔한 이야기야."

"그런데 샤코미즈는 비정기적으로 구독하던 신문을 읽은 어느 날부터 태도가 급변했다고 합니다. 평소의 온화한 가면을 벗고 내면에 있는 악당의 얼굴을 드러냈죠. 그 복역수는 샤코미즈가 그때 사냥감을 발견한 게 아니겠냐고 했습니다. 그래서 저는 샤코미즈가 읽었다는 사이타마 일보의 백넘버를 모두 모아 샅샅이 뒤져 봤습니다."

"며칠 분의 백넘버였지?"

"가석방 예정일부터 거슬러 올라가 3주 치 정도 확인했습니다."

"21일 치 분량의 신문을 구석구석 훑은 건가. 끈기가 필요한 작업이군. 그래서 결과가 어떻게 나왔나?"

"사코미즈가 일으킨 사건, 그리고 구스노키 사건에 관한 내용은 한 줄도 적혀 있지 않더군요."

"고생한 보람이 없군."

"아뇨. 성과는 있었습니다. 딱 하나 사코미즈의 흥미를 불러일으킨 것으로 추정되는 기사가 있더군요. 그건 바로 당신이 사이타마 지검의 검사장으로 취임했다는 소식을 전한 기사였고, 당신의 얼굴 사진도 함께 실려 있었습니다."

"이보게. 그거야말로 너무 갖다 붙이는 꼴 아닌가? 공판청 관련 취임 기사 같은 건 봄철 인사이동 때는 흔히 볼 수 있네. 그중에서 내 기사만을 특정하는 건 근거가 불충분한데."

"근거는 있습니다. 가석방이 결정된 직후 사코미즈는 사이타마 지검에 편지를 보냈다죠? 당신은 감사장 같은 거라고 했습니다만, 그럼 왜 후추 교도소에서 가장 가까운 도쿄 지검이 아닌 당신이 수장인 사이타마 지검에 보냈을까요? 사코미즈가 군이 사이타마 지검에 편지를 보낸 건 그것이 검사장님을 향한 메시지여서 아니었을까요?"

"정곡을 찌르는 견해군. 하지만 그가 보낸 편지 내용은 말 그대로 감사장이었고 그 밖에 다른 이상한 점 같은 건 없었네. 그건 전에도 설명하지 않았나?"

테미스의 검

"복역수의 편지는 검열당하니까요. 더군다나 받는 이가 검사장이라면 입발림 말밖에 쓰지 못할 겁니다. 그러므로 사코미즈는 적당히 감사장 같은 편지를 보낸 거죠. 내용에 상관없이 당신이 사코미즈의 이름을 보는 것만으로 그의 메시지를 알아채도록요. 그 감사장은 당신과 사코미즈 사이에서만 통하는 일종의 암호문이었던 셈입니다."

"갈수록 망상에 가까워지는군."

온다는 동정하듯 말했다.

그러나 와타세는 그 안에 감춰진 희미한 동요를 느꼈다.

"저는 다음으로 당신과 사코미즈 사이의 접점을 찾았습니다. 하지만 사코미즈의 재판 중 당신 이름은 한 번도 등장하지 않았습니다. 사코미즈는 법정을 통해 당신을 처음 안 게 아닙니다."

"그렇겠지. 나도 그의 사건에 관여한 기억은 없으니."

"두 사람의 출신지, 학교, 지인을 모두 뒤져 봐도 공통점은 나오지 않았습니다. 그러나 사코미즈의 진술 조서를 다시 읽었을 때 어느 부분에 눈이 가더군요. 그건 사코미즈가 구루마 부부를 살해하고 돈을 훔쳐 도망쳤을 당시의 진술이었습니다. '옆 호텔에서 나오는 커플한테 들킨 것 같았는데, 아무래도 너희는 그 커플은 결국 못 찾은 것 같더군.' 저는 그때 커플 중 한 사람이 바로 당신이 아닐까 생각했습니다."

"말도 안 되는 소리."

온다는 손사래를 쳤다.

"망상 다음은 감鑑인가? 아무래도 내가 자네를 잘못 본 모양이야. 좀 더 논리적으로 움직이는 사람이라고 생각했는데."

"분명 감이라고 해도 맞을 겁니다. 한데 그렇게 가정하면 사코미즈가 당신에게 메시지를 보낸 의도를 알 수 있고 앞뒤도 맞아떨어집니다. 현장에서 뛰어나온 사코미즈를 목격했으면서 그것을 증언하지 않은 당신에게는 위협적인 요인이 되겠죠. 무엇보다 당시 범인의 목격자가 전혀 없어서 무죄인 구스노키 아키히로가 용의자가 되었고 원죄도 뒤집어쓰게 됐으니까요. 바꿔 말해 당신이 구스노키 아키히로를 살해한 거나 마찬가지입니다. 장래를 촉망받던 검사로서 그것은 결코 겉에 드러나서는 안 될 사실이었습니다."

"그 이상 실례되는 말을 계속할 거면 자네를 친구 리스트에서 삭제할 수밖에 없네. 애초에 아무 증거도 없지 않나."

"증거는 나왔습니다. 그야말로 행운이었습니다만 구루마 부동산 맞은편에 있는 '샤토 야마네코'라는 호텔에서 당시 근무하던 직원이 지금도 여전히 근무하고 있더군요. 그 직원은 훌륭하게도 그때를 다시 떠올려 주었습니다. 범행이 발생한 직후 현장 옆 호텔에서 차를 타고 나온 커플을요."

순간 온다의 얼굴에서 미소가 사라졌다.

"······뭐라고?"

"공정을 기하기 위해 말씀드리면 직원이 기억하는 건 조수석에 앉은 여성 쪽입니다만, 이는 위치 관계를 정리하면 납득할 수 있습니다. 문제의 호텔에서 나온 차가 도로에서 왼쪽으로 꺾는다. 그러면 범행 현장에서 뛰어나온 사코미즈는 운전석에 있는 당신 옆을 지나치게 되고, 반대로 맞은편에 있던 직원은 조수석 쪽 여성을 목격하게 되죠. 퍼붓는 비가 시야를 가리고, 게다가 직원은 차를 계속 보고 있었으니 반대편으로 도망치는 사코미즈를 목격하는 건 불가능했습니다. 하지만 운좋게도 조수석 쪽 여성은 직원이 잘 알던 유명 연예인 이쿠이나 나쓰미였습니다."

이름을 듣자마자 온다는 눈을 까뒤집었다. 뜻밖에도 그 정도 반응으로 온다의 인상은 사악하게 바뀌었다.

"당시 그녀의 남편인 야마모토 도모야 씨는 유가 증권 보고서 허위 기재와 대마 단속법 위반 혐의로 계쟁 중이었습니다. 당시 기록을 확인하니 2심의 고등 재판소 재판을 담당한 검사가 당신이더군요. 저는 이쿠이나 씨를 만나 그때 상황에 대해 물었습니다. 항소는 했지만 상황은 너무도 불리해 이대로라면 남편의 징역 15년이 확정돼 버리는 상황. 그런 절박한 국면에 나타난 사람이 바로 상대편 쪽 담당 검사인 당신이었습니다. 당신은 법정에서 검찰 측에 불리한 변론을 하는 것을 조건으로 이쿠이나 씨에게 몸을 요구했습니다. 빈손으로 아무 의지할 곳 없었던 이쿠이나 씨는 당신의 요구를 받아들일 수밖에 없었죠. 이쿠이나 씨는 제게 전부 고백했습니다."

"······그게 사실인가?"

"기회가 있으면 증언도 할 계획이라고 합니다."

"흥. 이제 와서 증언해 봐야 누구한테 도움이 되겠나?"

"그 말씀이 맞습니다. 누구에게도 도움이 되지 않죠. 도움은커녕 당신은 큰 타격을 입고 맙니다. 자신이 담당하는 사건 피의자의 아내와 관계를 맺었다. 그런 사실이 공표되면 그야말로 파멸입니다. 특히 당신이 지방 검찰청 수장인 현재로서는 더욱 그렇고요. 그러므로 당신은 무슨 일이 있어도 사코미즈의 입을 봉인할 필요가 있었습니다. 이쿠이나 씨와 호텔에 함께 있었던 사실을 죽을 때까지 감출 필요가 있었던 겁니다. 그 결과로 구스노키 아키히로라는 무고한 사람에게 원죄가 씌워진다고 해도 말입니다. 당신은 구루마 부부 살해 사건의 범인을 목격했으면서 자기 자신을 지키기 위해 구스노키 아키히로를 못 본 척 넘어갔습니다. 당신이 범행 현장에서 사코미즈를 목격했다고 증언만 했어도 무고한 생명을 구할 수 있었습니다. 사코미즈가 원한을 사서 죽을 일도 없었겠죠. 당신이 두 사람을 죽인 거나 마찬가지입니다."

와타세는 일단 말을 멈췄다.

테미스의 검 ——

기도하는 듯한 심정으로 온다의 반응을 지켜봤다.

존경하던 인물이었다.

내가 갈림길에서 헤매고 있었을 때 힘차게 내 등을 밀어 준 은인이라고 생각했다.

그러나 그것은 사실이 아니었다.

이제 와서 다시 생각하면 모든 것이 반전된다. 아키히로가 자살해 내가 낙담해 있을 때 온다는 나를 격려해 주었다. 그러나 그때 온다는 아키히로가 무죄인 것을 알고 있었다. 나에게 한 말은 모두 위선일 뿐이었다.

그리고 사코미즈에게 자백을 끌어내 아키히로 사건이 원죄인 것을 보고했을 때 온다는 수사를 계속해 가기를 권했다. 와타세는 그의 청렴함에 강하게 마음이 움직였지만 그 모습에도 역시 감춰진 계획이 있었다.

"사코미즈의 진술 내용을 파악한 당신은 사코미즈가 자신의 얼굴이 보지 못했다고 안심했습니다. 5년 전 한 번 스쳐 갔을 뿐이니 하고 우쭐했겠죠. 그리고 원죄를 공개하는 데 협력해 준 것은 당시 함께 출세를 다투던 스미자키 검사를 몰락시키려는 의도에서였습니다. 실제 원죄 사건의 책임을 추궁당한 스미자키 검사는 직권 남용이 발각된 것도 한몫해 좌천됐습니다. 당신은 저를 내키는 대로 조종해 방해꾼을 제거한 겁니다."

와타세는 온다를 몰아붙였다.

간신히 도달한 진실이지만 마음속 어딘가에서 온다가 유쾌하게 웃어넘겨 주기를 기대하고 있었다. 내가 한 추리의 결점을 지적하고 모든 것이 착각임을 증명해 주기를 바랐다.

그러나 다음으로 온다가 내뱉은 말에 와타세는 실망했다.

"나와 거래하지 않겠나? 자네는 뭘 원하나? 지위? 돈?"

그 얼굴에 이미 존엄이란 없었다.

보신주의와 타산에 물든 비겁한 자의 얼굴이었다.

그래서 말끔하게 떨쳐 버릴 수 있었다.

"거래는 안 합니다."

"끝까지 혼자 청렴할 생각인가? 자네한테는 아무 이점도 없을 텐데."

"검찰과 경찰에게는 권력이 있습니다. 권력을 지닌 자가 진지하지 않으면 정의는 언젠가 파탄난다. 이건 당신이 직접 한 말입니다."

"조금 더 현명한 남자일 줄 알았는데 아쉽군. 고작 그런 일로 내게 철퇴가 떨어지리라 예상했나? 어리석기는."

몹시 냉담한 울림이다. 마치 다른 사람의 목소리 같았다.

그러나 이게 이 남자의 본성이다.

"나와 이쿠이나 나쓰미의 관계를 조사한 건 칭찬해 주지. 대단한 집념이야. 하지만 이미 28년 전 일이네. 어떤 죄목을 내세운다고 해도 공소 시효는 이미 오래전에 끝났어. 자네에게 원죄를 밝히도록 권한 이야기도 미담밖에 안 되겠지. 이쿠이나 나쓰미를 데려올 거라면 그전에 나한테 먼저 경찰 수첩을 빼앗길 거야. 현경 내부에 자네를 싫어하는 자가 많은 건 알고 있겠지? 지금의 내 지위라면 자네를 빈털털이 일반인으로 끌어내리는 것도 간단한 일일세."

온다는 미소 지으며 와타세를 유혹했다.

회유의 미소다.

"자네는 태생이 사냥개야. 그 자질을 살리려면 지금 직장에 머무르는 게 가장 좋겠지. 그건 스스로도 잘 알겠지? 그리고 내가 검사로서 우수하다는 건 자네도 인정할 걸세. 나 자신을 지키기 위해 내달렸다는 건 순순히 인정하겠어. 출세 경쟁을 전혀 의식하지 않았다고 하면 거짓말이겠지. 그렇지만 검사로서의 직무를 소홀히 한 기억은 없네. 자네와 마찬가지로 난 이 사회의 악을 증오하고 검거에 매진했어. 현재의 검사장이라는 위치는 그에 대한 정당한 평가라고 생각하고."

"분명 검사장님은 최근 20여 년간 가스미가세키에 파고든 거악을 여러 차례 폭로하셨습니다. 쌓아오신 공적을 부인할 사람은 아무도 없겠죠."

"그럼 이 건에 대해서는 입을 다물게. 나와 자네 모두 권력을 휘두르기에 걸맞은 자질과 경력을 지녔네. 침묵하는 게 서로를 위해 좋고 정의를 수행하는 데도 도움돼."

온다는 말을 끊고 와타세의 대답을 기다렸다.

와타세는 짧게 한숨을 내쉬고 천천히 입을 열었다.

"검사장님. 법의 여신 테미스 이야기를 기억하십니까?"

"그래. 자네에게 그런 이야기를 들려줬었지."

"테미스의 검이 상징하는 권력은 늘 정의와 함께여야 한다. 당신은 그렇게 말했습니다. 그러나 테미스는 다른 손에는 천칭을 들고 있습니다. 그 천칭은 당신의 죄를 어떻게 재고 있을까요?"

"흥. 테미스의 유래 따위 그저 신화일 뿐이야. 요즘 시대에 통용되는 이야기는 아니지. 그 테미스의 천칭도 시대와 함께 흔들리고, 정의의 기준은 각자 서 있는 위치에 따라 달라지는 거 아니겠나?"

"네. 그러니 저는 저만의 천칭을 들고 있기로 했습니다. 사회의 흐름과 이해타산, 그리고 낡은 법률에도 달라지지 않는 천칭을요."

그때였다.

번쩍이는 불빛이 두 사람을 감쌌다.

"뭐, 뭐지?"

갑작스러운 일에 온다가 당황하자 주차된 차 구석에서 남자한 명이 모습을 드러냈다.

"제대로 찍었나? 사이타마 일보."

"네. 거리가 워낙 가까워서 권위의 상징인 배지까지 선명하게 찍혔네요."

오노우에는 디지털카메라를 자랑스럽게 치켜들었다.

"자네는 누구지?"

"방금 와타세 경부님이 말씀하신 대로 사이타마 일보의 오노우에라고 합니다. 앞으로 잘 기억해 두십쇼."

"이게 대체 무슨 짓이지? 와타세."

"지금 저희가 나눈 대화는 전부 저 기자가 녹음했습니다. 이게 내일 조간에 실리면 아마 이 기사만으로 2주는 이어 가겠죠. 모든 언론이 득달같이 달려들 겁니다."

온다의 얼굴에 분노의 기색이 퍼졌다.

그러나 그 얼굴은 딱해 보일 뿐이다.

"더러운 짓을 하는군."

"조직의 자정 작용을 기대할 수 없을 때는 언론의 힘을 이용한다. 이 역시 당신에게 배운 수법입니다."

이로써 모든 용건이 끝났다.

와타세가 등을 돌리자 온다가 뒤에서 뭔지 모를 저주의 말을 퍼부었지만 더는 대꾸할 마음이 들지 않았다.

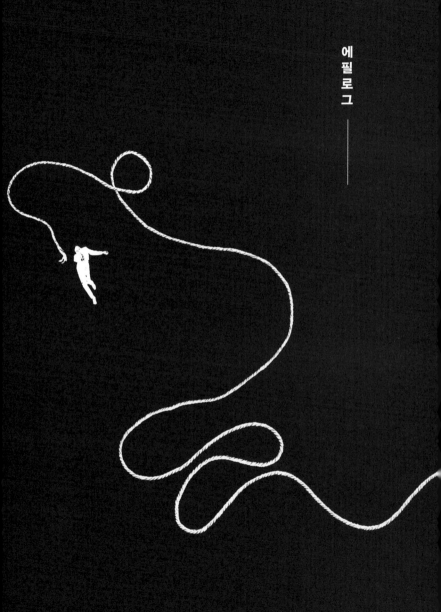

에
필
로
그

에필로그

공원묘지의 벚꽃은 이미 대부분 지고 떨어져 있었다.

떨어지는 꽃잎도 대부분 바람에 쓸려 가 모랫길에 남은 벚꽃만이 희미하게 봄의 잔재를 전한다.

그곳에서 와타세는 홀로 묘 앞에 우두커니 서 있었다.

'고엔지 일가의 묘'

이 아래에 고엔지 시즈카가 잠들어 있다.

자신에게 정의가 무엇인지를 자상하게 일러 준 재판관이 잠들어 있다.

오늘은 보고드리러 왔습니다, 판사님. 구스노키 아키히로 사건이 이제야 끝났습니다.

와타세는 들고 온 꽃을 올리고 다시 한번 손을 모았다.

온다 검사장이 과거 피의자의 아내인 이쿠이나 나쓰미와 관계를 맺었다는 것. 그리고 구스노키 아키히로의 무죄를 알면서도 나쓰미와의 밀회가 드러나는 게 두려워 침묵했었다는 것은 곧장 검찰의 대형 스캔들로 보도됐다. 본인의 자백이라고 할 만한 녹음도 공개돼 온다에게 더는 반론의 여지가 없었다. 아니, 반론을 시도하려고 했을지 모르지만 그전에 최고 검찰청의 심문을 받아 이미 손 쓸 수 없는 상황이었다.

온다가 사이타마 지검의 수장이라는 것이 화를 불러 도저히 내부 처리만으로 끝날 사안이 되지 않았다. 검찰 스스로 자세를 바로잡으라는 요구도 쏟아졌다. 아직 정식 징계가 나오지 않았지만 조만간 온다에게 가혹한 처분이 내려질 것은 불 보듯 뻔했다.

한편 와타세에 대한 비난도 거셌다.

사코미즈 살해 사건의 범인을 검거했다고 해도 상사의 지시를 무시한 것은 사실이고 검찰 구성원을 언론에 팔기도 했다. 평소의 독단적인 행동도 비난의 대상이 되었고 와타세를 변호하는 이는 적었다. 다만 변호하는 이들 중에 현경 윗선이 있다는 게 다행이었다.

결국 와타세에게 떨어진 처분은 1개월 감봉에 그쳤다. 행위의 옳고 그름과 그것이 부른 결과를 고려하면 타당한 결론일 것이다.

테미스의 검   ——

그래도 와타세는 기분이 편치 않았다.

자신이 어리석은 탓에 많은 불행을 부르고 말았다. 그것은 어떤 식으로든 뒤집을 수 있는 게 아니다. 조금 더 일찍 온다의 정체를 알아챘다면 사코미즈가 살해되는 일도 구스노키 다쓰야가 범죄에 가담하는 일도 없었을 것이다.

참으로 나는 죄 많은 인간이다. 그런데도 테미스는 왜 나에게 검을 휘두르지 않는 걸까.

시즈카는 스스로 판사직을 그만두는 것으로 자신을 벌했다. 시즈카다운 결단이었다.

그러나 그것을 그대로 나에게 적용할 수는 없다. 나는 월급이 적고 지위라고 할 만한 것도 없다. 경찰 일을 그만두는 것정도로 법의 여신이 나를 용서해 줄 거라고는 도무지 생각하기 어렵다.

설마 평생 고통받으며 살라고 할 생각일까. 언제까지나 과거에 범한 과오와 흘린 피를 보며 두려워하면서 정의니 뭐니 하는 십자가를 짊어진 채 계속 걸으라는 걸까.

그런 절망에 휩싸였을 때 와타세는 자신에게 다가오는 인기척을 눈치챘다.

꽃을 내려놓는 젊은 커플과 눈이 마주쳤다. 남자는 와타세를 보자마자 화들짝 놀라 손을 이마에 갖다 댔다.

"와타세 경부님 아닙니까? 경부님이 왜 이런 곳에."

기억한다. 사코미즈 사건 때 경시청에서 참고인 조사를 하러 온 가쓰라기라는 형사다. 여전히 우직해 보이는 몸짓이 왠지 흐뭇했다.

"생전에 이 판사님께 신세를 져서. 그쪽 아가씨는 여자 친구인가?"

그러자 가쓰라기 옆에 있던 여성이 정중히 고개를 숙였다.

"처음 뵙겠습니다. 고엔지 시즈카의 손녀 고엔지 마도카라고 합니다."

와타세는 깜짝 놀라 몸을 일으켰다.

청초한 분위기지만 듣고 보니 분명 눈가에 시즈카의 모습이 남아 있다.

"판사님께 손녀딸이 있다고 했지. 그게 당신이었나."

설마 가쓰라기와 사귀고 있을 줄은 예상하지 못했으나 말하지는 않았다.

"꽃 감사합니다. 할머니의 기일을 기억하고 계셨군요."

마도카는 그렇게 말하고 가져온 꽃을 묘에 바쳤다.

그러더니 가쓰라기와 나란히 손을 잡는다. 대번에 손님과 꽃이 늘어 시즈카도 놀랄 것이다.

문득 와타세는 이 아가씨를 골려 주고 싶어졌다.

"쓸데없는 참견이지만 형사 남편은 고생스러워. 다시 한번 생각해 보는 게 어떤가?"

"와, 와타세 경부님."

옆에서 가쓰라기가 당황했지만 마도카는 처음 보는 와타세에게 주눅 들지 않고 답했다.

"전업주부를 할 마음은 없답니다."

"오."

"저는 할머니 같은 판사가 될 생각이거든요."

와타세는 또 한 번 놀라 가쓰라기를 쳐다봤다.

가쓰라기는 쑥스러운 듯 웃는다.

두 사람의 모습을 보고서야 이해했다.

그것도 좋겠군.

"마도카 씨라고 했나?"

"네."

"고엔지 판사님의 손녀. 분명 훌륭한 재판관이 되겠지. 아니, 되게."

"명령형인가요?"

"사법에 종사하는 사람은 늘 자기 자신을 다그쳐야 해. 방심은 금물이야."

잠시 후 마도카는 조용히 웃음을 터뜨렸다.

"왜 그러지?"

"할머니와 똑같은 말씀을 하셔서요."

그런가.

판사님. 당신은 자신을 벌하면서도 남겨야 할 것은 확실히 남기고 가신 듯합니다.

저는 남길 수 있을까요.

그리고 갚을 수 있을까요.

"마도카 양의 법복 입은 모습이 기대되는군. 그럼 이만."

와타세는 그렇게 말하고 시즈카의 묘를 뒤로했다.

그때 등 뒤에서 마도카가 말을 걸었다.

"그럼 그전까지 형사님도 계속 형사님으로 계셔 주세요."

가슴이 철렁했다.

마치 시즈카가 하는 말을 들은 것 같은 기분이었다.

아직은 조금 더 속죄를 이어 가라는 뜻일까.

와타세는 고개를 한 번 끄덕이고 뒤도 돌아보지 않은 채 한 손을 들어 올렸다.

손에 닿지 않는 빛을 끝내 움켜쥔
어느 형사의 기록

선과 악의 정의, 진정한 속죄의 의미를 묻는 『속죄의 소나타』, 자극적인 소재만을 쫓는 매스미디어의 행태를 꼬집은 『세이렌의 참회』 등 다양하고 묵직한 사회파 미스터리를 써 온 작가 나카야마 시치리가 이번에는 사법의 정의와 원죄를 주제로 다룬 장편 소설 『테미스의 검』으로 돌아왔습니다. 『테미스의 검』은 『속죄의 소나타』『히포크라테스 선서』 등에 등장해 독자에게도 친숙한 와타세 경부를 단독 주인공으로 내세운 시리즈 첫 번째 작품입니다. 이야기는 그가 아직 우라와 경찰서의 순사부장으로 근무하던 쇼와 59년(1984년)부터 헤이세이 24년(2012년)까지를 다루며, 그가 어떤 과정을 거쳐 지금의 사이타마 현경 경부 자리에 올랐고 직무를 대하는 자세와 태도, 인격이 형성돼 왔는지를 그리는 성장 소설형 서사 구조를 지니고 있습니다. 작품은 어떤 인물의 죽음에서 시작해 그 진상을 밝혀내는 과정으로 구성된다는 점에서 독자의 손에 땀을 쥐게

하는 서스펜스 스릴러 소설의 분위기를 시종일관 잘 유지하면서 작품 후반부에 이르기까지 진범이 감춰진 상태에서 요소요소의 복선을 통해 진범의 정체와 범행 수법, 동기 등을 추리해 나간다는 점에서 미스터리 소설의 구조를 탄탄히 갖춘 명실상부한 사회파 미스터리이기도 합니다.

작품의 주제인 원죄는 '억울하게 뒤집어쓴 죄'라는 뜻으로, 우리나라에서는 흔히 접할 수 있는 단어가 아니지만 일본에서는 관련 있는 큼직큼직한 사회적 이슈가 많이 터져 나오며 이를 주제로 한 소설과 논픽션 등이 다수 출간될 만큼 보편적인 사회 문제 중 하나입니다. 대표적인 관련 소설로 국내에 출간돼 국내 독자에게도 유명한 다카노 가즈아키의 『13계단』, 누쿠이 도쿠로의 『잿빛 무지개』, 오리하라 이치의 『원죄자』, 사쿠 다쓰키의 『조작된 시간』 등을 꼽을 수 있습니다. 이렇듯 일본에서 유독 '원죄'가 사회 문제로 다뤄지는 이유는 일본 특유의 관료주의적인 경찰, 검찰과 사법부의 고집스러운 행태에 그 원인이 있습니다.

강렬한 악의에 의한 것이든, 한순간의 오판에 의한 것이든 인간의 모든 판단에는 원래 오점이 생기기 마련입니다. 특히 인간이 타인의 행동을 판단해 어느 개인의 인생을 송두리째 바꿀 수 있는 수사, 재판 과정에서 발생하는 실수는 엄청난 영향을 초래합니다. 일본의 사법제도는 우리나라와 마찬가지로

테미스의 검 ———

검찰이 기소권을 독점하고 있습니다. 검찰 측에서 소訴를 제기하기 전 경찰은 철저한 수사를 통해 정말 범인이 될 수 있을지를 따져서 형이 확실하다 싶은 경우에만 피의자를 형사 법정에 세웁니다. 이런 행태로 '일단 형사 법정에 세울 정도면 유죄는 거의 확실하다'라는 편견이 생겼고, 이것이 일본 특유의 엘리트 관료주의와 결합해 전전戰前까지 50년 동안 재판에서 유죄 판결이 뒤집힌 경우는 불과 7차례, 유죄율은 90퍼센트를 웃도는 결과를 낳았습니다. 그리고 이는 곧 일본 경찰, 검찰 및 사법부가 오심을 저질렀을 가능성을 절대로 인정하지 않는 사법 관료주의로 이어졌습니다.

대표적인 사례로 『테미스의 검』에 영감을 준 것으로 추측되는 '하카마다 사건'이 있습니다. 전직 권투 선수였던 하카마다 이와오는 1966년 6월 시즈오카현 시미즈시에서 자신이 일하던 된장 제조회사 전무 일가족 4명을 살해하고 방화한 혐의로 기소됩니다. 그는 체포 직후 혐의를 인정했지만 첫 재판에서부터 폭행 등 경찰의 강압적인 심문 때문에 자백한 것이라며 무죄를 주장했습니다. 그러나 재판 과정에서 그의 혈흔이 묻은 옷 다섯 벌이 결정적인 증거로 제시되면서 1980년 사형이 확정됩니다. 이후 증거로 채택된 옷이 그의 몸에 맞지 않고 사건이 일어난 지 9개월이 지나서야 발견된 데다 결정적으로 옷에 묻은 DNA와 하카마다의 DNA가 일치하지 않은 것으로 나오면서 그의 가족이 재심을 청구하게 되었습니다. 재심은 2008년 최고 재판소에서 한 차례 기각되었으나 2차 청구에서 수사기관에 의한 증거 조작이 있었음이 인정되며 2014년 3월 27일 그의 사형과 감옥의 집행 정지 및 재판의 재심이 결정됩니다. 그러나 이미 30년 이상 억울하게 옥살이를 하다가 나온 하카마다 이와오는 현재 심신미약 및 인지 기능 저하에 시달리고 있다고 합니다.

『테미스의 검』을 비롯한 나카야마 시치리의 사회파 미스터리를 읽다 보면 어떤 일관된 메시지를 읽을 수 있습니다. 그는 주로 거대한 권력을 다루는 자들의 '내가 실수할 리 없어'라는 착각에서 오는 오만과, 실수가 밝혀지고 나서도 즉시 수정하지 않고 책임지지 않는 독선적인 자세를 통렬히 비판합니다. 특히 『테미스의 검』에서 작가는 스스로 직접 법의 여신 테미스가 된 것처럼 경찰, 검찰, 법원, 변호사, 심지어 언론에 이르기까지 작품에 등장하는 수많은 이들에게 가차 없이 칼날을 휘두릅니다. 미스터리 평론가 자키 노리오는 월간지 「문예춘추」에서 '사법의 정의와 원죄라는 주제 자체는 신선하지 않지만 이렇게까지 철저히, 전방위로 철퇴를 내리는 작품은 드물다'라고 평가한 바 있습니다.

작가는 권력은 늘 정의와 한 몸이어야 하며, 잘못된 방식으로 쓰였을 경우에는 즉시 수정하고 책임지는 자세를 보여야

테미스의 검 ————

한다고 주장합니다. 또한 사회의 흐름과 이해타산에 흔들리지 않는 자신만의 천칭, 즉 잣대를 지니기를 요구합니다. 처음에는 그러지 못했던 작품 속 주인공들이 시간이 지날수록 자기 자신을 돌이켜 보고 문제가 된 사건을 진지하게 맞서며 정면 돌파해 가다가 끝내 훌륭히 성장하는 모습은 독자에게 카타르시스를 제공합니다. 또 '반전의 제왕'이라는 작가의 별명답게 작품마다 후반부에 등장하는 예상치 못한 반전은 미스터리 소설 특유의 재미를 선사하며 그의 작품에서 손을 놓을 수 없게 하기도 합니다.

『테미스의 검』으로 시작한 와타세 경부 시리즈는 대중의 '의분'(불의에 대해 품는 분노)을 주제로 해 그것의 옳고 그름과 진정한 정의의 의미, 사형제도 존폐 문제 등을 그린 사회파 미스터리 속편 『네메시스의 사자』로 이어집니다. 만만치 않은 주제를 다루는 만큼 이번에는 또 어떤 식으로 이야기를 풀어 가며 독자의 재미와 공감을 끌어냈을지 궁금해집니다. 시리즈가 부디 좋은 반응을 얻어 앞으로도 더 많은 독자 여러분과 교감할 수 있기를 바랍니다.

2018년 봄
이연승